신화의 시대

이청준 李淸俊 (1939~2008)

1939년 전남 장흥에서 태어나, 서울대 독문과를 졸업했다. 1965년 『사상계』에 단편 「퇴원」이 당선되어 문단에 나온 이후 40여 년간 수많은 작품들을 남겼다. 대표작으로 장편소설 『당신들의 천국』 『낮은 데로 임하소서』 『씌어지지 않은 자서전』 『춤추는 사제』 『이제 우리들의 잔을』 『흰옷』 『축제』 『신화를 삼킨 섬』 『신화의 시대』 등이, 소설집 『별을 보여드립니다』 『소문의 벽』 『가면의 꿈』 『자서전들 쓰십시다』 『살아 있는 늪』 『비화밀교』 『키 작은 자유인』 『서편제』 『꽃 지고 강물 흘러』 『잃어버린 말을 찾아서』 『그곳을 다시 잊어야 했다』 등이 있다. 한양대와 순천대 교수를 역임했으며 대한민국예술원 회원을 지냈다.

동인문학상, 대한민국문화예술상, 대한민국문학상, 한국일보 창작문학상, 이상문학상, 이산문학상, 21세기문학상, 대산문학상, 인촌상, 호암상 등을 수상했으며, 사후에 대한민국 금관문화훈장이 추서되었다. 2008년 7월, 지병으로 타계하여 고향 장흥에 안장되었다.

이청준 전집 31 장편소설
신화의 시대

초판 1쇄 발행 2016년 10월 12일

지은이 이청준
펴낸이 주일우
펴낸곳 ㈜문학과지성사
등록번호 제1993-000098호
주소 04034 서울 마포구 잔다리로7길 18(서교동 377-20)
전화 02)338-7224
팩스 02)323-4180(편집) 02)338-7221(영업)
전자우편 moonji@moonji.com
홈페이지 www.moonji.com

ⓒ 이청준, 2016. Printed in Seoul, Korea

ISBN 978-89-320-2151-5 04810
ISBN 978-89-320-2120-1(세트)

이 도서의 국립중앙도서관 출판예정도서목록(CIP)은 서지정보유통지원시스템 홈페이지
(http://seoji.nl.go.kr)와 국가자료공동목록시스템(http://www.nl.go.kr/kolisnet)에서
이용하실 수 있습니다. (CIP제어번호: CIP2016022852)

이청준 전집 31

신화의 시대

문학과지성사

일러두기

1. 문학과지성사판 『이청준 전집』에는 장편소설, 중단편소설, 그리고 작가가 연재를 마쳤으나 단행본으로 발간되지 않은 작품과 미완성작 등을 모두 수록했다.

2. 전집의 권별 번호는 개별 작품이 발표된 순서를 따르되, 장편소설의 경우 연재 종료 시점을, 중단편소설의 경우 게재지에 처음 발표된 시점을 기준으로 삼았다. 단, 연재 미완결작의 경우 최초 단행본 출간 시점을 그 기준으로 삼았다. 중단편집에 묶인 작품들 역시 발표된 순서대로 수록하였으며, 각 작품 말미에 발표 연도를 밝혀놓았다.

3. 전집의 본문은 『이청준 문학전집』(열림원) 발간 이후 작가가 새롭게 교정, 보완한 내용을 충실히 반영하여 확정하였다. 특히 미발표작의 경우 작가가 남긴 관련 자료에 근거하여 수록하였음을 밝힌다.

4. 전집의 각 권에는 작품들을 수록하고 새롭게 씌어진 해설을 붙였으며 여기에 각 작품 텍스트의 변모 과정과 이청준 작품들의 상호 관계를 밝히는 글을 실었다. 이 글은 현재의 문학과지성사판 전집의 확정 텍스트에 이르기까지 주요한 특징적 변모를 잘 보여준다.

5. 이 책의 맞춤법은 국립국어연구원의 '한글 맞춤법'에 따르는 것을 원칙으로 하되, 띄어쓰기의 경우 본사의 내부 규정을 따랐다. 단, 작품의 분위기에 영향을 준다고 판단되는 방언이나 구어체 표현·의성어·의태어 등은 작가의 집필 의도를 살려 그대로 두었다(괄호 안: 현행 맞춤법 표기).
    예) ① 방언 및 의성어·의태어: 밴밴하다(반반하다) 희멀끄럼하다(희멀겋다) 달겨들다(달려들다) 드키(듯이) 뚤레뚤레(둘레둘레) 뎅강(뎅궁) 까장까장(꼬장꼬장)
      ② 작가의 고유한 표현:
      ─그닥(그다지) 범상찮다(범상치 않다) 들춰업다(둘러업다)
      ─입물개 개엁고 아심찮게도 목짓 펀뜻 사양기
      ③ 기타: 앞엣사람 옆엣녀석 먼젓사람 천릿길 뱃손님 뒷번
      그리고 나서(그러고 나서) 그리고는(그러고는)

6. 이 책의 외래어 표기는 국립국어연구원의 '외래어 표기법'에 따라 바꾸었다. 단, 작품의 제목이나 중요한 어휘로 등장하는 경우에는 원본을 그대로 살렸다.
    예) ① 맘모스(매머드) 세느(센) 뎃쌍(데생) ② 레지('종업원'으로 순화)

7. 이 책에 쓰인 문장부호의 경우 단편, 논문, 예술 작품(영화, 그림, 음악)은 「 」으로, 단행본 및 잡지, 시리즈 명 등은 『 』으로 표시하였다. 대화나 직접 인용은 큰따옴표(" ")와 줄표(─)로, 강조나 간접 인용의 경우 작은따옴표(' ')로 묶었다.

차례

1부

선바위골 사람들

1

　조선조 국권을 통째로 강탈당한 1910년대가 저물어가던 어느 해 이른 봄. 갈수록 노골화하기 시작한 일제의 수탈정책에 유례 없는 기근까지 덮쳐들어 근동의 인심이 매우 흉흉하던 남녘의 해변마을 선바위골[立岩里]에, 하루는 정신이 썩 온전치 못한 데다 본색이 아리송한 여자 하나가 나타났다.

　그녀는 아마도 10리 밖 대흥리 장터거리에서 산길을 따라 북쪽의 마장(馬場)고개를 넘어왔거나, 아니면 동쪽 연동(蓮洞)고개 너머 회령포(會寧浦) 쪽에서 신작로를 걸어 터덜터덜 걸어 들어왔기 십상이었다. 하지만 그 어느 쪽에서도, 선바위골에선 여자가 마을로 들어오는 것을 본 사람이 없었고, 그녀가 누구인지 아는 이도 없었다. 여자가 누구인지, 무슨 일로 어디에서 이 해변

산중마을을 찾아들어왔는지에 대해선 마을 사람들뿐 아니라 그녀 자신도 모르기는 마찬가지였다.

"댁은 뉘기요. 어디서 누구네를 찾아온 여자요?"

해가 떨어진 2월 하순께의 쌀쌀한 저녁 기운 속에 이미 마흔 줄 나이로 보이는 남루한 행색의 여자가 언제부턴지 마을 우물께에 나타나 하릴없이 우두커니 서 있는 것을 보고, 때마침 저녁 샘물을 길러 나온 한 동네 아낙이 물었을 때, 그녀는 무슨 소린지 혼잣말처럼 쭈뼛쭈뼛 이렇게 대답했다.

"자두리…… 자두리어유."

"자두리? 그럼 자두리라는 동네서 온 사람이란 말여? 이 근동엔 그런 동네 이름이 없는디."

"그려 자두리…… 자두리, 히잇!"

여자의 말을 잘 알아듣지 못한 아낙이 어떤 마을 이름을 떠올리며 다시 물었지만, 그녀는 차츰 어스름이 짙어가는 먼 저녁 하늘만 멍청히 바라보고 서서 중얼중얼 '자두리'란 소리밖에 다른 말은 할 줄을 몰랐다.

그러자 마을 아낙도 이젠 대충 여자의 정체를 짐작했다. 남루한 대로 가릴 델 다 가렸을 만큼 입성은 제법 얌전했지만, 버선 짝도 꿰신지 못한 헌 짚신발 행색에, 어딘지 정처 없어 보이는 방심스런 눈빛 하며, 웬 실없는 웃음기가 묻어나는 말씨까지 자꾸 자두리 한마디에서 맴돌고 있는 품이, 영락없는 어느 동네 소박데기 여편네 꼴이었다. 제정신을 잃은 채 그런 꼴로 이 골 저 골 외지 밥비렁질을 떠돌아다니는 사람은 그 시절 어디서나 흔히 볼 수 있는 일이었으니까.

　뒤늦게 샘길을 나온 동네의 다른 아낙들도 여자에 대한 생각이 대개 그런 식이었다. 그리고 그 동네 아낙들은 다른 떠돌이 거렁뱅이가 이 마을을 찾아들 때면 남녀를 불문하고 늘상 그랬듯, 여자를 우선 마을의 어른격인 안좌수댁으로 일러 보냈다. 선대가 한때 고을의 좌수를 지낸 집안 형세가 마을 사람들이 대를 이어 좌수댁으로 받드는 데에 인색하지 않을 만큼 가재가 썩 유족하고 인심도 후한 편이어서, 마을에 어려운 사정이 생기거나 의지가지 없는 떠돌이 행려객이 들어오면 으레 그 댁 신세를 지게 마련이기 때문이었다. 여자를 좌수댁으로 보내면서도 마을 아낙들은 물론 그녀가 한두 끼니 요기와 행랑방 잠자리 신세 끝에 뜬구름 한 가지로 곧 마을을 떠나리라 여겼다.

　그러나 여자는 다른 사람과 달랐다. 동네 아낙들의 예상과 달리, 그날 저녁 그녀는 좌수댁을 찾아가서 아예 그 집 행랑채 군식구로 눌러앉고 만 것이다. 그날 저녁 다 늦게 집을 찾아들어온 여자에게 행랑채에서 밥 한술을 내어주게 하고 파적 삼아 사람 구경을 나온 좌수댁에게 그녀가 뜻밖에 염치를 차린 소리가 인연이었다.

　"진지 드셨는게라우? 안 드셨으믄 함께 드실걸유."

　냉큼 저녁끼니를 살펴주는 그 집 분위기에 안심이 되어선지, 여자는 그렇게 인사를 차렸고, 좌수댁은 그게 신통하여 곁에 지켜 앉아 이것저것 그녀의 내력을 캐고 들었다. 어디서 온 여자냐, 살던 동네가 어디냐, 어째서 이런 정처 없는 행려살이 길을 나서게 됐느냐. 고향 동네에는 함께 살던 남정이나 피붙이들이 있느냐…… 등등.

하지만 여자는 지난 일에 대해서는 아무것도 기억을 못하는 듯 눈빛만 가물가물 대답을 못했다. 그저 그 우물가에서처럼 제 이름인지 마을 이름인지 모를 '자두리'라는 소리만 되풀이했다. 물론 그것은 그녀 자신에 대해서도 마찬가지였다.

대신 그녀는 지금 당장의 일에 대해서는 여느 아낙들처럼 경우가 바르고 정신이 멀쩡해 보였다. 요기를 끝내고 난 여자는 한사코 행랑댁의 만류를 물리친 채, 이젠 그만 되었다고 밀치고 들 때까지 자신이 먹은 그릇 설거지를 깨끗이 해놓았고, 밥을 먹여준 보답으로 밤사이에 무슨 일이든 시켜달라고 자청하고 들었다.

"무슨 일을 시키면 자네가 할 수 있겠는가? 우선 사랑채 아궁이에 군불을 때는 일이라도?"

좌수댁의 물음에 그녀는 서슴없이 대답했다.

"하지유. 아궁이 불도 못 때는 여편네가 어딨어유."

"그럼 방아찧기나 맷돌질같이 힘이 드는 일도?"

"시켜주시기만 해보서유."

좌수댁의 물음에 여자는 중얼거리듯 낮은 소리로나마 제 의사를 분명히 말했다.

그러자 좌수댁은 속으로 혼자 생각한 바가 있어, 이날 저녁 그녀에게 동네 머슴아이들이 드나드는 바깥사랑채 아궁이에 군불을 때게 했다. 그리고 이튿날 아침 그 사랑채 끝 헛간방 잠자리를 마다하고 굳이 아궁이 나무청 한구석에 누워 웅크리고 밤을 새우고 난 여자를 두고 행랑댁에게 일렀다.

"여자가 어디서 못 당할 일을 당하고 제정신을 잃은 것 같기는 하네만, 일손대가 제법 얌전하고 심성도 착해 보이니 당분간 집에 두고 자네가 부엌일이야 방아질거리야 바쁜 일손을 좀 덜어보도록 하게나."

좌수댁의 깊은 속을 모르는 행랑댁은 물론 주인마나님의 처분에 감지덕지하였고, 이날부터 여자는 그 집에 주저앉아 행랑댁 붙박이 손발 노릇으로 썩 안온한 나날을 보내게 되었다.

한동안 그렇게 지내다 보니 여자에게선 몇 가지 별스러운 점이 드러나기 시작했다.

첫째는 물론 그녀가 처음 마을에 나타났을 때처럼 자신의 과거사에 대해서는 무엇이고 그 고향 동넨지 누구 이름인지 모를 '자두리' 한마디밖에 응대하지 못한다는 것과, 누가 무엇을 먹으라 줄라치면 늘 인사성 밝게 '먼저 자시우' 소리로 제법 깍듯한 예의를 차린다는 점이었다. 그래서 좌수댁이나 이웃에서 이후 그녀를 아예 '자두리'라 부르기 시작했고, 그럴수록 인사성 밝은 그녀를 안되어하며 그녀가 살던 옛 동네와 지난날에 대한 궁금증을 더해 가게 된 것이다.

하지만 여자에게 더욱 별스런 점은 그보다 그녀의 요령 없는 일손 편집증이었다. 그녀는 물론 자신이 일을 알아서 판단하고 거들 수가 없었다. 모든 일은 행랑댁이 찾아 시켰고, 여자는 거기 따라 자잘한 집안일들만 맡아 했다. 부엌 설거지나 아궁이 불 때기, 방아 찧기나 마당 쓸기 같은 단순한 일거리들이었다.

그런데 여자는 무슨 일을 한번 시켜놓으면 그 일의 끝을 몰랐다. 설거지를 시켜놓으면 수없이 물을 갈아가며 그릇이 닳도록 행주질을 계속했고, 아궁이 불을 때라면 밥솥이 타고 방 안이 펄펄 끓어올라도 부삭 앞을 떠날 줄 몰랐다. 그런 단순 반복 집착증 바람에 절구통 속 보리쌀이 엉뚱한 풀죽거리가루가 된 일도 있었고, 빨래를 맡긴 옷감이 헌 걸레짝이 되고 만 일, 마당쓸이 한 파수에 멀쩡한 새 싸릿대빗자루가 몽당비 꼴이 된 일도 있었다. 때맞춰 그녀의 일손을 중단시키지 않으면 번번이 엉뚱한 낭패를 보기 일쑤였다. 그래 결국 그녀가 단골로 맡은 일은 어떤 일보다 시간이 많이 먹고 인내심이 필요한 맷돌질 하나로 결정이 나기에 이르렀다. 수제비나 무죽 나물죽 끼니가 다반사이던 그 시절 어려운 봄철 살림엔 날마다 맷돌을 돌려야 할 처진 데다, 그 노릇은 아무리 시간을 지나쳐도 일의 양을 넘칠 바가 없었기 때문이다. 자연 이후부터 그녀는 날마다 밥만 먹으면 행랑채 앞마루에 맷방석을 펴고 앉아 밀보리나 콩팥 따위 범벅 죽거리로 온종일 웅얼중얼 뜻 모를 혼잣소리 속에 맷돌질만 일삼고 지냈다.

그렇게나마 그럭저럭 며칠을 지나다 보니 여자에게 또 하나 알수 없는 기벽이 드러났다. 하루 일이 끝난 뒤 저녁 잠자리를 한곳에 정하고 지내지 못하는 버릇이었다. 처음 한동안 그녀는 저녁을 끝내고 나면 행랑댁의 결연한 권유에 따라 사랑채 끝 빈 헛간 방으로 밤을 지내러 들어가곤 하였다. 그런데 하루는 행랑댁이 밤 뒷간 길을 다녀오다 우연히 그 헛간 거적문을 들추고 안쪽 기척을 살펴보니, 여자의 모습이 사라지고 없었다.

　─내가 측간을 너무 오래 차지하고 앉아 있었던가?

　행랑댁은 그녀가 어디 다른 곳으로 급한 볼일을 보러 갔나 싶어 그대로 한 식경이나 기다려보았지만 그녀는 종내 돌아오는 기척이 없었다.

　하지만 여자는 그것으로 집을 떠난 것이 아니었다. 여자는 이튿날 이른 아침 행랑댁이 잠을 깨어 나오기 전에 어디선지 다른 곳에서 밤을 보내고 후줄근한 모습으로 다시 헛간으로 돌아와 있었다. 행랑댁이 수상쩍고 궁금하여 헛간이든 부엌 나무청이든 이 집 안에 제 잠자리를 놔두고 어디서 밤을 지내고 왔느냐 타박 겸해 채근을 하고 들었지만, 여자는 거기 대해선 아무런 허물을 느끼지 않는 양 히죽비죽 웃어 보일 뿐 석연한 대꾸가 없었다. 한데다 그녀는 그 한번뿐 아니라 행랑댁이 이따금 생각이 나서 헛간 방을 들추고 들여다보면 사람이 누워 웅크리고 있는 날보다 없는 날이 더 많았고, 사람 꼴이 띄는 날도 언제 또 외간 나들이를 나설지 알 수 없는 형편이었다. 하지만 일손이 아쉽고, 그나마 아침이면 슬그머니 다시 집을 찾아 들어와주는 것이 고마워 행랑댁이 혼자 좋이 싸덮어 넘어가준 바람에 안댁 사람들은 아직 그런 일을 모르고 있었고, 다른 이웃 사람들, 심지어 잠자리를 함께하는 행랑댁 바깥조차 그녀의 야반행각을 보았거나 잠자리의 수수께끼를 아는 사람이 없었다.

　하지만 시일이 한참 지나도록 그 버릇이 고쳐지지 않으니 행랑댁도 더 이상 일을 감출 수 없어, 하루 아침엔 먼저 제 바깥남정에게 사실을 털어놓고 의논한 끝에 마침내 안채의 좌수댁에게까지 그간의 일을 고해 알렸다. 그런데 말을 전해 들은 좌수댁은 아예 미친 여자의 행투로 치부하는지, 아니면 무슨 다른 생각이 있어선지 그걸 별로 걱정스러워하는 빛이 없었다.

"원래 행실이 얌전한 여잔 줄 알았더니 잠자리가 그리 좀 헤퍼서 그런 신세가 된 사람이던가? 아니면 몸가짐이 너무 엄전해 선머슴들 방 이웃을 피하려 그러는가. 하여튼 당분간 더 덮어두고 지켜보게. 저 여자 심중에도 어떤 식으로든 사내 꼴이 드나들기나 한다면 그나마 신통한 일 아닌가. 그런 제 분수 따라 팔자를 새로 고쳐 살게 될 일인지도 모르니."

그런 처지에서나마 오히려 여자 구실을 하고 살 만한 사단이라도 터지기를 기다리는 말투였다. 그러거나 말거나 여자는 계속 밤잠자리 나들이가 계속되었고, 안댁 마님이나 행랑댁도 그걸 모른 척하고 지냈다.

하지만 작은 마을 이웃 간에 그런 비밀이 오래갈 수는 없었다.

그녀는 오래잖아 좌수댁 붙박이 맷돌질 일꾼으로 소문이 났고, 그런데도 어느 날 아침엔 그 집 잠자리를 마다하고 다른 데서 밤을 지내고 돌아오던 후줄근한 모습이 이른 샘물을 길러오던 이웃 새벽 동자꾼(동자아치)의 눈에 띄어 고개를 갸웃거리게 하였다.

거기다 다시 얼마 뒤에는 마을회관 옆집의 새 품종 고구마 저장막에서 밤잠을 자고 나오는 것을 보고 그 집 아낙이 모른 척 그녀를 자기 집으로 데려가 아침 요기를 시켜주고 그날 하루 내내 맷돌질 일을 시키고 저녁녘에야 뒤늦게 좌수댁으로 돌려보내준 일까지 생겼다.

그것을 시작으로 다른 집 아낙들도 더러 좌수댁의 양해를 얻어 자기네 맷돌질 일손을 빌려 쓰는 일이 빈번해졌다. 좌수댁의 양해가 있거나 없거나 여자는 별로 이 집 저 집 가리지 않고 온종일 웅얼중얼, 갖가지 맷돌질을 대신해주고 해가 지면 또 한사코 좌수댁을 제집처럼 찾아 돌아가곤 했기 때문이다. 그래 좌수댁도 그 점이 가상하고 신통했던지, 그녀의 그런 행투를 굳이 허물하려 들질 않았다.

"그냥 내버려두게들. 허구한 날 우리 집 일이 있는 것도 아니고, 제가 좋으면 그 노릇으로 동네 사람들 마음을 사고 지내는 것도 무방할 테니. 그러고도 저녁이면 잊지 않고 우리 집을 찾아드는 것도 신통하고. 하기야 그 중정에 남의 집 일을 해주어 미안한 인사를 치른다는 것인지, 얼굴만 내밀곤 야밤중엔 제 헛간방을 비우고 나가기 예사지만."

행랑댁이나 다른 집안 동자꾼들, 심지어 사랑채의 터주격인 단골 품팔이 머슴 녀석 만득에게까지 분수에 넘친 당부를 놓곤 했을 뿐이었다. 하고 보니 그녀의 밤잠자리 나들이나 남의 집 맷돌질 밥 품팔이는 그만큼 자유롭고 빈번해져갔고, 오래잖아선 좌수댁조차도 마을의 첫 연고자나 명색상의 잠자리 마련처 정도일 뿐, 그녀는 차츰 동네 맷돌 일꾼, 한동네 공동의 밥 품팔이꾼쯤으로 처지가 변해갔다. 그리고 그럴수록 자신의 좌수댁 헛간방을 놔두고 그녀가 늘상 잠자리를 여기저기 옮겨 다니는 곡절과 그 잠자리의 비밀을 궁금해들 하였다.

하지만 그것은 남녀를 불문하고 제법 사람의 도리를 알고 일손마저 아쉬운 어른들 마음 씀새였다.

동네 조무래기 녀석들은 행투들이 달랐다. 외지 사람 출입이 드문 선바위골 철부지 아이들에게 여자는 '미친년 자두리'로 재미있는 놀림감이었고, 그녀가 골목길을 지나갈 때마다 '미친년아, 자두리야!' 돌을 던지고 막대기를 휘두르며 뒤쫓아 다니기 일쑤였다. 어른들의 눈길이 미치지 않을 때면 키들키들 여자의 치맛자락을 들쳐대거나 심지어 그녀의 외딴 자리 밥그릇에 흙을 뿌리고 달아나는 녀석들까지 있었다.

하지만 그쯤은 아직 약과인 셈이었다. 여자도 그런 덴 별 반응을 보이지 않았다. 조무래기 녀석들이 무슨 소리 무슨 짓을 하고 쫓아다니든 그녀는 아랑곳을 않은 채, 중얼중얼 혼잣소리를 흘리며 제 갈 길을 재촉해갔고, 정작에 회초리질을 당하거나 밥그릇을 빼앗기는 경우에도 히물히물 알 수 없는 웃음기뿐 좀체 다른 반응을 보이지 않았다. 하다 보니 그녀에게 별다른 위험을 느끼지 않게 된 아이들은 그녀를 보기만 하면 더욱 극성스럽게 괴롭혔고, 급기야 얼토당토않게 해괴한 소리까지 함부로 지어 놀려댔다.

"자두리야, 너 이 동네 대성이한테 시집가그라. 대성이가 너한테 장가가고 싶대드라!"

처음에는 그렇듯 그저 짓궂게 놀려대려 지어낸 억지소리가 나중엔 정말 대성이나 그녀의 속내가 그런 것처럼 소문을 퍼뜨리고 다녔다.

"대성이가 정말 자두리를 한번 데리고 와 보랬다드라."

"대성이한테 시집을 가랬더니 자두리도 좋아서 입이 헤벌쭉해지드란다."

그런 녀석들 가운데서도 특히 제 아비가 일본까지 건너가 고구마나 홍당무 단수수 따위 새 농작물 종자를 구해와 시험 재배에 성공하여 마을 사람들의 부러움을 사온 회관 옆집 지사순 씨의 외동아들 준봉이놈의 행패가 가장 심했다.

"자두리는 벌써 대성이 색시가 됐다."

"난 자두리하고 대성이가 우리 씨감자 막에서 함께 잠을 자고 나오는 것도 봤다."

언젠가 한번 그 씨고구마 막에서 그녀가 밤을 지낸 일을 두고 녀석은 그날 아침 대성이도 함께 거기서 나오는 걸 보았노라 단정적으로 말을 부풀리고 다닌 것이었다.

그것은 물론 사실일 수가 없었다. 소문의 장본인인 대성이 애초 그럴 위인이 못 되었다. 그는 원래 제 아비가 동네 마름으로 밤나무와 상수리나무 숲이 울창한 마을 앞 안산 한쪽 자락에 오두막을 짓고 살며 외우리 일(외장치기, 마을 울력이나 회의 같은 공동행사 소식을 외쳐 알리는 일)을 하다 죽었지만, 위인은 그 노릇조차 이어받지 못할 만큼 정신이 온전치 못한 사람이었다. 나이 아직 이십대 적, 길쭉한 두상이나 허우대가 남달리 크고 장대하던·어느 해 단옷날, 근동의 청년들과 무거운 짐지기 힘겨루기로 고을 장사를 뽑는 시합장엘 나섰다가 욕심이 지나쳐 제 힘에 부친 큰 고목둥치를 지고 일어서다 넘어져 제 짐에 깔려 머리를 크게 다친 일로 해서였다. 이후부터 그는 말을 하지 못하게 된 데다 제 어미조차 제대로 알아보지 못할 정도가 되어, 기껏 남의 집 디딜방아나 찧어주는 것으로 호구책을 삼아온 처지였다. 나이가 이미 사십대에 가까웠지만, 그 큰 체구에 이날 이때껏 맨발 꼴로 뒷머리를 치렁치렁 흩뜨리고 다니며, 그 역시 방아를 찧을 때면 흥얼흥얼 알 수 없는 입소리를 일삼는 데다, 방아다리 일도 이쪽 저쪽으로 발을 옮겨 디디며 고개를 덩달아 기웃거리는 기벽까지 (그의 목에 항상 새끼 토막을 걸고 다니는 것도 또 다른 기벽의 하나였다) 있어 동네 아이들의 단골 놀림감이었다.

아이들의 눈에는 그 역시 어른 취급이 어려운 미친 사람이었고, 대성아, 대성아, 함부로 놀려대도 무슨 위험한 해코지를 당할 일이 없으니, 녀석들이 그 두 사람의 일을 두고 그런 연상을 함 직도 하였다. 하지만 제 밭뙈기 한 조각 없는 어려운 가세에 정신머리까지 그 모양이니 나이가 들어서도 혼삿길이 열리기는 아예 틀린 일이었다. 그런저런 중정이 있을 수 없는 아들은 물론이요, 처음 한동안엔 애면글면 아들아이 몽달귀신 신세나 면해주기를 바라던 어미조차도 끝내는 동네 디딜방아질로 해서나마 제 육신으로 호구를 이어가게 된 것을 다행으로 여기고, 부질없는 소망을 접어버리기에 이르렀다. 어미가 이제 아들을 위해 하는 일은 이따금 끼니조차 잊고 들어오는 위인의 부실한 섭생을 돌봐주는 이외에, 수년 전부터 동네 사람들에게 번지기 시작한 야소교(1906년 진목교회)의 새 예배당을 짓는 일과 교회를 이끌어가는 장점수 집사를 대신하여 주일날 조석으로 예배 시간을 알리는 종지기 노릇 속에 오로지 가엾은 아들을 위한 마음의 기도 뿐이었다.

아이들의 행투는 그저 다른 할 일이 없는 짓궂은 놀림에 불과했다. 하지만 아이들에겐 녀석들 나름대로 보는 눈과 느낌이 있을 수 있었다. 그리고 소문이란 원래 어디에 뿌리했든, 근원은 잘 드러내지 않은 채 줄기가 번져가기 마련이었다. 이번에는 농지거리 좋아하는 동네 아낙들이 녀석들 사이의 소문을 이어받아 은근슬쩍 외설스런 말장난들을 일삼기 시작했다.

"아이들 말이 아주 틀린 소리도 아니겠구먼그래. 대성이하고 자두리가 밥 먹고 나면 하는 일이 뭐여. 그 튼실한 방아로 내리찧기와 맷돌짝 돌리는 일 아녀? 그런 천생연분은 일부러 찾아 만나재도 어려운 일 아닌가벼. 히힛……"

"그러니께 자두리가 어떻게 그러큼 하늘이 점지해준 연분을 알고 이 동넬 찾아들었을꼬이?"

샘가 빨래터에 모여 앉거나 나물바구니를 끼고 들밭 두렁을 헤매 다닐 때면 아낙들은 별 흉허물 없이 그런 음담들을 서슴지 않았다. 게다가 한걸음 더 나아가 제 팔자를 제대로 다스려나가지 못할 두 사람의 전정을 위해 실제로 일을 꾸며볼 궁리를 내놓기도 하였다.

"하긴 허구한 날 남의 헛방아질 맷돌질만 일삼지 말고, 둘이 함께 만나 제 방아에 제 맷돌질 판을 벌이면 썩 재미지게 살 거구만. 사람이 태어나 자라다 보믄 누가 가르쳐주지 않아도 저절로 알게 되는 일이 남녀간 그 노릇인께 말여."

"지닐 것 지고 나서 제 구실 한번 못해보고 사는 인간들이 불쌍하니, 그럼 두 생령을 위해 한번 중매를 나서보아? 자두리 그것이 좌수댁 헛간 놔두고 밤마다 잠자리를 옮겨 다니는 것이 저도 모르는 새에 샅이 젖어 가려워 그러는 것인지도 모르고."

"누가 그 일에 발 벗고 나서주기만 한다믄야, 대성이 어매도 쌍수를 들고 고마워하겠제. 중 제 머리 못 깎는다고, 그런 아들 일에 에미가 나설 수는 없는 판에."

그 아낙들 간에 한동안 이러쿵저러쿵 제법 구체적인 이야기가 오간 끝이었다. 어느 아낙 하나가 정말로 대성의 어미에게 넌지시 의중을 떠봤더니 가타부타 의사가 없었지만, 드러나게 싫은 티도 아니더라는 소문까지 나돌 무렵이었다. 이번에는 일이 또 엉뚱한 데로 나아가기에 이르렀다.

하루는 역시 소문을 들은 좌수댁이 은밀히 행랑댁을 불러놓고 뜻하지 않은 소리를 일렀다.

"그 대성이하고 자두리 일은 나도 들었네. 그리고 두 사람의 처지에선 일이 그리 되는 것도 무방할지 모르겠네. 하지만 내가 자두리를 집에 주저앉혀두는 것은 나름대로 따로 생각이 있어 한 일이니 자네는 그런 일에 나서지 말고 좀더 기다려보도록 하게나."

"두고 기다리라면요? 안마님이 따로 생각하고 기신 일을, 전 알 일이 아니당가요?"

영문을 알지 못한 행랑댁이 조심스럽게 숨은 의중을 물었지만, 좌수댁은 뭔지 아직 마음이 정해지지 못한 듯 조심스럽게 대답을 망설였다.

"글쎄, 그런 소리를 해야 할지 말아야 할지…… 하여간 조금
더 기다려보도록 하게나. 당분간 저 자두리 밤잠자리 행보나 살
펴두고."

이번에도 행랑댁은 좌수댁의 숨은 의중을 읽을 수가 없었다.
하지만 다시 한 며칠 눈치를 유념해 살피면서 행랑댁은 어슴푸레
나마 결국 그 좌수댁의 속내를 짐작할 수 있었다.

"순보 저 사람, 앞을 못 보는 처지에도 귀는 제법 밝아서 누가
제 잠자리를 덥혀주는 줄은 알 거네. 인생길 어려운 사람끼리 서
로 따순 인정을 알아차리게 될지 모르니, 사랑방 아궁이는 앞으
로 자두리한테 맡겨두고 자네가 뒷단속을 책임지게. 큰 실수 저
지르지 않으면 저 사람 끼니 소반도 자두리한테 맡겨줘보고."

하루는 좌수댁 스스로 그런 뜻밖의 속내를 드러낸 것이다.

그 백순보 또한 어렸을 적부터 좌수댁 꼴담살이 애머슴으로 잔
뼈가 굵었지만, 웬일로 이십대에 일찍 앞을 못 보게 된 이후 쉰
노년 줄에 들어선 이때까지 있는 듯 없는 듯 한평생을 좌수댁 사
랑채 단골 식객으로 지내온 위인이었다. 앞을 못 보니 하는 일이
란 매양 어둑한 사랑방 구석을 차지하고 앉아 좌수댁과 동네 이
웃집 멍석이나 맷방석, 아니면 남정들 나들이짚신이나 곡물가마
니를 짜는 것을 천업(天業)으로 삼고 지내온 신세. 하지만 앞을
못 보는 대신 귀가 썩 밝아서 사랑방 드나드는 사람이나 문 앞을
지나가는 기척엔 늘 제 먼저 아는 척하고 나서는 바람에 주변의
웃음을 사는 일이 많은 얼뜬 위인이었다.

"아이고, 오늘은 날씨가 많이 화창해서 나들이라도 한번 나서 봤으면 좋겠구먼이라이."

성한 눈으로 날씨를 알아보는 양하고 들기도 하였고, 더러는 어쩌나 보자 어험어험, 짐짓 어른 헛기침 소리를 흉내 내고 지나 가는 조무래기 녀석들에게,

"아니 벌쎄로 저녁 진지는 잡수고 건너오시는 게라우."

지레 아는 척 엉뚱한 공대 조 인사말을 건네기도 하였다.

"어험, 그래 순보 자넨 아직 저녁 전이든가?"

그런 조무래기 녀석들의 몹쓸 장난질을 알아차린 때에도 위인 은 그저,

"큼, 이놈들, 어른을 놀리면 못쓴다."

점잖게 한마디씩 타이를 뿐 더 이상 허물하거나 노여워하는 일 도 없었다. 눈이 멀어 어딘지 좀 얼뜨고 의뭉스러워 보이는 데는 있어도 그런대로 퍽 심성이 온화하고 일손이 여일하여 마을 사람 들의 동정과 보살핌을 얻어 살아온 처지. 그렇게 밤이면 좌수댁 사랑채의 터주 격으로 그 좌수댁이나 이웃 머슴 녀석들과 함께 어울려 지냈고, 낮이면 혼자서 방 귀신 그림자처럼 오직 그 짚 엮 기 한가지로 소리 없이 긴 세월을 보내고 있었다.

그런데 형편이 워낙 선머슴들 처소라 사랑채 쪽에 그닥 발길이 잦을 수는 없었지만, 오랜 세월 늘그막까지 위인을 곁에 해온 인 정 때문이었을까, 떠돌이 여자를 제집 행랑채에 주저앉힌 좌수댁 의 심중엔 다른 사람 아닌 그 순보 위인이 들어앉아 있는 듯했다. 뿐만 아니었다. 좌수댁은 며칠 뒤 여자의 입성 몰골이 너무 후지

다며 집안의 다른 부엌일 계집아이들이 입던 옷가지를 깨끗이 손질하여 행랑댁으로 하여금 그녀의 행색을 새로 단속해주게까지 하였다.

하다 보니 인간사 음양의 이치란 어떤 처지에서도 별 다름이 있을 리 없었다. 주위 사람들의 속내나 눈치를 알았든 몰랐든 여자는 행랑댁이 시키는 대로 치마저고리를 새로 갖춰 입었고 사랑방 아궁이에 멍석바닥이 끓도록 군불을 지펴댔으며, 끼니때면 행랑댁이 마련해준 외간 남정의 소반을 별 망설임 없이 방 안까지 들여다주곤 하였다.

"그 사람은 눈앞이 많이 어둔 사람이니 인정머리 없게 덜렁 밥상만 들여놓지 말고 곁에 지켜 앉아서 밥술질을 좀 거달아주어. 국그릇도 앞으로 당겨주고 찬가지들도 살펴주고."

좌수댁의 의중을 짐작한 행랑댁의 다그침에도 그녀는 별 내외하는 기미 없이 미적미적 상머리에 쭈그리고 앉아 있곤 하였다. 그런 때면 더러 히힛 히이이, 하는 여자의 헤픈 웃음기에 섞여 두 사람 간의 희한한 이야기소리가 들려 나오기도 하였다.

"댁은 뉘시오? 전에는 이 집에 못 보던 사람 같은디."

"히잇 히히잇."

"내 눈앞이 어두워 보아도 알 수 없겠지만, 어쨌거나 이 댁 바쁜 일손에 이런 위인 조석 끼니까지 마음을 써주니 고맙기 그지 없구만."

"히잇 히히이."

목소리가 다소 무뚝뚝하고 굵은 편인 데 비해 경우가 밝고 점잖던 말씨가 더욱 정중하고 은밀해진 걸 보면 순보 위인도 여자의 조석 반상 시중을 싫어하지 않는 기미가 역력했다. 싫어하기는커녕 은근히 마음이 끌리고 있음이 역력했다. 아직 섣불리 단정할 수는 없었지만 일이 제법 좌수댁이나 행랑댁이 바라던 대로 되어가는 셈이었다. 행랑댁은 이제 끼니때마다 두 사람의 방 안 동정을 엿보는 것이 빼놓을 수 없는 일과거리가 되었을 정도였다.

"가만히 두고 더 조심스럽게 지켜봐여. 둘 일을 너무 가까이 엿보거나 아는 척하고 들지 말고."

행랑댁의 귀띔을 건네 들은 좌수댁도 일이 더 익을 때까지 모른 척하고 기다려라, 핀잔투 단속을 잊지 않았지만 속으론 썩 만족해하는 표정이었다. 하지만 행랑댁 처지에선 이제 입을 다물고만 지낼 수도 없었다. 두 사람 되어가는 기미도 기미려니와 이제는 안댁 마나님 의중이 썩 분명해진 터였다. 게다가 사정을 알지 못한 동네 아낙들은 아직도 여자와 대성을 두고 이러쿵저러쿵 번지수 다른 잔치국수 타령을 하고 다녔다. 필경 대성 모자 쪽만 애꿎은 낙담거리를 떠안게 될 형세였다. 행랑댁은 이제 더 그걸 모른 척할 수 없었다. 그런저런 중정머리가 없는 대성은 그만두고라도 공연한 헛공사로 제 노모의 아린 가슴에 또 한번 못을 박게 해서는 안 되었다.

"되지도 않을 헛공사로 이젠 부질없는 입질들 그만두어. 그 여자 혼사 잔치국수는 다른 데서 얻어먹게 될지 모르니!"

행랑댁으로선 일이 이제 그만큼 분명해 보인 때문이기도 하였다. 그리고 한집 지붕 숙식을 해오는 행랑채 아낙의 말이 그렇듯 썩 자신만만하고 보니, 동네 여편네들도 이제는 대성 쪽을 접어 두고 순보 위인 쪽으로 소문의 방향을 바꿔갔다.

"자두리 그것이 요샌 잠자리를 옮겨 다니지 않고 좌수댁 헛간 방을 꼭꼭 지키고 잔다며?"

"엉큼한 개 부뚜막에 오른다고, 하룻밤엔 행랑댁이 그 헛간방 에서 순보가 나오는 걸 보기도 했다는구만그려."

"그러면 되었지 뭘. 양쪽 다 정신이 좀 허실하기는 하지만, 심 성은 그런대로 착한 편이라니 서로 불쌍히 여김서 의지하고 살아 가믄 좋겠제."

그러니 이제는 동네 조무래기 아이들까지 어느새 대성의 일을 잊은 채 자두리를 아예 순보 여자 취급이었다.

"저기 순보 각씨 간다. 야, 자두라! 순보 각씨야!"

"순보가 눈이 멀어 니가 미친년인 중도 모르는 것 아니냐?"

좌수댁이고 행랑댁이고 동네 아낙들이고, 심지어 별말들 없는 바깥남정들이나 조무래기들까지 온 동네가 이제는 두 사람의 일 을 두고 그쯤 마음이 기울어가고 있었다.

알 수 없는 것은 다만 그 실실치 못한 두 사람의 일을 처음부터 그렇게 염량해온 좌수댁의 속마음이었다. 아낙들 간에는 더러 나이 먹은 좌수댁 어른의 웅숭깊은 인정미를 칭송하기도 했고, 더러는 아들 하나밖에 두지 못한 그녀의 자식 욕심을 들어 두 사 람이 제 핏줄기를 가려 거두지 못할 처지를 산 일일지 모른다고 의심하기도 했다. 허나, 곡물간이나 재물 계량은 동네가 다 부러 워할 처지라지만 사람의 인정 때문이라면 뒷감당이 너무 버거울

일이었고, 피를 나누지 못할 자식 욕심에서라면 더더욱 말이 안
되었다. 비록 하나뿐인 아들이나마 이미 대처의 보통학교 유학
을 마치고 돌아와 마을에선 유일한 양복쟁이로 면소 사무직 출
입을 시키는 데다, 온 고을잔치로 치른 혼인 성가 이후엔 사내아
이 둘에 막내 계집아이까지 삼남매나 얻어 기르는 터여서 남의
열 아들 부러울 게 없는 처지였다. 그러니 그 좌수댁의 속마음은
마을 사람들에게 한동안 풀릴 길 없는 수수께끼로 남을 수밖에
없었다.

2

　선바위골 뒷산 너머로 이 지역 사람들이 흔히 '큰산'이라 부르
는 천관산(天冠山)이 높이 솟아 있었다. 예로부터 지리산 월출산
등과 함께 호남오악(湖南五岳)의 일봉으로 불릴 만큼 유서가 깊고
웅장한 산으로, 높이는 불과 7백여 미터에 불과하지만 산자락이
바로 남해안 물깃에 닿아 있어, 그 표고에 비해 조망이 인근 고을
을 멀리까지 아우를 수 있었고(날씨가 맑은 날에는 멀리 바다 건
너로 밀짚모자가 떠 있는 듯한 형상의 한라산까지 볼 수 있으니까),
정봉에는 동서남북 사방으로 나라의 봉수(烽燧) 신호를 전해 보
내는 석조 봉대가 설치되어 있었다. 뿐더러 이 산 곳곳에는 삼국
시대 이래로 탑산사(塔山寺, 이 산의 옛이름이 '탑산'이었다는 기록
이 있다)와 천관사, 옥룡사 등을 비롯, 일백 개소 가까운 호국불

교 도량을 이루었다 전해지며, 산 동쪽 당동마을엔 고려 왕조시의 한 왕비(의종계비)까지 배출한 역사와 사적들이 현존한다.

하지만 이 산은 성가에 비해 나무숲이 그리 울창하지 않고 바위가 많아서, 그 옛날 아홉 마리의 용이 승천했다는 구룡봉 큰 암벽 봉우리를 비롯한 정상 부근의 즐비한 입석군(立石群)과, 끝이 보이지 않을 만큼 드넓은 억새밭 이외에는 외관상 매우 헐벗은 느낌을 주기 쉬운 데다, 고래로 겪어온 역사 또한 지극히 험난했다. 멀리로는 고려조 때의 일본 공략에 나선 여몽(麗蒙) 연합군의 군선 건조를 위해 산의 수림이 크게 남벌당했고〔동쪽 산기슭 동네 방촌마을 입구에는 이때 출정 군선의 무운을 빌어 세운 것으로 전해지는 '진동대장군(鎭東大將軍)'이라는 돌장승이 서 있다〕, 다음으론 조선조 왜란 때 우리 군선 건조〔이 충무공은 정유재란 중의 백의종군시 순천과 옥과의 병영을 경유하여 이곳 해안 만호진 회령포(지금의 회진포)에 당도하여 사흘간 머무르며 원균 휘하의 배설 장군이 거제의 견내량 해전에서 패해 이끌고 온 12척의 폐선에 가까운 군선을 수리하여 고금과 명량해전에 출진케 하였다 전해진다〕 왜인들의 방화 약탈로 다시 울창한 수목과 사찰들이 큰 수난〔왜군과 왜구는 고려조 이후 임란 때까지 수시로 이 산의 사찰들을 방화 약탈하여, 그 과정에 탑산사의 동종은 해남 대흥사로 옮겨 흘러간 비운을 겪게 되고, 사찰들은 몇 곳의 당우와 유적만을 남긴 채 거의 다 소실되었다〕을 겪었으며, 봉수제도가 폐지된 한말 이후 일제 강점기부터는 일본인 회사들의 건축재 반출사업으로 온 산이 다시 한 번 크게 헐벗게 되었다. 뿐만 아니라 구한말 때 인근 장흥성 밖 석대들 싸움에 패해 명운을 다하게 된 저 갑오년 병난 의병들 가운데엔 이 산줄기에 마지막 은신처를 얻어든 경우도 있었으니, 그 수난과 폐해의 역정은 오늘에까지 이르고 있는 셈이랄까.

그런데 이 산에 언제부턴지 인근 고을 사람들의 유서 깊은 행사가 있어왔다. 봄이면 근동 마을 사람들이 며칠씩 떼를 지어 들어가 산나물과 약초를 캐오고, 가을이면 골짜기마다 지천으로 숨어 익는 감이나 밤, 모과 따위 산과일을 거두어 지고 돌아오는 일종의 세시행사였다.

하지만 그것은 외견상의 일일 뿐이었다. 어느 시절 누가 무슨 뜻으로 시작한 일인지는 분명치 않지만, 사람들은 언제부턴지 그렇게 산속을 찾아들어 며칠씩 머무는 동안 산나물과 약초를 캐고 산과일을 따는 일 외에, 산길 곳곳에 각기 자기 마을 이름의 크고 작은 돌탑을 하나씩 쌓고 돌아갔다. 그야 원래 이 산 이름이 탑산이었고, 탑산사라는 절까지 있었던 사실을 상기하면 그 유래나 의미를 쉽게 떠올릴 수 있었다. 하지만 사람들 간엔 더러 맨 첫번 돌탑이 세워진 때가 산정 봉수대의 불이 꺼지고 나라의 명운이 쇠락하면서부터였음을 기억하고 있는 걸 보면, 그리고 각기 모양과 크기가 제각각인 돌탑들이 해를 더할수록 경쟁하듯 늘어가는 것을 보면, 그것을 세우는 뜻이 그렇게 단순치만은 않아 보였다. 헐벗은 산을 돌탑으로 다시 꾸미고 긴 세월 짓밟히고 스러져간 이 땅의 소망을 되일으켜 세우는 격이라 할까. 분명한 뜻이나 목적이 밝혀진 일은 없었지만, 그 탑들에는 그것을 세운 인근 고을 사람들의 말없는 공감과 모종의 간절한 기원이 깃들고 있음이 분명했다.

하고 보니 봄가을 계절과 해가 더해갈수록 숫자가 자꾸 늘어가는 그 수수께끼 같은 돌탑군에 일제 관서의 눈길이 무심할 리 없었다. 고을 관서에서는 마침내 이 산에 더 이상 돌탑 세우는 일을 금지시켰다. 그리고 특별히 단체 입산 빈도가 잦고 돌탑의 수도 많이 늘어나는 대흥과 관산면 쪽으로는 면장과 주재소의 명령으로 이쪽 마을 사람들의 입산 자체가 금지되었다.

하지만 그것으로 사람들의 발길을 아주 끊어 막을 수는 없었다. 봄가을철만 들면 근동 지역 사람들은 산길을 멀리 돌거나, 어두운 밤길을 타고서라도 한사코 산으로 스며들어갔다. 그리고 어느 틈엔지 새 돌탑을 하나씩 쌓아놓고 돌아갔다. 이제는 산엘 들어가는 것이 봄나물이나 가을철 과일을 따가려는 것보다 탑을 쌓는 일에 더 열을 내는 식이었다.

숲길가 돌탑들은 숫자가 줄기보다 오히려 갈수록 늘어가는 꼴이었다. 마침내 고을 주재소나 면소에선 각 마을에서 울력꾼을 동원하여 모든 탑들을 일시에 파괴해버리기까지 하였다. 하지만 한 몇 년 세월이 지나고 보면 그 역시 부질없는 공염불이었다. 산길 숲가엔 하나하나 새 탑들이 솟아나 어느새 또 옛모습을 되찾아가고 있었다. 산행과 돌탑 쌓기는 그렇듯 인근 주민들의 거스를 수 없는 세시행사나 신앙처럼 되어갔고, 어딘지 불온한 기미를 감지하고 그걸 막으려는 관청 사람들과 지역 주민들 간에는 그 숨바꼭질 같은 놀음이 10년 가까이나 계속돼오고 있었다.

그 산행 습속은 남쪽으로 20여 리 가까운 거리의 선바위골 사람들에게도 예외가 아니었다. 선바위골 남정들도 봄가을철이면 며칠씩 떼를 지어 큰산엘 다녀왔고, 그때마다 산나물이나 생약재, 산과일 따위를 몇 자루씩 채취해 짊어지고 오는 것은 물론, 굳이 어디에 이름을 새기지 않더라도 숲길 어느 한곳에 선바위골 몫의 돌탑을 하나씩 세워 남기는 일 또한 다른 동네 사람들과 다름이 없었다. 면소나 주재소로부터 산행과 탑 쌓기를 금지당한 이후에도 은밀히 그 일을 계속해오기는 역시 마찬가지였다.

　그런데 그해 가을, 그러니까 이 마을에 '자두리'라는 여자가 들어와 좌수댁 행랑채 헛간에 들어앉아 지내기 시작한 지 거의 반년쯤이 되어가던 추석 무렵이었다. 이해에도 물론 마을 남정 몇몇이 적게 무리를 지어 산으로 떠나갔다. 하지만 사정이 예전과 같지 못한 처지에서 그 산행을 드러내놓고 나설 수는 없었다. 남자들은 어두운 밤길을 끼리끼리 은밀히 떠나갔고, 그래서 마을에선 처음 누구누구 몇 사람이 언제쯤 길을 나섰는지 당자의 가족들조차 자세한 사정을 알지 못했다. 마을에선 몇몇 얼굴이 보이지 않는 남정들을 두고 그저 지레짐작으로 예년의 일을 떠올렸을 뿐이다.

　사실이 좀 제대로 알려지기 시작한 것은 추석을 지나고 난 사나흘 뒤, 그 남정들이 산에서 돌아오고서부터였다. 하지만 이때도 산에서 일어난 일이 모두 확연히 알려진 것은 아니었다. 추석 명절 며칠간 눈에 보이지 않던 사람들이 하루아침 하나하나 얼굴을 드러내고 나타나자 마을 사람들은 으레 위인들이 그 산행을 하고 왔겠거니 짐작하고 넘어갔을 뿐이다. 이롭잖은 눈길을 피하느라 이제는 옛날처럼 산나물이나 과일 자루를 메고 오는 일이 드문 데다 산을 다녀온 본인들도 이웃이나 심지어 한집 식구들에게까지 말을 삼가는 바람에 더 이상의 자세한 사정은 알려지기가 어려웠다.

하지만 이해 선바위골 남정들의 산행길엔 참으로 해괴한 일 하나가 숨겨지고 있었다. 그리고 차츰 그 비밀의 장막이 걷히고 그에 연루된 산행 당사자들의 면면이 제대로 알려지기 시작한 것은 엉뚱하게도 그 좌수댁의 푼수 같은 여자 자두리로 인해서였다.

안좌수댁의 까닭 모를 단속으로 추석 명절이 지나고 마을 남정들이 산행에서 돌아온 지 한참 뒤에서야 밝혀진 일이지만, 추석을 전후하여 마을에서 얼굴이 사라진 것은 예의 산행꾼들만이 아니었다. 남정들이 산으로 떠날 때를 전후해선 자두리의 얼굴도 한동안 사람들 눈에 띄질 않았다. 하지만 여자가 함부로 밤잠자리를 옮겨 다니는 데다 하루걸러 이리저리 다른 집 맷돌일에 붙잡혀 지낼 때가, 많아 마을 사람들 중엔 그걸 그리 유념해본 이가 없었다. 심지어 그녀의 일을 곁에서 보살펴온 행랑댁이나 좌수댁마저도 별다른 생각을 못했다.

"끼니야 잠자리야 제집 한가지로 드나들믄서 이리 일손이 바쁠 때는 고이 한곳에 들어앉아 지낼 일이제, 이 여편네가 이런 때 해필 애 빠지게 어느 집 맷돌을 돌리고 자빠졌을꼬이."

"그렇기는 하네만, 그 사람이 어디 그런 사정 저런 사정 가릴 만한 여편네던가. 일손이 바쁘대도 그 인간한테 제상 음식을 손대게 할 수도 없는 일, 그냥 모른 척하고 놔두게나".

행랑댁의 푸념에 좌수댁 역시 좀 서운한 눈치기는 하면서도 추석 대목을 그쯤 대수롭잖게 넘어갔을 뿐이었다.

그런데 명절 당일까지도 전혀 얼굴을 볼 수 없어 비로소 일이 좀 괴이쩍던 참이었다. 실실치 못한 정신에다 사람들 왕래가 많은 명절 어간에 선바위골을 아예 떠나고 말았는가 싶던 여자가 예의 산행 남정들이 마을로 돌아온 다음 날부터 슬그머니 다시 얼굴을 내밀고 나타난 것이었다. 그것도 그 천성 같은 겸양스러움이나 헤픈 웃음기가 사라진 대신 어딘지 쭈뼛쭈뼛 겁을 먹은 얼굴을 하고서였다. 그나마 전날의 정의(情義)가 마음을 이끌어선지, 마을로 들어선 길로 다른 한눈을 팔지 않고 다시 좌수댁 골목을 찾아든 게 신통했달지.

그러니 내심 괴이한 생각을 참아오던 좌수댁은 그런저런 행랑댁의 귀띔에 그냥 모른 척 앉아 있을 수가 없었다. 뿐더러 평소 사랑채 한가운데에 자기 방을 따로 마련해두고서도 순보나 머슴방 녀석들을 가까이하지 않으려 늘 안채 큰방지기 노릇으로 지내면서도 안식구의 내방살림 일에는 좀체 아는 척을 안 하던 안좌수 영감이 그 좌수댁의 부질없는 궁금증을 보다 못해,

"이 사람이 볼썽사납게 그 온전치 못한 여편네 일에 웬 마음을 그리 써쌓아?"

모처럼 한마디 참견해오는 소리도 귀담아들을 수가 없었다. 영감의 그런 힐책까지 들은 김에 그녀는 이날 저녁 결국 행랑댁을

앞세우고 사랑채 쪽으로 나갔다. 그리고 지난 봄철, 여자가 처음 집안엘 들어섰을 때 한가지로 다시 맨발 꼴에다 입성이 후줄근해진 몰골로 헛간 앞에 웅크리고 앉아 있는 그녀를 보고 쯧쯧 혀부터 찼다.

"그래, 그동안 어디 가서 무얼 하고 지내다 왔기에, 자네 꼴이 그 모양이란 말인가."

하지만 여자는 무슨 큰 허물거릴 지고 온 사람 마냥 흘낏흘낏 겁먹은 눈길을 피하기만 할 뿐, 아무 대꾸가 없었다. 좌수댁이 새삼 그녀 앞으로 바투 다가앉으며 달래듯 조용조용 거푸 같은 말을 물어도 소용이 없었다. 그럴수록 그녀는 더욱 불안한 기색을 숨기지 못한 채 몸을 자꾸 뒤로 움츠러들었다.

"어디 가서 무얼 하다 오기는요. 가고 오는 날이 동네 남정들하고 한날인 걸 보믄 제 입으로 듣지 않아도 뻔한 속이지라. 그래도 그 중정머리에 무엇이 잘못된 중은 알아서……"

나무람 투를 섞어 대답을 대신한 것은 참다못한 행랑댁 쪽이었다.

하지만 좌수댁은 이제 그 행랑댁이 아니더라도 그간의 사정을 대충 다 짐작하겠다는 듯,

"하긴, 진자리 마른자리 처지를 가릴 줄 알았다면 자네 신세가 지금 여기에 이르렀을까, 쯩."

힐책과 탄식기가 섞인 알쏭달쏭한 한마디를 남기곤 다시 몸을 펴고 일어서버렸다. 하지만 그간 여자의 행적에 대한 좌수댁의 단속은 그것으로 다 처결이 난 게 아니었다. 웬일인지 그녀는 이

날 밤늦게 다시 행랑댁을 찾아 나와 이번에 큰산행을 다녀온 동네 사내들의 면면을 물었다. 그리고 산을 다녀온 것으로 알려진 여섯 사람 중 말수나 심지가 무던하여 그간에 좌수댁 농사일에 머슴 한가지로 단골품을 팔고 지내온 만득이라는 노총각을 은밀히 불러오게 하였다. 여자를 젖혀두고 이번엔 남정들 쪽을 닦달하려는 것이었다.

"이번 자네들 산행 때 저 헛간방 여자를 함께 데려갔다 왔다며?"

그녀는 오래잖아 어둠 속으로 행랑아범을 뒤따라 들어선 만득에게 그간의 일을 다 알고 있다는 듯 다짜고짜 그렇게 물었다.

"무슨 말씀이시어요? 지가 이번에 산을 갔다온 건 사실이지만요……"

만득은 처음 어물어물 시치밀 떼고 넘어가려 들었지만, 자두리가 이미 사실을 시인했노라는 좌수댁의 다그침에 자기 변명을 겸해 어쩔 수 없이 조금씩 입을 열기 시작했다.

"하긴 그 자두리가 따라간 건 사실이구먼요. 하지만 그건 우리가 억지로 데려간 것이 아니라, 지가 제 발로 따라나선 택이라네요."

"자두리가 거길 제 발로 따라나서다니?"

"그날 초저녁에 저 아랫동네 복배 아배가 길을 나서다 보니 그 여자가 회관 옆 지 씨네 감자막께서 내려오고 있더래요. 그래서 장난삼아 우리 좋은 데 놀러 가는디 따라가지 않겄냐니께, 그 여자 늘상 하는 버릇 있잖어요. 소리를 듣곤 히힛 괴상헌 웃음기를 흘리고 길을 지나쳐가는 듯싶더니, 복배 아배가 저 마장골 고개 쪽으로 동네 길을 벗어나다 등 뒤 기척이 이상해 돌아보니 그것이 어둠 속으로 어정어정 뒤따라오고 있더라지 않아요. 그래 일행이 남정들뿐이라 산에서 취사 마련 심부름이라도 시키면 좋겠다 싶어, 동행들 모이기로 한 고개 위까지 모른 척하고 뒤에 달고 왔다고요. 그 소리 듣고는 잿등에 먼저 와 기다리던 사람들도 장난삼아 그게 좋겠다고 했고요. 그러니 그 여자가 제 발로 길을 따라나선 택 한가지 아닌 게벼요."

한데 좌수댁이 일부러 만득을 부른 것은 어쩌면 일의 자초지종을 밝히거나 허물을 물으려는 것이 아니었는지도 몰랐다.

"그래, 그건 그렇다 치고……"

좌수댁은 의외로 그쯤 만득의 변명조를 쉽게 곧이들어주었다. 그리곤 평소의 점잖은 언행에 어울리지 않게 은근한 목소리로 좀 거북한 소리를 입에 담았다.

"자네들 정말 산에서 저 여자헌티 끼니 심부름밖에 다른 일은 없었겄제?"

만득에겐 그게 물론 자신의 허물을 다그치는 소리로 들릴 수밖에. 그래 위인은 주위 눈치도 잊은 채 지레 펄쩍 목소리를 높이고 나섰다.

"그러믄요. 밥 심부름 일밖에 저런 여자한티 무신 다른 일이 있었겄어요. 지는 도대체 그 여자 손길을 거친 밥숟갈조차 선뜻 집어들기 싫었는걸요. 하기야 다른 사람들은 더러 파적 삼아 실없는 소리를 건네기도 했지만요."

하다 보니 좌수댁은 아닌 게 아니라 그 산행꾼들의 허물을 물으려는 게 아니었음이 분명했다. 그녀는 위인에게 더 이상 캐어묻거나 듣고 싶은 소리가 없는 것 같았다.

"알았네. 알았으니 그 소린 이제 그만두어."

그녀는 이번에도 만득을 쉽게 믿어주는 투였다. 오히려 위인에게 더 거북한 소리를 못하도록 입을 틀어막으려는 낌새였다.

"그리고 지금 이 시각부턴 동네에서 누가 뭐라든 이번 일은 없었던 일로 치고, 공연히 쓰잘 데 없는 입놀림들 말어. 자네뿐 아니라 이번 산행을 다녀온 다른 남정들헌티도 그렇게 이르고. 그게 다 저 여자보다 자네들을 위하고 동네 이웃들 편하자고 하는 단속으로들 알라고."

마지막으로 다시 한 번 그런 단속까지 주어서 만득을 그만 돌려보냈다.

하지만 생각보다 간단히 어려운 자리를 면하고 좌수댁 앞을 물러나간 만득은 그가 어두운 골목길로 사라지는 것을 보고 뒤에서 그녀가 혼잣소리처럼 혹은 짐짓 어디론지 자리를 피해 있는 행랑댁에게라도 들으라는 듯 중얼거리는 소리를 들었을 리가 없었다.

"내가 사내놈들 일을 어떻게 믿어. 헌디다 지놈이 다른 사람들 일을 어떻게 다 안다고……"

어쨌거나 일은 일단 그쯤으로 일단락이 지어지는 것 같았다. 좌수댁이 그쯤 여자를 감싸 입단속을 하고 나섰고, 여자 또한 원래 반벙어리 형국이니 무슨 해괴한 소리가 새로 번져나갈 리 없었다. 게다가 산행을 다녀온 남정들은 물론 안사람들까지도 그런 일이 더 이상 사람들 입에 오르내리는 것을 바랄 바가 아니었다. 사단의 당사자 격인 남정들은 좌수댁의 당부가 아니더라도 담 너머 골목길을 오가는 여편네들의 달갑잖은 입방아질 따윈 귀에도 담으려 하질 않았고, 그 안사람들 역시 사실이 어찌 됐든 남정들의 그 완강한 침묵과 역정기 어린 부인 앞에 더 이상 개운찮은 심사를 지고 살 이유가 없었다.

그 일은 오래잖아 몇몇 입살 사나운 여자들의 빨래터 송사 끝에 차츰 소문의 꼬리가 사라져가고 있었다. 그런데 일은 애초 그렇게 흐지부지 끝날 수가 없게 되어 있었다. 남정들이 산행을 하고 돌아온 지 한 달쯤 되어갈 무렵이었다. 그 반벙어리 형국의 여자 몸이 이번에는 직접 사실을 말하고 나서기 시작한 것이다.

어느 날 행랑댁은 다시 사랑채 머슴방 출입을 시작한 여자가 반봉사 순보의 저녁상 시중을 들어가다 느닷없는 헛구역질로 허리를 꺾고 주저앉는 꼴을 보고 한동안 매우 괴이한 생각이 들었다.

하지만 그건 섣불리 입을 열고 나설 일이 아니었다. 그녀는 한 며칠 여자의 동정만 조심스럽게 지켜봤다. 그녀의 의심은 공연한 것이 아니었다. 여자의 헛구역질은 때 없이 이어졌고, 그때마다 그녀는 눈물까지 찔끔거리며 입을 틀어막고 몹시 괴로워하는 빛이 역력했다. 이제는 혼자서 덮고 넘어갈 일이 아니었다. 산엘 다녀온 뒤부턴 전날처럼 다른 집 맷돌질을 얻어나가는 일이 드물어 아직 별다른 소문이 없었지만, 그 일이 바깥으로 먼저 알려지기라도 하는 날엔 당자는 고사하고 동네 사람들 간에 무슨 풍파가

일지 알 수 없었다. 무엇보다 도대체 이런 일을 두고 안채 좌수댁이 어떻게 생각할지 알 수 없었다. 좌수댁에게 먼저 사실을 귀띔하고 그녀의 처결을 기다리는 것이 순서였고 마땅한 도리였다.

그것은 행랑댁의 썩 현명한 판단이었다.

"무어? 저것이 무슨 입덧을 해? 자네 지금 그게 무슨 소린지 제대로 알고 하는 소린가?"

행랑댁의 은밀하고 조심스런 통기에 좌수댁은 처음 몹시 놀라는 기미였다. 하지만 그녀는 역시 평소의 언행처럼 침착하고 사려가 깊은 여자였다. 좌수댁은 이내 평상심을 되찾은 듯 한동안 더 아무 말이 없이 혼자 생각에 잠기는 기색이었다. 그러다간 역시 의연스런 어조 속에 차근차근 일의 가닥을 잡아나갔다.

"쯧쯧, 이건 꼭 주인 없는 묵정밭에 이름 모를 똘씨가 날아든 격이 됐구만. 내 아무래도 미심쩍은 생각을 지울 수가 없더니 종당엔 일이 이렇게 다 밝혀지게 되는 것을."

좌수댁은 우선 사실을 사실대로 쉽게 받아들여 그간 당사자와 주변 사람들의 행신을 점잖게 나무랐다. 사단의 진원도 다른 누구가 아닌 산행꾼들 쪽으로 지목해버린 식이었다. 하지만 그 말투는 전날부터 여자에 대해 그래 왔듯 썩 너그러운 편이었고, 어쩌면 으레껏 짐작하고 기다리던 일이 일어난 것뿐이라는 듯 대범했다. 뿐더러 일의 처결을 위한 행랑댁에 대한 당부 또한 지극히 인정스럽고 간곡했다.

"그러니 어쩌겠는가. 저 불쌍한 것이 그런 처지를 부끄러워할 줄이나 알겠는가, 제 천륜을 제대로 품어 기를 줄이나 알겠는가.

이제부턴 곁에 있는 행랑댁이 이것저것 일을 다 살피고 감싸주는 수밖에. 곡절이야 어찌 됐든 우리 집 울 안을 제 둥지로 여기고 지내는 인간 일이라 동네 사람들 할 말 안 할 말 무슨 소리들을 할지 모르니, 당분간은 이 일이 바깥에 알려지지 않게 하고. 우리 집 사랑부터 우선 웬 패륜지사냐 당장에 내치라 역정이시겠지만, 아무리 저 같은 반푼수 일이라도 새 생령 점지 받는 일은 하늘 뜻을 안는 일인 터에 당신인들 어쩌겠는가. 내 어떻게든 그 양반 성깔은 눅여 재울 테니, 그 당신 처결이 내릴 때까지는 말이네. 안채 정제꾼이야 사랑채 객식구야 남의 머슴 사내들까지 발길이 잦은 집이라 그런다고, 동네 이웃 눈길을 오래 가릴 수는 없겠지만, 그동안엔 저 여자 바깥일 나가는 것도 일절 금하고. 자네가 이 일을 못 본 체 버려두지 않고 내게 미리 이렇듯 조용히 의논해온 것도 자네 또한 그런저런 사람의 경우나 도리를 생각해서가 아니었겠는가⋯⋯"

참으로 대갓집 안댁다운 도량이요 깊은 인정이 아닐 수 없었다. 행랑댁은 감동하여 그 좌수댁 앞에 스스로 다짐하지 않을 수 없었다.

"염려 마셔요. 안마님 어려운 사람들 거둬 살피는 심덕을 볼라치면 세상 사람 복운은 저 혼자 타고난 것이 아닌 모양인가 부네요. 안어른의 하늘 같은 공덕을 위해서라도 지가 어김없이 잘 보살펴나갈 것이구만요."

그리고 행랑댁은 한동안 자신의 다짐대로 여자와 주위 사람들의 눈치를 살펴가며 그녀를 잘 돌봐나갔다. 여자의 바깥출입은 아예 발목을 묶어놓은 데다, 그쪽 일에 눈치가 빠른 안채 동자꾼 아이들은 좌수댁의 별다른 단속이 없었더라도 입을 짐짓 굳게 다물고 지내는 어른들 눈치를 보느라 덩달아 입조심들을 하고 지내는 낌새였다. 아닌 게 아니라 한번은 그쪽 철이 들 만한 유월이년이 그런 낌새를 내보이려다, 너 주둥이 잘못 놀렸다간 죽고 못 산다는 행랑댁의 종주먹질에 제물에 입을 틀어막는 시늉을 해 보였을 정도였다. 이것저것 눈치껏 입성을 보살펴준 행랑댁 덕분인지 여자의 헛구역 입덧질이 비교적 쉽게 멈춘 것도 그중 다행이었다. 하지만 그 정도 단속으로 끝끝내 일을 조용히 덮고 넘어갈 수는 없었다. 그런 일은 결국 시간이 말을 하고 여자의 몸이 낌새를 드러내게 마련이었다.

일이 처음 기미를 드러내고 좌수댁과 행랑댁 간의 은밀한 약조 속에 여자의 처지가 그런대로 한 달쯤 조용히 덮여 지나가던 참이었다. 낌새를 아는지 모르는지 좌수 영감이나 안댁 쪽에선 아직 별다른 조처의 기미가 안 보인 채, 하루는 거꾸로 바깥쪽에서 먼저 소문이 흘러들어왔다.

"자두리가 산엘 다녀와서부터 배가 부르기 시작했다믄서? 그 덕에 그 집에 웬 남의 산고 들 판 났네."

하루는 안채 동자꾼 유월이년이 동네 우물길에 한 아낙으로부터 그런 놀림 소리를 듣고 와선 그길로 곧장 행랑댁부터 찾아 나와 그대로 고해바쳤다. 그리곤 자신도 이젠 더 입을 막고 지내기가 답답하다는 듯 불평 섞인 하소연을 털어놨다.

"그러니 이제는 바깥사람들까지 그리 실실 수군대고 돌아가는 판에 이 집 안에서도 답답한 입 좀 열고 지내면 안 돼요?"

그러니 그 유월이년의 소망이 아니더라도 일은 이제 어차피 안 팎으로 다 드러나고 말 판세였다. 행랑댁은 모든 것이 자신의 잘 못 때문인 듯 처지가 난감했다. 게다가 달을 거듭한 여자의 몸은 어느새 아랫배가 무겁게 불러오는 기미가 완연했고, 그동안 세세 한 행랑댁 간섭이 답답했던지 입덧이 일찍 가신 미친 소갈머리는 그 몸에 아랑곳없이 걸핏하면 바깥 문간을 나서려고 만 하였다. 이젠 행랑댁 혼자 속을 끙끙 앓아봐야 별 뾰족한 수가 나설 리 없 었다. 모든 걸 다시 좌수댁 앞에 털어놓고 다음번 처결을 묻는 수 밖에 없었다. 그런데 그것도 그쪽 물색을 모른 행랑댁의 분수 없 는 바람이었다.

"내가 지금 꼭 그런 일까지 마음을 쓰고 지낼 처지던가?"

행랑댁의 고변을 들은 좌수댁은 왠지 그새 자두리의 일에서 마 음이 멀어진 듯 차가운 반응이었다. 차갑고 무관심한 정도가 아 니라 행랑댁을 은근히 나무라는 투였다. 알고 보니 행랑댁이 늘 집안일에만 묶여 지내온 데다 좌수댁과도 한동안 따로 만난 일이 없어 그간의 사정을 알지 못한 탓이었다. 좌수댁 쪽에 실은 그럴 만한 사정, 자두리년 일 따윈 마음 한구석에도 둘 수 없을 만큼 큰 경사가 있었기 때문이다.

"하긴, 허구한 날 이 행랑채 울 안에 들어박혀 귀를 닫고 지내 는 자네 처지라 내 일을 다 알 수가 없었겠제. 그동안엔 좀 긴가 민가 하는 마음에 일을 더 두고 보느라 당사자는 물론 나도 누구 한테 입을 뗀 일이 없었고. 하지만 이제 일이 썩 분명해진 듯싶어 말이네만, 내게도 그간…… 아니지, 실은 내 친정 쪽 일이지만 그쪽 동생댁한테 드물게 반가운 일이 생겼네."

비로소 말씨가 좀 부드러워진 좌수댁이 그간의 일을 자랑스럽게 털어놓았다. 듣고 보니 그건 행랑댁도 정말 누구보다 놀라고 즐거워해야 할 경사였다.

좌수댁은 원래 친정 가세가 많이 어려운 처지에서도 어릴 적부터 미모가 썩 출중하여 한사코 그 좌수 아비의 반대를 무릅쓰고 나선 신랑의 고집 덕에 한동네 혼사로 안씨가 사람이 되어 늙어온 여자였다. 그런데 가통이 원래 그랬던지, 좌수댁이 외동아들 하나를 보고 단산이 되고 만 것처럼 하나밖에 없는 아랫동네 친정집 오라비까지 십대 조혼으로 아들 하나 딸 하나 두 아이밖에 없이, 나이 이십대 초반에 제 누이처럼 일찍 단산이 되고 말았다. 한데다 친정 오라비의 경우는 안씨가의 누이보다 불운이 더 길게 겹쳐 이어졌다. 좌수댁 아들은 이미 아들딸 이어서 삼남매를 얻었지만, 오라비 쪽은 전대의 일을 생각해서 역시 십대 조혼을 서둘렀는데도 나이 어언 삼십대에 접어든 지금까지 아직 남녀불문하고 후사의 흔적을 보지 못한 데다, 어간에 그 아비 좌수댁의 오라비마저 일찍 세상을 버리고 만 것이었다. 그래 첫 혼례를 치른 여자는 그 모든 허물을 자신의 부실한 몸 탓으로 치부하고 5년 만에 제 발로 친정집으로 물러섰고, 이후 그 조카는 한동안 마음이 더욱 조급해진 한동네 고모 좌수댁의 은밀한 주선으로 이 여자 저 여자 어려운 청상들을 골라 후사를 도모해보려는 눈치였지만, 그도 모두 허사로 끝나곤 하였다. 그러니 어쩌면 그 허물이 애초

에 조카아이 쪽에 있었기 쉬운 일이었다. 하긴 그 조카에게도 남
정의 씨앗이 아주 말라버리진 않았던지, 어느 핸가는 다시 물 건
너 약산 쪽 섬 여자 하나를 골라다 새장가 혼례까지 치르러가며 정
식 안주언으로 들어앉힌 늦이십대, 숫처녀 몸인지 과수댁 처지였
는지 본색을 알 수 없는 섬 여자의 몸에서는 오래잖아 한때 태기
의 조짐이 있었다고도 하였다. 하지만 그도 웬일인지 한 달이 다
못 가서 궂은 핏물로 흐르고 말았다는 소문이었다. 그러니 이젠
좌수댁은 물론 당자들조차 모든 일을 그만 팔자소관으로 치부하
고 만 듯 더 이상 변통이 없이 잠잠히 지내오던 참이었다.

　아니, 일이 잠잠해진 것은 그 후사일 뿐, 예의 추석 큰산행에도
끼지 않았을 만큼 원래부터 마을 사람들과는 담을 쌓듯 혼자서
바다일만 나다니며 언제부턴지 자주 폭음을 일삼고 지내던 그 조
카 장굴 씨는 이후부터 갈수록 술버릇이나 행신이 거칠고 사나워
져 고모는 물론(행랑댁이 그쪽 일을 전혀 유념하지 못해온 이유가
그 탓이었을 테지만, 때문에 그 조카와 고모 사이는 이 몇 년 그렇듯
사이가 몹시 소원해왔다) 동네 이웃들에게까지 은근히 위험한 애
물거리 격으로 가까이하기를 꺼려 해온 처지였다.

　그런데 그 젊은 친정 질부에게 태기가 있다는 것이었다. 내색
은 잘 보이지 않아도 친정 일을 자기 일보다 더 노심초사 걱정해
왔을 좌수댁에겐 그보다 반갑고 기쁜 소식이 있을 수 없었다. 전
일에 겪었던 아쉬운 실패를 생각하고 어느 때보다 신중하게 입
을 다물고 지켜봐왔다는 좌수댁의 토설이고 보니, 이번에는 일이
그만큼 확실할 게 분명했고, 그 기쁨 또한 어디에 비할 바가 없을

터였다. 헛간데기 자두리의 일 따위가 안중에 있었을 리 없었다.

　행랑댁은 이제 그동안 좌수댁이 여자의 일에 다른 단속이 없었던 것이나 남의 바깥일 대하듯 한 이날의 퉁명스런 반응을 이해하고 남았다. 자두리에겐 그나마 좌수댁이 잊지 않고 행랑댁에게 뒷일 단속을 맡겨준 게 다행이랄 수 있었다.

　"그래저래 나는 거기까지 더 마음을 써줄 여가가 없을 모양이니, 이후부터 저 여자 일은 행여 뒤에 숨은 남정이 나타나거나 해서 제 가닥이 날 때까지 행랑댁이 알아서 챙겨나가도록 하게나. 어쨌거나 사람의 씨앗을 품은 몸인데, 죄 없는 배 속 생령이 무탈하게 세상 빛을 보도록 자네 같은 곁엣사람이 잘 돌봐야지 않겠는가. 지 말 못할 속도 있고 차츰 몸도 무거워올 테니, 이제부턴 애먼 소문만 뒤집어써온 순보 저 사람 반상 심부름도 그만두게 하고여."

　좌수댁은 전날에도 한번 행랑댁에게 건넸던 당부 말을 이번에도 잊지 않고 되새겼다. 행랑댁은 그 안댁 어른의 마음 씀새에 감복하지 않을 수 없었다. 하지만 그건 알고 보면 좌수댁의 마음이 이젠 여자에게서 그만큼 멀어지고 있음이기도 했다.

　하지만 행랑댁은 그런 좌수댁의 속마음을 얼마든지 헤아릴 수 있었고, 자신도 오히려 마음이 홀가분해졌다. 좌수댁이 그닥 마음을 쓰지 않을 일이라면 자두리 일은 그녀로서도 굳이 큰마음의 짐거리로 지고 살 일이 아니었다. 그렇듯 좌수댁의 마음이 멀어진 여자 일에서 자기 혼자 계속 주변 눈치 살펴가며 속을 끙끙 앓고 지낼 필요가 없어진 셈이었다. 좌수댁 친정집 경사 덕분에 자신도 그간의 짐을 크게 덜게 된 턱이었다. 여자의 일은 이를테면 그런 식으로 저절로 처결이 난 격이었다.

3

하지만 자두리의 일은 오히려 거기서부터가 시작이었다.

좌수댁이 애초 그 일을 은밀히 단속하고 나선 것은 그 반푼이 같은 여자를 위해서만이 아니었다. 그녀를 곁에 두어온 집안 어른들 얼굴이나 나어린 아랫것들의 헤픈 행투를 경계하려 해서만도 아니었다. 그런다고 끝끝내 일을 숨겨 묻고 지낼 수 있는 일도 아니었다. 시일이 지나면 어차피 백일하에 드러나고 말 일이었다. 좌수댁도 물론 그걸 알고 있었다. 좌수댁이 일을 덮고 지내자 한 것은 무엇보다 마을 사람들 간의 호기심을 못 이긴 공연한 억지 추측과 헛소문 다툼질로 서로간 애먼 생사람을 잡으려드는 동네 분란을 막으려는 쪽이었음이 분명했다. 일의 곡절이 바르게 밝혀지고, 어느 한 사람 거기에 책임을 져야 할 위인이 밝혀질 때까지, 그래서 그 일에 미리 분명한 가닥을 지어놓을 때까지 주변 사람들 입을 막아두려는 쪽이었다.

그런데 그렇듯 다시 한동안 친정일 때문에 좌수댁의 관심이 멀어져 있던 데다, 그로 하여 아직 아무 일도 앞뒤 가닥이 추려질 수 없던 참이었다. 두 사람 간의 은밀한 뒷단속에도 불구하고 자두리나 동네 남정들의 처지는 안팎으로 더욱 걷잡을 수 없을 지경이 되어갔다.

　며칠 안 가서 당장 우물가 빨래터 아낙들 간에 수군거림이 시작됐다. 말할 것도 없이, 그게 누구의 씨앗인지에 대한 궁금증을 둘러싸고서였다.

　"지난 추석 때 이 동네서 큰산엘 간 남정이 모두 여섯이라는디, 그중에서 누가 그런 것을 여자라고 건드렸을까라우!"

　"쇠마구청 미친년 타는 재미라는 소리 못 들었어? 주전부리 사나운 남정들 일이라 장난기로 한번 그래 본 것이겠제만, 설마하면 일이 이렇게까지 될 중 알고 한 짓이었겠어? 그나저나 그 장난거리 똘씨앗이 얄궂게도 자두리 배 속에서 얌전히 자란다니, 주인이 누군지는 몰라도 머시기 한번 잘못 놀렸다가 말도 못하고 죽을 맞이겠구만."

　"하여튼지 애초에 그런 것을 산으로 데리고 가잔 사람이 잘못이제. 그게 아마 아랫동네 복배 아배였다제?"

　아낙들로선 그런 남세스런 수군거림에 섣불리 귀 막고 돌아설 수도 없었다. 그 여섯 남정의 아낙들도 물론 마찬가지였다. 그랬다간 어느 결에 제집 남정이 의심을 받을 수도 있었기 때문이다. 그래 더러는 산행을 다녀온 남정들을 한데 싸잡아 허물하고 들기도 했고, 거기 빗대어 일행에서 빠져 남은 좌수댁 조카네의 뒤늦은 경사를 우정 더 치하하고 들기도 하였다.

　"그 머시냐, 그러니께, 아이를 맨들라믄 그렇게 누구 핏줄인지도 모를 아리송한 씨를 심지 말고, 저 장굴이처럼 확실한 제 씨내림을 해야 할 일 아니겠어."

"장굴이 일로 말하면야, 사람이 좀 외곬지고 술 좋아해 그렇제, 본심만은 온전하게 지녔은게, 그 몹쓸 바람에 휘말리잖고 복을 받아서 이날까장 없었던 후사를 점지 받게 된 것 아니겄어."

하지만 그런 가운데에도 산행을 갔다 온 사내의 아낙들은 아무래도 심사가 편찮을 수밖에 없었다. 추석 산행엘 다녀온 위인들 아낙일수록 울 안에선 각기 제 남정이 의심쩍어 자주 눈치를 살피고 도끼눈을 들이대곤 하면서도, 바깥에선 또 선수를 쳐 비호 겸해 짐짓 더 소문을 부추기고 다니는 꼴이었다. 게다가 뭐니 뭐니 해도 그 수군거림과 호기심의 초점은 어느 누가 됐든 씨앗의 임자를 속 시원히 밝히는 쪽이었다. 어쩌면 혹시 자기 집으로 불똥이 튀어들까 마음 놓지 못한 가운데에도 아낙들은 불안감과 궁금증을 지울 수 없었고, 그래서 산행을 간 집 아낙들 간의 떠넘기기식 소문 다툼은 갈수록 무성했다.

그러던 끝에 하루는 그 소문 다툼이 아예 몇몇 아낙들 간에 매우 노골적인 공박전(攻駁戰)으로 변해갔다. 사달의 발단은 애초 그 산행길 초두에 자두리를 만나 뒷산 마장골 고개까지 데리고 간 복배네 처지가 차츰 난처한 상황에 처하게 된 데서부터였다. 시일이 지나면서 동네 아낙들 중 하나가 그 남정이 처음 자두리를 데리고 나선 허물을 넘어서 아예 속심을 의심하고 든 것이었다.

"아무리 미친 것이라도 그 큰산 밤길에 여자 명색을 데려갈 생각을 했다면, 그저 끼니 심부름 생각만 해서였을까. 그 인간한테 처음부터 껌껌한 욕심이 있었겄제."

바로 복배네 바깥을 일의 숨은 장본인으로 지목하고 든 소리였다. 그리고 그 소리는 이날 안으로 몇몇 아낙의 입을 건너 마지막엔 공연히 애먼 허물을 뒤집어쓰겠더라는 이웃 아낙의 생색기 귀띔으로 복배네까지 흘러들어갔다. 그러잖아도 그 일로 마음 한구석이 늘 꺼림칙해 있던 복배네 처지는 더욱 옹색해졌고, 그 바람에 처음 그런 소리를 입에 담았다는 삼식이네 바깥을 두고 얼핏 머리에 떠오르는 대로 말막음을 하려 내뱉은 몇 마디가 일을 더욱 엉뚱한 곳으로 몰아갔다.

"우리 복배 아배가 어떤 사람인디 그런 것을 참말로 여자 꼴로나 알았을까. 여자 꼴로도 안 봤길래 밤길에 장난삼아 마장 잿등까지나 데려갔겄제. 그것도 복배 아배 쪽에서 억지로 데려간 것이 아니라, 실없는 장난소리 한마디 내뱉고 금방 잊어불고 가는디, 그년이 추적추적 뒤쫓아 따라온 바람에 잿등에 미리 와 있던 다른 남정들도 다들 서로 말을 보태서 그리 된 일이라는디."

복배네는 처음 그쯤 변명으로 좋이 말을 참으려 하였다. 그런데 동네 사람들이 다 아는 삼식이네 바깥의 칠칠치 못한 전날의 행적을 두고 무심결에 한마디 덧붙인 것이 진짜 탈이었다.

"그런께 행여 그런 미친것을 여자로 알고 남몰래 년을 품고 헐떡거릴 만한 위인이람 수박 꼭진지 호박 꼭진지도 모르고 호박한 통을 순식간에 혼자 몰래 독식한 인간이었겄제."

다름 아니라 홧김에 들먹이고 나선 그 삼식이네 바깥의 '호박 꼭지' 일화가 이런 것이었다.

선바위골 남정들은 기혼 미혼을 막론하고 옛날부터 유난히 밤 장난질을 좋아했다. 저녁참이 끝나면 여기저기 사랑방에 모여 앉아 밤이 깊기를 기다렸다가 남의 집 가금이나 과일 작물 같은 것에 손을 대러 나서는 일이 잦았다. 봄여름 철이면 길목 후미진 산골 감자밭이나 참외밭을 주인 먼저 걷어갔고, 가을겨울엔 가까운 남의 뒷마당 감나무나 숨은 닭장을 훑어다 공짜 추렴판을 벌이곤 하였다. 그런 밤서리 놀음은 길의 멀고 가까움을 가리지 않았고, 때로는 네집 내집 작물을 가리는 일도 없었다. 이런저런 밤서리 일화 중에, 한번은 고개 너머 이웃 연동 마을까지 길을 함께해간 위인이 남 앞장서 제 처갓댁 닭장을 통째로 메고 나온 일도 있었고, 다른 한 위인은 제 늙은 조부가 밤잠을 설쳐가며 지키던 참외밭을 바로 원두막 아래쪽까지 훑어가 이튿날 아침 장물거리를 내러 나간 제 어미의 억장을 내려앉게 한 일도 있었다.

하지만 그런 밤 장난질은 동네 사람들 간에 대개 아는 듯 모르는 듯 눈감고 덮어 넘어갔다. 어느 집 남정이고 한두 번 패거리에 끼지 않은 위인이 없었고, 그것도 네집 내집 손해조차 가리지 않는 때문이었다. 더러는 남의 작물 밤손 탄 일을 두고 이러쿵저러쿵 섣부른 참견을 하고 들거나 제집 가금 한두 마리 없어진 일을 두고 지나치게 성깔을 부렸다가 미구에 더 큰 낭패를 겪는 일도 흔했으니까.

하지만 뭐니 뭐니 해도 그 같은 동네 사람들의 너그러움은 피해가 그다지 큰 편이 아니기 때문이었다. 그 시절 참외나 닭새끼급을 넘어 수박농사나 돼지 막을 건드리는 것부터는 단순한 밤 장난질이 아니라 남의 가산 목록을 훔치는 도둑질로 취급되어 면소거리 주재소에서 오라 가라 여러 사람을 괴롭혀대는 바람에,

한동네 사람 인정상으로나 서로 신상의 안전을 위해서나 위인들은 차라리 보잘것없는 제집 땅콩밭이나 당근밭을 거둬올망정 참외밭이나 닭장 이상의 값나가는 물목은 함부로 손길을 스치지 않았다.

그 마을 남정들이 어느 해 여름 하룻밤엔 또 먼 이웃 동네 들밭까지 예의 밤서리 길을 나섰다. 이번에는 무슨 색다른 심사들이 동했던지, 전에 없이 그 동네 수박밭을 겨냥하고서였다. 그날 밤 수박밭 서리는 낮참 길에 한 위인이(이날 밤 서리 길이 그의 제안에서였으니까) 미리 표적지를 살펴둔 덕에 예상대로 매우 만족스런 수확인 셈이었다. 삼식이 아배를 비롯하여 뒷날 큰산행을 함께한 사람까지 서너 명이 낀 서리꾼들은 순식간에 크고 잘 익은 수박 한 통씩을 따 안고 단걸음에 곧장 동네 뒷산 마장재 고개턱까지 되돌아올 수 있었다. 참외 따위 대수롭잖은 수확물은 장난삼아 작물 주인 눈에 띄기 좋은 밭두렁 근처에서 처분을 끝내고 돌아오기 예사였지만, 이번 경우엔 물목이 범상찮아 현장을 멀리 피해온 것이었다.

그런데 위인들이 비로소 마음 놓고 그 잿등 어둠 속에 둘러앉아 제각기 자기 수박을 요절내고 있을 때였다. 다른 사람들은 어둠 속에서나마 서로 자기 수박이 더 달다 아니다 맛자랑을 벌이며 나눠먹기 한창인데, 평소에도 어딘지 사람이 좀 더듬하고 엉큼스런 데가 있던 삼식이 아범은 유독 혼자 일행을 외면한 채 한쪽에 돌아앉아 말없이 자기 수박만 독식하고 있었다. 다른 사람들은 평소의 그 엉큼스러움에 위인의 수박이 유난히 크고 달아서 그러는가 보다 여기고 그를 내버려두었다. 그런데 다른 사람들은 아직 채 절반도 제 몫을 처분하지 못한 사이, 자신이 안고 온 수확물을 순식간에 처분하고 난 삼식 아범이 끄윽, 느긋한 트림을 내뱉으며 옆 사람의 등을 툭툭 치며 무엇인가를 내밀었다.

"이것 좀 만져봐여. 내 수박은 어째 꼭지가 별나게 굵은 것 같은디 말여."

앞의 친구가 그걸 받아 만져보니 그건 수박 꼭지가 아니라 속살이 말끔 비워진 채 너들너들 얇은 껍데기만 남은 굵다란 호박 꼭지였다. 위인은 결국 그 크기에 속아 행여 누가 탐낼세라 큰 호박 한 통을 속껍데기까지 욕심껏 혼자 해치우고 난 참이었다. 하지만 위인은 그걸 그다지 언짢거나 민망해하지도 않았다.

"허허, 이 사람 이거 호박 꼭지 아니여? 그러니께 이 호박통을 수박으로 알고 자네 혼자 독식을 하고 말았단 말여?"

그의 더듬한 욕심을 어이없어하는 이웃의 핀잔 투에도 위인은 천연덕스럽게 제 본심을 중얼댈 뿐이었다.

"그러게 나도 그놈에 꼭지가 좀 이상터라잖여. 단맛도 많이 덜한 것 같았고 말여. 그래도 수박으로 치면 크기는 엄청 컸으니께."

하여 그 어둠 속 일화는 이내 동네 사람들에게 알려져 삼식이 아범은 두고두고 심심풀이 웃음거리 놀림감이 되었고, 지금까지도 '호박 꼭지 수박 꼭지 운운' 하는 소리는 위인의 더듬한 엉큼성을 비꼬는 별칭 꼴이 되어온 터였다.

그런데 이번 일로 복배네가 그 칠칠치 못한 남정의 패찰격인 호박 꼭지 일화를 들어 그 일의 진짜 장본인으로 지목하고 나선 것이었다.

삼식이네로선 이를 갈 일이었다. 제집 남정도 물론 결백을 믿을 수는 없었지만, 삼식 아범 본인보다도 그 호박 꼭지 소리를 듣기 싫어했던 그녀로서는 복배네 심보를 더욱 참을 수 없었다. 사단이야 어찌 됐든 복배네가 괘씸해서라도 여봐란듯 제 남정의 허물을 건어낼 길을 찾아야 했다. 가능하기만 하다면 복배 아범 쪽으로 기어코 다시 허물을 되씌워줄 방도를 찾아내야 했다. 그녀는 몇 번이고 입술을 깨물면서 이날부터 궁리에 골몰했다. 그리고 여기저기 소문판을 좇아 좋은 기회를 노리고 다녔다. 하다 보니 그 술렁거리는 아낙들의 호기심과 소문판 속에 그녀의 노력은 미처 예상치 못한 곳에서 소망의 일부나마 결국 희한한 소득을 거두게 되었다.

하루는 안좌수네 행랑댁이 무슨 심부름거리가 생겨선지 드물게 면소거리 장길을 나서는 것을 보고 삼식이네가 어슬쩍 좌수댁 행랑채로 자두리를 보러 갔다. 그녀의 아랫배가 정작 얼마나 불렀는지 한번 구경이나 해두기 위해서였다. 그런데 이날도 불러오는 배를 안고 제 사랑채 헛간방에서 맷돌을 돌리고 앉아 있는 자두리 곁에는 때마침 그녀와 비슷한 심사로 장본인의 기미를 엿보러 온 동네 아낙 둘이 들러붙어 있었다. 자두리 아랫배가 소복하게 부푼 것은 그녀도 한눈에 금방 알아볼 수 있었다. 그런데 그 자두리의 아랫배보다 더 호기심을 끈 것은 그 아랫배의 곡절을 캐려는 아낙들의 수작이었다.

"그래, 자네한티 이런 좋은 노릇을 보게 해준 것이 누구였제?

그날 밤 큰산에서 요로큼 자네를 이뻐해주고 알뜰살뜰 품어준 것이 누구였냔 말이세."

"어쩌? 혹시 자네한테 처음 큰산엘 함께 가자 한 복배네 아배 아니었어? 그 키 작달막하고 목소리가 재갈재갈 아녀자 같은 사람 말여."

미상불 삼식이네가 먼저 알고 싶은 것을 그 여편네들도 알고 싶어, 새로 끼어든 삼식이네는 아랑곳을 않은 채 자두리를 이리저리 얼러대고 있었다. 하지만 자두리는 그저 여느 때 그대로 히잇 히잇, 모자란 웃음만 흘리고 있었다. 그 웃음기의 뜻을 알 수 없는 두 아낙은 그럴수록 안달이 나서 서로 입을 바꿔가며 이 사람 저 사람 산행을 다녀온 마을 남정들을 줄줄이 들이댔다.

"아님, 전부터 자네가 잘 아는 얼굴? 전부터 이 댁 일을 제 일처럼 알고 자주 드나드는 뒷골목 늙은 총각 만득이 말여."

"히잇 히이이."

"아니여? 그럼 저 삼식이네 아부지? 황새처럼 마르고 큰 키에다 말도 느릿느릿 걸음새도 느릿느릿, 만사 천하태평으로 성가신 일이 없는 이 호박 꼭지 삼식이네 아부지 말여."

아낙들은 이미 도마에 올릴 사람은 다 올린 끝인 듯, 뒤에 앉아 귀를 세우고 있는 삼식이네에게 짐짓 눈을 쨍긋해 보이며 이번엔 그녀의 바깥까지 들이댔다. 그리고 우선 삼식이네는 다행스럽게 계속 히히거리기만 하는 자두리의 그 요령부득의 반응에, 그녀가 종당엔 자기 집 바깥까지 내세우고 나섰다.

"그럼, 우리 순칠 아배? 턱수염이 노랗고 머리를 늘 박박 밀고 다님서, 아무 디서나 가래침 캑캑 내뱉어쌓는 중늙은이 같은 우리 바깥위인 말여."

겉으론 웃는 척 조간조간 부드럽게 달래는 식이었지만, 알고 보면 그 일로 지레 제 남정을 닦달하는 소리가 몇 번 울담을 넘었다는 소문이 돌았을 만큼 성깔 있는 순칠네였다. 차례가 다해가는 막판 녘에 부득이 제 남정까지 심판대에 올리고 난 순칠네 눈길은 적잖이 긴장을 하고 있었다. 하지만 이번에도 자두리의 반응은 그 뜻 모를 히이잇 소리뿐이었다. 그러자 순칠네는 그런대로 안심이 된 듯, 그리고 다른 한 아낙 행순네 바깥은 이미 심판이 끝났었던 듯, 난감스런 한숨기가 섞인 푸념 투를 내뱉었다.

"그러믄 대체 뉘 집 화상이란 말여? 이제 알아볼 위인은 죄다 알아본 모양인디. 저 사장나무께 쌍두양반 한 사람을 빼놓고는. 하지만 설마 그 양반이 어떻게 언감생심 그 쌍대가리 물건으로 그런 일을 저지르러 들었을라구. 그중에선 나이까지 제일 많은 웃어른 격이었을 텐디, 가망도 없는 일이었겠제. 히잇!"

그래저래 그 위인만은 여태 물어볼 생각을 안 했다는 듯, 말을 뱉어놓고는 제물에 고개를 홰홰 저으며 자두리를 대신하듯 자신이 먼저 히잇 웃고 말았다.

하기는 그도 그럴 일이었다. 순칠네가 그 '쌍두양반'이라 호칭한, 마을 사장나무께 강춘삼에게는 오래전부터 동네 우스갯거리 수수께끼 하나가 따라 다녔다. 그는 나이 어릴 적 예닐곱 살 무렵, 시누대로 만든 딱총놀이를 유난히 좋아하여 어느 초여름날, 그 딱총밥으로 쓸 팽열매를 얻기 위해 집 근처의 마을 당산나무

56

로 높이까지 기어 올라갔다. 그런데 그는 팽열매가 잘 여문, 나무 끝 가는가지를 꺾으려다 그만 발밑의 가지가 먼저 부러지는 바람에 그걸 가랑이에 끼고 함께 땅바닥으로 떨어졌다. 와중에 그는 다른 데는 크게 다친 곳이 없었으나 하필이면 가랑이에 끼고 떨어진 발판가지의 날카로운 옹이 끝에 어린 양물의 귀두부를 크게 상한 것이 불운이었다. 이후 그는 몇 달에 걸친 비밀 민방치료로 간신히 상처가 아물었으나, 귀두의 중단 부분이 뭉툭 뭉그러진 채 그 끝이 쌍두사처럼 두 짝으로 입을 벌린 형국이 되고 말았다. 그리고 그때부터 아이에겐 '춘삼'이라는 이름 앞에 '쌍대가리 자지'라는 별호가 붙게 됐고, 그런 중에 그럭저럭 나이가 차서 장가도 들고 아이를 줄줄이 낳은 서른 중반의 장정에 이른 근래까지도 어른아이 할 것 없이 본인이나 가까운 인척이 없는 곳에서는 더러 그 별호를 입에 담곤 하였다. 잘해야, 철이 든 젊은 층이나 아낙들 사이에서 나이대접 삼아 '쌍두어른' 혹은 '쌍두양반'으로 호칭되는 정도가 고작이었다.

순칠네가 한 소리는 바로 그런 위인의 숨은 내력을 염두에 둔 것이었고, 제풀에 웃음기를 참지 못한 것도 그래서였다. 하지만 사실이 실제로 어떤지, 그 훼손 부분이 어떤 몰골인지를 제대로 아는 사람은 마을에 거의 없었다. 아이는 자연 어렸을 적부터 바깥에서 함부로 아래를 내어놓는 일이 드물었고, 게다가 나중에 시집을 들어온 아낙들은 그 일을 심심풀이 입소문으로 전해 들은 것일 뿐, 제 눈으로 직접 본 일도 겪은 일도 없는 처지였다. 한데다 춘삼은 나중 누구보다 일찍 서둘러 장가들어 같은 나이 또래

가운데에 상투를 가장 먼저 틀었고, 신부를 들이자마자 여봐란 듯 첫 사내아이를 시작으로 몇 해 사이에 2남 3녀를 줄줄이 생산해냈다. 일이 그리되고 보니, 동네 아낙들은 이러쿵저러쿵 아이 때의 야릇한 생각이 세월을 더해갈수록 아리송해졌고, 더러는 생각을 아예 바꿔먹으려고까지 하였다.

"거참, 안사람이 저렇게 아이를 쑥쑥 잘 뽑아내는 거 보면 그 물건으로도 밤일은 어떻게 잘 치렀던게벼. 그동안 떠돌아다닌 소리가 헛소문 아니었을까 몰라."

"그야 뭐, 입이 둘로 갈라진 조가비도 소용 따라 그걸 열었다 닫았다 하지 않던가벼. 아이 만드는 일은 그러큼 밤일 치를 만하게 닫고 쓰면 될 노릇 아닌가베. 힘은 좀 들어도 그거 다 내외간 정성 나름 아니겠어?"

"허긴, 나일 먹어가믄서 그만큼 끄트머리가 다시 자라 붙은 것인지도 모르제."

철없는 아이들이나 입살 사나운 여편네들이나 이따금 입에나 올릴 정도로 근래 들어선 그만큼 마을 사람들 간에 많이 잊히기도 한 일이었다. 그런데 순칠네는 새삼 그 일을 들춰내어 혼자 짓궂은 소리 끝에 제풀에 그 허물을 쉽게 벗겨주고 만 것이다.

한데 그 복배네로 하여 심사가 전에 없이 모질어진 탓이었을까. 삼식이네는 왠지 그 순칠네 처사에 좀 석연찮은 대목이 남아 있었다. 남자가 제 계집 배 위에 올라타는 것이 어찌 아이 만드는 일을 위해서뿐이던가. 그렇듯 연년생으로 아이를 줄줄이 담아내는 것을 보면, 그 물건이야 어찌 됐든 위인이 아이 만드는 노릇만

이 아니라 남정의 다른 재미도 톡톡히 밝혔을 게 분명했다. 게다가 엉큼한 무엇이 부뚜막에 먼저 오른다는 소리도 있잖은가……
그녀는 그 쌍두양반의 일을 두고 잠시 그런 생각을 하고 있었다. 그런데 때마침 다른 한 여편네 행순네가 그녀의 속을 뚫어본 듯 비슷한 생각을 내놓았다.

"어따, 제 여편네 탈 줄 아는 물건이, 다른 계집 밑구멍 미친년이라고 싫다 마다할까. 그 위인도 못 믿어. 믿을 수 없제!"

그러면서 힐끗 삼식이네 동의를 구하듯 그녀의 눈치를 살폈다. 그 바람에 삼식이네는 자기 속을 들킨 듯 찔끔해지면서도 남의 불에 콩 볶는 격으로 얼핏 맞장구를 치고 나섰다.

"그래여. 그 물건이 어디 지 염치를 알고 남의 사정 보는 것이던가. 늙은 개 주전부리라고 나이도 믿을 수 없는 일이고."

하지만 그녀는 그렇게 말을 하면서도 속으로는 실상 설마 그런 일까지야 하는 마음이었다.

그런데 참으로 희한한 노릇이었다.

"그래, 대체 이 위인도 저 위인도 아니라믄, 그럼 정말 그 쌍대가리 양반이었어? 그 눈알 부리부리하고 양볼에 수염이 시커먼 사람?"

삼식이네 맞장구질에 용기를 얻은 행순네가 이쪽 수작을 아는 듯 모르는 듯 연신 맷돌짝만 돌리고 앉아 있는 자두리에게 이번에는 그 춘삼이 '쌍두양반'의 화상을 그려 보였을 때였다. 뜻밖에 자두리에게 엉뚱한 일이 일어났다. 그녀는 다른 사람 때처럼 히힛 모자란 웃음을 흘린 대신 일순 맷돌자루를 놓아버리며 제 아랫도리를 황급히 숨겨 감싸안는 시늉이었다. 그리곤 누군가를 피하듯 얼굴을 흉하게 찡그리며 기상천외한 소리를 중얼댔다.

"싫어! 아파. 그 사람 많이 아파!"

삼식이네로선 참으로 망외의 큰 소득을 얻게 된 셈이었다.

그 자리 여편네들로선 물론 정신이 실실찮은 자두리의 한마디로 모든 일을 단정 지은 것은 아니었다. 아니, 여편네들은 처음 자두리의 중얼거림이 무슨 소린지 자세한 뜻을 새겨들을 수조차 없었다. 그래 몇 번이나 다시 물어도 여전히 맷돌자루를 놓은 채 얼굴을 찡그리며 같은 소리만 외워대는 사정을 겨우 짐작하고 나서도 아직 긴가민가하는 마음에 다시 차례차례 다른 위인들의 형색을 대어보았다. 하지만 다른 사람 때는 한결같이 히잇 히이이 허튼 웃음기만 흘리다가도 춘삼이 쌍대가리 소리만 나오면 다시 얼굴을 찡그리며, '아파, 그 사람 아파' 소리를 되풀이하곤 하였다.

"이젠 뭐 더 따지고 자시고 할 것도 없네그랴. 그 쌍대가리가 그러니께 저것을 그렇게 아프게 했다는 소리 아니겠어!"

행순네가 마침내 단정을 지었고, 순칠네도 이제는 벌어진 입을 다물지 못하다가 짐짓 그 춘삼의 안댁을 동정하고 들었다.

"하이고오, 그러니 그동안 그 위인 안사람은 쌍대가리 절구질로 줄줄이 그 아이들을 다 배 속에 받아 심느라 얼매나 힘이 들고 고생이 많았을꼬이!"

그야 물론 일의 숨은 장본인이 엉뚱하게도 그렇듯 '쌍두양반'

으로 밝혀졌대서 삼식이네의 애초 목적이 만족스럽게 이루어진 것은 아니었다. 무엇보다도 일의 장본인이 복배네 바깥이 아닌 다른 사람으로 드러난 것이 다소간 서운하기는 하였다. 하지만 그쯤만으로도 이제 삼식이 아범의 애먼 허물은 벗겨진 셈이었고, 그것으로 함부로 가벼운 입을 놀린 복배네의 허물을 당당하게 물을 수 있었다. 그녀는 그쯤 만족하고 집으로 돌아왔고, 다른 아낙들 또한 비슷한 심사였을 터였다.

그런데 일은 실상 거기서도 끝이 아니었다.

아니 말썽은 오히려 거기서부터가 진짜 시작이었다. 허물의 장본인이 비로소 그 '쌍대가리' 춘삼 씨 한 사람으로 좁혀지자 다른 산행꾼 아낙들은 이제 맘 턱 놓고 키들키들 소문을 앞장서 수군거리고 다녔고, 덕분에 자두리 아랫배 비밀은 이날 해가 떨어지기도 전에 남녀간 마을 사람들에게 모두 알려지게 되었다.

하지만 그것은 삼식이네나 순칠네들이 자두리 웃음기를 제대로 다 읽어내지 못한 조급한 처사였다. 그리고 무엇보다 춘삼 씨의 난처한 처지를 일방적으로 너무 옴짝달싹 못하게 몰아붙인 꼴이었다. 춘삼 씨의 처지가 어렵게 된 것은 사실 자두리 배 속에 부정한 씨앗을 뿌렸다는 사실 때문만이 아니었다.

"흐홋, 그러니께 그 양반을 두고 사람들이 쌍대가리라 한 말이 공연한 헛소리가 아니었구만이? 이 동네 어른들이 전부터 그런 소릴 하는 걸 들으면서도 나는 내 눈으로 보지 못하고 보잘 수도 없는 일이라 설마하니 했더니. 그런디 해필 그런 물건 지닌 사람이 표가 날 것도 모르고 그 욕심을 냈을까!"

"그러다 그 아이도 혹시 쌍대가릴 달고 나오는 거 아닐란지 모르겠네."

그동안 그럭저럭 숨겨지고 잊혀져오던 춘삼 씨의 '쌍대가리' 수수께끼가 차제에 다시 한 번 분명하게 확인이 된 것이었다. 쌍대가리 소리가 다시 입에 오르고 그의 허물이 백일하에 불거져 드러나게 된 것도 못 참을 일인 데다, 그로 하여 그의 허물이 더욱 망측스런 웃음거리가 되다 보니, 강춘삼 씨로선 이래저래 사립 밖 출입조차 어려운 꼴로 몰리게 된 것이었다.

하지만 그는 그 허물을 그리 오래 견디려 하지 않았다. 아니 사정이 그리된 마당에 그는 애당초 고약한 허물을 혼자서 오롯이 뒤집어쓸 이유가 없었다. 적어도 그에게는 자두리의 부른 배에 대해서만은 혼자서 책임을 져야 할 처지가 아니었다. 누구보다도 이젠 아예 머리끈을 동여매고 누운 그의 안사람에겐 그의 조력이 필요했다.

순칠네나 삼식이네 아낙들이 잘못 빠뜨려 읽고 만 자두리의 헤픈 웃음기 속에 바로 그 방책의 틈이 마련되어 있었던 셈이랄까. 하루 저녁엔 춘삼 씨가 탈진해 누운 아내에게 등 뒤 소리로 슬그머니 흘렸다.

"그것 참! 그 못된 것이 여럿 중에 해필 어떻게 그런 걸 가려 기억해."

그의 아내는 처음 그게 귀에도 들어오지 않았던지, 아니면 뜻을 잘 알아듣지 못했던지 아무 반응이 없이 계속 잠잠해 있기만 하였다. 춘삼 씨가 그 아내를 한번 힐끗 돌아다보곤 짐짓 목소리를 더 높였다.

"그나마 나는 첨도 아니고 마지막 파수였는디……"

그러자 그때였다. 죽은 듯 잠잠해 있던 그의 아내가 뒤미처 귀가 번쩍 틔는 듯 벌떡 몸을 일으켜 앉았다. 그리고 당장 멱살을 끌어쥐듯 춘삼 씨를 닦달하여 그날 밤 일의 숨은 진상을 낱낱이 실토 받았다. 하기야 나이 아랫것들은 산엘 들어간 첫날 어둠 녘부터 푸나뭇대로 따로 마련해준 자두리년의 움막을 차례차례 드나드는 것을 알면서도 춘삼 씨 자신은 남다른 자신의 하초와 나잇값을 생각해 새벽녘 곁에 누운 노총각 만득이 녀석이 마지막으로 일을 보고 돌아와 코를 골기 시작할 때까지 년의 그 모자란 웃음기가 밴 앙탈기와 조심성 없는 신음 소리를 견딜 만큼은 참고 견뎠으니까. 그리고 다른 위인들은 더러 뒷날까지 그쪽 발길을 끊지 않았는데도, 자신은 그날 새벽 잠깐 어설픈 억지놀음을 벌이고 돌아와 다시는 더 발길을 하지 않았으니까.

그나마 춘삼 씨가 끝끝내 입을 다물고 넘어간 것은 그날 밤 맨먼저 자두리 움막 쪽 길을 튼 것이 누구며, 다음번, 그 다음번은 누구였냐는 사소한 정황 정도였다. 거기까지도 아내는 끈질기게 추궁하고 들었지만, 그리고 그 역시 각자의 허물이나 책임의 경중과 무관치 않을 일이었지만, 나잇값을 생각지 않더라도 그날 밤 일은 위인들의 거동이 워낙 은밀했던 데다 서로 간 짐짓 시치미 떼는 바람에 바로 곁에 누워 있다 일을 치르고 돌아온 만득이 녀석 말고는 사실을 정확하게 살필 수도 기억할 수도 없었기 때문이다.

하지만 이제 그쯤만으로도 산행꾼 모두가 한통속 연루자였던 사실이나, 그 허물에 뒷감당을 춘삼 씨 혼자 뒤집어쓸 일이 아니라는 정황은 충분히 해명된 셈이었다. 춘삼 씨의 아내도 우선 그쯤 만족하는 것 같았다. 아니 그냥 만족할 정도가 아니었다. 그녀는 이제 언제 그랬더냐는 듯, 사지에 힘이 불끈 솟아올라 당장 자리를 박차고 일어났다. 그리고 서둘러 이마를 동여맸던 머리띠를 풀고 대충 옷가지를 챙겨 걸친 다음 그길로 곧장 이웃 마실길을 나섰다.

그리하여 바로 이튿날 아침으로 그 소문은 마을 골목골목을 빠짐없이 휘돌았고, 사태는 다시 한 번 산행꾼들 모두와 그 아낙들 앞에 더없이 고약하고 난감스런 반전의 국면으로 들어설 수밖에 없었다.

"아니, 그 만득이 노총각에다 쌍대가리 양반까지?"

"쌍대가리 양반은 외려 맨 마지막 파수였다던디, 그 양반 것은 그러니께 다른 장정들이 밤새껏 적셔놓은 수렁구멍도 못 뚫어 자두리를 그렇게 못살게 했단 말여?"

아낙들은 눈만 마주치면 서로 키득키득 즐거워했다. 하지만 그것은 물론 산행을 가지 않은 남정의 아낙들뿐이었다. 산행을 다녀온 남정 아낙들은 이번엔 그렇듯 앞장서 흥보고 나설 수가 없었다. 본심이야 어찌 됐든 제 남정이 맨 처음 자두리를 마장재 고개까지 달고 올라갔다는 복배네는 말할 것도 없고, 그제야 자두리년이 다른 남정들을 델 때마다 히죽히죽 웃기만 한 속내를 깨달은 순칠네나 삼식이네들도 이제는 제 코가 다시 석자였다. 그 아낙들도 이제는 산을 가지 않은 집 여편네들이나 실없는 남정들의 얄미운 험구를 귀청 막힌 먹보, 꿀 먹은 벙어리 마냥 묵묵히 참고 들어 넘길밖에 없었다.

하지만 그도 물론 예사 흉허물로만 참고 넘어갈 수 있는 일이 아니었다.

"그런디, 참 요상한 일이 그런 식으로 우루루 한 골 합수가 되고 보믄, 씨가 잘 안 붙는다는디, 이번엔 해필 일이 이러큼 될라고 그런 이변이 다 생겼구만이! 그렇게 생긴 씨가 어떻게 온전히 자라서 달을 다 채우고 세상 구경까지 제대로 하게 될지 몰라."

"허헛, 그렇게 여러 인간들이 애를 써서 일이 여기까지 되게 한 것이, 모다 그 큰산 산신령님의 뜻인 것 같은디, 그 산신님이 그것한테 무사히 몸을 풀게까지는 해주시겠제. 그러고 일이 그렇게만 됨사 그 위인들 중에 누구 씨가 제대로 그 골 컨 노릇을 했는지도 백일하에 밝혀지게 마련일 테고. 일의 형편이 당사자들도 지금은 네 씨다 내 씨다 가릴 재주가 없게 된 판이니, 이제는 그때 가서 아이가 제 얼굴에 애비 얼굴을 그려 붙이고 나오는 수밖에 없는 일 아니겄어?"

우물길 여편네들이나 사장나무께 회관마당 남정들의 호기심은 그렇듯, 단순한 우스개나 흉허물의 정도를 넘어 아직 그 모습을 드러내지 않고 있는 수수께끼의 마지막 얼굴을 기다리는 판국이었다. 그야 당사자들은 물론 꿈에라도 바라거나 기다리고 싶은 일이 아니었다. 될 수만 있으면 무슨 변통이 일어 자두리의 배 속엣것이 흘러내려버리거나 그녀가 홀연 어디로 사라져주기나 했으면 백번 감읍할 일이었다. 하지만 이제 그런 이변은 좀체 바라기가 어려웠다. 자두리의 몸이나 신변에 어떤 변통이 생기려면 누구보다 안좌수댁이 그녀의 부정을 닦달하여 집에서 내쳐주거나 년의 처지를 아예 잊어버려주어야 했다. 그런데 그 어수선한 동네 사람들의 술렁임 속에서도 좌수댁은 도대체 그 일엔 별 아는 척을 안 했다. 전일의 불운을 되풀이하지 않기 위해 사립 출입도 삼간 채 조심조심 집 안에만 들어박혀 지내는 친정 조카며느리의 일에 정신이 쏠려 지내면서도 그 자두리를 내치기는커녕 오히려 이따금 행랑댁을 새로 단속해오곤 했다.

"저것 배 속은 아직 별일 없겄제. 저것 배 속에 품은 것도 사람의 생령이니 불쌍히 여기고 자네가 계속 잘 보살펴주게나. 비슷한 시기에 우리 친정 조카한테 좋은 일이 생긴 것도 인연이라면 인연이니 그쪽에다 공덕을 쌓는 셈치고."

그러니 자두리가 제 발로 동네를 뛰쳐나가주기라도 하면 모르되 그럴 가망도 없는 사정이고 보면 그런 이변은 쉽게 바랄 바가 못 되었다. 그리고 자두리의 처지가 그렇듯 요지부동격인 데다 배까지 부득부득 부풀어 오르는 형편에서 그 산행가 사람들은 안팎으로 그렇듯 못 들을 소리를 듣고 참아 넘기는 것만으로는 난경을 다 뚫을 수가 없었다.

"도대체 그 아이가 누구 얼굴을 탁해 나올 것인고. 녀석이 표나게 양가지 양물이라도 달고 나오면 모를까, 그것 참 궁금하네."

산행가 아낙들도 이젠 더 속수무책 그것이 궁금해지지 않을 수 없었고, 때가 되면 아이가 천행으로 자기 남정의 흔적을 묻혀 나오지 않기만을 빌고 또 빌어야 할 처지였다.

"제발, 제발, 우리 삼신님 신령님의 보살핌으로 그 배 속 것이 우리 집 물색하고는 그림자 한 방울이라도 튀어 묻은 데가 없게 해주시기를 빌고 또 비옵니다……"

이후 몇 달 동안 선바위골 사람들은 어떤 의미로든 그렇듯 너나없이 자두리의 해산을 열심히 기다린 꼴이었다. 누구를 닮은 어떤 아이가 태어나든 거리낄 일이 없는 여자들은 그저 단순한 궁금증과 호기심에서, 산행을 다녀온 남정의 아낙들은 제발 그 배 속의 아이가 자기 집 물색을 닮지 않기를 바라는 간망과 초조감에서, 그리고 아이의 생김새에 따라 자기 신상과 집안의 파탄이 초래될 수도 있는 산행 당사자들은 자기 앞에 위험이 한 발짝 한 발짝 다가들고 있는 듯한 절박한 위기감과 두려움 속에서. 서로 간의 동기나 정황은 달랐지만, 그리고 그 속내로 말하면 여섯 남정의 진퇴양난 처지가 가장 절박하고 곤혹스러웠을 터이지만, 어쨌거나 자두리는 그렇듯 온 마을 사람의 주시와 기다림 속에 자신의 회임기를 무사히 차곡차곡 채워갔다.

그리고 그런 가운데에 어언 해가 바뀌어 드디어 자두리의 부른 배는 산달로 들어서고 있었다. 하지만 선바위골 사람들은 막상 자두리가 그 회임기를 다 채워 산월을 맞고 나서도 아이의 출산을 보지 못했다. 동네 아낙들이 남정들의 산행 날로 짚어낸 출산 예정일이 오늘내일을 넘나들던 이듬해 초여름 어느 날 밤, 그 부른 배를 한 자두리가 어디론지 홀연 자취를 감추고 만 것이다.

서울과 지방 곳곳 대처에서는 빼앗긴 국권을 되찾으려 나선 백성들의 함성이 물결치고, 이곳 대흥 고을 천관산과 오일 저잣거리까지 눈에 보이지 않는 술렁임이 스치곤 하던 그 3·1만세 전후의 하수상한 세월 기슭 일이었다.

역마살 가계

4

  이보다 근 30년 전쯤의 전 세기 구한말 고종 연간. 선바위골 동
쪽 포구 회령 마을에 관향(貫鄕)이 경상도 쪽인 이씨(李氏) 진사
가(進士家) 일족이 살고 있었다. 원래는 경기도 여주골 양반선
비 가통으로 선대에선 공조판서 벼슬까지 배출했으나 무슨 연고
에선지 그 판서 고조부가 권좌를 물러난 뒤, 천리 남쪽 해변 포
구 언저리까지 먼 길을 솔가해와 이후론 단 한 사람 말대(末代)
의 진사과 등과(登科) 이외에 이렇다 할 벼슬길이 없이 일족만 크
게 번창시켜온 가문이었다. 종래의 괴로운 이웃 중국이나 일본뿐
아니라 새 문물 제도와 군사력을 앞세운 북방의 러시아와 서방의
미국 독일서껀 원근 열강의 세력 다툼 틈새에서 몸살을 앓고 쇠
락해가는 나라 꼴에 원래부터 그런 선대 내력이 있어 그랬던지,

말대 장손 이 진사 또한 더 이상 벼슬길 넘보지 않고 향리에 눌러 앉아 넓은 집칸 늘리기와 농사일 불리기에만 전념해온 데다, 어언 주위 일가까지 벌족(閥族)하다 보니, 그나마 양반가답게 슬하 자식들의 글공부를 다스리는 일 이외엔 별달리 더 아쉽거나 부러울 것이 없는 향반 가세인 셈이었다.

하지만 세월이 흐르면서 이 이 진사 집안에도 뜻대로 할 수 없는 말썽거리 하나가 자라고 있었다.

이 진사는 가세에 걸맞게 스물 이전에 일찍이 성가하여 이듬해부터 줄줄이 아들 삼형제에다 끝으로 서운찮이 고명딸을 더하여 자식 복까지 좋이 누려온 처지였다. 그런데 실은 그 자식아이들 심성과 머릿속 요량에 차이가 진 것이 사단의 뿌리였다. 막내딸 아이는 집안에 남을 자식이 아니니 치지도외하고, 사내애 삼형제 가운데에선 한사코 바깥으로만 나돌기 좋아하는 위의 두 형제에 비해 막내둥이 쪽 머리가 훨씬 영특하고 글공부에도 고분고분 열심이었다. 하다 보니 아비 이 진사는 나중 얻은 끝둥이에 대한 귀여움에 그 글공부까지 대견해하여 마음이 늘상 막내에게만 머물렀다.

하지만 그것은 어린 막내에게 영문을 알 수 없는 재앙을 부른 격이었다. 성미나 글공부가 비슷한 처지에 아비의 귀여움은커녕 걸핏하면 아래 아우에 비견되어 꾸중이나 듣곤 하던 두 형은 은연중 의기투합하여 어린 동생을 서로 외톨이로 따돌리며 어른들 눈에 안 띄게 구박하고 괴롭혔다. 눈치가 없을 수 없는 이 진사는 그럴수록 더욱 어린 막내를 두둔하며 윗형들을 눈 밖에 나게 했고, 그에 따라 막내의 괴로움도 더해가기만 했다.

그 막내의 수난은 다만 철없는 한 시절의 시련으로 끝난 게 아니었다. 매사 주위의 어려움을 모르고 살아온 이 진사는 위의 두 형제가 차례로 열여덟에 관례를 치르는 대로 그 싫은 글공부를 그만두게 하고 일찍 성례를 서둘러버렸고, 글방은 오직 막내아이 하나에게 자리를 지키게 했다. 하고 보니 이미 성가해 한울타리 안에 슬하까지 거느리게 된 손위 형들은 어릴 적부터의 시기심에 아비와 아우에 대한 새 의구심과 불안감이 더해갈 수밖에 없었다.

—아버지가 장차 아우를 큰 인물로 만들어 형들을 젖혀두고 가통을 잇게 하려는 게 아닐까? 그렇다면 아버지가 돌아가신 뒤의 이 집과 재산은 어찌 될 것인가?

심지가 고르지 못한 형들은 일이 그렇게 되는 것을 두고 볼 수 없었다. 그렇다고 성미 괄괄한 아버지의 사랑과 비호 아래 있는 아우를 당장 어찌할 방책도 없었다. 두 형은 은연중 합심 속에 아우를 더 노골적으로 따돌리며 불화를 일삼았고 아버지 앞엔 허물 뒤집어씌우기와 비방을 그치지 않았다.

"너, 왜 형이 부르는데도 못 들은 척 지나가는 거냐! 형 안 한 공부한다고 이 형을 업수이여기는 거냐?"

부르는 소리를 못 들었는데도 느닷없이 등 뒤 트집이 날아드는가 하면, 거기 한두 마디 변명이라도 할라치면 형 앞에 버릇없이 눈깔을 뒤집고 대어든다 어쩐다 온 집안 시끄럽게 호통을 쳐대곤 했다. 심지언 아비 앞에 핏줄 체면도 잊은 듯 의뭉하고 막된 거짓투를 두 형이 함께 고변하고 나선 일까지 있었다.

"저희가 외람되게 입에 올려선 안 될 말씀인 줄 압니다만, 아우도 이젠 장가를 들여줘야 할까 보아요. 저 녀석, 밤이면 이따금 제 글방을 나가 어둠 속으로 살금살금 동네 처자들 처소를 엿보고 다닌다니께요. 그걸 본 사람들이 바깥에서 하는 소리가 그래요."

"저도 같은 생각입니다, 아버지. 저도 그 비슷한 수군거림을 들은 일이 있으니께요. 녀석이 공연히 부끄러움을 타는 척 지 형수들 바라보는 눈빛도 어딘지 정갈스럽지 못한 것 같……"

"이런 못된 놈들! 그 더러운 주둥이들 닫고 당장 눈앞에서 꺼지지 못하느냐. 제 귀한 핏줄에 침을 뱉으면서 부끄러운 줄도 모르는 무지한 패덕한들 같으니라고!"

이미 비슷한 일을 자주 겪어 위인들의 치졸한 흑심을 짐작한 이 진사가 일언지하에 호통쳐 내쫓고 영감 자신부터 입을 다물어 준 바람에 그럭저럭 넘어갔지만, 매번 그 아비의 일방적인 질책에도 불구하고 형들의 그런 아우에 대한 패악질은 좀체 수그러들질 않았다.

그러던 중 엎친 데 덮친 격으로 막내의 처지가 더욱 어렵게 된 것은 글공부가 한창 힘든 고비를 치달을 무렵 그를 든든히 비호해오던 진사 영감이 어느 여름 나이 마흔길에 뜻하지 않은 역질을 얻어 돌연 세상을 떠나고 만 일이었다.

막내아우는 이제 형들의 구박과 패악질 앞에 혼자 무방비가 된 꼴이었다. 글공부 잘하는 막내를 이 진사 못지않게 아끼고 대견해하면서도 집안 어른의 처사가 너무 지나치다며 이때까진 짐짓 형들 편을 역성 들어온 어머니는 이제 거꾸로 막내의 방패막이가 되어주려 했으나 역부족인 상태였고, 이때껏 오라비들의 거칠고 의뭉한 성깔을 싫어해온 막내 누이 또한 그닥 의지할 만한 바람막이가 될 수 없었다. 그의 처지는 이제 막다른 골목까지 내몰린 격이었다.

하지만 막내의 그런 어려운 처지가 그에겐 모처럼 큰 결단의 기회를 가져다준 셈이기도 했다. 그의 글공부가 경서(經書)의 단계까지 이르고부터였을까. 그는 언제부턴지 주역에서 비롯하여 역술(曆術)과 점술(占術), 의술(醫術) 같은 실용적 잡학류에 관심과 취미가 일기 시작했고, 인근 향교나 대처 학당 나들이 길이 생길 때마다 손에 닿는 대로 그런 서책들을 구해 들여와 혼자 숨어 읽으며 나름대로 궁구를 계속했다. 그러던 중 특히 읍내의 한 의가에서 운 좋게 만난 필사본, 그 내용이 저 조선 의학의 선구 허준(許浚) 선생의 저술이란 걸 알게 된 것은 한참 뒷날의 일이었지만, 그 책 일부나마 '탕약'과 '침구' 편 중심의 필사(筆寫)를 빌려다 본 것이 또 하나의 계기였다. 약물·약재에 관한 광범하고 자상한 소개하며, 침술과 경혈 위치도 등 실체적이고 다양한 치료법 이외에, 세간에 전해오는 민방과, 선생 스스로 시험해 입증한 비방들까지 고루 적은 것이 새삼 그의 마음을 부추겨든 것이다.

하여 그『동의보감』에서 거듭 계기를 얻은 그의 의술에 대한 관심은 그러니까 그저 파적 삼아 책장을 뒤적이는 정도가 아니라 틈틈이 주위를 상대로 그 병증과 몸 상태를 살펴 은밀히 처방을 돕기도 하고, 자신의 몸으로 직접 이런저런 약재와 침술의 효능을 검증해보는 식으로, 갖가지 의론을 은밀히 시험하고 실행해보는 데까지 이르렀다. 한때의 하릴없는 호기심이 아니라 그 일이 무엇보다 즐겁고 보람스러웠기 때문이다. 그래서 더러 형들의 행패가 심할 때면 그런 집 안에 들어박혀 답답하고 공소한 양반 글공부보다 차라리 실용적인 의술이나 역술(易術) 따위를 더 깊이 익혀 훨훨 바깥세상으로 나가 시정인의 희로애락을 함께하고 싶었다. 하지만 오직 그의 학문과 입신에 온 기대를 걸어온 아버지 이 진사 앞에서 그것은 물론 입 밖에도 꺼낼 수 없는 혼자만의 백일몽일수밖에 없었다. 그런 내색은 물론 항간의 수상쩍은 잡학류에 관심을 가져온 사실마저도(그가 숨어 시험을 도모해온 일들은 더욱) 철저히 숨겨야 했다.

그런 처지에 아버지 이 진사가 세상을 떠나고 보니 이제는 크게 두려워해야 할 사람이 없는 데다 가례도 아직 치르지 못한 아우에 대한 형들의 위해와 패악이 갈수록 더해갈 형세였다. 게다가 아우를 두고 여태까지 서로 배가 맞아온 두 형들 간에도 이제는 아버지가 남기고 간 유산을 둘러싸고 심상찮은 재산 다툼 낌새가 시작되고 있었다. 공자 왈 맹자 왈, 방구석에 들어박혀 묵은 책장에 묻혀 지내기엔 그간의 나라꼴이나 윗녘 소식들까지 너무 어수선했다. 하여 이윽고 가을 기운이 살랑거리기 시작한 어느 날 밤 그는 마침내 마음의 결단을 내렸다.

—나 이제 더 이상 이 허울껍데기 양반살이 노릇 안 한다!

작심과 함께 망부의 탈상도 치르지 못한 채 집을 떠나는 불효를 비는 간단한 하직의 글을 남긴 다음, 이튿날 아침 의술이나 역술서 따위 필요한 서책 몇 권만 바랑에 꾸려지고 무작정 집을 나섰다.

"저 한 이틀 장흥 성내거리 친구를 찾아보기 겸해 문방구점엘 좀 다녀오겠습니다. 혹여 며칠 귀가가 늦어지더라도 기다리거나 염려하지 마십시오. 편이 닿으면 군란(軍亂) 이후로 왜인들 천지가 되어간다는 한양 쪽 이야기도 좀 들어보기 겸한 길이니요."

진짜 하직의 글은 시일이 지난 뒤에 찾아보도록 서탁 안에 숨겨둔 채 어머니와 형들에게는 성내 나들이를 핑계 삼아 몇 푼의 노자를 얻었다. 하지만 그것이 모자나 형제 간의 마지막 작별이었다. 이날 해 질 녘 걸어걸어 장흥부 성중에 당도한 그는 친지의 일은 생각지도 않은 채 곧바로 장거리 갓방과 옷가게를 찾아가 양태 좁은 헌 갓에 고름 짧은 두루마기 중인(中人)풍으로 복색을 바꿔 입고 인근 여인숙에서 하룻밤을 새우고 나선 그길로 영영 고향땅과 고향집을 등져 떠나고 만 것이다.

그리고 다시 5, 6년의 세월이 흘러간 어느 해 여름.

전라 경상 양도의 경계를 가르는 지리산 자락 구례 고을 관아 건너에 그 이인영(李仁榮)이 이젠 썩 어엿한 의원을 차려 만만찮은 성가와 이웃의 부러움을 사고 있었으니, 그간의 내력이 대충 이러했다.

아무 계책 없이 무작정 집을 뛰쳐나온 그가 한동안 단신으로 객지를 떠돌며 겪게 된 고초는 길게 들추지 않아도 뻔한 것이었다. 그는 그 몇 년 어디보다 들녘이 넓고 백성들의 살림살이가 푼푼한 나주 고을을 거쳐 장성과 정읍 사이의 고개를 넘고, 다시 북쪽으로 '징게멩게' 김제 들녘에 이르기까지 기왕의 주역과 의술, 잡학 공부를 밑천삼아 때로는 돌팔이 의생, 때로는 관상쟁이, 묏자리 지관 행세로 힘든 연명을 해나갔다.

그러다 그 김제 부근에서, 전주 북쪽 삼례 쪽에서 관군에 쫓겨 밀려오는 동학군을 만난 것이 그에겐 나름대로 제 의술을 펴고 익힐 기회가 된 셈이었다. 그 싸움판에 의병들은 수도 없이 몸이 다쳐나고 목숨을 잃어갔다. 하지만 그것을 돌볼 의원이나 약재가 쉬울 리 없었고, 의생 이름자만 있으면 돌팔이 여부를 가릴 경황도 아니었다. 설익은 솜씨나마 그런 처지에서 인영의 인술은 가뭄에 단비 격이었다. 그의 부실한 의술은 이를테면 그 몇 년간 흔찮이 소중한 경험을 쌓은 셈이었고, 환자를 살피고 치유하는 임상 능력도 그만큼씩 자리를 잡아갔다.

인영은 그렇게 다시 아랫녘으로 내몰리는 의병 무리를 좇아 거꾸로 정읍과 장성, 나주 일원을 거쳐 종내는 그가 떠나온 장흥 고을까지 내려갔다. 그러다 패잔 동학군 우두머리 이방언이 장흥 성밖 석대들 싸움에서 관군과 신식 병기로 무장한 일본군에게 다시 패하여 마지막 명운을 맞게 되자 인영도 이젠 목숨을 부지하기 위한 긴 잠행 길로 들어섰다.

그는 제 태(胎)를 묻은 장흥 고을엔 은신처를 마련할 수가 없었다. 그는 운 좋게 목숨을 건진 동학군 일부가 인근 섬이나 남쪽 천관산 쪽으로 피신 길을 찾아 나선 것과는 반대로 전화의 피해가 덜한 보성 쪽 행로를 잡았다. 우선에 위험한 장흥 고을을 빠져나가 승주나 구례 지역을 거쳐 종내는 심산오지 지리산 자락쯤으로나 찾아 들어갈 요량이었다.

그렇게 다시 잠행을 시작한 인영이 보성 벌교 등지를 거쳐 낙안 고을로 접어들면서부터는 어느 정도 신변사가 안심이 되기에 이른 데다, 그간에 훨씬 기량이 쌓인 의술이 다시 연명의 도모책이 되기 시작했다. 의원이 있을 수 없는 벽지 촌락 길을 지나다 보면 더러 딱한 처지의 병자들을 만나게 되어, 한두 차례 그걸 못본 척 지나치지 못한 것이 그의 떠돌이 의원 노릇을 되찾아준 데다, 이후 그의 길지 않은 생애를 바친 의술제중(醫術濟衆)의 뜻을 굳히게 된 계기였다.

발길 머무는 대로 어느 고을 촌가 사랑채에서 며칠씩 머물다 떠나고, 다시 다음 고을 촌락 길을 찾아들고 하던 끝에 마침내 지리산역이 가까운 승주 땅에 이르렀을 때였다. 인영은 이제 제법 어엿한 의원 풍모를 갖추어, 때로는 눈에 띄는 약방가까지 찾아들어 약재나 의술에 대한 이런저런 담론을 나누기도 했는데, 그러던 중 하루는 어느 의원가엘 들렀다가 뜻밖에 '이제마'라는 이름을 지닌 한 괴이한 의인의 소문을 접하게 되었다.

그것이 그의 의술을 위해선 앞서의 동학군 무리를 만난 것 못지않은 큰 계기, 괴로운 병고를 겪는 이들을 위한 인술제세(仁術濟世)에 삶의 뜻(그는 자신의 이름에 '仁' 자가 들어 있음도 우연으로 여겨지지 않았다)이 기울게 된 또 하나의 전기랄 수 있었다.

당시로선 물론 당연한 일이었지만, 인영의 의술 지식은 처음 우주만물의 생성과 운행을 음(陰)과 양(陽) 두 기운의 소장(消長) 현상으로 설명한 음양설과, 그에 따라 인간과 천지만물의 생성 소멸 또한 목화토금수, 다섯 가지 원기의 변전현상으로 설명하는 오행설(五行說)에 기초를 두고 있었다. 그 음양론을 인체에 적용시켜 사람의 몸에서 음과 양의 조화가 깨어지면 병리현상이 일어나므로 그 음과 양의 넘치고 모자람을 조화시켜 깨어진 균형을 되찾도록 해주고, 또한 그 오행 간의 생극(生剋)의 이치를 운용하여 인체 내부의 상호 자생(資生)과 제약(制約) 작용을 도와 각 장부(腸部) 간의 화생(化生)과 평형을 유지케 해주는 것이 당시 조선 한방이론의 기초요 병증 진단과 치료의 요체였다.

하지만 시일이 지나다 보니 인영에게 그 음양론은 우주만물의 본질과 생멸 현상을 지나치게 단순화시킨 면이 있어 보였고, 그에 바탕해 창출된 오행론상의 병리 처방과 시료법 또한 다양하게 살아 움직이고 반응하는 인간 생명체의 관리법으로는 지나치게 원론적이고 공소하다는 느낌이 없지 않았다. 그에 대해선 저 허준 선생의 필사에서 새로이 느끼고 배운 바가 많았지만, 지난날 자신의 경험으로도 사람마다 생김새나 성품이 다르듯 사람 따라 그 체질이나 병증이 천차만별이었다. 같은 병을 앓아도 사람 따라 증세나 정도가 달랐고, 같은 병증이나 상처에 같은 약제를 처방해 다스려도 치료 효과가 제각각이었다. 더러는 처방이나 약재의 시료 효과가 어떤 사람에게는 이롭게, 다른 사람에게는 오히려 해롭게 서로 정반대로 나타나는 경우마저 없지 않았다. 하여 그는 사람 따라 다르게 나타나는 질병의 경향과 증상의 정도에 남다른 관심을 두고 환자를 대할 때면 그 병증과 함께 사람의 체형이나 맥박, 호흡 따위 저마다의 체질이나 성벽의 특성까지 세심하게 관찰하여 그에 맞는 처방과 의료의 시술을 즐겨 여행해온 것이었다.

인영은 그 승주 고을 약방 의원을 만나 의술에 대한 이야기를 나누는 가운데에 자신의 그런 소견을 털어놓았다. 인영으로서는 무엇보다 자신의 생각이나 체험뿐 그것을 뒷받침할 만한 의서(醫書)나 다른 사례를 접한 일이 없어 그것을 구하기 위해서였다. 그런데 그 인영의 체험적 의론(醫論)을 듣고 난 중년 연배의 성내 의원이 그에게 물었다.

"노형, 그렇다면 혹시 '제주말'이라는 별호로 불리는 이제마(李濟馬) 어른 이야기를 들은 일이 있소?"

인영은 물론 처음 듣는 사람이었다. 금시초문이라는 대답에 성내 의원이 다시 자문자답 투로 말했다.

"그렇다면 그 어른이 근자에 주창하고 나선 사상의학(四象醫學)이라는 신의술 이야기도 아는 바가 없겠소그려? 내 이야기를 듣다 보니 노형의 논지가 어딘지 그 이제마 선생의 사상의론과 많이 상통하는 데가 있는 듯싶어 하는 소리오만."

"워낙에 벽지 시골 태생에다 그간에 촌가 병인들만 돌봐온 소생이라 전혀 들은 바가 없는 일입니다. 이제마 선생이란 어떤 어른입니까. 그리고 그 어른의 사상의학이라니요? 제 생각이 그 어른과 상통하는 데가 있는 듯싶다는 건 당치도 않은 말씀입니다만, 그 어른의 사상의론이라는 것이 어떤 것인지, 아는 바가 계시면 제 어두움을 좀 일깨워주십시오."

　주인의 말에 인영은 놀라고 당황하여 솔직히 털어놓고 사정하고 들었고, 주인 또한 그런 인영 앞에 별 대수롭지 않은 일이듯 선선히 이야기를 이어갔다.

　"어둠을 깨우다니, 그 무슨 겸사의 말씀을요. 허지만 세상이 이미 이제마 선생의 새 의론에 귀를 기울이기 시작했고, 노형 또한 들은 바가 없이도 이미 그 의론에 스스로 근접해 있는 터에 서로 간에 새삼 무슨 말을 아낄 일이 있겠소. 다만 세상의 대세를 좇아 새 의술의 길을 열어나갈 일에 나보다 앞날이 긴 노형을 위해 귓결 풍문으로나마 그간에 내가 들어온 바를 아는 대로 전해 드리리다……"

　그렇듯 겸손한 말씨로 주인이 들려준 이제마와 그의 사상의론에 관한 이야기는 알고 보니 인영으로선 참으로 놀라운(당시 시국에 대한 선생의 비분강개를 말하던 중 인영은 비로소 민씨 성의 국모가 궁궐 안 처소에서 왜인 낭인배들 손에 무도히 시해당한 사실을 처음 들었지만, 그 망극한 소식보다 더욱) 것이었다. 주인의 설명을 대충 요약하면, 우선 이제마 선생의 창안으로 알려진 사상의학이란 저 '주역'의 태극설을 이루는 태양(太陽), 소양(小陽), 태음(太陰), 소음(小陰)의 사상(四象)을 인체에 적용하여 기질과 성격에 따라 사람을 네 부류로 나누어, 각기 체질에 따른 치료법을 밝혀 정한 새 의론으로, 이는 종래의 음향오행의 철리적 공론을 배격하고 임상학적 방법에 따라 환자 체질을 중심으로 각기 그 치료 방법을 달리하는 의술이었다. 주인이 처음 놀라서 이제

마를 아느냐 물었듯이, 인영이 지금까지 마음속에 관심하고 체득해온 것과 많이 상통하는 시료법으로, 저 허준 선생의 필사보다도 더욱 새롭고 실제적인 임상의론이었다. 그는 그저 자신의 시료 체험 속에 혼자 구득해온 것을 이제마는 그 태극설의 사상론을 바탕 삼아 명확한 의술론으로 정리해놓은 것이었다.

인영으로서는 놀랍고 신기하지 않을 수 없었다. 주인은 새 의술의 길을 열어나가는 일 또한 세상의 대세와 무슨 관계가 있는 듯이 말했던가. 주인의 설명을 듣고 난 인영은 자신도 알지 못한 사이에 어언 새 의술의 어떤 대세에 이끌려온 듯싶었고, 그만큼 분명한 자기 의술의 앞길이 밝아지는 것 같기도 했다. 다만 아쉬운 것은 주인 역시 이제마 선생에게 직접 배웠거나 선생의 저술을 접함이 없이 그저 이런저런 풍문 귀동냥으로밖에 알지 못하고 있는 점이었다. 선생은 워낙에 북녘 땅 태생으로 이미 몇 해 전에 세상을 떠나신 데다, 당신이 말년에 세상에 내어놓으려 전력을 들여 정리해놓은 의론서도 당신의 서거로 아직 세상 빛을 보지 못하고〔인영은 그 수년 뒤에야 『동의수세보원(東醫壽世保元)』 『격치고(格致藁)』 등의 서책들을 접할 수 있었다〕 있는 탓이랬다.

하지만 인영은 선생의 새 의술 이야기가 이미 승주 성내 의원가에 한동안 회자해온 데다 자신도 그쪽에 관심과 궁리가 적지 않았노라는 주인의 뜻깊은 귀띔만으로도 세상에 무엇보다 귀한 것을 얻은 기분이었다. 게다가 주인이 나중에 여담 삼아 들려준 선생의 남다른 인생 역정과 '제주말'이라는 뜻의 이름에 대한 일화가 선생의 사상의론에 대한 관심을 더욱 깊게 하였다.

의론에 뒤이은 주인의 설명에 따르면, 선생은 원래 조선조를 통틀어 벼슬길이 매우 어려웠던 함경도 땅 영흥 고을의 전주 이씨 가문 태생으로, 그 부친 대에서 비로소 진사과에 급제하여 북도 명문이 된 유복한 집안의 장자였다. 그는 양반가 자손답게 오랜 공부 끝에 중년에 이르러 잠시 군관, 현감, 군수 등의 관직을 거치거나 천거를 받았으나 때마다 자리에 길게 머무르지 못하고 사직을 되풀이한 끝에 종래는 일체의 벼슬길을 외면하고 종생시까지 여생을 오직 학문과 의술 연구에만 전념하다 간 천성적 야인 기질(인영은 그런저런 선생의 일들이 자기 일처럼 모종의 친근감마저 느끼게 했다)의 인물이었다. 그런데 그 야인 기질과 무관해 보이지 않는 것이 '제마'라는 이름에 얽힌 출생 일화였다.

"선생의 아호는 동무(東武)시지만, 함자가 제마(濟馬)이신 것은 연유가 왠지 아오?"

주인이 왠지 장난 투로 묻고 나서 자답해온 그 출생 일화와 이름의 유래가 이러했다.

선생이 태어나기 전, 그 아버지 이 진사가 하루는 향교에 일을 보러 갔다 돌아오는 길에 우연히 친구들을 만나 술자리를 같이하게 되었다. 이 주막에는 늙은 주모가 과년한 딸 하나를 데리고 사는데, 그 딸은 인물이 워낙 박색일뿐더러 사람됨까지 변변치 못해 어미는 그 딸에게 배필을 얻어줄 엄두조차 못 내고 늘 걱정만 하고 있었다.

이 진사는 본래 주량이 적은 데다 이날따라 친구들의 권에 못이겨 술을 과하게 마시게 됐고, 나중에는 정신을 가누지 못하고 자리에 쓰러지고 말았다. 친구들은 술이 깨기를 기다렸으나 날이 저물어 집으로 돌아가고, 주막에는 술에 떨어진 이 진사만 남게 됐다.

그러자 주모는 기왕지사 딸을 시집보내지 못할 처지에 지체 있는 사람에게 처녀귀신 면이나 시켜주고 싶었다. 그녀는 서둘러 이부자리를 펴고 이 진사를 바로 뉘인 뒤에 제 딸을 방으로 들여보냈다.

그런 일이 있은 지 열 달이 지난 어느 날 새벽녘. 이 진사 아버지 충원공(忠源公)의 꿈에 한 사람이 탐스런 망아지 한 필을 끌고 와서 '이 망아지는 제주도에서 끌고 온 용마인데, 아무도 알아주는 사람이 없어 이 댁으로 끌고 왔으니 맡아서 잘 기르시오' 하는 당부와 함께 망아지를 기둥에 매어놓고 사라졌다. 충원공은 망아지가 매우 탐스럽고 사랑스러워 등과 갈기를 어루만지며 기뻐하다 꿈에서 깨었다. 꿈을 깨고 나서도 충원공은 몽중(夢中) 일이 신기하여 곰곰 생각에 잠겨 있는데, 밖에서 누군가 문득 사람을 찾는 소리가 들렸다. 그는 급히 하인을 불러 연고를 알아오라 일렀고, 하인은 이내 문밖에서 웬 아이를 강보에 안은 여인을 데리고 들어왔다.

"이 아이는 이 댁 이 진사의 핏줄이오니 부디 이 댁에서 거두어 주십시오."

연유를 묻는 충원공 앞에 여인이 간청했다. 충원공은 급히 아들 이 진사를 불러 연유를 물었고, 아들 이 진사는 수삼 개월 전 어느 밤 자신이 저지른 일이 있으므로 묵묵부답 입을 다물고 있었다. 그러자 충원공은 잠시 전에 자신이 꾸었던 꿈이 떠올라 이를 집안의 길조로 여기고 아기 모자를 거두어들이도록 하였다. 그리고 꿈에 얻은 제주도 말의 일을 빌려 아기 이름을 제마(濟馬)라 하였다……

그러니 인영은 그 이름의 내력 속에 담긴 선생의 서자 출생 신분까지도 그의 남다른 의론과 함께 자신과 모종 우연찮은 인연이 닿아 있는 듯 각별한 친연감이 느껴졌다. 그가 마음속에 꿈꾸어 온 세상살이를 앞서 살고 간 선지자의 모습이라 할까. 주인의 이야기로 선생은 이후 조부의 깊은 사랑과 기대 속에 일찍부터 글공부가 뛰어난 데다 성품이 매우 호방하고 강직하게 자라 나이 일찍부터 넓은 바깥세상으로 출가를 감행해 나섰다고 했지만, 동기야 어찌 됐든 서출 신분의 때이른 가출 사실이나 후일 고루한 유생의 벼슬길을 외면하고 임의자재 의인의 길을 살고 간 생애들이 은연 형들의 패악 등쌀에 양반살이를 팽개치고 집을 나서 중인 노릇 의원의 길을 떠도는 자신의 모습을 연상시켜, 바탕이 유사한 그 독특한 의론과 함께 더없는 흠모의 정이 솟아 오른 것이었다.

생각 같아서는 당장 선생을 찾아가 새 의술에 대한 깊은 이야기를 듣고 싶었다. 하지만 이미 저세상 사람이 되신 어른 일이라 대신 저술서라도 접할 수 있으면 좋으련만, 그 또한 아직은 어느 가까운 후인들 손으로 책이 꾸며져 나오기를 두고 기다려야 할 상황이었다. 인영은 잠시 더 승주 고을에 머물면서 다른 의생들을 찾아다니며 선생의 새 의론에 대한 지식을 구해보는 수밖에 없었다.

하지만 지역이 너무 외진 향촌 고을이 되어 그런지, 승주에서는 더 이상 소상한 선생의 의론을 접할 수가 없었다. 선생은 유년 때의 자유분방한 성품에 종래의 유학(儒學)뿐 아니라 선생 스스로 무(武) 자를 취한 아호를 썼듯이 무예에도 뛰어나 세상사를 꿰뚫어보는 통찰력과 우국충정의 용기로 매사를 경영하였으나 작은 벼슬길은 안중에도 없이 해온 대인풍이었다든지, 기울어가는 국운과 탐관오리가 판치는 부패하고 어지러운 세상사에 의분을 감당치 못해 구습에 물들어온 범인들에겐 차라리 위험한 일탈과 기행으로까지 보이기 쉬운 파격적인 처신을 서슴지 않은 현학(玄學)이었다든지 하는 인물지적 논의 이외에, 그의 의론에 대해선 더 이상 자세한 내용을 접할 수 없었다. 의론에 대한 것은 선생이 일찍이 식도협착증이나 위하수증 같은 신병에 오랜 기간 시달렸던 경험이 의약과 의술, 특히 사상의론에 관심하기 시작한 동기가 되었다는 것, 그리고 사람의 체질을 어떻게 사상(四象)으로 분별해 나누고 그에 따른 각각의 병증 치료 과정에 얼마나 심혈을 기울였는지 따위의 전기적 일화 정도로, 인영이 이미 지난번 의원에게서 처음 들은바 있는 원론 이상의 실제적인 내용은 들을 길이 없었다.

하여 인영은 얼마 뒤 승주 고을을 뒤로하고, 다시 지리산 너머 남원 고을을 향해 북행길에 나섰다. 선생의 사상의론에 대한 것을 알고 싶으면 아무래도 승주나 순천 같은 오지 향읍보다 윗녘 소식이 빈번한 남원부 정도나 올라가면 새로 들을 바가 있을지 모른다는 그곳 의생들의 소견을 인영도 수긍한 때문이었다.

5

하지만 결과부터 말하면, 그는 앞서도 잠시 언급했듯 처음에
작정하고 나선 남원길 목적을 다 이루지 못한 채 중도에서 주저
앉고 말았다. 지리산 자락을 지나던 길에 구례 땅에서 뜻하지 않
게 옛날이야기 같은 일을 만난 때문이었다. 지금까지의 이야기가
실은 뒷날 그의 아내나 자손들 전언에 근거한 것이듯이, 그의 아
내로부터 며느리로, 며느리에게서 다시 손주에게로 전해진 그 엉
뚱스런 사연의 자초지종을 소개하면 대충 이런 진행이었다.

그 무렵 구례고을 관장 황 군수는 성격이 퍽 조용하고 나약한
데다 조정 대관들의 세력다툼에 줄을 잘못 선 탓에 이조(吏曹)의
내직을 잃고 벽지 산골로 밀려내려온 서울 선비 출신이었다. 하
지만 황 군수는 거의 낙백(落魄)에 가까운 외직 좌천에 상관없이
그의 부임과 함께 구례 고을이 남원부의 한 현(縣)에서 군(郡)으
로 승격된 일을 계기로 척박하기 그지없는 이 지역 민생 향상에
진력하여 성 안팎 백성들의 평판이 그다지 나쁜 편이 아니었다.

그 황 군수에게 나이 찬 여식 하나가 있었다. 그가 부임 초 서
울에서부터 아비의 조석 반상과 내실 시중을 위해 아내 대신 데
려온 처녀아이였다. 미모가 출중하지는 못했지만, 특별히 집어
흠잡을 데도 없는 용모에 아비를 닮은 성품이 늘 조용하고 다소

곳하여 황 군수가 제 어미 대신 그 딸아이를 임지로 데려온 처사를 일견 짐작할 만했다. 황 군수는 이를테면 그 딸아이를 그만큼 아끼고 곁에 두고 싶어 한 것이었다.

그렇더라도 황 군수가 과년한 딸아이를 어미 대신 이 벽지 산골 임지까지 데리고 내려온 처사엔 좀 석연치 못한 데가 있어 보일 수밖에 없었다. 그리고 관아 안팎의 그 석연치 못한 의구심은 시일이 지남에 따라 차츰 자연스럽게 풀려갔다.

— 그 딸아이가 군수 영감 서울 내직 때 상관한 첩실 소생이라는구면.

성중 사람들 간엔 누가 먼저랄 것도 없이 그런 소리가 나돌기 시작했다.

— 그래 영감의 다감한 성품에 가엾은 딸아이를 본가 식구들 곁에 혼자 남겨둘 수가 없었던 게지.

— 하긴 그 내력을 아는 장안에서보다 낯모르는 외지에서 마땅한 혼처가 나설 수도 있겠고.

더러는 그렇듯 엉뚱하면서도 이해 어린 추측이 섞이기도 하였다. 그것은 위인들의 부질없는 짐작이나 헛소문이 아니었다. 사실인즉 그 소문은 어느 날 딸아이 자신의 입에서 꼬투리가 흘러나온 것인 데다, 주위 시자들의 은근한 걱정 소리에 군수 영감 자신도 굳이 부인하려 하질 않았기 때문이다.

"낳으신 어머니는 늘 대밭 사이로 찾아오는데 기르신 어머니는 동산으로 찾아오시는 듯싶네."

어느 달 밝은 보름밤, 군수의 여식이 방마루 끝에 나앉아 있다가 한숨기 섞어 흘리는 소리에, 지나가던 찬방어멈이 그 무슨 소리냐니까 그녀가 다시 스스럼없이 털어놓았댔다.

"달을 보고 하는 소리요. 대밭으로 떠오르는 달을 보면 늘상 숨어 찾아드는 생모가 생각나고, 동산을 훤히 밝히며 떠오르는 달을 보면 나를 이토록 길러주신 큰어머니의 후덕하고 인자한 모습이 떠올라서요."

그것을 시작으로 갖가지 뒷소문이 번지기 시작한 사실을 가까운 시자에게서 귀띔 받은 군수 역시 무슨 처결책을 내놓기는커녕 혼자서 깊이 머리를 주억이며 이렇게 중얼댔을 뿐이랬던가.

"그것 참, 여기까지 내려와서도 허사란 말이던가. 하늘이 점지한 팔자는 사람이 못 고칠 노릇이로구나."

그 아비 황 군수가 과년한 여식을 유난히 더 아끼는 연유요, 두 어미 곁을 떠나 그녀를 이 벽지 고을까지 데리고 내려온 숨은 곡절일시 분명했다.

그런데 그 딸아이는 아닌 게 아니라 아비 황 군수의 탄식처럼 사람의 뜻으로는 못 바꿀 운명을 점지 받고 있었던 것인지도 모른다. 다름 아니라 그 딸아이가 어느 날부터 시름시름 이름을 알 수 없는 열병을 앓기 시작한 것이다. 게다가 의술 상식에 어두운 아비 황 군수가 초기 증세를 대수롭잖게 여기고 섣불리 자가 처방을 내린 게 화를 키운 격이었다. 그는 딸아이의 신열기가 기력이 허약하여 생긴 일시적 증상으로 여기고 내직 시절부터 상비해 온 인삼과 녹용 따위 가용 보약재를 번갈아 달여 먹인 것이었다. 하지만 딸아이의 신열기는 차도를 보이기는커녕 오히려 나날이 심해져가기만 했다. 그리고 수삼일이 지나고 딸아이의 온몸이 펄펄 끓어댈 지경이 되어 바깥 의원을 불러들였을 때는 응급처방을 내고 나간 그 고을 의원조차 대문 밖에서 한동안 머리를 갸웃거렸을 정도였다. 이리저리 아무리 신관을 살피고 맥을 짚어보아도 도대체 그 신열기의 원인을 알 수 없는 데다, 열을 더하는 보약재들을 함부로 다룬 탓에 그 약화(藥禍)가 심히 걱정되었기 때문이다. 고을 의원의 걱정처럼 그의 새 처방에도 딸아이의 증상은 역시 차도를 보이지 않았다. 오히려 이제는 심한 열기에 빠져 이따금씩 정신을 놓고 헛소리까지 하기 시작했다. 황 군수는 다시 다른 의원들을 번갈아 불러들였지만 이제 고을 의원들은 군수 영감의 부름을 받는 것조차 꺼려 했다.

젊은 인영의 발길이 구례 성내로 들어선 것이 바로 이 무렵이었다. 그는 관아 근처의 한 약방에서 고을 의원들의 이런저런 뒷공론을 듣게 됐다.

"공연히 불려갔다가 애먼 허물만 뒤집어쓰겠던걸."

"허지만 누군가는 여태까지 더쳐놓기나 해놓은 병 뒤치다꺼리는 맡아야겠제. 그나저나 그놈에 신열기는 오장육부 어느 구석이 상해나가 그런대여!"

인영은 의인으로서 관심이 끌리지 않을 수 없었다. 그래 차근차근 사연을 청해 듣고 나니 무엇인지 머리를 스쳐가는 생각이 있었다.

그는 그길로 관아를 찾아가 환자 아비 황 군수에게 자신이 한번 진맥을 해보고 싶다는 전갈을 들여보냈다. 그리고 이제는 고을 의원의 발길이 뜸해진 가운데에 거의 속수무책으로 하늘만 바라보는 처지에 있던 군수 아비의 허락을 얻어 그 당장 환자의 진맥에 임하게 되었다. 뿐만이 아니었다. 기왕지사 병세가 위중해진 환자 앞에 인영은 아직 고을 의원들이 어두운 새 의약재를 처방했다. 사상의학의 요체가 어떤 것인진 아직 확실치 않았지만, 그와 어딘지 맥이 닿아온 듯싶은 자기 의술 경험으로 평소에도 부질없는 체열이 충만한 체질에 약재를 거꾸로 쓴 혐의가 농후했다. 군수 아비가 보약재로 쓴 인삼 녹용은 물론이려니와 시간을 두지 않고 단방약으로 서두른 고을 의원들의 처방 역시 거꾸로 신열을 돋우는 약재가 들어 있었음이 분명했다. 그는 전사와는 반대로 환자의 체열을 가라앉혀줄 새 향약 탕제와 함께, 무엇보다 서서히 몸 안의 열독기를 씻어나갈 '시간'을 처방했다. 값지고 귀한 단방약으로 치유를 서두르지 말고 자기 처방의 탕제를 들며 제 스스로 서서히 체열이 빠져나가기를 기다리게 한 것이었다.

그런데 참 희한한 일이었다. 사람의 뜻으로 팔자를 못 고친다는 황 군수 말 그대로 인영과 처자 간에 무슨 숨은 인연이 점지되어 있었던지 탕약을 겨우 서너 첩밖에 들지 않은 이튿날부터 서서히 환자의 병세가 차도를 보이기 시작했다.

인영이 환자의 체질을 그만큼 깊이 읽고 탕제의 처방이 그렇듯 적합했는지 어쨌는지 알 수 없는 일(믿을 수 없는 일이지만 뒷날 후인들이 전하는 바에 의하면 그때 당신이 처방한 탕제의 주약재는 길가의 질경이나 소루쟁이 뿌리 따위였거나, 더러는 그보다도 손쉬운 후원의 흰 접시꽃 줄기를 말려 달인 것뿐이었다니까)이었다. 어쩌면 고을 의원들의 처방이 뒤늦게 약효를 발하기 시작했을 수도 있고, 아니면 병증이 원래 제 고비를 다 겪어 넘어 제풀에 가라앉게 되어 있었는지도 모른다. 아니면 그냥 누구도 그 곡절을 알 수 없는 이변지사인지도.

어쨌거나 이후 한 이틀 바깥 객사에 머물며 환자의 하회를 기다리고 있던 인영은 사흘째날 다시 군수 아비의 부름을 받고 관아 뒤 거처로 환자를 보러 갔다. 그리고 모처럼 안도와 고마움의 빛이 역력한 아비에 이어 거짓말처럼 완연히 신열기가 내린 환자가 안색이 파리한 대로 제 힘으로 몸을 일으켜 두 사람을 맞는 것을 볼 수 있었다.

한마디로 이제 인영은 그 구례 고을을 쉽게 떠날 수가 없게 된 것이었다. 환자가 자리를 털고 일어날 때까지 남은 병세를 마저 돌봐줘야 함이 도리이기도 했지만, 은혜를 입은 황 군수의 처지에서도 그쯤에서 쉽게 그를 놓아주려지 않았기 때문이다. 그간 병태의 호전 정도로 미루어 남은 탕제를 마저 다 들고 나면 자신은 이제 더 들 일이 없으리라 여겨 은연중 하직을 고하는 인영에게 군수 영감은 그를 놓아 보내주려기보다 관아 객사에 새 거처를 마련케 하였다.

"이제부턴 내 가까운 곳에서 저 아이 남은 병을 돌봐줘야겠으니, 불편하더라도 이 아비의 간절한 마음을 헤아려 그렇게 좀 해주게나."

하긴 그 황 군수의 부탁 반 강요 반의 일방적 처결 앞에 정해진 길이 있을 리 없는 인영 또한 굳이 마다해야 할 처지도 아니었으니.

오랜 뒷날까지 그의 후손들에게 대대로 전해져온 이 전설 같은 이인영의 일대기는, 그러니까 이후부터가 더욱 흥미진진했다. 어릴 적부터 많이 들어온 옛날이야기들을 통해 누구나 짐작할 수 있듯이 인영은 물론 한동안 관아 객실에 머물며 내실 딸아이의 병세를 돌보고, 그런 끝에 오래잖아 그녀의 병세도 말끔히 나았을 게 당연했다.

큰 기대가 있을 수 없던 터에 딸아이의 병세를 바로 호전시켜놓은 인영의 의술을 믿어선지 군수 영감 또한 그게 의당한 일이듯 이후부턴 여식의 병세엔 그다지 관심을 기울이지 않는 낌새였다. 인영이 관아 안 객실로 거처를 옮겨 들어오고부터 그는 젊은 그를 자주 가까이로 불러 허물없이 이런저런 한담을 나누기도 하고 더러는 끼니 상과 주안을 함께하기도 하였다. 전날부터 곁에 해온 관속이나 집안 수하를 대하듯 한가할 때면 함께 바둑돌을 놓기도 하고 때로는 이즈음 들어 더욱 급박하게 돌아가는 국사나 세태 이야기까지 은근히 무릎을 맞대려 드는 군수의 태도는 그의 의술보다 인물됨에 관심이 끌린 일종의 망년지교(忘年之交) 대우였다.

인영에겐 물론 군수 어른의 융숭한 대접이 송구스럽기는 했지만, 그 의중에 특별히 경계할 만한 데도 없어 보였다. 그래 그 딸아이의 병세가 완전히 걷히고 나서도 한동안 곁을 떠나지 못한 채 계속 객사에 머물며 그의 여가와 한담 상대가 되어주고 있었다. 무엇보다 그가 떠날 기미만 보이면 영감의 만류가 너무 간곡했던 데다 인영도 영감에게서 적지 않은 세상 경륜과 웅숭 깊은 학인의 길을 배울 수 있었기 때문이다.

하지만 인영은 그동안 황 군수의 깊은 의중을 읽지 못한 셈이
었다. 굳이 이유를 따진다면 그간 두 사람 사이에 서로 암묵적으
로 지켜져온 금기사항 때문이었다.

인영은 그동안 군수 영감의 여식이자 자기 환자인 여자에 대한
안팎의 소문을 들어 알고 있었다. 하지만 그 아비는 그런 딸자식
의 출생 내력을 한번도 입에 올린 일이 없었다. 영감은 대신 인영
의 개인사에 대해서도 전혀 말을 꺼낸 바가 없었다. 인영이 어디
서 어떻게 의술을 익혔는지, 의원으로 떠도는 내력을 궁금해한
일도 없었고, 이야기 중에 종내는 중인 갓을 쓴 의술인으로는 당
찮게 여길 사서삼경(四書三經)에 이르는 높은 서학(書學)을 논하
면서도 인영이 어디서 거기까지 학식을 지니게 되었는지, 의술인
으로서의 그 지식의 연유나 개인사를 포함한 집안일에 대한 이야
기는 일절 물은 일이 없었다. 하고 보니 인영 쪽 역시 자신의 내
력이나 숨은 곡절을 굳이 말할 바가 없었고, 영감의 침묵이 깊을
수록 어딘지 석연치가 못하고 궁금증을 지울 수 없는 그 딸아이
의 출생사에 대해서도 섣불리 입을 열 수가 없어온 것이었다. 쌍
방의 이면사가 서로 간 묵언 중에 더없이 정중하고 조심스런 금
기사항이 되어온 터였고, 그것이 수하인 인영으로 하여금 황 군
수의 깊은 심중을 놓치게 한 셈이었다.

하지만 알고 보니 그간 황 군수의 의중과 관심 역시 인영의 인
물됨과 본색, 그리고 딸아이의 장래사에 있었음이 분명했다. 뿐
더러 인영을 상대로 한 그의 신중하고도 호감 어린 탐색은 마침

내 분명한 해답을 얻어냈음이 역연했다.

어느 날 인영과 경서(經書)에 대한 이야기를 잠시 나눈 뒤끝에 영감이 여담처럼 칭찬을 덧붙였다.

"경서(經書)와 사서(史書)는 무릇 글을 읽는 선비가 필히 넘어야 할 서학의 큰 고갯길이지. 자네의 글이 이미 거기에 이르렀다면 젊은 의인(醫人)의 처지에선 실로 대단한 학덕일세."

"당찮은 치하시옵니다. 미천한 처지라 그저 남의 어깨너머로 얻어 익힌 천학(淺學)일 뿐이옵니다."

군수의 칭찬이 송구스런 인영은 그렇듯 짐짓 머리를 조아리고 나서 차제에 마음속에 삭여온 하직의 뜻을 은근히 내비쳤다.

"하온 터에 어른신의 과찬을 받들자니 미구에 소생의 미천한 글공부의 바닥이 드러날 듯싶어 두려움이 앞서옵니다. 소생도 이젠 그전에 어르신 곁을 떠나 제 길을 가야 할 듯싶사옵니다. 이젠 어르신 슬하도 병세가 다 걷힌 듯하오니 허락하여주십시오."

하지만 황 군수는 이번에도 그의 말은 들은 척조차 안 했다. 그를 떠나보내려 하기는커녕 오히려 때를 기다려왔다는 듯 잠시 침묵 끝에 일방적으로 말하기 시작했다.

"자네도 귀가 있으니 그 아이에 대해 이미 들은 바가 있을 것일세. 아닌 게 아니라 그 아이는 내 내직 때의 소실에서 난 서출일세. 아이 내력이 그런 탓에 내 그동안 제 고단한 앞길을 헤쳐가는 데에 도움이 돼라 글눈이라도 틔어주려 언문을 익히게 하였네. 진문(眞文)도 천자문 정도는 읽을 줄 아는 정도인데, 저를 이 먼 벽지까지 따로 데리고 온 연유 중엔 그 글눈을 좀더 열어주고 싶은 뜻도 있었고……"

인영은 처음 영감이 어째서 갑자기 그런 소리를 꺼내는지 어리둥절할 밖에 없었다. 하지만 어느 때보다도 진중하고 허심탄회한 말투가 비로소 그간에 지녀온 심중을 털어놓으려는 것 같은 심상찮은 예감 속에 조용히 침묵만 지키고 있었다.

그러자 잠시 말을 끊고 있던 영감이 이번에는 단도직입 인영으로선 전혀 예상 못해온 소리를 뱉어냈다.

"내 자네 앞에 구구히 긴 소리는 줄이겠네. 자네가 그 아이의 명줄을 이었으니 그 앞날도 자네가 거두어 맡아주게!"

무슨 제의나 의논이 아니라 이미 결정된 일을 알리는 투의 일방적 당부였다. 인영은 지금까지 늘 무언가 마음속에 석연치 못하던 그림자가 불시에 정체를 드러낸 것 같은 당혹감에 우선 놀란 눈길을 들어 무슨 말인지를 하려 했으나 영감은 그조차 허락지 않았다.

"알아, 알겠으니 아무 말 말고 내 말을 좀더 들어보게."

영감이 미리 손을 저어 제지하고 나서 다시 일방적인 설득을 이어갔다.

"내 자네가 아직 미혼임을 알고 있고, 이런 일엔 향가 어른들과의 의논도 있어야 함도 알고 있네. 그래서 여태까지 나이 든 윗사람으로 이런저런 도리와 경우를 살피며 많이 망설여온 처지였네. 허지만 비록 서출일망정 누구 못지않게 그 아이를 아껴주고 싶은 아비로서 자네를 곁에 잡아두고 싶은 마음을 어쩔 수가 없네그려."

"……"

인영은 숫제 애소에 가까운 영감의 호소 조에 갈수록 아무 말
도 할 수 없었다. 그래서 뒷날까지 두고두고 집안의 수하 후인들
로부터 '애초에 마음에 두었던 일 아니었겠느냐'는 흉허물거리를
남겼을 만큼 모든 일에 자신의 소견 한마디 말하지 못한 채 일방
적으로 끌려가는 꼴이었다. 그런 인영 앞에 군수 영감은 자신의
마지막 의중을 들어 단자리에서 일을 마무리 지으려 하였다.

"하지만 서출을 슬하에 둔 아비로서 무슨 큰 욕심을 부리겠는
가. 자네가 우선 그 아이를 거두어 곁에 두어주기만 하면 뒷일은
내 크게 상관을 않음세. 자네가 뒷날 그 학문으로 다른 큰 뜻을
이루어 새 본실을 맞고 싶을 땐 바깥 측실로 거느려도 될 법한 일
이고. 하지만 지금은 자네 또한 학문이 아무리 깊은들 어차피 갓
끈이 짧은 중인 처지가 아닌가……"

아비로선 차마 못할 소리까지 서슴지 않으며 인영의 승낙을 재
촉하고 들었다.

하긴 영감이 그걸로 자신의 마지막 심중을 다 털어놓은 것은
아니었다. 인영의 출신을 새삼 중인으로 못 박은 나중 말과 그의
글공부로 다른 뜻을 이루어 본실을 다시 맞는 걸 용납하겠다는
식으로 양반가 선비에게나 할 법한 앞뒤 안 맞는 소리가 그 증거
였다. 영감은 이를테면 인영의 출신을 이미 알고 있으면서도 그
걸 모른 척하고 눈앞의 갓끈 짧음을 내세워 서출 딸을 짝채워주
려 하고 있음이었다. 허물이라면 인영이 자신의 출신을 외면하고
짧은 갓끈 매고 다니는 데다 그동안 조심성 없이 그의 글공부 깊

이를 내보인 점이랄 수 있었다. 아닌 게 아니라 서출 딸을 둔 양반가 아비로선 적이 마음이 끌릴 만한 안성맞춤 혼처였달밖에.

하지만 그 황 군수의 성급한 채근 앞에 인영은 이도저도 아무 말을 할 수가 없었다. 그렇다고 이제 와서 자신을 탓할 수도 없었고, 그 딸 일을 서두르는 아비의 욕심을 허물하고 들 수도 없었다. 영감 앞에 자신도 당장 마음이 이끌려 허혼을 하고 나설 수는 더더욱 경우가 없는 노릇이었다.

일의 호불호 간에 그는 끝끝내 입을 다문 채 묵묵히 영감의 간곡한 뜻을 따르는 수밖에 없었다. 그리고 이날 일은 그렇듯 황 군수의 일방적인 처결로 결말이 나고 말았다.

— 하기야 기왕에 내 손으로 긴 갓끈 자르고 중인 행세로 살아온 처지에 진짜 양반가 규수를 꿈꾸는 게 가당하랴. 그나마 핏줄이라도 양반가 서출이니 서로 간에 어울릴 만한 사이요 천생연분 아닌가.

애초부터 마음에 두었던 일이 아니었더냐. 짐작한 후인들의 숨은 흉허물마따나, 그런 사연과 곡절을 거쳐 결국 가짜 중인 서방님을 맞은 여인이 누대의 후손들에게까지 전해 남긴 소리로, 그때 인영의 마음속에 오간 생각은 오직 그뿐이더라는 고백이었다니……, 그로써 그날의 인영의 심중은 어느 정도 짐작이 갈 수도 있으리라. 이 대목에 사족으로, 이런 추측 공간의 설정은 물론 당사자 아닌 먼 후손을 취재한 이 이야기 화자의 명백한 월권에 속할 일이겠지만 말이다.

6

인영이 아내로 맞은 그 황씨 가문 명색의 '웃녘댁'이 오랜 뒷날 탄식기 섞어 털어놓은 회고담에 따르면 그러니 그 두 사람의 혼례절차는 모든 것이 간소하고 신속하게 치러질밖에 없었다.

"저 남녘 해변 장흥 고을이 소생의 태생지이긴 하옵니다만, 그곳엔 이제 제 혼사를 의논하거나 거들 만한 집안 윗사람이 없는 처지 한가지옵니다. 소생 출향시에 다시는 찾아들지 않을 결의기도 했삽고요."

인영이 은연중 뜻이 기운 것을 보고, 그러나 마음먹기에 따라선 일생의 막중사에 한번쯤 향리로 집안 어른들을 찾아보고 의논과 허락을 거침이 어떻겠느냐, 황 군수가 짐짓 의향을 물어오는 치레 투에 속내를 읽지 못할 리 없는 인영은 그렇듯 편한 대답이었고, 거기 황 군수 또한 고개를 깊이 끄덕인 끝에 내처 두 사람의 혼례 절차까지 일사천리로 결정짓고 만 것이었다.

"자네 사정이 그렇다면야 공연히 일을 미적거릴 바가 없겠네. 이쪽에서도 서로 사정에 맞춰 성례 절차만 치르면 될 일 아니겠는가. 기왕 이렇듯이 자네와 내 뜻이 한가지이니 말일세."

그쯤 되고 보니 두 사람의 성례 절차도 될수록 간소하고 신속하게 서두를 수밖에 없었다. 황 군수 쪽 사정도 그 딸의 혼사에 이모저모 인영 못지않게 그리 내세울 바가 없었으니까. 다름 아니라 딸아이의 심사가 어떻든 그 서출 신부의 생모는 오래전에 이미 본댁 안방의 깐깐한 성미를 못 이겨 어린 혈육을 맡긴 채 인연을 끊은 지 오랜 데다, 영감의 당부를 좇아 서녀만 딸려 보냈을 뿐 바깥의 임지조차 내려와보지 않은 안방 또한 크게 달가울 데가 없을 서출의 혼사에 천리 먼 길을 달려 내려올 리 만무한 사정이었다. 그런저런 형편을 뒤늦게 털어놓은 군수 영감도 굳이 그걸 바라지 않았고, 감불생심 인영으로서도 그것은 전혀 바랄 처지가 못 되었다.

"그러니 모든 것은 내가 알아서 처결할 테니, 자네는 그저 내 뜻 따라서 저 아이만 거두어주면 될 일이야."

뒷날 웃녘댁이 제 바깥사람이 된 인영에게 흘려들은 장인 사위 두 사람 간 당시의 의논이 그런 식이었다니, 그 웃녘댁으로선 더욱이 이도저도 곡절을 제대로 모른 채 이야기가 나온 지 한 달 남짓만인 그해 그믐께 어느 날 밤 보쌈질이라도 당해가듯 지극히 간략한 혼례 절차를 거친 끝에 내력조차 분명찮은 남녀 떠돌이 총각의원 인영의 안사람으로 맺어지게 된 것이었다.

"명색이 인륜대사라는데 그 혼사에 크게 준비할 거나 있었을까 보냐. 혼사 준비라니 아버님이 손수 날 잡고, 아래 관속들 시켜 청문 건너 언덕 아래 약방 겸 새살림 낼 만한 오두막 한 칸 마련하게 한 것이 전부였구나. 신랑신부 혼례복이며 초례청 마련 같은 남저지 소소한 일들은 아래 관속들이 양가 쪽 사람을 대신 나눠 맡았고, 혼사 당일 초례청도 관아 후원 차일 아래 병풍 한 채 둘러치고 내외 관속 십수 인으로 식전 일과 하객 노릇을 함께 감당케 했다면 알 만한 일 아니겠느냐. 세상 천지 듣도 보도 못한 그런 혼례를 치르고 나선 또 명색이나마 친가에서 첫날밤도 못 치른 채 내쫓기듯 당일 저녁으로 바로 그 신랑이라는 사람을 따라 오두막으로 건너가 첫 밤을 맞았구나……"

수하들에 대한 웃녘댁의 푸념에는 자못 비탄기가 실릴 수밖에 없었고, 그렇듯 숨은 원망과 자탄기는 세월이 흐른들 좀체 가라앉기가 쉽지 않은 것이었다. 하지만 오랜 세월 이어져간 그 웃녘댁의 원망과 탄식조는 그렇듯 일방적이고 허술한 혼인 과정에만 그친 것이 아니었다.

혼인 뒤부터 주위에서 막연히 친가 방향을 가리키는 택호로 불리기 시작한 '웃녘댁'은 처음 그 모든 것을 반쪽 핏줄밖에 이어받지 못한 자신의 팔자소관으로 받아들였다. 그러면서 한편으론 남녘 떠돌이 남정을 의지 삼아 새 삶의 터를 일궈나갈 희망에 부풀기도 하였다.

"이 서방이 어떤 사람이며 널 어떻게 여기든 이제부터 너는 이 고을을 새 고향 삼아 이씨 가문 사람으로 종생을 해야 한다. 그런 가운데에 네 삶을 힘껏 꽃피어내도록 하여라."

무엇보다도 허둥지둥 혼례 절차를 치르고 난 딸아이가 당일로 집을 떠나가는 대문간까지 따라나와 짐짓 냉엄하게 이르고 돌아서던 군수 아비의 깊은 흉금을 그녀는 능히 헤아릴 수 있었기 때문이기도 하였다. 성미가 좀 대범하고 호방하면서도 안집 식구나 의료 일엔 은근히 온정적인 남편의 사람됨에다 군수 아비의 안팎 거달음으로 웃녘댁의 그런 소망은 한동안 착실히 바닥을 다져가는 듯하였다. 여느 의원들로선 진맥조차 꺼리던 관장 여식의 어려운 병을 다스려 종내는 사위 자리까지 차지하고 든 젊은 의인, 그에 대한 저간의 심심찮은 소문에다 장인 관장의 음양 간의 지원 덕에 '이의원(李醫員)' 간판을 내건 남정의 의방(醫房) 일은 '의술즉인술(醫術卽仁術)'이라는 착실한 시료(施療) 자세 속에 초장부터 제법 성업을 이루었고, 그 아비는 물론 신랑 자신부터 무슨 허물을 하기보다 묵묵히 감싸 넘어가준 새댁의 숨은 아픔과 혼사의 허물들은 이후부터 더 이상 아무런 장애도 될 수 없었기 때문이다.

하지만 그런 세월을 길게 이어가지 못한 것이 뒷날 웃녘댁의 새 자탄거리의 속편이었다.

회자정리(會者定離)에 생자필멸(生者必滅)이라, 범인범부로선 그다지 달갑잖은 고언(古諺)이 있어온 터이지만, 두 사람의 신혼가엔 유달리 때가 이르고 가슴 아픈 헤어짐이 줄을 이어 닥쳐든 것이었다.

첫 헤어짐은 이듬해 가을 친가 쪽 아버지 황 군수로부터 비롯됐다.

신혼살림에 차츰 손길이 익어가기 시작한 그해 초가을께 웃녘댁은 가까운 혈육이 아쉬운 처지에서 내외가 서로 바라온 대로 첫 아들아이를 낳았다. 그리고 외할아비는 장흥골을 뜻하는 남녘 땅 씨앗이라는 태생의 근본과 제 어미아비의 고단한 객지살이 처지를 함께 잘 이겨 넘으라는 가파른 주문을 담아 아이의 이름을 '남돌〔南石〕'이라 지어주었다.

그 아이 이름에 담아 남긴 외할아비의 소망은 실상 그 아이의 삶뿐 아니라 내심 제 어미 되는 딸아이의 일을 근심하여 뒷날을 의탁케 하려는 숨은 예견의 표현이었는지 모른다. 외손주 남돌이 태어나고 채 한 달도 지나기 전 그해 시월 중순 황 군수는 그간의 시정을 인정받았음인지 다시 이조의 부름을 받아 황황히 내직으로 자리를 옮겨가게 된 것이다. 한데다 황 군수는 서울 길을 떠나기 전 웃녘댁에게 마지막으로 이렇게 일렀다.

"이제 이 아비가 떠나가고 나면 너는 정녕 이 서방과 이씨 혈육들에게밖에 네 몸과 마음을 의지할 데가 없으리라. 그러니 내 언젠가도 이른 일이 있다마는 이후부터 너는 이 서방과 이씨 가문, 나아가 이곳을 네 생애의 근본으로 삼아 이 남녘땅 이씨가의 아녀자로 종생해야 할 것이다. 모쪼록 매사에 이 서방 뜻을 거스르지 말 것이며, 믿음과 순종으로 그 마음이 네게서 멀어지지 않도록 해야 할 것이야. 그 무엇보다 저 남돌이 이후로도 이문의 혈손을 늘리고 번창케 함은 물론 슬하를 크게 쓸모 있는 인재로 가꾸는 데에 부단히 힘써야 할 것이다. 네 앞날의 명 불명은 오직 그에 달린 일임을 잊어선 안 된다. 너 또한 심중의 다짐이 있으리라 믿거니와, 사람의 인륜으로 호부호형(呼父呼兄)조차 마음대로 할 수 없는 세상 법도를 외면 못할 네 혼인의 내력이 남달라 하는 소리니라. 이 서방 사람됨이 인륜에 어긋난 행투는 생각할 수 없는 일이다만, 행여 위인의 마음이나 삶의 행로를 놓지는 일이 생기더라도 이제 너는 여전히 이문 사람으로 장흥골 문중을 찾아갈 길이 있음을 명심하고……"

아닌 게 아니라 남정의 마음이 달라지고 나면 장흥 고을 문중을 찾아가라는 아비의 새 언질을 빼고 나면 거기까지는 딸 웃녘댁도 이미 누차 스스로의 다짐이 있어온 일이었다. 한데 그 아비의 마지막 덧붙임 몇 마디가 오히려 웃녘댁의 이후 삶의 행로에 대한 결정적인 선언이 되고 만 것이다.

"이 아비의 당부는 그뿐이다. 내 그간 마음을 함께해온 관속들과 신관 어른께 너희 뒷날 일을 여러 가지로 당부해두고 떠나가기는 한다만, 네 어미란 사람도 그렇거니와 이 서울 천리 먼 길에 아비가 한번 가고 나면 서로 간 좀처럼 소식을 전하기가 어려울 듯싶어 마지막으로 각별히 이르는 말이니라."

아비는 그것으로 사실상 딸자식과의 왕래나 서로 간 소식의 길을 막아버린 격이었다. 뿐더러 그것은 반쪽관계 혈륜 사이나마 부모자식 간의 의절, 나아가 마지막 영별의 말이기도 하였다.

— 나는 그 아버님이 떠나신 것으로 영영 내 친정을 잃어버리고 만 거였제.

웃녘댁이 종생토록 수하들에게 탄식해마지않던 그대로 이후 그녀는 그 아비나 친정 사람들의 얼굴은 물론 변변한 소식조차 접한 일이 없었으니까. 행적을 알 수 없게 된 생모에 이은 웃녘댁의 가슴 아픈 생이별이었다.

하지만 그 생모나 아비와의 영별은 나중에 차츰 깨닫게 된 것일 뿐 당장 눈앞의 일은 아니었다.

그에 비해 몇 년 뒤로 이어진 또 한 번의 헤어짐은 그녀의 구례 시절이나 전 생애를 통해서도 가장 힘들고 절통한 사변이었다.

친정 아비가 서울로 올라간 이후에도 웃녘댁 안팎의 형편은, 그동안 계속 연찬을 거듭해온 인영의 새 의술하며 의술은 곧 인술(仁術)이라는 변함없는 시료 자세에서 연유한 남다른 성가에 더해 전관의 당부를 잊지 않은 신관과 관속들의 직간접 보살핌까지 뒤따른 덕에 수년 동안 아무 어려움이 없었다. 그런 가운데에도 무엇보다 웃녘댁에게 다행스런 일은 사랑간 '이 의원'이 이제는 전날의 유랑기를 새 의술 개발 노력에 묻고 조용히 집안일 가꾸기에 소홀치 않게 된 점이었다. 향청의 말직이나마 벼슬 자리 따위엔 아예 헛꿈조차 꾸지 않으려는 듯 이런저런 의약서 이외에 전일부터의 경서는 곁에도 두려 하지 않았다. 그의 내력으로 보아 당연한 일이긴 했지만, 양반 관직이나 벼슬살이에 대해선 스스로 꺼려 하다 못해 관복들과의 교유마저 염증을 내어 머리를 흔들어댈 지경이었다.

당시엔 조정의 높은 대관들 행투를 본받아 지방 관장들까지 향반 지위나 관아 말직을 파는 일이 허다했다. 게다가 전관 황 군수에 이어 부임한 신관 영감은 근본이 무골 출신으로 성미가 퍽 호방한 대신 그 양반 품계나 관직 장사 거래에도 능한 인물이었다. 뜻만 있으면 좋은 기회를 마련할 수도 있는 호시절을 맞은 셈이었다. 하지만 인영은 도대체 그런 덴 생각이 없었다. 생각은커녕 신관의 각별한 유념과 뒤 보살핌조차 쉽게 받아들이려지 않았다. 명절 세시 때마다 관속들을 시켜 내보내는 군수 영감의 선물목정도를 마지못해 받아들였을 뿐, 그에 대한 답례는 고사하고 사례의 인사조차 일러 들여보내려지 않았다. 더러 신관 군수의 부름을 받은 마당에도 성밖 환자의 급한 진료를 핑계 삼아 뒷날로 발길을 미루는 일까지 잦았다.

그 인영이 하루는 긴 시간 약재 처방을 내다 말고 잠시 사랑간 마루 앞으로 나와 앉아 쉬고 있다가 방 안의 약손들에게 혀를 차며 말했다.

"쯧쯧! 저 멀쩡한 상놈이 새로 또 더러운 '상놈'을 사 지고 가는 줄도 모르고 제 돈부대를 가마로 바꿔 타고 나가며 좋아하는 꼴 좀 보시오들."

그 무렵 들어, 건너편 관아 길로는 군수에 대한 은밀한 청탁을 위해 엽전 부대를 몇 꾸러미씩 짐꾼에게 지워 데리고 들어가는 발길이 잦았다. 그리고 하루이틀 뜸을 들이고 나면 위인들 가운데선 더러 뜻을 이루어 길을 돌아가는 자들이 있었다. 그렇듯 작은 벼슬자리라도 얻어가는 위인들에겐 그 표시로 군수가 특히 위풍당당한 '사인교'를 마련하고 가마꾼까지 내어주어 짐짓 귀로를 크게 치켜세워주곤 하였다.

인영의 비웃음은 바로 그걸 가리키는 소리였다. 뿐더러 이 무렵 인영이 무슨 취미라도 되듯이 자주 마루로 나와 살피다가 내실 웃녘댁에까지 일러오곤 하던 비아냥 소리였다. 방 안 손들의 입이 헤퍼 혹시라도 군수의 귀에 들어가는 날이면 결코 신상에 좋을 일이 없을 위태로운 비방이었다. 소리를 들은 약국 손들 또한 한통속 심사인 데다 구관과의 정의를 가볍게 여기지 못한 청출입 관속들의 입이 무거운 것이 인영에겐 그런대로 다행이었달지. 하기야 세상물정이 뻔할 군수 영감인들 저간의 사정으로 보아 그만 눈치쯤 없을 수 없었지만, 불의를 눈감고 가까이할 수 있을망정 전관과의 약조는 소홀히 할 수 없는 무인 기질의 호방성과 의리로 짐짓 모른 척 넘어가준 것인지도 모르지만.

어쨌거나 가장이 그렇듯 더 다른 욕심 내지 않고 사람들 병 고치는 일에만 전념하고 지내주니 집안에 특별히 어려운 일이 있을 수 없었다. 전일의 패기와 분방함이 몰라보게 가라앉고 삭아드는 대신 자기 일과 마음이 임의로워 보이니 한 아낙의 지아비로서 웃녘댁은 그가 조금도 모자람이 없어 보인 것이었다.

바깥가장과 집안일이 그만큼 무탈하고 평온하니 웃녘댁의 세월도 그렇듯 크게 마음 쓸 일 없는 태평스런 몇 년이 흘러가고 있었다. 서울로 돌아간 친가의 아비에게선 이후 몇 년이 지나도록 서찰 한 장 전해오는 일이 없었지만, 새 관장이 때마다 잊지 않고 보살핌을 대신해온 데다, 그사이 웃녘댁은 첫아이 남돌에 이어 둘째 사내아이 '규성'[이번에는 제 아비가 무슨 생각에선지 집안 항렬자 '쌍토 규(圭)' 자를 넣은 이름을 지어주었다]을 얻어, 오직 두 아이의 보육과 성장에 삶의 보람을 얻고 있었으니.

그렇듯 평온한 세월 속에 남돌과 규성이 어언 일곱 살과 다섯 살이 되던 해 여름철이었다.

이해 여름 지리산 인근 지역에 전에 없이 큰비가 내리고 가까운 섬진강이 큰 홍수가 져 넘쳤다. 그리고 그 홍수가 웃녘댁에게 모든 것을 다시 휩쓸어가버린 듯한 절통한 헤어짐을 가져다 안겼으니 그 자초지종이 이러했다. 섬진강 홍수는 구례와 곡성, 승주 등지에 당시로선 매우 위험한 수인성 역질이던 염병(장질부사,

장티푸스)을 창궐시켰다. 인근 고을이 모두 사람의 내왕을 금한 처지에서 염병 환자들은 거의 속수무책으로 고열에 머리가 빠져나가거나 심한 기침과 하열, 탈진 증세 끝에 목숨을 잃어갔다.

인영은 물론 이 무렵 한동안은 집안에 들어앉아 찾아오는 병자가(病者家) 사람들의 처방을 내기에도 눈코 뜰 새 없이 바빴다. 하지만 그런 사정은 이 무렵 동무 선생의 '사상의학'이 선생 사후 수년 만에 드디어 문하 후인들에 의해 편찬된 『동의수세보원』과 『격치고』의 지론을 접하고 더욱 마음이 고무된 인영에게는 비록 아류나마 힘껏 자신의 의술을 펴나갈 기회가 된 셈이었다.

그런데 발병 지역 사람들의 타지 내왕길이 막히고부터는 찾아오는 환자가 없었다. 인영은 그저 약국 안에 들어앉아 시간을 허비할 수 없었다. 그는 염병에 닿을 만한 약재와 침구(鍼灸)꾸러미를 챙겨 메고 자신이 직접 환자가를 찾아 나섰다. 그리고 한 열흘 부지런히 전염지를 돌아다니며 시료에 진력 끝에 드디어 그 자신이 같은 병증을 품게 됐다. 한데다 이때쯤엔 이골저골 강행군으로 체력이 심히 쇠진하여 여느 환자들보다도 병세가 급속히 악화되어갔다.

하지만 그는 병을 얻고 나서도 집으로 돌아갈 생각을 하지 않았다. 병을 얻은 50여 리 남쪽의 광양골 한 강변마을 촌가 사랑채에서 다른 환자들과 함께 자신의 병을 돌보며 그 심한 체열과 증상이 잦아들기를 기다렸다.

"내 여기서 집으로 돌아가지 않음은 굳이 당신들을 위해서가 아니오. 이 몹쓸 병을 스스로 집에까지 끌어들여가지 않기 위함이오. 내 병을 여읠 때까지 집으로 가지 않을 터이니 당신들과 여기서 병을 함께 여읜다면 서로가 좋을 일 아니겠소."

인영은 그렇듯 대수롭지 않은 일이듯 끝끝내 동환들 곁에서 병을 함께하고 지낸댔다.

그러니까 한동안 행방조차 알 수 없어 애를 태우던 웃녘댁이 남편의 일을 처음 알게 된 것이 그 불행한 소식이었다. 하지만 인영은 소식을 의탁해 보낸 그쪽 마을 인편에마저도 와병지를 숨긴 채 오래잖아 병을 여의고 건강하게 돌아갈 작정이니 행여 위험한 곳을 찾아올 생각 말고 아이들과 진중히 집에서 기다리라는 엄한 당부로 웃녘댁을 더욱 안타깝게 했을 뿐이었다.

하지만 그것이 남편 생전의 마지막 소식이던 것을 당시의 웃녘댁으로선 차마 상상도 못 했을밖에.

다름 아니라 인영은 이후 점점 더 열이 심해지고 복부와 가슴이 부어오르며 붉은 반점이 피어오르기 시작하더니 혓바닥에 온통 하얀 설태가 끼어들며 끼니 섭생의 기력까지 잃고 말았다. 그가 지금껏 궁구해온 새 의술, 같은 병증이라도 사람의 체질에 따라 처방을 달리함을 기본으로 삼은 그의 자가 시술이 자신에게는 별 효력을 얻을 수 없었던가. 비슷한 처방으로 그가 함께 보살펴온 몇몇 이웃 동환은 그럭저럭 열이 내려 자리를 털고 일어선 경우가 있는 데 반해, 인영 자신은 갖가지 약재를 달리해가며 병세를 다스려보려 했지만 백약이 별무효과로 갈수록 체력이 떨어져 갔다. 그리고 종당엔 가슴이 빠개지는 듯 받은 숨결과 기침기에 하혈 증세까지 보이다가 어느 날 저녁 끝내는 마지막 괴로운 숨을 거두고 말았다.

그 몹쓸 역질의 본색이듯 그의 마지막 혼몽한 의식 속에 웬 저승사자의 곡두가 비쳐들었다던가.

"저저저 저것! 저 몹쓸 화상 같으니라고. 내가 아직 할 일이 많은데 어쩌자고 이리 일찍 데리러 온단 말이냐!"

지금껏 자리보전을 해오던 동네 사랑간 밖 허공을 가리키며 남은 기력을 다해 한차례 호통을 토하고서였댔다. 하니까 웃녘댁과 아이들이 다시 보름쯤 뒤 두 번째 소식을 전해 듣고 비로소 가장을 만나러 달려간 것은 다름 아닌 그의 주검을 수습하기 위해서였다.

하지만 웃녘댁이나 어린 두 형제는 죽은 가장의 장례조차 손수치를 수가 없었다. 고인이 이미 자신의 종말을 알았음인지 운명 하루 전 동환의 이웃에게 간곡한 유언을 남긴 데다, 망인의 사람됨을 익히 안 그 마을 사람들이 당신의 유지에 따라 자신들끼리 바로 종생 이튿날로 장례를 치르고 나서야 본가엔 짐짓 늦은 소식을 전해준 때문이었다.

"이 모두가 망극하기 그지없는 일이라 입이 열 개라도 위로나 변명드릴 말씀이 없는 줄 압니다. 처지가 그러하나……"

유족들에 앞서 자신들끼리 미리 경우에 없는 장례를 치러버린 마을 사람들이 웃녘댁 앞에 털어놓은 망자의 유언과 그간의 자초지종이 그러했다.

"어른께선 다른 망자들에게 그랬듯이 당신도 숨을 거두는 당일로 염습과 장례 절차를 모두 줄여 지체 없이 매장을 서두르라

하시었습니다. 성내 본가에도 그런 연후에 소식을 알리라는 당부셨고요. 이 역질이 계속 이웃으로 번지는 것을 경계하기 위함이었지요. 더하여 어른께선 이 마을 사람들은 물론 사후에 가족이 소식을 듣고 오더라도 이 역질이 말끔 다 물러갈 때까지 당신의 유택을 가까이 찾는 것도 막아달라는 간곡한 부탁이셨습니다. 그러니 애통한 심정 헤아리지 못할 바 아니나 어른의 숭엄한 뜻을 따를 수밖에 없는 저희 처사를 깊이 살피시고 당분간은 고인의 유택 길도 삼가고 미루심이 당하시리다."

뒤늦게 망부를 만나고 떠나보내려는 묘소 호곡 길조차 막아서는 비정스런 처사였지만, 그러는 마을 사람들을 위해서나 남은 식구들을 위해서나 그 고인의 뜻을 따를 수밖에 없는 사정이었다.

하고 보니 웃녘댁은 아직 사리분별력이 모자란 철부지 두 어린 것과 함께 마을 사람들이 안내해간 뒷골 공동산 한 자락에 마련된 망자의 무덤을 멀찌감치서 망연히 건너다보다 돌아선 것으로 자신의 영별 의식을 치를 수밖에 없었고, 그 허망하고 모진 발길의 기억은 또 하나 그녀가 생애를 두고 곱씹으며 삭여가야 할 깊은 흉터의 마디로 자리 잡았을 게 당연했다. 그 망부의 무덤 일과 관련하여 마을 사람들은 웃녘댁이 그렇듯 허무히 발길을 돌이키는 것을 보고 남은 생자들의 뒷날을 위한 망부의 심상찮은 유언 한 가지를 덧붙여왔지만, 머릿속이 아득하기만 한 웃녘댁에겐 그같은 망부의 마지막 당부조차도 마음속에 뜻이 잡히지 않은 채 그저 무정하기만 한 원망의 매듭 하나를 더했을 뿐이니까.

"이 고을에 역병이 물러간 다음이라도 당신의 무덤은 어디로 옮겨가거나 다시 손보려 하지 말고, 뒷날 어쩌다 장흥 고을 문중을 찾아들 일이 생기면, 그때 가서나 유골을 수습해가서 이문(李門) 사람임을 밝히는 징표로 삼으라 하시더이다."

그게 마을 사람의 다짐 투 전언이었고, 그때 웃녘댁의 혼잣소리 대꾸가 이랬으니까.

"장흥이 어느 땅이고, 우리 문중이 어디길래!"

7

웃녘댁의 그 말은 그러니까 가장을 잃은 이후에도 망부의 곁을 떠나지 않겠다는 결의의 표시인 셈이었다. 그리고 웃녘댁은 아닌 게 아니라 이후 몇 년 동안 처음 결심대로 어린 두 아이를 데리고 이제는 '이의원' 간판을 내린 그 청문 건너 오두막집을 변함없이 잘 지켜나갔다. 망부 생전에 가계가 조금씩 늘어난 데다, 그간 무반 출신을 대신해 또 한 번 새로 부임해온 신관 군수 또한 전관들의 당부를 계속 건네받아선지 고인의 변고를 전해 듣고 일부러 그 오두막으로 사람과 조문 물목을 내어보내 전관들 못지않은 보살핌을 다짐한 덕이기도 하였다.

— 비록 가군을 잃은 슬픔이 크겠으나 망인가 권속들은 앞날의 일을 너무 근심하지 말라. 내 부임시부터 이 의원가의 일을 늘 유념해왔거니와 그간에 들은 이 의원의 적공에도 크게 감동한 바 있어 그 가솔들의 후사에나마 소홀함이 없으리라.

한 수레 가득한 곡물 가마와 함께 전해온 신관 군수의 위로와 다짐이었다.

하지만 어린 두 자식을 거느린 아녀자로 크게 실다울 수 없는 전날의 비축과 임의롭지 못한 관장의 거달음 외에 별다른 생계 수단이 있을 수 없는 처지에서 웃녘댁의 결심은 긴 세월을 버텨 나가기 어려웠다. 가장 사별의 소식은 물론 불행한 일 뒤의 어려운 처지를 알릴 길이 없는 서울 쪽엔 더 이상 아무것도 기댈 바가 없게 된 데다, 세월 따라 거듭 바뀌어온 관장들의 관심도 갈수록 엷어져가는 형편이었다. 하다 보니 젊은 나이에 청상이 된 그녀의 처지에선 남은 세월이 너무도 까마득했다. 무엇보다 일가붙이가 없는 타관살이 처지에서 어린 자식들의 뒷날을 의탁할 데가 전혀 없었다.

웃녘댁은 차츰 마음이 변하기 시작했다. 그리고 비로소 전날의 관장 아비 황 군수가 그녀와 마지막 헤어져가며 남긴 말이 새삼스럽게 떠올랐다.

—이 서방 사람됨이 인륜에 어긋난 행투는 생각할 수 없는 일이다만, 행여 그의 마음이나 삶의 행로를 놓지는 일이 생기더라도 이제 너는 여전히 이문 사람으로 그 장흥골 문중을 찾아갈 길이 있음을 명심해두거라.

이제 그녀는 그 가군의 마음이 아니라 삶의 행로 전부를 놓치고 만 셈이었다. 아비는 어쩌면 거기까지도 미리 예견하고 그런 말을 남겼던 것 같았다. 그리고 보면 그 아비가 외손주에게 남돌이라는 흔찮은 이름을 준 것도 단순히 남녘땅 장흥 고을 씨앗이라는 태생의 근본을 밝혀두려서보다는 이런 일을 미리 염두에 두고서였는지도 몰랐다. 게다가 선망부는 그에 더하여 그 장흥 문중 길의 구실까지 미리 마련해준 턱이었다.

— 이 고을에 역병이 물러간 다음이라도 당신의 무덤은 어디로 옮겨가거나 다시 손보려 하지 말고, 뒷날 어쩌다 장흥 고을 문중을 찾아들 일이 생기면, 그때 가서나 유골을 수습해가서 이문(李門) 사람임을 밝히는 징표로 삼으라……

친정 아비와 망부가 함께 고향고을 솔가를 예정해주고 있음에 다름 아니었다.

웃녘댁은 한 해 한 해 갈수록 지내기가 탁탁해지면서 생각이 자꾸만 그쪽으로 기울었다. 한데다 이 무렵은 이웃 청나라와 러시아와의 전쟁에서 승승장구한 일본이 주변 열강에게서 왕조를 보호한다는 미명하에 강제로 조약을 맺고 이 나라 국권을 멋대로 농단하는 가운데에 임금을 호위하던 대감이 스스로 목숨을 끊었다는 소식까지 전해진 어수선한 시국. 그렇듯 백척간두, 풍전등화와 같은 위태로운 나라 꼴에다 세상 인심이 더욱 흉흉해진 판에 고을 군수까지 또 한 번 자리를 바꿔 들어온 참이었다. 그러니 친정 아비 황 군수 이후 몇 차례나 자리를 바꿔 앉은 새 관장 또한 이쪽 일엔 더 이상 마음을 써줄 처지가 못 되었다.

그래저래 웃녘댁은 가군을 사별한 지 대여섯 해가 흐르고 저 망극한 국치(國恥)의 해에 이르러 마침내 고향 문중을 찾아가기로 마음을 굳혔다.

하지만 가주를 잃은 아녀자 처지에 마음을 굳힌 것만으로 당장 이삿짐 보따리를 꾸려 지고 길을 나설 수는 없었다. 오두막간이나마 살던 집을 처분하고 망부의 유골을 수습해갈 방책을 마련하는 데에만도 적지 않은 시일이 걸리게 마련이었다. 게다가 그녀는 그 장흥골 사람들의 형편이 어떤지, 들도 보도 못한 그녀의 솔가를 이문 성받이로 받아들여주기나 할지 어떨지 아무것도 알 수 없었다. 그쪽에 미리 사람도 보내보고, 그에 따른 마음의 준비도 있어야 했다. 세상물정에 이제 갓 눈을 뜨기 시작한 두 아이에겐 더욱 그만한 준비가 필요했다. 무엇보다 두 아이에겐 마음속에 제 바른 근본부터 찾아 갖춰주어야 했다.

하여 웃녘댁은 마음을 차분히 먹고 준비를 다져나갔다. 이때껏 글공부를 소홀히 해온 아이들에게 천자문 정도나마 글눈을 틔워주기 위해 동네 서당을 다니게 하고, 글공부와 함께 망부의 일을 비롯한 집안 내력과 미구에 찾아 나설 귀향길에 대비해 걸맞은 바른 예법과 행신을 힘써 익히게 했다.

한편으론 친정 아비 황 군수 시절부터 왕래가 이어져온 한 나이 먹은 관속의 도움을 얻어 장흥 이문 쪽의 형편을 살펴오기도 했다. 그 문중 쪽 사정으로 말하면 그녀 일가를 특별히 반갑게 맞아줄 낌새는 아니었지만, 망부가 일러주고 간 친형제간이 살고 있음이 분명했고, 비록 그 어미는 이미 세상을 버렸을망정 형제들은 다행히 망부와의 혈연과 그의 가출을 부인치 않더랬다. 그쯤만 해도 웃녘댁으로선 크게 안도할 일이었다.

그런데 두어 해 너머 이런저런 준비 끝에 드디어 집을 정리할 단계에 들어설 무렵이었다.

윗녘댁에겐 한동안 더 세월을 기다리거나 솔가 계획 자체를 접어야 할지도 모르는 창망한 일이 생겼다.

그동안 제 형에 비해 글공부가 신통찮던 아랫녀석 귀성이(규성이는 식구들이나 이웃 아이들 간에 늘상 그렇게 불렸다)가 그 봄철 어느 날 서당길에 홀연 종적이 사라지고 만 것이다. 윗녘댁은 처음 녀석이 집을 나간 것으론 생각을 못한 채 큰녀석 남돌의 글공부까지 중단시킨 채 백방으로 행방을 찾았다. 하지만 녀석은 며칠이 지나도 소식을 알 수 없었고, 그것은 끝내 돌아올 기약조차 없는 긴 가출로 이어졌다. 글공부가 싫어서였는지, 새삼스런 문중골 길이 싫어서였는지 모르지만, 나이 겨우 여남은 살 어린것이 제 혈육들을 버리고 집을 뛰쳐나갔다면 녀석이 언제부턴지 제 아비의 역마살을 핏속에 이어 지니고 있음이었다.

"얼마 전 저 아래 저잣거리에서 남사당패들이 며칠 굿을 놀다 간 일이 있었대요. 귀성이가 혹시 그 사당패를 따라간 거 아닌지 몰라요."

남돌이 하루는 그간 공연히 겁을 먹고 입을 다물어온 한 글방 아이의 뒤늦은 귀띔을 들어온 것이었다.

"우리 귀성이가 그날 서당을 파하고 돌아오다 둘이서 굿판구경을 가자는 걸 마다하니 저 혼자 가는 걸 보았다는 아이가 있었어요. 굿패 사람들이 그날로 굿판을 거둬 떠나갔는데, 귀성이가 없어진 것도 그날이었어요."

윗녘댁은 더 생각할 것도 없이 다시 한 번 망연자실 억장이 무너져내렸다. 어디 가서 녀석을 찾아내더라도 좀체 다시 돌아올

아이가 아니었다. 그렇다고 그대로 모른 척 주저앉아 넘길 일도
아니었다.

그녀는 행여나 싶은 심사 속에 제 형을 앞세우고 남사당패가
굿판을 벌이다 갔다는 저잣거리로 쫓아가 패거리의 행방을 알아
보려 하였다. 하지만 저잣거리 사람 중엔 굿패의 행방을 아는 사
람이 아무도 없었다. 이튿날부터는 근동 고을들의 오일장터까지
차례로 훑고 다녔지만, 굿패의 행방은 여전히 오리무중이었다.
이미 경상도 쪽으로 강을 넘어섰거나 부드럽게 풀려가는 봄 날씨
를 따라 훨씬 먼 북녘으로 굿판을 옮겨가버렸을 수도 있었다. 가
망이 없는 일이었지만 이제는 집에 앉아 소식이라도 기다려보는
길뿐이었다.

소식이든 귀환이든, 녀석을 기다리자면 당분간 이삿길을 뒷날
로 미뤄둘 수밖에 없었다. 행여 녀석이 마음을 고쳐먹고 되돌아
오거나 소식이라도 보내온다면 그걸 맞아줄 어미와 집이 그대로
남아 있어야 했다. 뒷날에라도 녀석이 장흥길을 제 발로 뒤따라
올 가망이 없고 보면 의지가지없는 타관골에서 녀석이 돌아올 곳
을 아예 없애버릴 수는 없었다. 녀석을 버려둔 채 남은 두 모자만
떠나버릴 수가 없었다.

모자는 그렇게 마음을 차분히 지어먹고 가뭇없는 귀성이의 소
식을 기다렸다. 그 기다림이 어언 3, 4년이나 이어진 끝에 비로소
풍문처럼 아득한 녀석의 소식 한 조각이 당도했다.

—저는 어차피 자식 구실을 못할 놈으로 돌아갈 길이 아득하
니, 어머니와 형이 아직 구례에 계시거든 저를 더 기다리지 말고

116

장흥으로 가십시오.

귀성이 한 해 전 다른 곡마단 쪽으로 새 밥벌이 노릇을 옮겨가며 옛날 무리가 언젠가 이쪽을 지나칠 때가 있으면 대신 찾아보고 전해달랬다며, 그 3년여 만의 초가을 녘 다시 구례 성중을 찾아드는 옛 남사당패의 한 젊은이가 전한 소식이었다. 그것은 물론 전날의 짐작이 틀리지 않은 데다 녀석이 아직 어디선지 제 길의 삶을 살아가고 있다는 사실을 알게 된 것 외에 어미나 형이 그토록 기다리던 소식은 아니었다.

하지만 웃녘댁은 이제 그만만 해도 그간에 답답하고 무겁던 마음이 얼마쯤 풀렸고, 그것으로 긴 기다림도 그만 끝내볼 엄두가 생겼다. 이즈막엔 이미 국권을 통째로 빼앗기고 만 어지러운 세간 인심에, 웃녘댁은 그간 가계가 바닥나 더 이상 귀성을 기다릴 여력도 없었기 때문이다.

하여 웃녘댁은 귀성의 소식을 전해들은 바로 그 을묘년(1915년) 늦가을 안으로 손에 받아 쥘 것도 없는 오두막부터 남의 손으로 넘길 계약을 하고, 이어 매사 마음을 의지해오던 관속 한 사람과 의논하여 동절기 추위 전에 망부의 유골을 수습해갈 택일을 끝냈다.

그러니까 오두막 한 칸에 망부가 남기고 간 의서와 약장 침도(針刀) 따위 의구를 제외하곤 따로 처분하거나 챙겨갈 이사 준비거리가 있을 수 없는 처지에서 망부의 유골을 수습하는 날이 바로 이주 날인 셈이었다. 망자 유골 일은 사후에 다시 찾아오거나 사람을 보내어 수습해갈까도 했지만, 후인들마저 살아온 근거지

흔적을 다 지우고 떠나는 마당이었다. 더 이상 길게 돌봐줄 이도 없으려니와, 언제 다시 찾아올 기약도 없는 길에 뒷날 따로 사람을 보낸다 한들 가르쳐줄 이도 찾기도 어려울 망자를 혼자 남겨둘 수가 없었다. 당신의 유체를 이문의 증거로 수습해갈 수 있으리라는 망인의 유지를 소홀히 할 수도 없었다.

그런데 정작 그 웃녘댁의 먼 이삿길은 그렇게 남루하거나 힘든 것만은 아니었다.

그 무렵 관아에는 또 한 번 거듭 군수가 바뀌어 들었을 때라 이제는 전관들부터의 관행이 되어온 웃녘댁 일에 별 마음 씀이 없을 줄 알았던 것과 달리 신임군수 역시도 그걸 유념해온 모양이었다. 관아 수하로부터 웃녘댁의 본향 이주 소식을 전해들은 신관이 마지막으로 웃녘댁 모자를 내청까지 불러들여 모자의 이사길에 각별한 후의를 베풀어온 것이었다.

"그 댁 모자의 일에 대해서는 내 일찍이 이곳 관장 부임 시부터 각별히 당부받은 바가 있었소. 곡절은 깊이 알지 못 하오만, 일찍이 내직으로 계셨던 어느 어른의 뜻이 해를 이어 이곳으로 부송되어오는 까닭인 줄 아오."

그간에 이어져온 관행의 연유는 그러니까 서울로 올라간 내직 영감이 때마다 이곳 관장들에게 뒷일을 당부해온 데서였음이 분명했다. 그러면서도 그 곡절이 본인들에게까지 전해지지 않은 것은 이미 제 삶의 길을 얻어 나간 서출과의 의절을 결심한 아비의 뜻에서였을 터였다.

군수 영감은 나름대로 그 내직 어른의 뜻을 깊이 헤아려 명념해온 듯 웃녘댁 모자로선 분에 넘치는 조처들을 내놓았다.

"망부의 유택은 그대로 여기 놓아두고 떠나더라도 이곳에서 변함없이 살펴줄 일로되, 아는 대로 이미 나라의 명운이 다한 마당에 앞으로 내 관장의 자리나 이곳 관아의 일이 얼마나 보전되어갈지 모르는지라 이번 길에 군이 망인의 혼백을 향리로 모셔 갈 생각이라면 내 그를 말리지 않는 대신 필요한 힘을 보태도록 할 터이오. 그리고 차후 장흥 고을엘 가서 지내는 데에도 따로 의지할 울타리를 마련할 길을 찾아보겠소."

8

귀향 뒷날의 일까지 유념해준 군수의 후의는 그냥 듣기 좋은 말치레가 아니었다.

그해 10월 중순 때가 가까워오자 군수는 몇 수하 관속을 내어보내 이사 며칠 전으로 길일을 정하여 망인의 묘소를 허물고 유골을 수습케 하였다. 그리고 이사 당일에도 그 관속들을 계속 이삿길에 동행시켜 유골과 이삿짐 보퉁이를 장흥 고을까지 함께 져 옮겨가게 하였다. 이번에는 집안사람들과 따로 의논이 없이 나서는 길이라는 말을 들은 군수가 장흥 쪽 사정이 여의치 못 하면 망인의 새 유택을 마련하는 일은 물론 생자들의 정처도 두루 보살펴주고 오라는 당부까지 더해서였다.

웃녘댁은 그러니 무언지 허망하고 불안한 심사 외에 이삿길에

특별히 마음 쓸 일이 없었다. 하여 그달 중하순께 어느 날 웃녘
댁은 말 없는 유골과 열여섯 어린 아들(종적을 알 수 없는 씨앗 하
나는 뒤에 남겨둔 채!) 남돌을 앞세우고 망부의 고향길을 나섰다.
그리고 그 달갑잖은 짐을 나눠 지고도 피곤한 불평 한마디 없는
관속들의 발길을 좇아 망부 생전 떠나온 길을 거꾸로 걸어걸어
닷새 만에 장흥부 관아를 거쳐 백리 밖 회령골까지 무사히 당도
했다.

하지만 일은 웃녘댁 일행이 그 망부의 옛고향 골엘 들어서고
나서부터가 말썽이었다. 그날 저녁 나절 웃녘댁 일행이 망부의
유골을 앞세우고 그 득량 바다 끝자락의 회령포 마을까지 당도
하고서였다. 웃녘댁은 마을로 들어서기 전에 동네 초입께서 만
난 한 나이 든 어른에게 먼저 이 마을 ×주 이문(李門)의 선산부
터 물었다. 아직 근본을 밝히지 못한 생자들의 일은 둘째치고라
도 집안 터주들과 아무 의논 없이 무턱대고 망부의 유골을 마을
로 메고 들어갈 수 없을뿐더러, 마땅한 절차를 거치고 나면 망자
의 혼백은 어차피 선대들이 묻힌 선산 발치께로 갈 수밖에 없는
처지였다. 웃녘댁은 망부 유골을 미리 그쪽 가까운 곳에 안치해
두고 문중 일가는 살아 돌아온 가솔들만 찾아볼 요량이었다.

그런데 이문 선산을 묻는 웃녘댁 앞에 마을 노인은 무언지 마
음에 걸리는 대목이 있는 듯 잠시 머리를 갸웃거리며 머뭇거리는
기색이더니 더 이상 깊은 곡절을 묻지 않은 채 마을 뒤쪽 산 능선
께 한 곳을 가리켜주고 오던 길을 되돌아가버렸다.

웃녘댁은 다시 일행을 이끌고 마을 노인이 가리킨 마을 뒷산

너머 쪽으로 산기슭 길을 돌아들어갔다. 그리고 이내 그 중턱쯤
에 자리한 이문의 선산을 발견하고 우선 아래쪽 산자락 소나무숲
언저리에 유골상자를 부려놓게 했다. 먼 길을 함께해온 관아 일
꾼들에게 고된 몸을 쉬게 할 겸 그곳에 남아 자리를 지키게 하고
아들아이 남돌과 자신만 먼저 동네로 들어가 경우껏 의논을 끝내
두기 위해서였다.

　하지만 웃녘댁의 일은 거기서부터 더 이상 요량대로 추려나갈
수가 없었다. 우선 그녀는 열여섯 어린 아들을 데리고 당장 이문
어른들을 마을로 찾아들어갈 일이 없었다. 망부의 유골을 건사하
느라 잠시 시간을 지체하는 동안 길을 되돌아간 마을 사람의 통
기를 받은 남돌의 중부(仲父) 차영(次榮) 씨가 황황히 먼저 이쪽
을 찾아 나타난 것이다.

　웃녘댁은 한참 뒤에야 알게 된 일이지만(그러니 이때는 아직 몰
랐을 수밖에), 아버지 이 진사가 세상을 떠나고 인영이 집을 나간
지 얼마 되지 않아 맏형 만영(萬榮)은 제집 바로 아래턱에 따로
오두막칸을 마련하여 남은 아우 차영을 분가시켜 두 형제가 위아
래 집으로 나눠 살아온 지 오래였다. 그 어머니 진사댁의 간곡한
거달음에도 불구하고 형 만영의 재산욕과 이기심 앞에 아우 차영
은 재물과 관련한 선대의 유덕을 거의 다 빼앗기다시피 한 채였
다. 하다 보니 차영의 살림은 전날에 비해 여러모로 궁색할 수밖
에 없었고, 그것을 늘 안타깝게 여겨 음양 간에 가계를 거들어오
던 진사댁마저 10여 년 뒤 세상을 떠나고부터는 그 어려움이 눈
에 띄게 더해갔다. 자신의 재물욕을 숨기려 해선지 평소엔 도대

체 무슨 생각을 하는지 별말이 없는 가운데에도 뒤에 가보면 자기 잇속을 모두 챙기고 나서는 형 만영의 의뭉한 심성에 반해 차영은 원래부터 성미가 좀 조급한 편이었지만, 그리고 그 괄괄한 성정 때문에 살림을 따로 날 때도 손해가 많았지만, 그는 자연 탐욕스럽고 노회한 형에 대해 불만이 많을 수밖에 없었고, 그 불만기는 나이가 들어갈수록 노골적인 불신과 대항의식으로 자리 잡아가고 있었다.

그런데 그 삶의 신고(辛苦)와 이제는 적지 않은 초로 연배의 세상 경륜 때문이었을까. 그는 어렸을 적 막냇동생에 대한 패악기나 일생 버리지 못해온 괄괄한 성정에도 불구하고 때로는 이웃 세상사에 대해 남다른 인간미와 의기를 아끼지 못해할 때가 더러 있었다. 형 만영에 대한 인간적인 불신과 경멸감의 역반응일 수도 있는 차영의 그런 성품과 행신은 그러니까 바로 이날 급히 낯선 계수 웃녘댁 일행을 찾아 나타난 데에서도 역력히 잘 드러난 셈이었다.

"제집 뛰쳐나가 웬 부귀영화 좋은 한세상을 누렸는지 모르겠지만, 돌아올 때는 이리 홀핏줄에 한 무데기 죽은 백골 조각뿐이란 말여? 그동안 흐른 세월이 얼만디 도대체 그 사람 뒷세상 마련이 어쨌길래, 이렇듯 고단한 가솔을 앞세우고!"

차영은 처음 백골로 돌아온 아우의 보잘것없는 귀향이 심히 못마땅한 듯 일행을 대하자마자 거침없이 내뱉었다. 한 해 전 이쪽 사정을 살피러 보냈을 때 들어 안 탓이겠지만, 그리고 잠시 전 마을 사람으로부터도 귀띔을 받아 이미 사정을 짐작한 바이겠지만,

초면의 웃녘댁이나 조카뻘 남돌을 별 의심 없이 집안사람으로 받아들여주는 투가 웃녘댁에겐 우선 다행스러울 뿐이었다. 얼굴을 알 수 없는 백골이 무슨 말을 할 수 있을까만, 자신의 유골을 문중인의 징표로 삼으라던 고인의 당부처럼, 죽어 돌아온 아우를 별말 없이 쉽게 집안 혼백으로 여겨준 것 역시 마찬가지였다.

하지만 웃녘댁이 그 차영 씨 앞에 마음을 놓기는 물론 아직 한참이나 때가 일렀다. 차영은 무엇보다 웃녘댁 모자나 아우의 백골을 반기고 환영하러 달려온 게 아니었다.

"그나저나 낯설고 물선 먼 길 찾아오느라 고생이 많으셨소. 헌디 그간에 지내온 자세한 사정은 차차 알게 되려니와 우선에 이사람 유체는 어찌된 일이오. 작년 기별 때는 여기에 대해 아무 의논도 없었던 걸로 아는디."

차영 씨는 뒤늦게 대충 집안 맞이 인사를 치른 데 이어 은근한 채근 투 속에 예상치 못했던 아우의 유골 일부터 들추고 들었다.

"미리 의논을 드린 바는 없었지만, 언제 다시 찾을 길이 있을지 모르는 그 고을에 저 혼백만 뒤에 두고 길을 떠나올 수 없어 이번에 함께 문중 산발치로 모시고 온 일인가 보요. 그것이 돌아가실 때 당신의 당부이기도 했지만, 이번 길에는 저 양반 유덕으로 그쪽 관장 어른이 이렇게 사람까지 동원하여 노고(路苦)를 덜어주시겠다 하셔서요."

웃녘댁은 미리 의논을 드리고 말고 할 것도 없이 가군을 먼저 보낸 아녀자 처지로 그게 의당한 일이 아니냐는 듯 망인의 뜻과 관장의 후의를 앞세워 자신의 처사를 해명하고 나섰다.

하지만 그녀는 아직 차영 씨의 진짜 속내를 알지 못하고 있었다. 아니, 망부를 위한 윗녘댁의 그같은 석명은 어딘지 민망스러움을 떨쳐버릴 수 없던 차영 씨의 심사를 오히려 훨씬 편하게 해준 꼴이었다.

"그야 수구초심, 제집을 떠났던 사람이 이렇게 유골로나마 고향땅을 찾아 돌아온 일을 두고 누가 무슨 허물을 허겠소. 하지만 저 사람 유골을 바로 이 문중 산으로 지고 들어온 게 마음이 개운찮아 하는 소리요."

차영 씨가 계속 유골의 일을 두고 불편한 심기를 드러내는가 싶더니, 이내 그 마땅찮은 속내의 곡절을 털어놓았다.

"허기사 이 동네 사정을 모르는 처지에 이곳 아니면 당장 저 백골을 메고 찾아들 곳이 없었겠지만, 어쨌거나 이 산엔 새 묘터를 잡아들 수가 없는 곳이오. 다름 아니라……"

그렇게 이어져나간 차영 씨의 말을 윗녘댁은 처음 집안사람들과의 의논이 없이 죽은 백골을 앞세우고 선산 터부터 찾아들어간 처사를 괘씸히 여겨 묏자리를 내주지 않으려는 소리로 들었다. 그런데 이야기를 다 듣고 보니 좀 황당하기는 했지만 차영 씨 나름대로 그럴 만한 사정이 있었다.

줄여 말해 이문의 선산은 회령 마을의 진산격인 뒷산의 북쪽 중턱을 타고 앉은 형국인데, 바로 그 아래쪽부턴 산 너머 남쪽 마을로 뻗어 흐르는 수맥이 숨어 있어 풍수지리상 옛날부터 더 이상 아래쪽의 분묘 조성이 금지되어온 터였다. 아래쪽 분묘는 수맥을 다치게 하여 마을 우물이 마르고 화기가 성하여 화마(火魔)

를 부르게 마련이라는 것. 그러고 보니 아깟번 마을 노인이 사정을 알고 나서 고개를 갸웃거리며 오던 길을 되돌아가 차영 씨를 뒤쫓아보낸 연유도 바로 그 때문이었다.

하지만 차영 씨는 자신이 일을 아예 막아서려고 하지는 않았다. 그런 선산 발치에 새 묘터를 마련하자면 먼저 마을 사람들의 양해를 얻거나, 불연이면 그 반발을 잠재울 수 있어야 하는데, 그러자면 마을의 유력자인 혼백의 백씨 만영 씨가 나서주는 길밖에 다른 도리가 없으리라는 설명이었다.

"아직까지 산 아래쪽엔 새 묘를 쓴 일이 없으니 정작에 묘를 써서 무슨 일이 일어날지 아는 바가 없는 터에 내가 굳이 아우의 혼백을 막아설 까닭이 없지요."

차영 씨는 우선 제 아우의 일에 썩 우호적이지 못한 자기 입장부터 밝히고 나서 일의 처결을 백씨 만영 씨 쪽으로 넘겨 지웠다.

"하지만 나는 원래 주제가 마을 사람들 마음을 다스릴 만한 위인이 못 되어 뒷일을 감당할 자신이 없으니, 되든 안 되든 우선한번 형님이 나서게 해봅시다. 내가 급히 이렇게 달려온 것도 실은 그 때문이었으니께. 먼첨 형님부터 찾아봅시다. 난 사실 형님하시는 처사가 맘에 든 일이 없지만, 이번 일은 그게 경우가 아니겠소? 저 사람 혼백 일만이 아니라 산 사람들 거처 마련도 그 양반과 먼저 의논을 거치는 것이 순서겠으니."

웃녘댁 생각에도 물론 그게 의당한 경우요 도리였다. 그러잖아도 짐을 풀어놓고 동네로 들어가 집안사람들과의 의논을 청할 참인데 차영 씨가 기미를 알고 먼저 쫓아와 일이 여기에 이른 것이었다. 어쨌거나 사정이 이렇게 된 마당엔 집안의 웃어른 격인 만영 씨부터 찾아 만나봐야 하였다. 그렇다고 그 유골 상자까지 다시 떠메고 마을로 들어갈 수는 없었다.

잠시 뒤 웃녘댁은 인부 두 사람을 유골 상자와 함께 산발치에 그대로 남겨둔 채 다른 살림 짐꾼들을 데리고 차영 씨를 따라 마을로 들어갔다.

하지만 차영 씨를 뒤따라 마을의 맨 꼭대기께에 널따랗게 자리 잡은 백부 만영 씨 집 대문간을 들어서고 나서도 웃녘댁 일행은 그 사랑채까지밖에 안채 쪽엔 발길조차 들여놓을 수 없었다.

"미장년 단신 출가 이후 수십 성상 소식을 모르던 사람 일을 이제 와서 내가 무얼 안다고 나서겠는가!"

아우 차영 씨까지 웃녘댁 일행을 사랑채 마당에 머무르게 한 채 자신이 직접 바깥으로 나온 만영 씨는 과수가 된 계수 웃녘댁과의 초대면 인사조차 치르지 않은 채 차영 씨부터 힐책하고 들었다.

"무얼 믿었길래 이러는지 모르지만, 자네가 앞장서 사람을 데리고 왔으니 자네가 알아서 처결하랄밖에. 무신 백골 보따리까장 메고 온 모양인데 죽은 사람 백골 일이나 산 사람들 일이나 다 자네가 알아서!"

자신은 모르겠으니 일을 끌어들인 사람이 책임을 지라는 발뺌 소리로, 이번에는 거꾸로 차영 씨에게 일을 다시 떠넘기려는 심사였다. 게다가 만영 씨는 아우 차영 씨의 희망과는 다르게 그 마을의 부정적인 풍수 정서를 내세워 선산 발치엔 아예 망자의 유택을 꿈도 꾸지 못하도록 단호하게 못 박았다.

"우리 산입네 그 산에 묘를 쓰면 동네 사람들이 그냥 보아 넘기
지 않으리라는 거, 자네도 잘 아는 일 아닌가. 나는 동네 사람들
이길 자신 없으니 자네가 나서서 그 패악을 막아내겠다면 모르
되, 그렇지 못하다면 그쪽은 아예 건드릴 생각을 말고!"

예의 풍수지리와 동네 시비를 구실 삼아 아우의 유골이고 가솔
이고 간에 받아들일 생각이 조금도 없는 사람이었다. 그 만영 씨
앞에 난감해진 것은 웃녘댁 모자뿐 아니라 웃녘댁에 앞서 뻔한
속내를 미리 다 짐작했을 처지에 일을 거기까지 앞장서온 차영
씨도 마찬가질 수밖에.

"형님, 이 일은 우리가 그냥 모른 척하고 넘길 일만은 아니잖
소. 형님도 작년에 이미 들어 알다시피 인영 아우가 그쪽 관아와
좋은 인연을 맺고 지낸 덕에 이번에 이렇듯 먼 길 짐꾼까지 내어
보냈는데, 이곳 우리 이문의 도리나 체면을 봐서라도 이 사람들
이 돌아가 윗전에 고할 말도 생각해야 하지 않겠소."

차영 씨의 은근한 협박 투 다그침이 아니었으면 그쯤에서 당장
문밖 내침이라도 당하고 말 형세였다. 물을 틈도 없었고 관심을
둘 일도 없었지만, 더욱이 웃녘댁 자신 두고두고 섣불리 입을 열
일도 없었지만, 그런 만영 씨가 그녀의 서출 사실이나 남돌 이외
에 또 다른 핏줄 하나가 집을 나가 광대살이로 객지를 떠돌고 있
는 사실을 짐작이라도 했다면 더 말할 것이 없었다. 하지만 다행
히 만영 씨는 그 연고지 관속들의 먼 길 배행만으로도 죽은 아우
의 생전 행적과 그쪽 관장의 소홀찮은 배려의 속뜻을 족히 짐작

했을 법했다. 웃녘댁 친가일이나 이쪽 이문과의 혈연에 대해선 전혀 의심하고 들 여지가 없었다. 한데다 만영 씨는 예상 밖으로 아우 차영 씨의 경우 바른 오금박이가 내심 적잖이 찜찜해지기라도 했던 모양.

"그것 참, 일이 정 그렇다면 그 선산 건너 선바위골 등성이 쪽에 아이들 고모네 산이 있잖은가, 자네가 그쪽을 한번 알아보면 어쩌겠는가."

더 이상 빠져나갈 구멍이 없어진 만영 씨가 종당엔 웃녘댁이 전혀 생각할 수 없었던 해결책의 실마리 하나를 내놓았다.

"허긴 거기라면 한번 알아볼 만하기는 허네요만……"

아우 차영 씨까지 금세 동조하고 나선 그 만영 씨의 권유인즉 잠시간 두 사람 간에 오간 이야기를 들어보니 웃녘댁으로도 제법 귀가 솔깃한 제안이었다. 인영의 가출 몇 해 뒤 진사댁은 마지막 남은 막내딸을 그 선산 너머 동네 선바위골로 출가시켰다. 회령리 뒤쪽 진사가의 선산 골짜기 건너편은 바로 선바위골로 넘어가는 마장재 고개 산등성이가 마주해 있었고, 그 산고개 안팎은 다름 아닌 그 막내 시가댁 소유였다. 그러니 막내의 친정 오라비 쪽에서 누가 나서주기만 한다면 사돈 간 처지에 의논을 건네기도 쉬웠고, 이야기가 희망대로 매듭지어진다면 웃녘댁으로서도 굳이 말썽거리를 안은 선산 발치를 고집할 이유가 없었다.

하여 이야기는 결국 그쪽으로 결말이 났고, 형 만영 씨에게 일방적으로 등을 떠밀린 차영 씨가 곧바로 일을 추려나가기로 삼자 간에 의논이 모아졌다. 백골을 노지에 부려놓고 밤이슬을 맞히게 된 마당에 공연히 일을 미룰 바도 없었다. 더 물으나마나 이미 만영 씨의 인색한 속내를 읽어버린 차영 씨의 임시방편책에 따라 웃녘댁 모자는 우선 이삿짐을 다시 그 중부댁 문간방으로 옮겨 들여놓고, 이어 배행 짐꾼들과 의논 끝에 그 역시 차영 씨의 주선으로 동네 차일을 빌려다 이문 선산 발치까지 지고 가 망부의 백골과 함께 밤새워 그를 지킬(당장엔 그 길밖에 다른 방도가 없어 보인지라 짐꾼들도 그에 선선히 응했다) 자신들의 야숙지를 마련하게 하였다. 그리곤 그 초대면의 중부댁 동서에게 하룻밤 야숙뿐만 아니라 필경엔 산역까지 치러야 할 배행인들의 저녁 요깃거리를 부탁하고 자신은 남돌과 함께 바로 차영 씨를 뒤따라 선바위골로 해거름 녘 길을 나섰다.

"보나 마나 큰오라버니 속내야 뻔할 뻔 자지라. 그 당신이 동네 사람들 입살 무서워 하고 싶은 일을 못하신 양반이었어요?"

원래부터 사이가 좋지 못했던 탓인지, 작은 오라비 차영 씨로부터 갑자기 찾아온 사연을 듣고 난 남돌의 고모라는 사람은 초대면의 핏줄들과 제대로 인사도 치르는 둥 마는 둥 첫마디부터 큰오라비에 대한 시비 투였다. 웃녘댁도 이미 짐작한 대로 그녀 역시 만영 씨의 처사를 익히 꿰뚫어본 푸념이었다.

"그 일로 해서 살아 찾아온 집안 사람들 곁에 끼고 지내게 될 일을 꺼려 했을 게 뻔한디, 그런 당신 속을 감추고 점잖은 척 그렇게 나오는 쪽이 큰오라버니답지 않어요?"

하지만 웃녘댁은 오라비에 대한 그녀의 불편한 심사 덕에 망부

의 일을 외려 쉽게 매듭지을 수 있었다. 큰오라비에 대한 그녀의
원망기는 웃녘댁의 처지에 무척 동정적인 이해를 낳았고, 그런
그녀의 거달음으로 하여 죽은 매형의 새 묘터에 대한 바깥 남정
의 아량과 동의를 어렵잖게 이끌어내준 것이었다.

그래 이날 웃녘댁 모녀와 차영 씨는 그 고모댁에서 함께 저녁
까지 편히 얻어먹고 가벼운 마음으로 밤길에 다시 회령 마을로
돌아왔다. 배행인들을 길게 기다리게 할 수 없는 처지에 따로 택
궁(擇宮)을 미룰 것 없이 이튿날로 바로 남정들끼리 산엘 올라가
마땅한 자리를 정하는 대로 가까운 날을 잡아 매장을 서두르자는
의논을 남기고서였다.

하지만 이후의 일이 또 한동안 전혀 예상치 못한 쪽으로 흘러
가기 시작했다.

이삿짐을 지고 동네까지 웃녘댁을 따라 들어왔다 선바위골로
다른 묏자리를 얻으러 가는 그간의 사정을 보고 짐꾼들 간엔 일
이 많이 늦어질 것을 염려한 때문이었던가. 차영 씨 일행이 밤늦
게 회령리로 돌아와보니 배행인들은 그새 차영 씨 댁에서 교대
로 저녁 요기를 마치고 다시 유골 안치소로 밤샘 길을 나가고 없
었다.

그런데 위인들은 유골 곁에서 그냥 밤샘을 하고 지낸 게 아니
었다. 이튿날 아침 웃녘댁과 차영 씨 안댁이 함께 끼니를 마련해
이고 나가보니 전날의 안치소엔 밤사이 망부의 유골함 대신 웬
새 묘 봉산이 하나 솟아 있었고, 구례 쪽 짐꾼들은 온데간데가 없
었다. 자신들 갈길이 바빠서였던지, 혹은 웃녘댁의 딱한 처지를

위해 부득불 망자의 묘터를 그곳으로 정하게 할 심산에서였던지, 위인들끼리 밤새 마을을 오가며 땅을 파고 새 칠성판을 마련하여 망인의 임시 가묘를 마련하고 새벽녘 은밀히 길을 떠나버린 것이었다.

일은 물론 그것으로 마무리 지어질 수가 없었다. 위인들의 속셈이 무엇이었든 만영 씨가 그것을 용납할 리 없었고, 일을 알고 난 그 큰시숙 만영 씨의 노기충천 의심 어린 추궁이 아니더라도 웃녘댁 또한 그런 무리한 처결은 꿈에도 바라온 바가 아니었다. 망인의 유택을 마련하는 일은 어차피 간밤의 차영 씨나 선바위골 고모 쪽과의 의논대로 다시 치러져야 하였다. 임시 가묘 꼴이나마 백골에 밤이슬을 막아주게 된 김에 이제는 일을 서두를 것 없이 차근차근 추려나갈 수 있게 된 것이 다행이라면 다행이었다.

하지만 사정은 거기서도 아직 순탄치가 못했다.

— 겉으로만 그러는 척 슬슬 시일을 끌다가 종당엔 어물쩍 주저앉아버리려는 속셈 아닌가……

만영 씨가 좀체 웃녘댁에 대한 의심을 풀지 못한 탓이었다.

— 그게 무슨 왕후장상 모시는 일이길래 아직도 자리를 잡지 못했단 말인가!

만영 씨는 하루하루 틈이 생기면 아우 차영 씨나 그의 집 문간방에 얹혀 지내는 웃녘댁 쪽에 사람을 보내어 성화를 대곤 하였다.

그렇듯 어정쩡한 며칠이 지나자 그 매몰찬 만영 씨의 다그침에 더하여 또 한 가지 예상치 못한 이변이 생겼다. 늦가을 건조기 탓인지, 어느 날 새벽녘 회령리 한 동네에서 두 곳이나 원인 모를 화재가 발생한 것이다. 그것도 하필이면 동네의 맨 위쪽 만영 씨네 헛간 한 채와 반대쪽 아랫동네 집 고구마 움막에서였다. 양쪽 모두 사람 거처가 아닌 허드레 시설물인 데다 안에 들여놓은 보관거리도 대단찮아 큰 피해는 없었지만, 그 일은 결국 웃녘댁 일을 더 화급하게 내몬 꼴이었다.

"그래 내 뭐랬던가. 동네 사람 앞에선 내가 할 말이 아니지만, 뒷산을 건드리면 이 동네 수맥이 마르고 화기가 성한다는 옛말이 그르지 않잖은가 말여. 하룻밤새 두 곳이나 화마를 겪는 이 난데 없는 앙화가 대체 어디에 연유한 노릇이란 말인가!"

동네 사람들에 앞서 일을 당한 만영 씨 자신이 아우의 가매장 일을 두고 웃녘댁과 차영 씨를 새삼 가파르게 닦달하고 든 것이다.

"그 참, 알다가도 모를 일이구만. 동네 우물이 마른다는 소리도 없었는데, 웬 불귀신이 나돌았을꼬! 헌다다 그 일로 화기가 덮치려면 쓸 만한 집칸들은 피하고 어째 해필 빈 헛간 나부랭이나 끄슬리고 지나친 것이 꼭 어느 두발짐승이 일부러 그런 것 같기도 하고."

그 만영 씨 앞을 물러나오면서 차영 씨가 원인을 알 수 없는 화재소동을 두고 혼잣말처럼 내뱉은 소리엔 웃녘댁도 새삼 심상찮은 의혹이 일었지만, 그렇다고 그걸 내색하거나 캐고 들 처지도 아니었고, 그래서 득이 될 것도 없는 일이었다.

웃녘댁으로선 이제 망부의 유골은 물론 남은 가솔까지(그래 봐야 아직은 큰아이 남돌 하나뿐이었지만)도 더 이상 한동네에서 그 꺼림칙한 흉조의 허물을 안고 만영 씨 곁에 남아지낼 수가 없다는 생각, 만영 씨나 동네 사람들이 망부의 가묘까지 파헤치려 들기 전에 애초 예정대로 일을 서두르는 수밖에 없다는 생각이 앞섰을 뿐이었다.

하여 웃녘댁은 그날로 당장 남돌 편에 선바위골로 미리 기별을 보내놓고 망부 가묘의 이장일에 나섰다. 이런저런 절차나 경우를 따질 처지도 못 되었다. 그녀는 차영 씨의 조력으로 동네인부 몇 사람과 함께 산으로 들어가 우선 가묘부터 파헤치고 유골을 다시 수습하여 회령리 쪽과는 달리 수맥 타령을 않는다는 맞은편 선바위골 쪽 마장고개 뒷등성이로 옮겨갔다. 그리고 그쪽 고모부가 청해 데려온 동네 풍수영감의 조언에 따라 이날 해 안으로 재매장 절차까지 치름으로써 말썽 많은 망부 이장의 일을 모두 끝낼 수 있었다.

뿐만이 아니었다. 웃녘댁은 내친김에 다시 이튿날로 회령마을을 떠나 거처를 아예 그 선바위골 고모네 곁으로 옮겨갔다.

"죽은 혼백일망정 우리도 저 양반 계신 가까운 동네로 의지를 구해들고 싶은데, 고모님네 동네에 그럴 만한 데가 있을지요. 고모님 생각은 어떠셔요?"

산역을 끝내고 돌아서면서 은근한 사정조로 건네본 웃녘댁의 속내를 금세 헤아린 남돌의 고모 왈,

"하이고, 내 그 올케 속을 모른다면 온전한 사람이 아니제. 내 보기에도 백번 잘하는 일 같으니 마음만 정해지면 오늘 저녁으로라도 옮겨오시구랴. 내 오늘 안으로 틈을 타서 우리 바깥양반한티도 미리 의논을 끝내놓을 테니 우선 우리 집 행랑간으로라도

말씀요. 그랬다가 나중 마땅한 터를 잡아 새 거처를 마련해가면 될 일이니."

그렇듯 오히려 등을 밀고 손을 끌다시피 해준 덕이었다.

이십 전후에 고향마을을 떠나 객지 혼백이 된 망부를 따라온 웃녘댁 모자가 그 회령마을 뒷산 너머 선바위골에 고단한 새 삶의 둥지를 얻어 들어서게 된 사연이었다. 그리고 다시 몇 해 뒤엔 그 아랫동네의 태산 아비 장굴 씨네 골목 끝자락에 근근이 새 오두막 한 칸을 마련하여 긴 세월 이웃으로 지나게 된 곡절이었다.

외동댁과 약산댁

9

구국을 외치는 만세의 물결이 온 나라를 휩쓸고 지나간 수년 뒤, 그러니까 죽은 망부의 혼백을 좇아 웃녘댁이 아들 남석과 함께 선바위골 고모네 행랑채로 남은 생애의 의지를 얻어들었다가 다시 몇 년 뒤, 아랫동네 장굴 씨네 골목 끝에 자력으로 오두막 한 칸을 마련하여 이웃으로 들어앉고부터 누추한 새 살림살이가 차츰 안정을 얻어갈 무렵이었다.

그 선바위골 서쪽 10리 상거의 외동마을에 남부럽잖은 가세에도 불구하고 꽃다운 처녀 나이 열아홉을 헤아리도록 아직 혼삿길이 열리지 않은 김씨가의 한 여식이 몇 년째 적지 않이 수심에 싸인 세월을 보내고 있었다. 사연인즉, 그녀가 어렸을 적 집 앞을 지나가던 인근 천관산 암자의 스님 하나가 문간 앞에 나와 놀고 있는 아이를 보고 쯧쯧 혀를 차며 혼잣소리로 말했다.

"거 뉘 집 아인지 부모복 재물복은 제법 잘 얻어 타고났다만, 정작에 그걸 누려야 할 수복(壽福)이 모자라겠구나."

때마침 마당을 거닐던 아이의 아비가 그 소리를 듣고 스님을 문 안으로 청해 들여 곡절을 물으니, 스님은 다시 아이의 수복 짧음을 거듭 애석해하며, 그 액운을 벗을 빙도를 묻는 아비에게 본사 불공은 고사하고 끼니 공양조차 사양한 채 이렇게 이르곤 홀홀히 가던 길을 재촉해가고 말았다.

"이 아이에겐 그 모두가 부질없는 노릇이오. 다만 한 가지 명념해 이행할 바는 아이가 다행히 혼기까지 무사히 자란다면 그 신랑감을 심히 미천한 집안의 외아들 단손(單孫)받이로 골라서 짝 지워줘보도록 하시오. 그동안 이 댁 적공이 인색치 않다면, 부처님께서 그때까지 아이를 보살피셨다 고단한 시댁의 후대를 튼튼히 이어주시려 그 며느리에게도 다시 긴 명운을 점지해주시리다."

한마디로 아이가 어릴 적엔 집안 어른들 적공으로 자식의 단명을 막아주고, 본인이 자라서는 손이 귀하고 미천한 집으로 출가시켜 그 가문의 후손을 잇고 번창시켜나가는 것을 소명 삼아 자신의 명운을 이어가게 하라는 말이었다.

한 됫박 시주미마저 사양하고 돌아서버린 스님이 스스로 살피고 일러준 일이라 아이의 부모는 이후부터 물심양면 아이를 위해서건 마을 이웃을 위해서건 세상 공덕을 쌓는 일에 갖은 정성을 기울였음이 당연했다. 그리고 그 정성이 헛되지 않았음인지 아이는 그럭저럭 별탈 없이 자라갔다.

하지만 그 부모는 걱정과 근심이 사라질 날이 없었다. 아이를 늘 천길 낭떠러지 끝에 세워둔 것처럼 마음이 조마조마 불안하기만 했다. 아이 나이 어언 열다섯 전후의 파과기(破瓜期)로 접어들고부터는 그런 걱정과 근심이 더한층 깊을 수밖에 없었다. 철이 조금씩 들어가면서 제 사나운 운명을 알아차린 딸아이마저 갈수록 풀 죽은 얼굴에 두려움과 수심기에 젖어 지내는 것을 부모로서 차마 보고 지낼 수가 없었다.

아이의 부모는 물론 딸아이가 혼기에 가까워지면서부터 서둘러 혼처를 물색했다. 하지만 그 김씨가 처지에선 마땅한 혼처가 쉽게 나설 리 없었다. 속을 모르는 사람들이 이 집 가세에 견주어 물색해온 상대는 늘 스님의 당부를 넘어섰고, 그와 반대로 눈높이를 잔뜩 낮추고 살펴 찾아낸 상대는 딸아이의 전정이 너무 가엾어 차마 더 혼담을 이어나갈 엄두가 나지 않았다.

물색 모르는 동네 이웃들이 고개를 갸웃거리곤 하는 가운데에 그래저래 다시 몇 년을 허송하고 씻을 길 없는 불안과 걱정 속에 처자의 나이 어느새 열아홉 한고비를 넘어서려던 그해 섣달께였다.

난감한 처지의 김씨가에 다행히 그럴듯한 혼처가 한 곳 나타났다.

외동쪽으로 해선 해돋이 산고개 너머 선바위골에 집안 근본은 미천한 편이 아닌데도 생계나 주위가 매우 곤궁하여 나이 이십 너머 헤아리도록 성례를 못 이룬 노총각 처지로, 바로 웃녘댁의 큰 아이 남돌(호적상의 이름은 '南石'이었으나 이후 그는 안팎 주위로부터 평생 이 이름으로 불렸다)의 청혼이 들어온 것이었다.

그야 김씨가에서도 근동의 해변 마을 회령리 쪽에 그 젊은이네 이씨 일문이 제법 벌족하게 살고 있음을 듣지 못한 바 아니었다. 하지만 김씨가에선 그걸 크게 괘념하지 않아도 될 듯싶었다. 문중 그늘을 찾아 들어온 혈연은 물론 일찍이 집을 나가 짧은 한생을 객지로 떠돌다 돌아온 죽은 아우의 혼백조차 선산 밖으로 내치고 만 숙항(叔行)들의 행투와 모자가 선바위골에서 지내는 빈궁한 처지에 대해서도 대개 이야기를 들은 때문이었다. 그에 더해 일찍이 그 아비가 집안 그늘을 마다하고 뛰쳐나간 소이까지 헤아리고 보면 그쪽 이씨 일문은 전혀 한집안이라 할 수가 없었으니, 남돌은 여전히 곁에 가까이할 인척이 없는 영락없는 객지 외톨이 신세 한가지였다. 차마 막상 놈에겐 딸을 내어주기 주저되던 터에 빈궁하고 탁탁한 신세일망정 뼈대의 근본이라도 그만한 것이 은근한 위안거리였달까. 옛날 살았던 좌도 쪽의 고을 관장이 모자의 귀향 이주 이후에도 해마다 잊지 않고 먼 길에 세시 선물짐을 보내온다는 사실에 이르러선 마음 한편이 뿌듯하기도 했으니까. 웃녘댁이나 남돌이 여태 한번도 집을 나간 떠돌이 연물잽이 아우의 이야기를 주위에 흘린 일이 없었으니 김씨가로선 그래저래 합당한 혼처로 여기지 않을 수 없었다.

한두 가지 마음에 걸리는 대목이 없는 건 아니었다. 우선 그 선바위골에는 이 고을 전래의 '멍석말이' 징벌법이 남아 있었다. 멍석말이란 동네 안에 큰 불효나 불륜 따위 패륜이 생겼을 때, 온 마을 사람이 모인 가운데에 그 장본인을 젖은 멍석에 말아 눕히고 무리로 달겨들어 몽둥이찜질을 해대는 집단 형벌이었다. 머리까지 깊이 멍석에 말린 죄인은 매질하는 사람을 알아볼 수 없어 더러는 마음 놓고 밖에서 휘둘러댄 몽둥이찜질에 병신이 되어 나오기도 하는 가혹한 징벌 풍습이었다. 그 매질에 다행히 큰 화를 면하게 된 경우에도 죄인은 마을 사람들의 뒷손가락질을 견디지 못해 오래잖아 마을을 떠나게 마련이었다. 하지만 그것은 삼강오륜의 유교적 덕목을 인륜의 근본으로 삼아오던 전날의 관속일 뿐 개화의 새 문물과 일제 식민 당국의 형벌 제도가 그를 대신하고 들기 시작하면서부터 근동에선 거의 명분을 잃고 폐습으로 사라진 일이었다. 그런데 그렇듯 시대가 변했음에도 유독 선바위골에 불륜이나 패륜지사가 심한 탓인지 그 마을에선 아직 그런 유습이 서슬 퍼렇게 전해지고 있댔다. 마을에 아직 상투를 틀고 앉아 옛 인륜과 도리를 내세워 남의 불륜이나 패륜지사를 유별나게 참아넘기지 못하는 고집쟁이 안좌수 영감 때문이랬던가. 신랑감 집안의 곤궁한 처지에다 그렇듯 가파르고 음습한 동네 분위기까지 더하여 딸아이의 전정이 아무래도 좀 탁탁할 것만 같았다.

그 멍석말이 관속과 상관되어 선바위골에 또 한 가지 꺼림칙한 폐습이 일고 있었다. 나라의 임금을 곁에서 지키는 무관장까지 스스로 배를 갈라 죽게 한 을사괴변을 겪은 한 해 뒤 겨울, 이웃 회령리 포구에 닻을 내린 발동선 뱃길을 통해 꽁지가 동그란 검정색 모자에다 우리네의 긴 옷고름 대신 앞섶에 단추를 채워 내려간 이상한 모습의 두루마기 차림 중년 양인(洋人) 한 사람이 역시 조그마한 검정색 손가방 하나를 옆구리에 끼고 들어왔다. 출발지 목포에서부터 예배당을 앉힐 만한 동네를 찾아 남해안 일대의 외진 갯동네들을 차례로 더퉈오던 야소교 선교사였다. 그런데 그가 한 며칠 회령포구 마을에 머물고 있던 중 하루는 산 너머 이웃 선바위골에서 사람을 젖은 멍석에 말아 두들겨 패는 야만적 형벌극이 벌어진다는 소문을 듣게 됐다. 어둡고 미개한 백성의 교화와 구원이 사명인 그는 당연히 선바위골로 달려갔고, 그 마을 사람들의 야만적 작태 앞에 이곳이야말로 그의 주님의 집을 세워 당신의 사랑과 은총이 흘러넘치게 해야 할 최상의 적지임을 깨달았다.

마음을 굳힌 선교사는 그를 이곳까지 인도해주신 주님에 대한 감사 속에 이후의 온갖 장애와 어려움을 참아가며 선바위골에 주저앉아 몇몇 젊은 교우를 얻어 마을 위쪽에 작은 예배소를 마련하기에 이르렀고, 몇 년 뒤 신도 수가 스스로 주님의 집을 지켜나갈 수 있을 만큼 되었을 때에야 비로소 그 예배소와 차후의 마을 교화의 일을 다른 사람에게 맡기고 다음 선교길을 떠나갔다.

하지만 그 선바위골 예배당 무리들이 마음속에 무슨 생각을 품고 어떤 일을 도모하는지 사정을 제대로 알거나 이해하는 사람은 아직 많지가 않았다. 낯선 양이의 일을 꺼려 해온 마을 일반 사람들은 물론 이레 걸러 하루씩 논밭일을 작파하고 예배소에 모여 앉아 성경이라는 '야소씨의 말씀책'과 찬송가라는 신식 노래에 빠져 지내는 야소쟁이들 가운데에도 그것을 이로정연하게 설명할 수 있는 사람이 거의 없었다. 하다 보니 그 야소쟁이들의 요령부득 설교나 기도라는 것들마저 험담 투 소문을 좋아하는 마을 사람들의 입소문만 무성하게 할 뿐이었다.

— 야소쟁이란 지금까지 공맹(孔孟)이나 노장(老莊), 석씨(釋氏)들이 설파한 세상천리를 배격하고 새 하늘 새 세상의 주인을 섬기는 무리라더라.

— 맘속에 제 육신의 아비와 함께 다른 아비를 하나 새로 더 높이 모시는데, 부모생시에는 차마 어쩌지 못하지만, 그 사후에는 마음속 아비를 진짜로 여겨 제 조상의 제사마저 내팽개치고 오직 새 양귀아비만 떠받들고 복종해야 한다더라.

그 해괴망측한 소문은 면소 장거리를 통해 당연히 외동골까지 번져갔고, 그것도 날이 갈수록 수가 늘어간다는 근자의 풍문이었다.

— 저 기미년에 이 고을 만세꾼 무리를 앞장서 이끈 이후 사람이 곧 하늘이라는 동학교가 천도교라는 이름으로 차츰 세를 얻어 가는 것은 의당한 일이려니와, 그 천도교와 같은 하늘의 이치를 섬기면서도 공맹이나 석 씨, 노장 씨들의 철리(哲理)를 모조리 부인하고 제 조상에 대한 후손의 도리까지 짓밟는 혹세무민 지도당이라…… 멍석말이 율계를 아직 굳게 지켜간다는 그 안좌수라는 영감은 이를 보고도 대체 무얼 하고 앉아 있단 말인가.

그런 패륜지도당의 동네로 딸아이를 출가시키는 것이 처자의 아비 마음은 미상불 편할 리가 없었다. 여식을 짝지어줄 신랑감마저 쓸 만한 성씨의 핏줄을 이었을 뿐 배운 바가 신통찮다니 그 불학무식에 한 무리로 휩쓸려든다면 딸아이의 앞길 또한 한 아녀자와 사람의 도리를 감당해나가기가 어려울 게 뻔했다.

하지만 그런 의구심은 이쪽에 어떤 선택의 여지가 남아 있을 때나 따져볼 사항이었다. 딸아이를 집 안에서 더 늙히지 않으려면 뒷일은 모두 제 팔자소관에 맡겨야 하였다.

김씨가 사람들은 결국 두 눈 딱 감고 정혼을 결심하기에 이르렀고, 일찍부터 마음을 모질게 다져먹고 제 운명을 다독어온 딸아이 또한 어른들의 결정을 다소곳이 받아들였다. 그리고 혹여라도 제 위태로운 팔자를 잘못 건드릴세라, 그러지 않아도 매사 절차와 의례를 줄여야 할 처지의 선바위골 쪽과 의논 끝에 그해를 넘기지 않은 섣달 하순 양쪽 동네에서 뒷공론이 분분했을 정도로 간단한 혼수와 예식 절차만을 마련하여 황황히 그 어렵고 조심스런 여식의 혼사를 치러 넘어갔다.

'외동댁'이 선바위골 남돌의 안식구로 그 골목 초입의 장굴 씨네 이웃살이를 들어오게 된 내력이다.

그러니 새색시 외동댁의 신혼살이는 물론 궁핍하고 옹색하기 짝이 없었다. 농사라고는 남의 산골 묵정밭 두어 곳을 얻어 갈아 먹는 게 전부여서 식구들의 조석 계량조차 마음을 놓을 수 없는 꼴이었다. 더하여 거처방과 부엌이 각기 한 칸씩뿐인 단칸 오두막은 시어미와 자식 내외가 잠자리를 함께 펼 수 없어 저녁 끼니만 끝나면 웃녘댁이 전날의 고모네로 밤마실 겸 곁잠자리를 구해 나다니는 처지였다. 외동댁은 그 조석 끼니와 시어미의 밤자리 일로만 해서도 하루하루가 늘 바늘 방석을 타고 앉은 심정이었다.

게다가 새신랑이란 사람 남돌은 무엇보다 우선 어미의 거처부터 따로 한 칸을 이어 마련해드리고자 명색만의 재행길을 다녀오던 바로 그날부터 새 성주일에 매달리고 든 바람에 안팎이 온통 난장판 꼴이어서 무엇 하나 차분히 의논을 하거나 서로 간의 힘겨움을 나누러 들 엄두가 안 났다.

— 새아가, 너도 어서 와 함께 밥 먹으라.

— 바깥 일 끝났거든 그만 어서 들어가 자려무나.

외동댁 앞에 이러쿵저러쿵 별말이 없는 가운데에도 이따금 일러오는 시어미의 말투에는 나름대로 새 며느리에 대한 은근한 배려와 정감이 실려 있긴 했지만, 아직 가시지 않은 그녀의 서울 반가(班家) 투에 거칠고 굴곡진 좌도 억양이 섞인 말씨나,

— 여기, 물 한 그릇!

— 허, 물 한 그릇 달라는디 동네 우물까지 갔다 온겨?

다른 곳 기댈 데가 없는 처지 탓인지 부지런하고 과단성이 있어 보이면서도 그 어미 앞에선 짐짓 속마음을 숨긴 채 억압적으로만 나오는 남편 남돌의 일방적인 말투까지도 때로는 외동댁을 몹시 힘들고 난감하게 하였다.

하지만 그동안 아무 어려움 모르고 자란 외동댁으로서도 집안의 궁핍은 세 식구 마음을 함께하면 이겨 넘을 수 있었고, 시어미나 바깥남정의 생뚱스럽고 귀에 선 말투 또한 시일이 지나면 저절로 몸에 익어질 일이었다. 시집을 오기까지 태를 묻고 난 마을 밖엔 지금껏 한 발자국도 나서보지 못한 새댁의 마음을 더욱 뜨악하고 겉돌게 만든 것은 그보다 이 선바위골의 음습하면서도 가파른 분위기였다. 외동골과는 불과 10여 리 상거의 한 이웃 고을

인데도 이 마을 사람들의 심성이나 인습은 새색시 외동댁에게 사뭇 낯설고 겁을 먹게 하였다.

외동댁을 놀라고 겁먹게 만든 첫 사단은 그녀가 갓 시집온 새해 벽두부터 떠돌기 시작한 '멍석말이' 소문이었다. 외동댁도 물론 친정 마을에서 선바위골의 멍석말이 판 이야기를 들은 일이 있었다. 하지만 설마하니 사람들 간에 실제로 그런 끔찍한 일이 벌어지랴, 그저 공연한 뜬소문 정도로 여겨 넘겨온 터에, 하필이면 모든 일이 서툴고 겉돌게 마련인 시댁살이 첫해 벽두부터 그 흉흉한 소문이 떠돌기 시작한 것이었다. 한데다 외동댁을 더욱 황당하게 한 것은 이번 멍석말이 판을 부르게 된 뒷공론의 곡절이었다.

동네 멍석말이 징벌 감으론 애초 마을의 늙은 홀아비 정씨 영감이 지목되고 있었는데, 소동은 처음 한집안 시아비와 며느리 간의 용서할 수 없는 불륜 소동에서 다시 그 며느리의 시아비에 대한 고약한 모함 소동으로 바뀌어갔다.

……동네 아래쪽 사장 터 언덕 아래께에 젊은 아들 내외가 성미 까다로운 홀시아비를 모시고 살고 있었다. 그런데 그 며느리는 몸가짐이 늘 칠칠맞고 일손까지 게을러빠져 자주 시아비의 눈살을 찌푸리게 하였다. 성정이 꼿꼿한 시아비는 그 며느리의 행투를 아예 치지도외 모른 척하고 지내다가도 때론 더 참지 못하고 '저 못된 것'이니 '집안 애물단지'니 막소리를 입에 담으며 사람 취급을 않으려 들 때가 있었다. 하고 보니 시아비와 며느리, 아들 삼자 간에는 안팎 대소사에 서로 돌아가며 티격태격 불화가

자심했고, 종당엔 며느리 쪽이 제 바깥 남정에게 시아비와는 한 집에서 더 살지 못하느니 어떠니 불효스런 막말까지 서슴지 않는 다는 소문이 나돌기에 이르렀다. 그러다 하루는 그 정씨가에서 해괴한 소동이 벌어졌다.

"아이고 분해라. 분하고 절통해라! 이보시오, 동네 사람들, 내 말 좀 들어보시오들! 세상 천지간 어디 이런 망측하고 더러운 일 이 있겠소. 어디 이런 억울하고 무서울 노릇이 있겠소오!"

점심때가 한참 지난 괴괴한 저녁 나절께였다. 그 정씨가의 며 느리가 느닷없이 사립을 뛰쳐나와 실성한 사람처럼 동네 외장을 쳐대기 시작했다. 예의 그 흐트러진 입성에 한 손에는 웬 지팡 막 대 하나를 힘껏 끌어쥐고서였다. 그에서 더욱 괴이한 것은 그녀 를 바로 뒤쫓아 나온 시아비 정 영감이 웬일로 그 며느리의 손에 서 지팡 막대(알고 보니 그건 바로 정씨 자신의 지게 작대기였다) 를 빼앗으려 두 사람 간에 한동안 꼴사나운 드잡이질을 벌이다 사라져 들어간 일이었다.

제 시아비가 뜻을 이루지 못하고 제물에 돌연 다시 집 안으로 사라져 들어간 걸 보고 더욱 기가 뻗친 며느리의 토설에 이웃이 알게 된 일로, 소동의 사단은 바로 그 지팡 막대에 있었는데, 자 초지종이 이러했다.

여자가 나른한 식곤증에 잠시 사립께 감나무 아래 멍석에서 낮 잠기에 젖어들고 있을 때였다. 어느 결엔지 그녀는 아랫도리에 이상한 기미를 느끼고 눈을 번쩍 떴다. 그런데 이런 놀라운 일이 라니! 시아비 정 씨가 들일을 나가다 말고 지게 작대기 끝으로

젊은 며느리의 치마를 들추고 아랫도리를 엿보고 있는 게 아닌
가…… 그녀는 벼락이라도 맞은 듯 화들짝 뛰쳐 일어나며 그 흉
물스런 시아비의 지게 작대기를 낚아채 빼앗았다. 그리고 그녀를
좋이 달래보려는 시아비의 가슴팍을 떼밀치고 황급히 사립을 빠
져나온 것이었다. 또한 시아비 정 씨는 그 며느리의 외장질을 막
아설 겸 몹쓸 음행의 물증격인 작대기를 빼앗으려 뒤쫓아 나왔다
가 역불급 며느리의 패악에 밀려 다시 집으로 숨어 들어가고 만
거였다.

마을에 처음 그 멍석말이 소문이 나돌게 된 곡절이었다. 며느
리의 평소 행투에 불구하고 가위 동네 멍석말이가 백번 마땅한
망발이었다. 소동을 직접 목격했거나 뒤늦게 전해 들은 마을 사
람들은 의당 그렇게 생각했다.

그런데 며칠 뒤 그 며느리와 시아비 간엔 그 고약한 처지가 거
꾸로 바뀌어갔다.

그러니까 그렇듯 며느리의 외장질로 알려진 그 잠결 속의 이야
기는 그녀의 일방적인 주장이었을 뿐 시아비 쪽 이야기는 사정이
전혀 달랐다.

시아비는 그날 사립을 나서려다 감나무 그늘 아래에 드렁드렁
코까지 골아대며 늘어지게 자고 있는 며느리를 그냥 모른 척하고
지나칠 수가 없었다. 몸가짐까지 늘 어설프기 그지없는 며느리가
그날도 잠결에 치맛자락을 걷어차 아랫도리 맨살을 드러내고 있
었던 까닭이다. 자리가 하필 사립께라 길을 지나가는 이웃 눈길
이 걸리지 않을 수 없었다. 시아비는 잠시 망설이다 지게 작대기

를 뻗어 그 치맛자락을 내려주려 하였다. 그런데 하필이면 바로 그 순간 며느리가 슬몃 눈을 뜨고 소동을 빚기 시작한 것이다. 사실을 말할 겨를도 없었고, 남세스런 패악질을 막아설 길도 없었다. 애먼 허물 물증 격인 작대기라도 빼앗아보려 사립을 쫓아나갔지만, 거꾸로 며느리의 기세만 돋아준 꼴인 데다 동네 우세거리만 더하고 쫓겨든 격이었다.

정 씨는 한동안 누구에게 하소연도 할 수 없는 처지로 두문불출 집에만 들어박혀 지냈다. 동네 이웃은 고사하고 집안의 아들놈까지 처음엔 제 여편네 쪽에서 아비를 바라보고 의심하는 낌새가 역력했기 때문이다. 사실이 어떠하든 그 낯 뜨거운 구설수를 불러들인 허물을 지게 된 것만으로도 도대체 하늘을 쳐다볼 수가 없었고, 안팎을 가릴 것 없이 누구 앞에 나설 엄두도 안 났다.

하지만 한 며칠 끼니마저 끊다시피 하며 혼자 끙끙 앓다 보니 아무래도 그렇게 넘어갈 사안이 아니었다. 누구에게든 사실을 밝혀야 할 일이었다. 그렇다고 이미 작심을 하고 돌아서버린(그렇지 않고서야 어찌 제 시아비를!) 며느리 앞엔 새삼 이러쿵저러쿵 그 흉한 소리를 차마 입에 올리고 나설 수가 없었다. 아비는 궁리 끝에 그나마 자신의 핏줄인 아들 녀석을 조용히 안방으로 불러들였다.

"내 이렇듯 갈데없는 파렴치한 처지래도 나는 분명 네 애비다. 뿐 아니라 내 비록 거짓을 말한다 한들 너는 남 앞에서 나를 따라야 할 이 애비자식이다. 너도 그 이치는 알겠쟈? 그래 이 며칠 내가 너한테까지 입을 봉하고 참아온 이번 일에 대해 네게 이르고 당부할 바는……"

그는 먼저 비통한 심정으로 아비와 자식 사이의 천륜 관계를 상기시키고 나서 그 입에 담기 민망한 소동의 시말을 사실대로 설명해주었다. 그리고 제 아비의 다짐을 좇아 그 아비의 말을 그다지 엇나가게 듣지 않은 아들은 이날 밤 여전히 서슬이 시퍼래 있는 제 계집을 달래고 들었다.

"성품이 저리 꼿꼿한 양반이라 자네가 워낙 아부지를 미워하는 중은 아네마는 그래도 차마 그럴 분은 아니라는 건 자네도 알고 있제? 그럼서도 노인을 이쯤 동네 웃음거리로 만들어놨으면 이젠 자네가 좀 마음을 접어묵도록 해보소."

하지만 계집의 성깔은 물론 쉽게 수그러들 기미가 없었다.

"뭣이라고라? 그러니께 지금 이녁은 지 시아부지 웃음거리 만들자고 내가 억지 거짓말을 해왔다는 것인 게라? 엉큼한 아부지가 아들한티 무신 소릴 속닥였는지 모르겠지만, 그래 그 아부지 말은 곧이듣고 지 여편네 말은 못 믿겠다 이거지라?"

계집은 대뜸 눈을 하얗게 까뒤집고 나서며 첫마디부터 제 서방에 대한 억울한 원정과 공박을 쏟아놓기 시작했다. 종당엔 그 부자의 쑥덕공사를 빌미로 자신의 속내를 더욱 노골적으로 다지고 들었다.

"인자는 부자가 숫제 짝짜꿍으로 입을 맞춰 나를 천하에 못된 년 만들기로 작정을 하고 나섰구만! 허이고, 분해라. 분하고 원통해라! 내 이렇게 억울하게 당하고 보면 아부지 맘속이 그런 게 아니었대도 이제 와선 억울하고 절통해서 한지붕 아래서는 참말

148

로 함께 더 못살아! 이참에 우리가 이 집을 나가 살든지 부자가 여기 남고 나 혼자 나가든지, 이제는 당신이 그것만 결정해!"

자신도 어딘지 걸리는 대목이 있어선지 시아비의 실덕은 뒤로 젖혀둔 채 이제는 그 남정의 아비 역성기를 내세워 제 아비를 버리든지 자신을 내쫓든지 양단간에 택일을 하라는 강요였다.

"아니여, 그게 아니란 말여. 내 말은 그게 아니라 자네 말처럼 아부지가 정말로 한순간 마음을 잘못 묵은 일이 있었다 치더라도 동네서들은 멍석말이를 해야 하네 어쩌네, 험한 말들이 오가는 판에 새해 벽두부터 늙으신 당신을 그런 일까지 당하게 해서야……"

남정이 다시 변명투 양해를 구하고 사정을 하고 들어도 도대체 소용이 없었다. 내친김에 여자는 끝내 시아비와의 한집살이 일만이라도 끝장을 보고 말 결심인 듯 막무가내 심보였다.

"듣기 싫소. 나잇값을 못하고 자기 며느리헌티까지 껌껌한 마음을 묵었다면, 그 값을 물어쌀 일인게! 당신 아배 일은 챙피하고 분통이 터져서 이제 아무 소리도 더 듣기 싫으니, 이녁은 그만 노인 일을 어떻게 할 것인지나 결단을 내란 말이요!"

아들로서도 더 이상 어찌해볼 길이 없는 여편네였다.

그런데 어차피 결백을 밝히기로 작정하고 나선 시아비 정 씨로서도 이제는 더 밀리고 물러설 수가 없는 막다른 골목 처지였다. 며느리의 진짜 속마음을 알아차린 아비는 다시 한 이틀 끙끙 고심 끝에 마지막 수단을 써보기로 결심했다. 그리고 그 방법은 뜻밖에도 며느리의 기세를 쉽게 꺾어놓고 말았다.

다름 아니라 그는 마음을 굳힌 날 아침, 아들이 들밭을 나가고 없는 대낮 참을 골라 며느리가 아직도 제 아래행랑채 마루 밑에 간직해두고 있던 말썽거리 지게 작대기를 찾아들고 그날 이후로 역시 머리를 싸매고 방 안에 죽치고 누워 있던 며느리를 불러냈다.

그녀가 영문을 모른 채 바깥 시아비의 기척에 무심히 방문을 열고 내다보았을 때, 시아비는 그 며느리 눈앞에서 죽을힘을 다해 다짜고짜 자신의 이마를 후려쳤다. 그의 이마는 금세 생피범벅이 되어 부어오르고, 그 선혈은 끝내 손에 쥔 작대기까지 붉게 물들였다. 시아비는 엉겁결에 겁을 먹고 만 며느리의 당황스런 얼굴 앞에 피에 젖은 지게 작대기를 들이대보이며 전에 없이 결연한 목소리로 물었다.

"그래, 내가 이 꼴로 이 피 묻은 작대기를 들고 집을 뛰쳐나가 마을 사람들 앞에 지금 내 며느리한테 이 지경이 되도록 얻어맞았다고 외쳐대랴? 그러면 마을 사람들이 내 얼굴과 피막대 꼴을 두고 이번에는 누구 말을 믿고 누구를 의심하랴! 자, 생각이 있으면 내가 지금 그래야 할지 말아야 할지, 네가 정해 말하거라. 이제라도 네가 사실을 밝히려느냐, 내가 당장 이 사립을 쫓아나가랴?"

나이 먹은 늙은이다운 노회한 협박이었다. 하니 그 중정머리 없는 며느린들 그 뜻을 못 알아차릴 리 없었던 모양. 그녀는 가타부타 말이 없이 다시 문을 탁 닫아버리고 말았다. 그리고 그걸 본 시아비도 그쯤 피 묻은 작대기를 며느리 방문 앞에 세워둔 채, 안채 거처 쪽으로 발길을 돌려세우고 말았다.

하지만 그 모진 시아비의 자해극과 피 묻은 작대기의 위협 앞에 문을 닫아버린 며느리가 그 시아비의 결백을 시인한 것은 아니었다.

시아비의 무고함을 인정한 것은 저녁녘 들일에서 돌아와 피투성이 얼굴이 퉁퉁 부어 누워 있는 아비와 지게 작대기의 사연을 들은 아들로부터였다. 제 아비로부터 그간의 사연을 아무 가감없이 그대로 전해 들은 아들은 그길로 바로 행랑채로 내려가 그 시아비 앞에 아무 말도 못하고 문을 닫고 말았다는 제 계집을 다시 추궁하고 들었지만, 이번에도 그녀는 꿀 먹은 벙어리 모양, 아무 대꾸도 못 했기 때문이다.

하여 그날의 일은 그 아들의 입을 통해 차츰 이웃에 알려지기 시작했고, 사연을 들은 동네 사람들도 쯧쯧 혀들을 차며 대체로 그 정 씨의 결백을 인정하기에 이른 것이었다.

하지만 일은 그것으로 끝이 날 수가 없었다.

"아무리 피를 나누지 않은 시부라지만 늙어 혼자 지내는 지 부못자를 함부로 홀대하다 못해 그런 흉악한 모함까지 꾸미고 나선 여편네라니!"

동네 사람들이 스스로 분개하여 이번에는 시아비 대신 그 며느리의 불효와 패륜을 멍석말이 몽둥이찜질로 다스려야 한다는 의논이 나돌기 시작한 것이다. 비록 그 마을의 멍석말이 날이 다가오기 전에 여자가 지레 겁을 먹고 어느 날 야반도주를 쳐 사라져버린 바람에 마을 사람들의 심사는 닭 쫓던 개 지붕 쳐다보는 격이 되었고, 정씨가의 아들은 졸지에 젊은 생홀아비 꼴이 되어 한

동안 자신뿐 아니라 제 늙은 아비까지 두 홀아비의 조석 끼니를 손수 거둬 살펴야 할 처지가 되고 말았지만.

멍석말이 소동은 다행히 그렇게 흐지부지 넘어갔지만, 외동댁에겐 또 하나 가슴을 옥죄고 드는 난감한 일이 있었다. 친정 아비가 미심쩍게 여기면서도 급한 처지에 쫓겨 눈을 감고 넘어간 이 동네 야소교 바람이었다. 그 야소교 일이 그저 굿이나 보고 떡이나 먹으며 넘어갈 일부 동네 사람들의 일이 아니라 바로 자신의 피할 수 없는 숙제거리로 등장한 것이다. 하필이면 매사 집안의 의지를 삼고 지내야 할 윗동네 고모네가 누구보다 앞장서 그 야소씨를 자신들의 영생의 주인으로 영접해 모시고 지내온 때문이었다.

회령리 이씨가의 네 남매 중 막내 고명딸로 자란 고모는 성격이 퍽 활달한 데다 엉뚱하고 색다른 일을 잘 저지르고 드는 편이어서 선바위골에서는 늙고 의지가지없는 대성 어미와 함께 여자로선 제일 먼저 동네 예배당엘 다니기 시작한 '열성 야소꾼'이었다. 한데다 그 바깥 홍만중이란 위인까지 자기 주견이 없는 무골호인으로 아내의 내주장에 이끌려 자의반 타의반 '하늘의 새아버지' 주님의 충직한 머슴으로 살 것을 맹세하고 동네 예배당의 없지 못할 일꾼으로 지내오는 처지였다.

두 사람의 가정엔 당연히 교회의 보상이 뒤따랐다. 처음 동네로 들어와 예배당을 세워 복음을 전하기 시작한 서양인 선교사가 몇 년 뒤 목포의 선교본부로 돌아가면서 선바위골 복음화와 기적적인 은총의 증거를 위해, 무엇보다 그 복음화사업의 지속적인 일꾼 양성을 위해 이 가정의 큰아이 하나를 대처 신식 성경학교 입학생으로 선발해 데려가준(선바위골에서 고른 오직 두 아이 중 한 아이였다) 것이었다. 고모네의 앞날은 이제 오직 그 아이의 미래와 교회의 처분에 매이게 된 셈이었다. 그리고 그 교회에 대한 내외의 소망과 소명감은 그만큼 충직스럽고 열성적일 수밖에 없었다.

이웃들 보기엔 불가사의할 정도의 아내의 열성에 그 남편 홍만중 씨의 충직스러움과 관련하여 뒷날까지 두고두고 전해온 일화 가운데에 이런 일이 있었다.

홍만중 씨의 장남 홍순도가 나이 열다섯에 야소교 선교사를 따라 목포의 신식 성경학교 유학길을 떠나온 지 한 해 뒤 이른 봄. 그동안 유학길을 함께 떠나온 한 동네 친구 윤정호와 시 외곽 선교본부에 딸린 성경학교의 외딴 기숙시설에서 함께 지내온 순도들이 하루는 그날치 공부를 끝내고 시내 구경을 나섰겠다. 이날따라 하필 봄비가 부슬부슬 내리고 있어 우비를 갖추지 못한 둘은 한동안 기숙사 처마에 의지해 하늘의 동정을 살피고 있었다. 그때 사람의 발길이 뜸한 기숙사 앞길로 웬 시골 사람 하나가 후줄근히 젖은 핫바지 가랑이를 무릎까지 걷어올린 채, 간간 큰소리를 내지르며 빗속을 지나가고 있었다. 그리고 잠시 뒤 그 소리를 먼저 알아차린 윤정호가 긴가민가하는 어조로 홍순도에게 말했다.

"아니, 지금 저 사람 늬 아부지 아녀? 늬 아부지가 니 이름을 부르고 다니는 거 아녀?"

그런 일은 꿈에도 생각지 못한 홍순도가 설마 싶으면서도 가만히 살펴보니, 아닌 게 아니라 그 아비 홍만중 씨가 틀림없었다.

"순도야! 순도야!"

짧게 깎은 머리통에 구부정하게 앞으로 숙여 걷는 걸음걸이 모습이 고향 마을에서 푸나무 짐을 져 나를 때의 아버지 모습 그대로였고, 몇 걸음마다 목청껏 숨을 몰아 외쳐대는 소리 또한 그의 이름이 분명했다.

하지만 그렇듯 기상천외한 경로로 아들을 찾아 만나게 된 홍만중 씨는 그걸 특별히 별스럽거나 다행스러운 일로 여기지 않았다.

"목포란 디가 아무리 넓드래도 주님께서 결국엔 길을 인도해 주시리라 믿었다. 니 에미도 그렇게 믿고 주님께 기도를 드려주마 했으니께. 강진, 해남 쪽으로 해서 용당나루를 건넌 지 오늘로 닷새쨌가 보다만, 니 에미 기도에 오늘 이리 좋은 응답이 없었더래도 한 며칠 더 외고 다니다 보면, 결국엔 널 만나게 될 일 아니었겠냐."

그 주님만 믿고 무작정 목포거리를 사흘째나 헤매고 다닌 셈으로, 불연이면 아직 며칠이라도 더 행보를 계속할 요량이던 만중 씨의 우직하고 충직스런 신앙심과 의당한 해후의 배후에는 그러니까 그 순도 모의 강철 같은 믿음과 기도의 덕이 있었음인데, 만중 씨가 나중 아들 순도에게 털어놓은 그간의 경위와 고초는 더욱 눈물겹고 감탄스러운 것이었다.

고행길의 출발은 애초 부실하기 그지없던 당시의 우편제도나 교통수단에 있었다. 한 시기 한 곳으로 유학길을 떠나간 한동네의 두 아이로부턴 1년이 넘도록 거의 소식다운 소식을 들을 수가 없었다. 들려오느니 선교사 시절 이후로 동네 예배당 집사일을 맡아온 장점수 청년을 통해 '두 아이 모두 주님의 보금자리에서 건강하게 공부 잘하고 있으니 안심하라'는 위로성 전갈뿐이었다.

만중 씨 내외는 물론 그 말을 믿고 안심하려 하였다. 하지만 장 집사조차도 목포 쪽 출입이 쉽지 않아 아이들의 자세한 근황을 전해줄 수 없는 터에 그의 말만 믿고 언제까지 안심하고 지낼 수는 없었다.

"아무래도 우리 순도한티 당신이 한번 댕겨와야 할 것 같소."

하루는 참다못한 순도 어미가 만중 씨에게 말했다.

"순도는 왜? 주님의 집에서 건강하게 성경공부 잘하고 지낸다 잖어."

목포가 어디 이웃 동네 길인가. 찻길도 틔지 않은 그 시절 여정 으론 몇 날 며칠이 걸릴지 모르는 데다 기껏 제 고을 장거리 밖을 나가본 일이 없는 사람에게 그 낯설고 먼 대처 행로라니! 뜨악해 진 만중 씨가 얼핏 머릿속에 외워오던 '주님의 보살핌'을 내세워, 내키잖은 기색을 해 보였지만, 한번 말을 꺼낸 순도 어미에겐 먹 혀들 리 만무였다.

"그러니 그저 주님의 보살핌에다 맡겨두고 우린 가만히 손발 개고 앉아 있기만 할래요? 은혜를 갚을 도리를 찾아야제. 먹는 것 입는 것 잠자는 것, 그동안 모든 걸 전판 주님의 보살핌에만 맡기고 우리가 자식 위해 정성을 보탠 것이 뭐가 있소? 하다못해 그 아이가 어떤 디서 무신 공부를 어떻게 하고 있는지나 알아둬야 마음을 놓제. 막말로……"

말을 더 계속하려다 제물에 흠칫 입을 다물고 말았지만, 순도 어미가 끝맺지 못한 뒷소리들만 아니었어도 만중 씨는 무슨 구실을 대어서든 끝내 그 목포행을 면하려 했을지 모른다.

하지만 그는 더 이상 말을 이으려 하지 않았다. 왜냐하면 만중 씨 또한 주님을 믿고 아무리 인심하려 노력을 해온 처지에도 때로 순도 어미가 목구멍 속에 삼켜버린 말속에서 자신도 이미 읽어버린 일말의 불안기, 이를테면 순도 녀석이 목포의 주님학교가 아닌 어느 큰바다 건너의 머리털 노랗고 코가 덩실한 인종들의 나라로 팔려가 노예처럼 힘겹게 지나고 있지나 않은지 따위의 방정 맞은 상상을 지울 수 없어온 터였으니.

하여 그해 동절기 바다일을 모두 끝내고 난 어느 이른 봄날, 만중 씨는 정성껏 건져 말린 질 좋은 돌김 한 보퉁이를 꾸려 지고 그 물설고 길선 목포길 삼백 리 도보행을 나섰다. 가슴속엔 동네 예배당의 장 집사에게서 적어 받은 목포 주님의 집 주소에 더해 '우리 기도 속에 주님께서 다 알아서 인도해주실 것이니 모든 것을 당신께 맡기고 맘 편히 잘 다녀오라'는 아내의 기구 어린 당부를 품고서였다. 그 일백 톳짜리 돌김 보퉁이로 말하면 먼 길 왕복 숙식 비용에 일부를 충당하고 나머지는 여태껏 아이의 일을 맡아 돌봐준 전날의 선교사와 주님의 집 사람들의 은혜에 대한 감사의 보답으로 헌납할(이 대목에서 그는 아이의 신상 형편에 대한 자신의 상서롭지 못한 상상을 지우려 무진 애썼다) 물목이었다.

그 만중 씨가 장흥과 강진, 해남 땅을 두루 거쳐 길을 나선 지나흘 만에 고생고생 목포골 대안의 용당나루를 건너고 마침내 시가지 인근까지 들어서게 됐는데, 이후부터가 문제였다. 한복 저고리 품속에 품고 온 주님의 집 주소 쪽지가 어느 여인숙 밤잠자리에선지 허망하게 사라지고 만 탓이었다. 하지만 만중 씨는 낙담하지 않았다.

"까짓것, 지가 넓으면 몇백 리나 넓을까 보냐. 동네를 하나하나 더퉈나가면 되는 거제!"

결심을 한 만중 씨는 마음을 추근히 다져먹고 동네 한끝에서부터 골목골목 그 주님의 집을 물어나가기 시작했다. 하지만 그 일이 생각처럼 만만할 리 없었다. 고생은 이루 말할 수 없는 데다 하루이틀이 지나도 좀처럼 성과가 없었다. 목포라는 동네가 얼마나 넓은 땅인지 끝자락을 알 수도 없었고, 선교 시기가 이곳도 아직 초창기여서 그런지 걷고 또 걸으며 날이 저물도록 물어도 어디에 그 주님의 집이 있는지 아는 사람은 물론 여태 그 야소교에 대한 소문조차 들은 사람이 드물었다.

만중 씨는 재삼 생각을 고쳐먹지 않을 수 없었다. 그는 우선 무거운 등짐을 한 숙박소에 맡겨두고 이번에는 더욱 느긋한 마음으로 주님의 집을 찾는 대신 아예 아들의 이름을 골목골목 외치고 다니기 시작했다. 그리고 과연 주님께 의지하면 당신께서 길을 인도하시리라 기도를 쉬지 않겠노라던 아내의 믿음이 헛되지 않아 다시 그 사흘 만에 그렇듯 기적적인 부자 상봉이 이루어진 것이었다. 하긴 그렇게 아들을 찾은 다음에도 또 한 가지 목숨처럼 소중한 김보따리를 맡겨둔 숙박소를 기억하지 못해 이번에는 두

부자가 짝을 지어 온 목포 안팎 거리를 몇 바퀴나 더 헤매야 했지만 말이다.

"순도가 목포 아닌 서울쯤으로나 공부를 갔으면 어쩔 뻔했어? 서울에서 김 서방 찾는 식으로 순도야, 순도야, 외쳐대며 온 장안을 다 뒤지고 다닐 판이었구만!"

"그까짓 서울이 넓으면 얼마나 더 넓겠어. 목포보다 한 이틀 더더투다 보면 끝장이 났겠제. 게다가 우리 마누라 기도가 그쯤 효험이 있고 보면 서울이라고 주님의 눈썰미가 덜할 바도 없을 거고."

진심에선지 농기에선지 모르지만, 뒷날까지 마을 사람들 간에 두고두고 우스갯거리가 되어온 그 만중 씨의 주님에 대한 우직하면서도 느긋한 신심은 대개 그런 정도였으니까……

그러니 매사 느긋한 성정의 만중 씨는 그 야소교 일로 해서든 무엇으로든 외동댁을 별로 어렵게 할 바가 없었다. 문제는 집안 안팎일에 제 남정을 마음대로 휘둘러대는 고모의 독선적 성격과 행투였다. 시댁살이 며칠도 안 돼서부터 고모는 외동댁을 쫓아와 당장 예배당을 나오라 성화였다. 게다가 고모는 이미 같은 일로 처지가 만만한 오라비댁과 조카를 설득하려다 실패한 경험이 있어 이번에야말로 외동댁을 끌어내는 데에 자신의 신앙심과 자존심을 건 결사적 결의로 다그치고 들었다. 하지만 처지가 만만해 보일 뿐 바탕이 원래 고지식하고 성미가 꼿꼿한 만큼 이날까지도 그 묵은 채근질과 갈등을 의연히 겪고 참아온 모자가 그걸 쉽게 용인할 리 없었다.

—저 여편네 속 야소 귀신이 우리한테서 이젠 너한테 옮겨 붙으려 드나 보구나.

　—정신 차리지 않으면 언제 홀려들게 될지 모를 일여.

　본인 생각에 맡길 것처럼 남의 말 하듯 흘리고 지나가기는 했지만, 그것은 한 가족으로서의 외동댁에 대한 모자의 믿음이자 다짐이 아닐 수 없었다.

　'야소쟁이들의 패륜적 행티'에 대한 친정 부모의 걱정과는 방향이 다른 그 고모네와의 예상찮은 불화와 갈등의 함정을 피치 못할 처지가 된 것이다.

　그래저래 외동댁은 어수선하고 불안한 일상에 시댁살이 벽두부터 어느 한 곳 차분히 마음을 붙이고 지날 데가 없는 형편이던 셈이었다. 정씨가의 일은 그럭저럭 잊혀 넘어갔다지만, 이후로도 동네 안에선 야반도둑질 소동이야 도박판 술판 싸움질이야, 난잡스런 젊은것들의 낯 뜨거운 밤연애질 소문까지 며칠이 멀다 하고 흉흉한 풍문이 꼬리를 물고 이어졌다. 야소교와 관련한 고모의 성화도 쉽게 가라앉을 낌새가 아니었고, 말씨나 일손이 모두 설기만 한 시어머니나 남편 앞의 일들도 언제 마음자리가 익어 편해질지 모를 일이었다.

10

　그렇듯 불안스런 일상 속의 외동댁에게도 이해 봄, 날씨가 풀리기 시작하면서부터 차츰 그 썰렁한 심사를 의지하고 지낼 만한 이웃이 나타났다. 바로 골목 어귀 집 태산 어미 약산댁이었다.

"새댁, 오늘은 날씨도 푸근하니 나하고 저 안산 너머 뻘밭에 좀 안 나가볼래? 봄철 꽃게가 요새 한창 속살이 차오를 참인께."

하루는 점심때가 좀 지나고 나서 그 어귀 집 태산 어미 약산댁이 일부러 외동댁을 집으로 찾아와 앞바다 갯나들이 길을 함께하자 권했다. 외동댁은 시집온 이후 줄곧 집 안에만 박혀 지내 갑갑하기 그지없던 참에 모처럼 바깥바람도 쏘일 겸 그 태산 어미를 따라나서고 싶었지만, 아직은 바깥나들이를 삼가야 할 새색시 처지에다 처적 외동골 시절에는 구경조차 해본 일 없는 빈천한 갯바닥일이라 우선 시어머니 눈치가 보여 잠시 대답을 망설이고 있었다. 그러자 낌새를 알아차린 안방 시어미가 무슨 생각에선지 말참견이 드물던 여느 때와 달리 냉큼 장지문을 열고 내다보며 먼저 허락을 내렸다.

"그래라. 이 시어미하고 백날 함께 집 안에만 들어앉아 있은들 무슨 좋은 일이 생기겠냐. 산중 동네 태생이라 뻘바닥 일이 설기는 할 거다만, 바구니 채워올 생각 말고 그냥 한번 구경이나 다녀오거라. 태산네는 원래 시집오기 전부터 친정 섬동네 갯바닥일이 익어온 처지라니 물길이 서툰 너를 많이 어렵게 하지는 않을 거다."

새 며느리로선 뜻밖에 긴 나들이 기회를 얻은 셈이었다.

"요상한 일이구만. 이웃으로 살아온 지 몇 년이 되도록 당신은 사람 못 갈 데로 여긴 드키, 한 번도 갯길 나서는 걸 본 일이 없는

디, 새 며느리를 그리 쉽게 내보내주다니 속을 모를 일이여. 다 새댁 갑갑한 심사를 생각해설 거구만. 안 그래?"

골목을 나서며 태산 어미가 짐짓 납득을 못하는 척 속내를 짚어 보인 소리 그대로 시어미 웃녘댁의 배려는 필시 새 며느리에 대한 집안 어른의 아량에서였음이 분명했다. 하지만 외동댁은 나중 그 시어미의 마음 씀씀이보다 잠시도 마음을 풀어놓을 수 없는 자신을 밖으로 불러 데려가준 약산댁의 속내가 더욱 마음에 와 닿았다.

사람들은 누구나 자신의 처지로 남의 처지를 헤아리게 마련이었다. 그렇듯 실은 자신도 못지않게 답답하고 고달픈 처지를 겪어온 약산댁은 말하지 않고 듣지 않아도 이미 이웃 새댁의 어려움을 짐작하고 있었다. 새댁의 이날 앞바다 갯나들이 길은 그러니까 처음부터 태산 어미의 동병상련에서 비롯된 셈이었고, 뒤끝 또한 그녀의 속요량 따라 서로 간 흐뭇하게 마무리가 지어진 일이었다.

알고 보니 태산 어미는 시어미 웃녘댁의 승낙이 떨어지기도 전에 미리 새댁이 챙겨갈 갯것 바구니며 호미 따위를 마련해온 터였던 데다, 두 사람이 함께 정작 갯가까지 내려가 질퍽대는 뻘판으로 들어서고부터는 외동댁에게 자신을 따르지 못하게 하였다.

"유복한 집에서 태어나 손발에 물 한 방울 묻히지 않고 자랐을 새댁이 언제 이런 뻘구덩이 일을 구경이나 했었어? 그러니 새댁은 나 따라 들어오지 말고 그냥 이 마른 뻘밭가에서 쉬고 앉아 있어. 저기 끼룩끼룩 하늘을 휘젓고 다니는 갈매기라도 구경함서 말여."

　작달막한 몸피처럼 동그만 얼굴에 오목조목 야무진 이목구비
의 인상 그대로 가슴속이 썩 살가운 그녀의 호의를 알아차리지
못해 무작정 자신을 뒤따라 뻘탕으로 들어서려는 외동을 떼어놓
고 혼자서 깊은 뻘판 쪽으로 멀어져가며 약산댁은 한사코 손사래
를 쳐대었다.

　"갯것 일은 구경도 못했을 새댁이 어떻게 이런 사나운 뻘탕 일
에 손발을 담그고 드냐 말여. 공연히 쩍쪼가리에 발이나 상하면
찔끔찔끔 친정 부모님 생각함서 내 원망이나 할라고…… 오늘은
내 그동안 시어른 앞에 찌들어빠진 새댁 콧구멍에 시원한 갯바람
이나 쐬어주려고 일부러 끌고 나왔은께 내 말대로 물끝에서 갯고
동이나 줍고 놀라고. 새댁 갯바구니는 내 이따가 시어른 부끄럽
찮게 덜어줄 텐께 말여."

　어느새 깊은 썰물 끝자락 근처까지 멀어져간 약산댁을 뻘길이
서툰 외동으로선 더 이상 쫓아 나설 수도 없었다. 아닌 게 아니라
그녀는 약산댁 당부대로 하릴없이 혼자 개펄가를 서성이며 그녀
가 다시 뻘길을 나오기를 기다리는 수밖에 없었다.

　그리고 그 한나절 지나가는 갈매기나 바다 건너 먼 섬 봉우리에
걸린 흰 구름장을 벗 삼아 모처럼 한가한 시간을 보낸 끝에 해 질
녘 뻘길을 돌아오는 약산댁을 다시 맞았다. 사실은 그동안 외
동댁도 가까운 뻘판 가로 햇볕을 쬐러 기어 나온 붉은 집게발 녀
석들을 몇 마리라도 잡아보려 했지만, 마파람에 게눈 감추기라는
어른들 말 그대로 워낙에 발이 재빠른 녀석들을 한 마리도 잡지

못해 새삼 자신의 빈 바구니에 대한 걱정이 일고 있던 참이었다.

하지만 외동의 빈 갯바구니 걱정 또한 약산댁의 아깟번 말을 제대로 새겨듣지 못한 탓이었다.

"어째 좀 마음 차분하게 쉬었어?"

온몸이 뻘투성이가 되어 돌아온 약산댁은 말이 없는 가운데도 자신을 반갑게 맞는 외동댁에게 한마디 던지고는 여지껏 빈 채로 남아 있던 그녀의 갯바구니를 끌어다간 자기 바구니 속엣것들을 골고루 나눠 담아주었다. 갯뻘판 일에는 이력이 난 여편네답게 애초 목적하고 온 꽃게는 물론 고막이며 소라, 키조개 등속 갖가지 조개류에다 꾸물꾸물 살아 꾸물대는 낙지 몇 마리까지 그득했던 약산의 바구니 속엣것이 이내 외동댁 쪽으로 절반쯤이나 옮겨 채워진 것이었다.

"이거 모두 이녁이 잡은 거라고 어른들한티 손봐 올려드려봐. 새댁이 오늘 뻘판엘 들어서고 본께 이런 것이 그냥 널려 있더라고. 시어른 모자가 다 바다일 물정엔 청맹과니 한가질 텐께, 두 양반이 물색도 모르고 이녁을 무척 대견해하실 거구만."

두 바구니 일을 끝내놓고 약산댁은 비로소 생색을 조금 내었다.

하지만 예상치 못한 약산댁의 마음 씀새를 외동이라고 염치없이 그런 식으로 속여 넘어갈 수는 없는 일이었다. 약산댁이 바구니를 나눌 때부터 그 손길을 자꾸 막아서며 미안하고 민망해 어찌할 줄 몰라 하던 외동댁이 천부당만부당 놀라는 말투 속에 그 손윗(사실 그녀는 외동보다 10년 가까이나 연상이었다) 이웃에 대한 자신의 고마움과 치하를 대신하고 나섰다.

"바다 구경만 하고 놀다 이렇게 공짜 선물을 잔뜩 얻어가는 것도 염치가 없는디, 어떻게 그런 거짓말까지요! 태산 엄니가 주셨단 말씀드리고 상에 올려드리면 더 고맙고 맛있게들 드실 텐디요. 그보다도 난 태산 엄니 이 은혜를 어떻게 감당해나가야 할지 그것이 걱정이구만이라."

그런데 그때, 약산댁이 다시 그 외동을 가로막듯 쉬 알아들을 수 없는 소리를 건네왔다.

"이까짓 일 가지고 새댁이 그렇게 미안해할 것도 고마워할 것도 없어여. 난 그저 내 마음속 빚 갚음을 한 것뿐이니께."

"태산 엄니가 무슨 빚 갚음을요? 나한텐 그런 일 없을 텐디, 태산 엄니가 누구헌티 무신 빚이 있어서요?"

외동이 무심결에 다시 물었지만 약산댁은 웬일인지 이제 그 일엔 더 대꾸 없이 마을길을 서둘렀다.

"이러다 새댁 집안 어른들 저녁 동자 늦겄다야. 나도 우리 태산이 지 애비헌티 맡겨두고 왔는디, 끼니참 늦어지면 그 성깔에 또 무신 벼락이 떨어질지 모르겄어. 해 다 떨어져 어둡기 전에 우선 갈 길부터 서둘러야겄구만."

그리곤 자기 갯바구니를 챙겨 이고 내처 그 선바위골 동네 쪽 들녘 길을 한동안 앞장서 재촉해갔다. 하더니 그녀는 아무래도 외동댁의 끝물음이 마음에 걸렸던지, 아니면 짐짓 가슴속 말을 아끼고 있었던지 이윽고 제물에 다시 입을 열어오기 시작했다.

"내 마음속 빚이야기…… 이 동네 시집을 온 뒤로 이날 이때까지 아무한티도 해본 일이 없제만, 오늘은 새댁이 한번 들어볼래?"

그런데 새댁을 뒤돌아보거나 발길을 늦추는 일이 없이 곧추 앞길을 재촉해가면서 그녀가 남의 이야기처럼 담담한 어조로 털어놓은 사연이라니! 그 줄거리만 대충 줄여 말하면 이러했다.

……이날 두 사람이 다녀온 등 뒤의 바다 건너 섬이 바로 약산댁의 택호를 얻은 섬동네였다. 약산댁은 실상 소박데기 청상 재취였느니 어떠니, 이러쿵저러쿵 선바위골에 떠돌아다닌 소리와 달리 그 약산섬의 한 바닷가 동네에서 가난에 찌들어 사는 늙은 홀아비의 외동딸로, 그 궁핍스런 처지 때문에 처자 나이 서른이 가깝도록 머리를 얹지 못하고 지냈다.

그런데 하루는 요행 어떻게 그런 소문을 듣고 일부러 섬을 찾아 들어온 뭍동네 도붓장수 여자가 이 선바위골 장굴 씨의 무자식 홀아비 처지를 소개하고 그 아비에게 혼기 놓친 여식의 재취 자리 출가를 권했다. 아비는 그나마 감지덕지 묵은 청혼을 받아들였고, 딸아이 또한 아비의 뜻을 따르는 수밖에 다른 길이 있을 수 없었다. 거기다 아비는 아무것도 손에 지닌 것이 없으니 늦은 재취 자리 혼사에 이런저런 모양새 갖출 필요 없이 어느 날 그냥 조용히 딸을 데려가라 하였다.

하지만 그 소리를 전해들은 신랑 쪽은 여자 일생에 한번 겪는 중대사에 동네 이웃 간 체면도 있으니 물 한 그릇 떠놓고 맞절만 올리는 식이나마 혼례의 절차는 치르고 넘어가자, 나이 먹은 신부의 처지에 아심찮이 마음을 써주었다.

그래 서둘러 신랑 쪽에서 날을 정해오고, 묵은 신랑 장굴 씨가 새신랑 복색으로 느지막이 배를 타고 섬마을로 건너오기로 한 당일 아침. 동네에서도 아무 소문 없이 정말로 물 한 그릇 올려놓고 양가 사람들끼리 조용히 시늉만 내려는 혼사였지만, 이날의 신부는 이후 한평생 제 앞날을 맡기게 될 신랑은 물론 한두 사람이나마 혼행 길을 함께해오게 마련인 상객 맞이야 낌새를 알고 찾아들 동네 구경꾼 대접이야 집 안에 아무 마련이 없는 것이 못내 마음에 걸렸다. 그렇다고 가진 것은 물론 사람일 물정이나 요량조차 전무해 그저 무사태평으로 무심해 있는 늙은 아비에게 새삼 무슨 의논을 넣어볼 수도 없었고, 혼삿길 상객이나 동네 구경꾼들을 맨입으로 굶겨 보낼 수도 없었다. 무엇보다도 이쪽에서 청하지 않은 일까지 마음을 써준 신랑을 명색이나마 신혼 맞이 첫날밤 잠자리부터 굶고 들게 할 수는 없었다.

하여 신부는 이날 아침 일찍 썰물 때를 맞춰 동네 이웃들 눈을 피해 앞바다로 나갔다. 어려운 손님들 대접을 위해 그녀가 할 수 있는 일이란 오직 전부터 늘 아비를 위해 해온 갯것질 음식 마련이 고작이었기 때문이다. 그런데 하필 갯것질 좋은 깊은 썰물 때가 되어 그랬던지 이날 아침 물질을 나온 사람은 그녀 혼자만이 아니었다. 해물거리가 많은 깊은 개웅가엔 이미 동네 여자 몇몇이 무리를 짓고 있었다. 그녀의 일을 알고 있을지 모르는 그 여편네들이 부끄러워 그녀는 차마 그쪽으론 갈 수가 없었다. 그래 짐짓 물질 목 좋은 개웅 쪽을 피해서 별 볼일 없는 주변 뻘구덩이만 더듬고 도는데, 그도 결국엔 부질없는 노릇이 되고 말았다.

"아니 거기 너 양순이 아녀?"

여편네들 중 하나가 어느새 그녀를 알아보고 소리를 쳐왔다. 그리고 이미 그녀의 일을 들어 알고 있었던 듯 여편네들은 그 의외의 사태 앞에 다투어 한 소리씩 보태었다.

"오늘이 너 신랑 오는 날인가부든디 신부가 아침서부터 이 찬 바람 바다 나들이는 웬일이라냐?"

"너 이날이 대체 무슨 날인 중이나 알고 이러고 다닌다냐, 이년 아. 오늘 해 지면 바로 첫날밤을 치를 년이 새신부 사타구에 시꺼 먼 뻘물 젖어 들어갈라고!"

아낙들은 그렇듯 처음엔 장난기를 섞어가며 나무라고 들었다. 하지만 그 아낙들 중 하나가 무슨 호기심에 못 이겨선 듯 부러 그녀 쪽으로 다가와 그 보잘것없는 갯바구니를 두고 둘이서 주고받는 소리에 남은 아낙들마저 일손을 거두고 주위를 둘러싸왔다.

"오늘이라고 우리 아부지 진짓상 안 보아드릴 수 있간디요?"

처지가 난처해진 이날의 신부 양순이 어물쩍 제 아비의 끼닛상 핑계를 대고 넘어가려는 참에 동네 아낙이 그녀의 가벼운 갯바구니 속을 들여다보며 숨은 속내를 읽어버린 것이었다.

"무어? 그거 참, 우리 동네 심청이 났구나. 니가 지금 오늘 아침까지 아부지 끼닛상 걱정할 처지냐 말이다. 헌디다 고작 이 뻘게 새끼 몇 마리하고 석화덩이 몇 개 가지고? 옳거니! 그러고 보니 알겠다. 너 지금 니 아부지가 아니라 오늘 니 신랑 큰상차림 때문에 이러고 나온 거 아녀?"

"……"

"세상에! 그런다고 오늘 혼례를 치를 신부가 제 신랑상 마련한

다고 이 추운 갯바람 속으로 뻘판을 파러 나와? 아서라 아서! 양
순아 아서……"

"……"

그리고 더 이상은 이날의 신부도 아낙도, 그리고 그사이 그녀
와 빈 바구니 주위로 몰려와 둘러 서 있던 아낙들도 서로 쯧쯧 혀
를 차대는 소리뿐 아무 다른 말이 없었다. 하지만 아낙들은 이제
그 양순의 딱한 처지를 모른 척 돌아설 수가 없었다.

"엿다! 이거라도 가지고 가서 니 신랑상을 꾸며보도록 하그라."

한 아낙이 지금껏 자신이 물질해온 갯광주리를 통째로 양순에
게 털어 부어주며 일렀다.

그러자 다른 아낙들도 뒤미처 생각난 듯 자기 바구니에서 게두
며 쏙이며 바지락 따위 속살이 괜찮아 보이는 갯거리를 골라 양
순의 바구니를 마저 채워주며 그녀를 재촉했다.

"그래, 우리는 다시 잡아가면 될 일인께, 너는 이거 가지고 어
서 집으로 올라가거라."

"어서 이거라도 가지고 가서 니 손수 신랑 혼롓상을 한번 정성
껏 차려보그라. 음식 마련 끝나면 잊지 말고 틈을 내어 머리도 감
고 사타구 뻘물도 카칼이 씻어두고!"

"나는 여태 그 동네 아줌니들 마음을 한번도 잊은 적이 없어.
그 아줌니들은 갯거리 부조뿐 아니라, 나중에 각기 자기들 집에
서 남새 음식도 만들어오고 명색 우리 집 신랑맞이 뒷바라지도
거들어주어서 그럭저럭 잔칫집 꼴을 갖춰줬으니께."

약산댁은 이제 그쯤 자신의 마음 아픈 혼인날 이야기를 끝내고 나서, 그걸 듣고 있는지 어떤지 외동댁의 반응을 알고 싶은 듯 모처럼 그녀를 뒤돌아보며 한숨 섞어 말했다.

"그러니 내가 그 은혜를 잊는다면 사람년이 아니제. 이날 이때껏 그 아줌니들의 은혜를 마음속에 지녀옴서 나도 언젠가는 그걸 갚을 생각을 해왔제."

"……"

"하지만 내 팔자에 언제? 그 아줌씨들은 그런 나를 기다려주기나 하고?"

"……"

"그런 내 처지에선 이웃 웃녘댁 어른이 곁에 있는 그 아줌씨들 대신이셨제. 갖춤이나 말씀이 늘 조신하신 양반이 지내시는 형편은 어딘지 옹색해 보이시곤 했으니께. 그래서 전에도 몇 번 입맛 돋움이나 해보시라고 갯것 찬거리를 나눠드린 적이 있지만, 당신의 그 결백스런 성깔에 그냥 받으시려고 하셔야제. 당장이 아니면 뒷날에라도 꼭 무엇을 되갚으려 하신 바람에 내가 외레 더 민망해지곤 하더라고. 새댁이 이젠 그 집 식구로 들어왔으니 오늘은 새댁이 잡은 거라고 그러라고. 그까짓 조개 새끼 몇 마리 갖고 나한티 그렇게 미안해하지 말고이? 알았제, 새댁?"

약산댁이 이번에는 아예 다짐을 받으려는 듯 발을 멈추고 돌아서며 머리에 인 갯바구니 아래로 외동을 이윽히 건너다보았다. 외동댁은 이제 당장은 더 우길 수가 없었다. 유복한 집 태생이라 갯바닥일 같은 건 구경도 못한 처지였으리라면서도 그런 외동댁 처지(하긴 혼사의 어려움으로 말하면 외동도 약산댁과 크게 다를 바 없었지만)를 부러워하거나 시샘하는 눈치보다 오히려 지금의 처지를 안쓰럽게 여기고 있음이 분명한 약산댁. 그 약산댁은 여전히 웃고 있었지만 웬일로 금세 눈물기가 떠도는 눈빛은 그 서러운 혼삿날 이야기보다도 더욱 애절한 간망과 하소연기가 담겨 있었기 때문이다. 그것이 무엇인지는 확언치 않았지만, 외동은 이제 그 약산댁의 따뜻한 심성이 지녀온 마음의 빛덩이가 이제는 자신에게까지 옮겨진 듯 가슴속이 훈훈해왔다. 게다가 제 가슴속 아픔을 아무에게도 털어놓을 수 없었던 여자, 사람의 마음이란 참 알 수 없는 것으로, 그쪽에선 외동댁을 어떻게 보아 그러는지 모르지만, 이미 그녀의 가슴속 아픔을 보아버린 외동은 약산댁이 그렇듯 아픈 상처를 지니고 살아온 사람이라는 데에 이상하게 마음이 놓이고 따뜻하게 느껴져온 것이었다.

외동댁이 이웃 태산 어미와 서로 마음을 열고 의지하며 살아가게 된 첫 만남인 셈이었다. 그것이 바로 약산댁이 외동 자기에게 가까이해온 마음속 소망이기도 해 보였기 때문이다.

11

하지만 그 갯나들이날 외동댁이 어렴풋이 읽어냈듯 불가사의하게도 그녀의 마음을 갈수록 깊이 끌어들인 약산댁의 삶의 심화(心火)는 오히려 그녀의 바깥 장굴 씨와 어린 아들 태산 간의 일이 더욱 큰 불씨였다.

　외동댁은 물론 약산댁의 당부와 달리 그날의 푸짐한 갯바구니 내력을 시어미에게 사실대로 말했고, 웃녘댁 또한 이미 짐작이 있었던 일이듯 '원래 속심성이 따뜻하고 무던한 아낙이니라' 정도의 치하와 함께 저녁상에 오른 해물 국그릇을 맛있게 비워냈다.

　하지만 웬일인지 시어미는 이후 며느리가 그 약산댁을 따라 다시 갯거리 길을 나서는 것을 썩 달가워하지 않았다.

　"갯거리 마련하느라 바닷길 드나드는 거 너무 좋아하지 말거라. 조석 찬거리 없으면 없는 대로 먹고살 일이지 갯바람기 자주 쐬다 진짜 험한 갯꾼 팔자로 늙게 될라."

　힘든 바깥일에 손발이 익지 못해온 새 며느리를 생각해 한 말일 거라 여긴 외동이 자신도 이젠 차츰 갯바닥 일을 배워 익혀가야 하지 않겠느냐, 조심스레 한마디 속내를 드러내어 묻는 소리에 웃녘댁이 이번에는 더욱 마땅찮은 낌새였다.

　"갯바닥일을 천업으로 업수이여겨서가 아니라 내가 그 노릇을 싫어해서다. 내가 싫어 안 해온 일을 자식에게 시키기 싫어서다."

　그 짧은 웃녘댁의 대꾸는 그저 윗사람의 당부 이상의 금지의 뜻이 확연했다. 분명한 이유를 알 수는 없었지만 그래 외동은 이후 함부로 그 시어미의 뜻을 거스르며 약산댁과의 갯것 길을 함께할 수가 없었다.

　하지만 앞바다 갯것 일이 아니더라도 외동댁이 약산댁과 어울릴 일은 많았다. 따뜻한 봄기운이 어우러지면서 동네 주변 산밭으로 함께 나물을 캐러 나가기도 하였고, 이쪽저쪽 논밭갈이 품앗이나 김매기를 함께 다니기도 했다. 무엇보다 두 사람은 같은 골목을 드나드는 이웃집 처지라 서로 우물길이나 빨래터 등지에서 얼굴을 자주 마주하게 마련이었고, 때마다 외동댁은 손위 약산으로부터 그 멍석말이 소동을 비롯한 지난날의 동네 안팎일이며 서로 간의 집안살림 형편까지 이것저것 제법 소상하게 주워듣게 되었다. 그리고 그런 가운데에 외동은 약산댁의 또 다른 어려움과 매운 속사정을 새삼 더 깊이 알아차리게 되었다.

태산 어미 약산댁의 또 다른 어려움이란 그러니까 우선은 바깥 남정 김장굴 씨로 인한 것이었다.

김장굴 씨로 말하면 새색시 외동으로선 애초 그에 대해 아는 것이 많을 리 없는 한동네 이웃 남정일 뿐이었다. 우물길을 다녀오거나 어쩌다 좁은 골목에서 길을 마주치게 되어도 위인은 눈인사 한번 건네는 법이 없었지만, 그때마다 말없이 길을 비키고 서서 그녀가 먼저 지나가기를 기다려주곤 하는 품이 그다지 경우가 없는 남정으로 보이진 않았다. 키가 좀 땅딸막한 대신 두꺼운 허리통에 몸집이 제법 다부지게 옆으로 퍼져나간 꼴인 데다 웬일로 벌겋게 밀어붙인 큼지막한 머리통과 부리부리한 눈길이 어딘지 좀 성깔이 있는 사람인 듯싶어 외동은 위인 앞을 지나면서 더러 마음이 서늘해질 때가 있긴 하였다. 하지만 생김새가 어떻고 느낌이 어떻든 이웃 아녀자에 대해 소 닭 보기 식으로나마 나름대로 내외 치레를 아는 남정 앞에 외동은 굳이 나쁜 마음을 지녀야 할 일이 없었다.

그런데 외동댁이 태산 어미 약산의 내력과 사람됨을 알기 시작한 탓이었을까. 두 사람이 함께 그 갯나들이 길을 다녀오고 나서 며칠이 지나서였다.

외동이 이른 아침 동자를 서두르기 위해 물동이를 끼고 동네 샘터로 나가는 길인데, 골목 돌담 너머 태산네게서 와장창 느닷없이 그릇 쏟아지는 소리가 들려왔다. 전날 같았으면 무심히 듣고 지나갈 일이었지만, 그동안 약산과의 마음 나눔이 있었던 탓에 길을 가다 말고 슬그머니 사립 너머 안마당 쪽 기미를 엿보았다. 아, 그런데 거기 약산이 앞마루로부터 통째 내던져져 나뒹구는 아침상 그릇들을 말없이 주워 챙기다가 외동의 기척을 알아채고는 손을 홰홰 내저어 보이는 것이었다. 아는 척 말고 그냥 지나가라는 손사래질이었다.

그런데 그날 낮, 동네 신식 농사꾼 지사순 씨네 고구마밭 품일을 함께 나선 자리에서 약산이 아침녘 소동에 대해 뒤늦게 털어놓는 소리가 이랬다.

"동네 사람들하고는 좋고 싫고 간에 무슨 말 한마디 주고받는 일이 없이 늘 무심해 보이는 사람이 제집 사립만 들어서면 여편네한티는 그런 불호랭이가 없다니께. 여편네가 아침저녁 자기 끼닛상만 받쳐들고 뒤꽁무니를 쫓아다니는 몸종으로나 아는지, 그 알량한 갯바닥이나 들일을 나갔다 오믄, 등짐도 내려놓기 전에 밥상부터 찾아대는 벼락같은 성깔에다, 주야장천 배 속에 술 귀신을 들어앉힌 것 같은 항아리술 주벽에다……"

그래서 약산댁은 태산 아비가 바깥일을 다녀올 때면 미리 상

준비를 끝내두었다 위인이 마루로 올라서기 무섭게 바로 반상을
뒤따라 받쳐 들여가야 탈이 없지, 촌각이라도 시중이 굼떴다간
그 상이 당장 허공을 날거나 부서지거나 이날 같은 소동을 면키
어렵다는 푸념이었다. 그런 소동이 하 잦다 보니 처음 한동안은
지레 놀라 새파랗게 자지러지곤 하던 어린 태산이마저 요즈막에
들어선 그다지 놀라는 기색이 없어져간 지경이라고.

하지만 이날 아침엔 약산댁의 행동이 그다지 늦은 편이 아니었
음에도 그런 일이 생기고 말았는데, 이유인즉 이날따라 하필 부
엌 구석의 밀주 독이 비어 있는 탓에 추운 새벽바다 일에서 돌아
온 장굴 씨의 아침상에 그녀가 미처 막걸리 항아리를 마련해 올
려놓지 못한 탓이었댔다.

장굴 씨가 끼닛상이 늦는 것을 그렇듯 못 참는 것은 그러니까
배 속의 시장기보다 술이 고파서라는 쪽이 옳은 말인데, 위인의
그 범상찮은 술버릇과 관련하여 이날 약산이 털어놓은 하소연 이
외에 외동댁이 이후로 계속 그녀에게서 듣고 겪어온 장굴 씨의
됨됨이와 일상은 대개 이런 식이었다.

……장굴 씨는 약산과의 신혼살이 초년 시절부터 집안에서나
바깥에서나 별로 말이 없는 편이었다. 말이 없으니 안팎으로 어
울려 지내는 사람이 드문 데다, 많지 않은 들밭일은 대개 안식구
손에 맡겨둔 채 자신은 앞바다(그것도 대개는 날이 저문 뒤의 밤
물때를 골라서) 그물질을 내려다니는 식으로 매사 혼자 지내기를
좋아했다.

하다 보니 그 추석 때의 큰산행 무리에도 끼지 않은 게 당연한

일이었지만, 그런 가운데에도 위인이 마을에서 더러 가까이 지내는 이웃 간이라곤 일찍부터 대처에서 당근이며 고구마 같은 새 농작물 품종을 들여와 남다른 재미를 보아온 지사순 씨와 선바위골 쪽 앞 개펄에 치우쳐 일궈놓은 이웃 학동골 과수원집 윤씨가 소유의 석화장을 대신 지키러 다니는 '뻘지기' 방 씨 영감, 그리고 사이가 그다지 부드럽지 못한 편이기는 했지만 윗동네 고모좌수댁 정도가 고작이었다.

그 밖에 동네 이웃들 사정이나 눈길은 애당초 아랑곳을 안 했고, 마음을 두는 데라곤 오직 앞바다를 상대로 한 자기 한 사람일뿐이었다. 자기 일엔 그만큼 거르침이 없는 위인은 성미도 행티도 여느 사람들과는 도대체 본바탕이 달랐다.

이런저런 사정 모르고 육지살이에 은근히 맘이 끌려 명색이 처녀 몸으로 나이 쉰 남정 후취 살림을 들어와 이날까지 어려운 세월을 살아온 약산댁부터 그런 위인의 속은 좀체 헤아릴 길이 없었다. 하지만 알고 보면 그를 늘 그렇듯 혼자 지낼 수 있게 해주는 것은 그 바다일 외에 언제나 옆구리에 술항아리를 매달고 다니듯 하는 위인의 유별난 술탐 버릇이었다.

앞서 이미 말한 대로, 그날 아침 외동댁이 목격한 소동이 실은 끼닛상이 늦은 것보다 술 단지를 함께 마련하지 못한 허물 때문이었듯, 위인은 아침저녁을 가리지 않고 술병을 품고 살다시피 했고, 더욱이 하루 세끼 상 앞에선 밥보다도 술탐을 더 참지 못하는 전천후 술꾼이었다. 그것도 위인의 밤바다일 취미나 적막한 성미 그대로 마을 이웃과 자리를 함께하는 술이 아니라 뱃길이나 집 안에서 늘 혼자 하는 술탐질이었다.

하지만 위인의 술버릇이 처음부터 그렇듯 심했던 것은 아니었다. 밤낮 가림 없는 바다일에서 돌아오면 추운 갯바람에 언 몸을 녹이기 위해 따뜻한 국물거리 밥상을 재촉하고 술을 찾는 때가 잦기는 했어도 정도를 지나치는 일은 많지가 않았었다. 말수도 애초부터 헤픈 편이 아니었지만 그렇다고 아예 입을 봉한 채 자기 혼자 술병만 끼고 도는 정도까지는 아니었다.

─아니, 이 사람이 새벽 갯길 갔다 온 사람 허기증을 여태 몰러? 어서 아침상 들여!

─뱃놈의 여편네가 아직 갯바람 추위 무서운 줄도 모른단 말여? 술독 바닥은 어째 그냥 말려두어!

어쩌다 끼닛상이나 술단지 대령이 늦어졌을 때도 그쯤 퉁명스런 면박 정도로 넘어가줄 때가 많았고, 흔한 일은 아니었지만 이따금은 빈 몸으로 집을 나가 동네 이웃들과 자리를 함께하다 돌아올 적도 있었다.

그런데 언제부턴지 바다일 끝의 혼잣 술버릇에 점점 양이 늘고 때를 가리지 않게 되더니, 약산댁이 모처럼 입덧기와 함께 아랫몸을 단속하고 다니면서부터는 위인이 그걸 반기고 좋아하기보다 외려 더욱 말을 잃고 오직 그 바다일에만 매달리기 시작했다. 그리고 약산댁이 마침내 열 달 만에 몸을 풀고 태산을 첫아들로 안겨준 이후부터는 그 바다일 끝의 폭음 버릇에다 사람까지 아예 달라져갔다. 이웃 사람 간에는 물론 술밥일 재촉이 아니면 약산댁의 말에조차 눈길만 잠시 스치곤 할 뿐 제대로 대꾸를 해오는 일이 거의 없었다. 원래도 뜸하던 동네 나들이조차 아예 발길을 끊어버렸을 만큼 안팎 간에 사람과의 어울림을 피하고 지내는 것도 정도가 더욱 심해졌다.

그 가운데에도 특히 집안 간 처지가 남다른 데다 친정가 후사를 위해 몇 차례나 자신의 혼사를 서둘러준 은덕에도 불구하고 한동네 고모 안좌수댁과의 사이는 얼굴을 마주하기 싫어하는 정도를 넘어 차라리 침묵과 백안시로 일관했다. 사람을 꺼리고 혼자 지내는 버릇을 타고난 위인이라 제 여편네가 이웃과 어울리는 것까지 늘 못마땅한 눈치였지만(약산은 그래 뒷날엔 이웃 외동댁을 더욱 가까이하고 싶어 했는지 모른다), 그나마 좋이 막소리를 참아오던 중에 태산을 낳고부터는 무슨 심보에선지 그 약산댁마저 아예 고모네 쪽 발길을 막아서고 말았으니까.

—이녁도 이제부턴 그놈의 집구석엔 발길을 할 생각 말어. 내 말 쉽게 알았다간 온전한 다리몽뎅이하고 다시 이 집 사립을 들어설 수 없을 텐게!

그러니 위인에게 변하지 않은 것이라곤 그럴수록 더욱 바다일에만 매달리고 나날이 더 게걸스러워져가는 술버릇뿐이었다. 바다일을 다녀와서 별다른 탈 없이 좋이 반상을 앞에 하고 앉을라치면 위인은 도대체 밥을 먹는지 술을 먹는지 상머리에 대령한 술단지와 밥그릇을 허겁지겁 번갈아 비워냈다. 그것도 산처럼 쌓아 올린 보리밥과 찬국 사발을 몇 그릇씩 거푸 채워가며 씹을 새도 삼킬 새도 없이 물 마시듯 훌훌 순식간에 부셔넘기는 식이었다. 그렇듯 그에겐 밥과 술이 늘 함께였고, 술이고 밥이고 모든

것이 그저 훌훌 둘러 마시는 음식으로 여기는 주태백 술항아리
〔酒壺〕 행투였다.

가위 '황음(荒飮)'이라 이름 붙일 만한 위인의 그 술탐 버릇이
어린 태산을 크게 놀라게 한 일도 있었다. 태산이 아직 숟가락질
도 배우기 전인 두어 살 무렵, 한번은 그 아비가 이른 아침 밤바
다일에서 젖어 돌아와 밥상 앞에 앉자마자 대뜸 큰 양푼에 막걸
리 항아리와 밥그릇을 한데 털어부어 통째로 들어 마시는 것을
보고 기겁을 한 녀석이 느닷없이 울음을 터뜨리며 제 어미 약산
에게로 매달리던 것이었다. 그나마 다행스러운 것은 위인이 그
배 속 술과 밥을 옆엣사람 괴롭히지 않는 통잠거리로 삭인다는
점이었다.

위인은 그렇듯 허겁지겁 배를 채우고 나면 세상만사 한동안 다
른 생각이 없었다. 약산이 알아서 내어가든 말든 숟갈을 놓기 무
섭게 한 발로 아무렇게나 윗목으로 밥상을 밀쳐둔 채 그 자리에
배를 까고 누워 바로 잠이 들어버리기 일쑤였다. 그 잠 또한 밤낮
을 가리는 일이 없었고, 아침저녁 언제 깨어날지 한정도 없었다.
드르렁 드렁 푸억 푸후! 끼니도 일도 잊은 채 밤낮을 바꾸어가며
해 벌건 아침에 문풍지를 울릴 듯한 늦 코골음 소리가 시작될 때
도 있었고, 그렇게 때 없이 시작된 새판잠이 아침잠이 사람이 들
고나는 것도 아랑곳없이 날을 바꿔 이튿날 아침을 밝히는 일도
있었다.

그 취중의 막잠 버릇 또한 어린 태산의 목숨까지 크게 위태롭
게 한 일이 있었다. 태산이 아직 떡아기 시절. 그때까진 아직 별

위험한 경우를 겪어보지 못한 약산댁이 어느 날 일손이 바빠 아기를 잠시 위인 곁에 뉘어두고 남새밭 일을 손보는데, 제 아비가 있는 안방에서 갑자기 자지러드는 듯한 울음소리가 새어나왔다. 놀란 그녀가 손을 털 새도 없이 급히 쫓아가 보니, 위인이 잠결에 몸을 뒤채어 누운 바람에 아이가 그 큰 뱃살 밑에 깔려 사색이 되어 있는 게 아닌가.

하지만 약산으로선 그 장굴 씨의 통음 버릇이나 멋대로 된 성벽을 속으로 꾹꾹 참아넘기는 수밖에 도리가 없었다. 약산댁은 왠지 때로 그 장굴 씨에게서 거꾸로 바닥을 알 수 없는 적막감을 느끼며 몸을 떨기도 했으니까. 그래서 아무래도 마음이 온전한 사람의 일이라고 할 수 없는 위인의 행작 앞에 그녀는 외려 한숨기 섞인 헛웃음만 솟을 때도 있었댔다.

"한번은 이런 일도 있었제……"

약산이 들밭두렁이나 빨래터 같은 데에서 외동댁에게 털어놓은 이야기 가운데엔 이런 웃지 못할 일도 있었다. 태산이 한두 살씩 나이를 더해가는 것과 함께 벙어리처럼 말을 잃어가던 장굴 씨의 주벽이 '황음'으로 치달아가던 어느 해 여름. 하루 저녁 땐 약산댁이 10리 밖 면소 장터거리에서 등잔불에 쓸 석유 한 병을 사다가 마루 끝에다 놓아두었다. 그리곤 사립을 들어서는 길로 때마침 뱃길 나가려는 장굴 씨의 재촉에 쫓겨 저녁상부터 차려내느라 기름병엔 한동안 마음을 쓰지 못했다. 장굴 씨가 순식간에 밥상을 물리고 물길을 나간 뒤에야 설거지를 끝내고 찾아보니 석유병이 어디론지 종적을 감추고 없었다. 약산은 처음 장굴 씨의 밥 재촉에 혼이 빠져나가 그걸 어디 다른 데 잘못 놓아둔 게 아닌가 하였다. 집 안을 여기저기 다 뒤져봐도 종내 흔적을 찾을 수가 없었다. 그래 끝내는 망단을 하고 있다가 장굴 씨가 새벽녘에 물질을 끝내고 돌아오는 걸 보고 혹시나 하는 마음에 아침 녘 토방 끝에 놓아둔 석유병 못 봤느냐 물었겄다(그 무렵부터 위인이 긴 뱃일을 나갈 땐 자주 새참거리 망태기에다 상수리나무를 깎아 만든 되들이 탁배기 통을 얹어 가기 예사였다니까). 그런데 물어보니 자신도 좀 어이가 없었던지 전에 없이 입이 쉽게 터져 나온 대답이 이랬다는 거였다.

"허, 그러믄 그게 양기름병이었단 말여? 새벽녘에 하도 밤바람기가 추워서 병째로 다 들여마셨는디, 글씨 병을 다 마시고 입을 떼고 나니 어쩐지 입가에서 석유 냄새가 묻어나는 것 같더라고……"

"그러니께 그 위인이 바다일 나가믄서 그 석유병을 소주병으로 알고 냉큼 집어들고 간 것이었제."

그렇듯 석유병이 사라진 연고를 밝히고 난 약산댁의 푸념 투에도 모처럼 웃음기가 묻어나고 있었으니, 이런 우스개 투였다.

"그런디 그 어둠 속에 석유 너 홉들이 한 병을 한번에 다 둘러마시고도 설사도 안 한 위인이라니께. 우리 태산이 아배란 사람은!"

그쯤만 하여도 외동댁은 약산의 어려움과 마음고생을 두루두루 거듭 헤아릴 수 있었다. 게다가 장굴 씨는 바다일을 나다닌다곤 하여도 집안 살림엔 별 보탬이 못 되는 눈치였고, 약산이 대

신 들밭일로 갯것질로 안팎 대소사를 자력으로 꾸려가는 꼴이
아닌가.

하지만 그보다 더 큰 문제는 약산댁이 이젠 외동댁보다 자신을
달래려는 듯한 말투 끝에 한숨기 섞어 덧붙여온 소리였다.

"애기를 깔아뭉개는 것 같은 험한 일만 안 생긴다믄 그 막술이
나 먹잠 행투도 그러니께 마냥 못 참아 넘길 일만은 아니겠제. 더
러는 저 위인이 온정신을 지닌 사람인지 어쩐지 속을 알 수 없어
무서울 때도 있제만, 자기도 두 발로 걷는 사람 형상을 지녔는 디
다 그나마 한평생 서로 살을 맞대고 살아야 할 남정인께. 우리 태
산이, 그 어린것 일만 아니라믄……!"

그렇게 다시 속을 털어놓기 시작한 약산댁의 진짜 근심거리,
그녀가 더욱 조마조마 마음을 놓을 수 없게 하는 것은 그러니까
장굴 씨의 통음 버릇보다 그 아비에 대한 태산의 몸에 밴 주눅기
였다.

…… 동이술과 먹잠 버릇으로 어린 태산을 더러 울리고 놀라게
하긴 했어도 아비 장굴 씨가 어린것에게 부러 사납게 윽박지르거
나 겁먹게 하고 든 일은 따로 없었다. 집안에서의 언동이 늘 우락
부락 거칠기 그지없기는 했지만, 태산의 일에는 대체로 늘 방심
스런 편이었고, 그것이 나름대론 늦얻은 자식에 대한 숨은 부정
의 도량이자 썩 어엿한 금도처럼도 보였다. 어린것에 대한 일은
그렇듯 무관심 속에 거의 제 어미에게 내맡겨둔 채 별다른 어려
운 간섭이 없었다. 아이에게 티가 나게 무슨 소망을 심고 지내는
빛도 없었고, 거꾸로 짐짓 매정하게 군 일도 없었다.

그런데 알다가도 모를 일이었다. 태산은 웬 조홧속인지 여느 아이들처럼 제 아비를 따르고 가까이하려질 않았다. 가까이하고 따르려지 않음은 물론 까닭 없이 겁을 먹고 슬슬 피하려기만 하였다. 아비가 그냥 멀거니 바라보기만 해도 슬그머니 기가 움츠 러들었고, 때론 그 묵연한 눈길이 두려워 제 어미 치맛자락 뒤로 몸을 숨기고 들 때도 있었다. 아무리 부드럽고 살가운 소리라도 그 아비가 거기서 더 이상 녀석을 알은척하고 들었다간 금세 울 음보라도 쏟아질 형세가 되곤 하였다.

하긴 태산이 아니더라도 이웃 외동댁이 그렇듯 골목길 같은 데 서 장굴 씨를 마주치면 그 무심스런 눈길 앞에 공연히 슬금슬금 발길을 비켜 지나가는 형편이긴 하였다. 누구보다 한지붕을 이고 살아온 약산댁까지 위인의 기척을 가까이 느끼기만 해도 공연히 깜짝깜짝 놀라 움츠러드는 게 예사였으니. 하지만 그런 약산으로 서도 그 어린것의 행투엔 마음이 편할 수가 없었다. 어린 녀석의 맘속을 헤아릴 길이 없었다. 아니, 헤아릴 수가 없기보다 자신부 터 마음이 무겁고 두려워지기만 하였다.

— 장차 이 일을 어찌 할꼬, 아비와 자식 사이에 두고두고 저런 꼴이 안 바뀌고 보면……

혼자 맘속에 그칠 날이 없어온 어미의 근심은 바로 그 부자간 의 유별나게 뜨악한 사이였다.

그런데 알다가도 모를 일이라면 그런 사연을 듣고 난 외동댁도 마찬가지였다. 그래 외동은 궁금하고 답답한 김에 약산댁에게 자 문하듯 한마디 물었다.

"아무리 술을 좋아하시고 성정이 좀 거칠다더래도 지 아부지는 아부진디, 태산이가 어째 그러키 아부지를 무서워할까라이! 지 속엔 어른들이 모르는 무슨 까닭이 있을 게라?"

그런데 그때, "그 까닭을 새댁은 아직 짐작 못해?"

약산댁 또한 무심히 외동에게 반문해왔다. 뿐만이 아니었다.

"내가 어떻게요?"

외동이 다시 어리둥절해하는 소리에 약산은,

"그럼 새댁은 아직 누구한티 우리 태산이 이야기 듣지 못했어?"

뜻밖이라는 듯한 표정에 무슨 소린지 운을 떼려다 말고 외동의 얼굴을 새삼 찬찬히 바라보았다. 그러다간 여전히 영문을 알지 못해 대꾸를 못하고 있는 외동 앞에 혼자 힘없이 고개를 가로젓고 말았다.

"아니여, 못 들었으면 됐어. 그냥 아무것도 아니어."

그러니까 그날은 약산댁이 꺼내려다 이내 다시 입을 다물고 만 또 다른 사연, 바로 그 태산 부자의 불화의 내력이 담겼을 수도 있는 아이의 비밀을 외동댁이 미처 듣지 못한 셈이었다.

12

하지만 다시 며칠 뒤 외동댁은 결국 약산댁 자신에게서 뜻밖에도 아이의 숨은 출생 내력과 성장 과정에 대한 괴로운 토설을 듣게 되었다.

그 늦봄철 어느 날, 외동과 함께 나물 바구니를 끼고 집을 나선 약산댁이 멀리 앞바다가 내려다보이는 안산 너머 푸른 보리밭둑에 주저앉아 다리를 쉬다 말고 무슨 생각에선지 정색스럽게 다시 전날의 일을 꺼냈다.

"그러니께 새댁은 정말 우리 태산이 이야기 아무것도 모른단 말이제?"

"태산이 이야기요? 난 정말 아무 말도 못 들었는디요."

외동은 이번에도 그 약산의 속내를 알 수 없어 보리깜부기로 시커메진 입가를 닦아내며 이쪽이 새삼 궁금한 눈길을 해 보였다.

"거기 시어머니한티나 윗동네 고모네한테서도?"

약산이 외동에게 다짐을 주듯 다시 물었다.

하지만 외동은 도시 대꾸할 말이 없었다. 한동네살이 처지에도 시댁 쪽 어른에 야소교 일까지 겹쳐들어 아직 어려움이 가시지 않은 고모네는 말할 것도 없고, 조석으로 늘상 얼굴을 마주하게 마련인 시어머니나 바깥남정 또한 원래부터 자분자분 말들이 많지 않은 데다 남의 일은 더욱이 입에 올리는 일이 드문 성미들이라서 이웃집 아이에 대해 특별히 기억될 만한 소리를 들은 적이 없었다.

"우리 시어머님이 누구한티 이런저런 안팎 이야길 나눌 만큼 살가운 성미시든가요. 고모님한티도 아직 별 소리 들은 거 없고요."

외동은 약산댁의 심중이 아무래도 심상치가 않아 보여 우선 그것부터 확실히 해주었다. 그리고 이번에는 자신이 궁금한 것을 거꾸로 물었다.

"그런디 태산이한티 대체 무슨 일이 있어요?"

하고 보니 과연 약산댁에겐 이날 작심을 하고 나온 이야기가 있었다.

"그래…… 동네 사람들 다 아는 일이라 새댁도 으레 누구한티 들어 알고 있으려니 했더니 이녁 혼자만 아직도 모르고 있었구만."

외동댁의 대꾸에 약산이 비로소 긴 한숨을 짓고 나서 속내를 털어놓기 시작했다.

"하지만 새댁도 언젠가는 어차피 알게 될 일이니 기왕지사 이녁한티는 내 입으로 먼첨 말해버려야 쓸 것 같아 하는 소린디, 우리 태산이가 저도 모르게 지 아부지를 꺼리고 무서워하는 내력, 그러니께 지가 이 김가네 자식으로 태어난 내력 말인디……"

그렇듯 망설임과 다짐 끝에 약산댁이 하소연하듯 털어놓은 이야긴즉 그 태산의 남다른 출생 내력으로 외동댁에겐 그 곡절이 너무 뜻밖으로 놀라운 것이었다.

사실이 그럴 수밖에 없었다.

……그 산일(産日)을 눈앞에 두고 있던 자두리가 홀연 자취를 감추고 만 며칠 뒤부터였다.

"자두리 그것이 겉으로는 모자란 척 반벙어리 행세로 지냄서 속으론 보고 듣고 생각한 것이 멀쩡했던 모양이여. 그것이 글씨 몸을 풀 때가 가까워오니께……"

무슨 일로 해선지 한 며칠 눈에 띄지 않다가 다시 모습을 드러낸 안좌수네 행랑댁이 전에 없이 울 밖 길을 자주 나다니며 마을 사람들 궁금해해온 그 자두리의 일을 제물에 떠벌리고 다니기 시작했다.

행랑댁의 설명인즉, 자두리 자신도 몸을 풀 날이 머지않은 줄 알았던지 하루 저녁엔 여태껏 입을 다물고 지내오던 반벙어리 행세를 걷어치우고 불쑥 행랑댁에게 털어놓더라는 거였다.

"나 정말론 말을 다 할 줄 알아요. 저 구례 근방 지리산 자락 끝에 고향 동네도 있는 사람이고요."

그리고 나선 자두리는 곡절이야 어찌 됐든 배 속의 아이가 제 배를 앓고 낳은 제 자식일 것만은 분명하니 그 아이의 앞날을 위해서나 이 동네 처지를 위해서나 자신이 미리 마을을 나가 고향 동네 친정 오라비네게서라도 몸을 풀고 싶다더라는 것. 요컨대 자두리는 그렇듯 배 속 아이의 야릇한 내력을 걱정하여 그런저런 사정을 알지 못한 고향 동네서 조용히 허물을 덮어 기르고 싶어 한 것이라고.

행랑댁은 물론 그 일을 안집 좌수댁과 의논했고, 좌수댁의 한결같은 인정과 사려 깊은 처결에 따라 이튿날 이른새벽 자두리와 함께 그 지리산 자락 친정 동네까지 먼 길을 함께해주고 돌아왔다는 사연이었다.

"우리 안댁 마님이 누구요. 이야기를 들으신 안마님이 한동안 아무 말씀도 없이 고개만 끄덕이고 기시더니, 그렇담 산일이 가까우니 하루라도 지체치 말고 내일 새벽이라도 당장 길을 떠나보내라셨구만요. 그것도 노중에서 무슨 일이 생길지 모르니 나더

186

러 그 친정 동네꺼지 길을 함께해주고 오라고요. 내 이쪽 우리 집 양반 끼니 일이 마음에 걸려 몸을 푸는 것까진 보지 못하고, 사흘거리 고된 발길을 바로 되짚어오고 말았지만, 어쨌그나 자두리는 그렇게 지 고향 친정 동네서 무사히 몸을 풀게 되었지라우. 자두리 말대로 그쪽 동넬 가보니 다행히 친정 오라비가 그럭저럭 살 만큼 살고 있고, 깊은 내막은 말하지 않았지만 긴 세월 그러키 객지로만 나돌아온 누이의 부실한 인생을 아파하는 마음 씀새도 괜찮아 보였으니께요.

안좌수댁의 인정 많은 인품이나 그간에 겪어온 행랑댁의 착실한 심성으로 보아 그것은 물론 그럴 법한 일이었다. 자두리가 사라지고 나서 무엇인지 한 며칠 의심쩍은 눈초리로 뒷사연을 궁금해하던 마을 사람들도 행랑댁의 그런 설명을 별로 못 미더워하는 기미가 없었다.

그러나 그 행랑댁의 말은 사실이 아니었다. 하긴 그녀가 며칠 행랑채와 마을을 비우고 어딘가를 다녀온 것은 사실이었다. 그것이 자두리와의 동행이었던 것도 거짓이 아니었다. 그러나 그것은 자두리의 안전하고 조용한 출산을 위해서가 아니었다. 자두리가 행랑댁과 함께 마을을 떠날 때는 이미 조용한 산고를 치르고 난 가벼운 몸이었으니까.

그러니까 그날 저녁 자두리의 산고 기미가 시작되었을 때는 이미 안채 좌수댁의 은밀한 밀지를 받은 행랑댁이 며칠 동안 그 자두리의 기색을 더없이 조심스럽고 꼼꼼하게 살펴오던 중이었다. 그리고 그날 밤 그녀는 한밤중 녘까지 골목길의 인적이 끊기기를 기다려 제 바깥 남정을 길잡이 삼아 치마폭으로 얼굴을 가린 자두리를 아랫동네 좌수댁의 친정 조카 장굴 씨네로 이끌고 내려 갔다. 자두리는 그날 새벽 그 집 뒷골방에서 무사히 몸을 풀었다. 그리고 다시 그 행랑댁의 시중을 받으며 이튿날 하루를 더 숨어 쉰 다음, 이번에는 배 속의 아이 대신 생짚베 뭉테기로 아랫몸을 부풀려 싸매고 이른 새벽 둘이 함께 마을 뒤쪽 마장재 고갯길을 넘었다. 하지만 그것은 선바위골 동쪽으로 지리산 자락 동네를 찾아서가 아니라, 행랑댁의 친정 고모네가 사는 반대편 쪽 월출 산 뒷자락의 산동네를 향해서였다. 행랑댁은 이틀 만에 그 고모 댁에 당도하여 자두리가 한동안 밥비렁질을 하지 않고 지낼 만 한 돈주머니와 함께 그녀의 후일을 부탁하고 혼자서 길을 되돌 아왔다.

　모든 것이 안집 좌수댁과의 밀약과 그 밀약에 값할 만한 그녀 의 인색찮은 지원 속에 이루어진 일이었다. 그리고 그런 뒷사연 을 알지 못한 선바위골 사람들은 행랑댁이 그럴듯하게 꾸며낸 소 리를 곧이들을 수밖에 없는 터이기도 하였다. 아니, 그 가을 추석 녘의 산행꾼 집 사람들의 처지로 말하면 아닌 일이라도 그걸 곧 이들어야 할 참이었다. 아이의 얼굴이 그 산행꾼들 중 누구를 닮 아 나올 것인지를 보고 싶어 하던 마을 사람들 앞에, 그리고 그 산행꾼 자신들조차 아무도 귀추를 장담할 수 없던 처지에서 자두 리가 돌연 제 발로 마을을 떠나가준 것은 그 위험천만 난감하기 만 하던 화근덩어리가 제 발로 사라져준 격이었으니. 위인들이나 그 아낙들은 남모를 안도의 한숨을 내쉬며 그녀의 처사를 다행스러워했을 뿐이다.

하고 보니 선바위골에서는 자두리가 한밤중 어둠 속으로 제 헛간방과 선바위골을 떠나갈 무렵 어느 날 밤, 아랫동네 안좌수댁 친정 질부가 몸을 풀어 오랫동안 소망해온 옥동자를 얻었다는 사실도 별로 괴이하게 생각하는 사람이 없었다. 마을 사람들 간엔 자두리가 마을에서 사라진 것이 하루 이틀 앞선 일로 알았던 데다, 좌수댁 질부 또한 열달 가까이나 두문불출 배를 앓으며 오직 산달을 무사히 채우고 산고를 맞게 되기만을 고대해온 사실을 알고 있었기 때문이다. 그런 마을 사람들에겐 행여 자두리의 산고 당일 울 너머로 그 아이의 고고지성을 들었대도 그걸 별로 이상하게 여기지도 않았을 터였다.

"이참에는 참말로 이를 악물고 조심조심 집 안에서만 버티더니 하늘이 그 정성을 알아보고 잘 돌봐주신 것이제. 그것도 떠억 하니 관옥 같은 옥동자를 낳아놓았으니 경사 중에 경사 아닌게벼!"

마을 사람들은 제집 일처럼 앞다투어 치하하고 축하해줄 뿐이었다.

그런데 그 산행꾼 집 사람들은 물론, 누구보다도 좌수댁 사람들을 위해 가장 다행스러운 일은 그 아이의 얼굴이 동네 남정들 누구도 닮은 데가 한구석도 없다는 점이었다. 그 역시 좌수댁의 어진 마음씨나 친정집 당자들의 정성 덕이었던지, 모처럼 자랑스런 금줄 속에 조용히 일곱 이레까지 지나고 난 아이의 얼굴은 산모를 찾아 보러온 동네 아낙들이 우정 '생겨난 물색이 꼭 지 아배를 빼다 박았구먼' '아니, 찬찬히 뜯어보니 치렁한 귓밥이랑 도톰

한 입술이, 외려 지 외가 쪽을 탁했구먼그래' 따위의 덕담들이 자연스럽게 들릴 만큼 두루뭉술한 얼굴이었다. 그렇다고 아낙들의 입엣소리처럼 딱히 친가나 외가를 탁했달 만한 구석도 없었지만, 그리고 그 두루뭉술한 머리통의 인상 이외에 눈에 띌 만한 특색이 없는 얼굴이었지만, 그것은 아이나 제 부모들을 위해 무엇보다 큰 다행이요 축복이 아닐 수 없었다……

약산댁도 물론 그 모든 사실을 세세히 다 알고 있지는 못했지만, 외동댁은 대충만 들어도 열 달 동안이나 아랫배를 둘러 싸매고 눈속임살이를 견딘 약산의 괴로움과 흠을 지닌 여자 몸의 그 끝모를 모정에 감복하지 않을 수 없었다. 그런 만큼 약산의 기구한 팔자에도 새삼 깊은 동정을 금할 길이 없었다. 하지만 태산 부자의 그 불가사의한 불화의 소이나 약산댁의 근심은 태산의 출생 비밀 자체로 해서랄 수도 없었다.

그야 물론 그런 사실이 아무 말썽거리도 안 될 수는 없었다.

"하지만 사람 일에 세상을 이길 비밀이란 없는 법이니께……"

탄식기 어린 약산댁 말마따나 이 세상엔 세월의 힘을 견디고 사람의 눈길을 이겨낼 비밀이란 없는 법이었다. 아니 애초부터 모든 사정을 눈치채고도 동네 사람들이 안좌수댁과 그 친정 일가의 체면이나 아이의 앞날을 위해 행랑댁의 후일담을 부러 곧이들은 척해줬는지도 모른다.

그렇다면 그 마을 사람들의 인정이나 아량 또한 세월의 힘 앞엔 지극히 허망한 것일 수밖에 없었다.

누가 새삼 드러나게 사실을 들추어댄 일도 없었고 숨겨진 사연을 알아내어 입에 담은 일도 없었지만, 세월이 다시 일이 년쯤 흐르고 그 세월만큼 자라가는 아이가 차츰 골목 바람을 쐬러 나다니면서부터였다. 마을 사람들 간에선 어느새 그 비밀의 껍데기가 제절로 차츰 삭아 벗겨져나가기 시작했다.

"그 아이 정말로 그 집 핏줄로 점지돼 나온 모양이제. 얼굴이 제법 여물었는데도 다른 사람은 아무도 닮은 데가 없으니."

아이의 집안어른이 눈에 띄지 않으면 아낙들은 이미 다 알고 있었던 일이듯 별 스스럼이 없이 수군댔고, 애초 큰산 발길을 하지 않았던 남정들은 물론 그럭저럭 제 허물이 가벼워진 산행가 사람들까지도 우정 그 아낙들의 입살을 빌려 실없이 그 천관산을 팔고 나서곤 하였다.

"그러게 그 아인 갈데없는 큰산 자식이랄밖에. 큰산 산신령이 점지해준 천관산 자식. 그러니 그 녀석 이담에 큰 인물로 자랄 게여."

그것은 어쩌면 마을을 떠나간 뒤 소식이 감감해진 자두리의 존재가 잊히면서 행랑댁의 깊은 조심성이 크게 엷어진 탓일 수도 있었고, 마을 사람들 말속에 숨겨진 뜻 그대로 아이의 얼굴이 어느 다른 마을 남정은 물론 그의 부모도 닮은 데가 없이 자란 탓일 수도 있었다. 하지만 뭐니 뭐니 해도 그것은 그 어색한 비밀의 장막에 가려 있던 사실이 세월의 힘에 이끌려 스스로의 모습을 드러낸 격이었다.

산의 아들. 큰산의 자식.

아이를 두고 주고받는 마을 사람들의 말투는 그만큼 자연스럽고 스스럼이 없어진 것이었다.

하지만 마을 사람 어느 시러배가 아이에게 그 출생의 비밀을 드러내어 말해준 일은 있을 수가 없었다. 누가 더러 그 아이 앞에 허튼소리를 흘렸다 한들 녀석이 그 뜻을 제대로 새겨들었을 리도 없었다.

한데다 그보다도 아이에게 다행스런 일은 마을 사람들의 그 같은 언행에 대한 아이 집안사람들의 대범스런 태도였다. 마을 사람들의 뒷소리나 아리송한 분위기는 약산네나 좌수댁에서도 못 듣고 모를 리가 없었다. 하지만 아이어미 약산댁이고 아비 장굴씨고 심지어 누구보다 그런 소리에 마음이 쓰일 윗동네 좌수댁마저도 그런 일엔 아예 눈과 귀를 꼭꼭 틀어막고 지내는 식이었다.

한번은 마을의 한 이웃 아낙이 제집 앞 골목길에 퍼질러 앉아 놀고 있는 아이에게 무심히 '큰산 신령 아들도 별수 없구나. 그 흙투성이 꼴이 뭐냐'고 입싼소리를 지껄이고 지나가는 것을 바로 사립을 나서려던 약산댁이 들었건만, 그녀는 그 아낙을 탓하려 들기는커녕 외려 안 들은 양 집 안으로 발길을 되돌려 들어가버렸다. 또 다른 한번은 비슷한 경우를 당한 어미가 혼자서 더 참지 못하고 아이 몰래 제 바깥 장굴 씨에게 불편한 속을 털어놓은 일이 있었지만, 심한 취기를 띠지 않은 때여서 그랬던지 그 아비 또한 '허허, 그러니께 그 아이가 큰산의 정기를 타고나서 큰 인물로 자랄 것이라지 않어. 그거 썩 듣기 괜찮은 소린디 뭘!' 뜻밖에 기분 좋은 소리라도 들은 양 허허 웃어넘기고 만 적도 있었다.

하긴 그 아비 장굴이란 사람은 1년을 훨씬 넘도록 게으름을 피

192

우며 미뤄오던 아이의 작명 일을 그 얼마 뒤 어느 날 아침, 간밤의 심한 폭음기에서 깨어나며 느닷없이 '태산이라, 김태산. 어그 이름 참 좋다!' 하고 외쳐대는 것으로, 무슨 억하지심에서인지 하필이면 그 산행을 연상시킬 이름으로 결정짓고 만 위인이었으니 더 이를 바가 없는 일이었다. 한데다 일이 무사히 다 가닥이지어진 이후부터 사단의 다른 한쪽 장본인 격인 윗동네 좌수댁은아이의 일이라면 좋은 소리든 듣기 거북한 소리든 그녀 앞에선아예 누구도 입조차 뻥끗 못하게 한 채 외면하고 지내온 처지였으니. 태산은 제 출생의 비밀을 알 리가 없었다.

태산은 이를테면 그렇듯 온 마을 사람들의 각별한 관심 속에서도 그럭저럭 큰 탈 없이 자라온 셈이었다.

"그러니 막말로, 녀석이 지 애비 앞에 그리 남의 새끼처럼 슬슬 봐돌고 주눅이 들어 지내는 것이 그런 지 피색을 알아서라고할 수가 없겠제. 내가 이승에 지고 살라는 전생의 업보라면 몰라도……"

사연을 끝내고 난 약산댁이 자탄했듯 태산 부자간의 불가사의한 불화관계는 그 어미 약산댁도 알 수 없는 일종의 원죄 풀이라고나 말할 수 있을까.

이야기를 듣고 난 외동댁도 종당엔 그런 느낌을 씻을 수가 없었다. 더불어 그녀는 약산댁의 그 매운 팔자가 자신의 일처럼 새삼 목이 메고 가슴이 젖어들었다. 한데다 약산은 자기 속을 다 털어놓고 나서 그런 외동을 외려 이렇게 안심시켜오기까지 하였다.

"하지만 우리 태산이 일이랑 이런 내 이야기, 새댁은 듣고 나

서 그만 마음속에 묻고 말어. 전날의 뒷일이 어찌 됐든 나는 지금
껏 한 번도 우리 태산이가 내 배를 앓아 낳은 내 핏줄이란 맘밖에
다른 생각 지녀본 일 없으니께. 내가 오늘 새댁한티 부러 이런 속
털어놓은 것은 새댁이 왠지 첨서부터 생판 남 같지가 않아서였
으니께. 새댁 시갓댁이 원래 그 구례 쪽 아니었겄어. 그런디 아까
말한 태산이 생모 되는 여자를 보낸 곳이 사실은 구례 쪽이 아니
었는디도 고모네 행랑댁이 동네다 그렇게 소문을 냈던 탓에 이녁
시댁네가 그쪽에서 왔다는 걸 알고부텀 그 여자가 꼭 그 구례 쪽
에 가 있는 것 같고, 그댁 식구들도 거기서 그 여자 일을 다 알고
온 것 같았으니께."

하지만 외동댁은 그 태산의 생모가 어느 골 쪽으로 갔든, 그로
하여 약산댁이 자신을 어떻게 여기게 되었든, 그녀의 속내는 그
닥 중요한 일이 아니었다. 그보다도 외동댁은 약산댁의 당부대로
그녀의 지난일을 그저 스쳐간 이야기로 쉽게 마음속에 묻고 지낼
수가 없었다.

—어머님이 태산 어미와 가까이하는 걸 어딘지 좀 마땅찮아하
신 눈치가 그렇듯 가파른 약산댁의 처지에 물색없이 새 상채기를
내게 될까 미리 경계하시려서였던가.

약산댁의 남모를 근심과 괴로움이 더욱 자기 일처럼 심중에 맺
혀들어 두 사람이 두고두고 서로 따뜻한 이웃으로 마음을 의지하
고 지내게 된 또 하나의 곡절이었다.

13

태산은 그 어미 약산댁의 소망대로 제 출생의 비밀을 알지 못했다. 한두 살 나이의 어릴 적 일들도 물론 기억이 거의 없었다. 그런 가운데에도 마음속 깊은 곳에선 언제부턴지 정체를 알 수 없는 크고 묵중한 덩어리 같은 것이 자라고 있었다. 한두 살씩 나이를 더해가면서 그 덩어리의 그림자가 아비 장굴 씨 모습 위로 어려 들며 한데 뒤섞이기 시작했다.

아침저녁 가리지 않고 아무 때나 그물짐을 메고 사립을 나갔다 간 후줄근히 젖은 몸으로 돌아오곤 하던 모습, 그때마다 무섭게 먹고 마시고 나선 이내 천장이 떠나갈 듯 코골이 소리 속에 산더미 같은 배통이를 들썩이며 떨어져 자는 막잠 버릇, 태산이 세상을 태어나서부터 보아온 아비의 모습과 행투는 그런 것뿐이었고, 그가 조금씩 철이 생기기 시작하면서 머릿속에 자리 잡기 시작한 기억도 대개 그런 식이었다. 거기에 어미 약산댁이 그 아비 앞에 늘 숨을 죽이고 지내다가 아비가 그렇듯 세상 모르고 잘 때나 다시 집을 나가고 나면 비로소 마음이 편해져서 아직 사리분별력이 모자란 어린것 앞에 은근히 흉을 보곤 하던 기억…… "봐라. 늬 아부지, 저 큰 배를 치켜 안고 세상이 떠나간대도 움쩍도 안 할 잠장사를. 태산이는 니가 아니라 늬 아부지다. 김태산이!"

하다 보니 그런 아비의 모습이나 행투는 태산에게 나이 먹어갈수록 별나고 괴이한 느낌으로 다가왔다.

그 항아리술에 먹잠 버릇부터가 그가 보아온 이웃 어른들과는 정반대였다. 제 눈으로보다 어미 약산댁에게 자주 주워들어 알게 된 일이지만, 마을의 다른 어른들은 그렇게 대낮에 혼자 집 안에 들어앉아 술을 마셔대는 일도 없었고, 술에 취해 밤낮을 모르고 잠에 떨어져 지내는 일도 없었다. 그거야 장굴 씨가 뭍농사일보다 바다일을 좋아하고, 그것도 대개 날이 어두운 나음 밤바다로 나갔다가 새벽녘에 돌아오는 일이 많기 때문이기는 했지만, 어쨌거나 그 또한 바다일보다는 뭍농사일을 좋아하고 밤일보다는 밝은 날로 일을 끝내는 다른 사람들과 크게 다른 점이었다. 그렇듯 다른 사람과 달리 어딘지 큰 괴물을 안에 숨기고 사는 것 같은 위태롭고 두려운(어미 약산댁에게도 그렇게 보였으니까) 느낌……

그래서 그 두 그림자가 섞여드는 일도 없었다. 태산이 어슴푸레 그걸 알아차리기 시작한 것은 언제부턴지 그가 이웃사람들이나 어미 약산댁에게서도 이따금씩 들어온 그 '큰산'의 존재를 의식하기 시작하면서부터였다.

어느 날 태산이 늘 하던 버릇대로 사립 앞 골목길을 지나가는 한 동네 아낙을 향해 작은 고추를 꺼내놓고 오줌줄기를 갈겨대자 그 아낙은 제 어미처럼 그 '꼬추'를 대견해하지 않고 싫은소리를 하고 지나갔다.

"이 녀석, 너 큰산신령 아들이 그러면 못쓴다!"

큰산신령 소리는 전에도 이따금 들어온 소리였지만, 이날은 그 아주머니의 나무람이 심상치 않아 그 소리가 새삼스럽게 마음에 걸렸다. 그래 때마침 그물을 어깨에 걸어 메고 마당으로 들어서는 제 아비에게 물었다.

"아부지, 큰산신령이 누구여요? 아부지를 놔두고 사람들이 왜
나를 보고 큰산신령 아들이래요? 아부지가 큰산신령이여요?"

그러자 당장엔 아무 대답을 않은 채 묵묵히 그를 내려다보기만
하던 아비가 느닷없이 큰소리로 웃어젖히고 나서 대꾸해왔다.

"뭐라? 내가 큰산신령! 그래 좋다, 이놈아, 이 애비가 바로 큰
산신령이다. 그러니 니놈은 이 큰산신령님의 아들놈이 분명하
고! 그런 줄 알았으면 이제부턴 누가 뭐래든, 넌 어서 큰산처럼
만 크게 자라거라. 그거 다 니 녀석이 큰산처럼 크게 되기를 바래
서 하는 소리들이니! 그래서 니놈 이름도 태산이가 아니냐. 태산
이 큰산!"

그런데 아비는 그렇게 웃고 씨부려대면서도 얼굴은 왠지 태산
이 놀라 겁을 먹고 슬금슬금 물러서야 했을 만큼 무섭게 일그러
지고 있었다. 하지만 아비의 소리를 제대로 다 알아들을 수 없는
태산은 그 아비가 무엇 때문에 그렇게 화가 났는지 알 수가 없었
다. 그래 이날 저녁 아비가 다시 바다로 내려간 틈을 타서 또 어
미에게 물었다.

"엄니, 큰산신령이 무어야? 큰산신령이 정말 아부지야?"

그런데 그 소리에 어미 약산댁도 처음엔 어린것의 입을 틀어막
듯 손바닥으로 급히 얼굴을 싸 덮어버렸다. 그러다간 잠시 뒤 생
각을 고쳐먹은 듯 목소리를 낮춰 부드럽게 일러왔다.

"이 동네 뒤쪽 마장고개 너머 면소쪽에 천관산이라고 크고 높
은 산이 있는디 그 산을 흔히 큰산이라고 부른단다. 그 큰산을 지

키시는 산속 신령님이 큰산신령님이시고. 그런디 태산이라는 니 이름이 바로 그 큰산에서 뜻을 따온 것이란다. 니가 큰산같이 높고 큰사람이 되라고 아부지가 그 산이름 한짝으로 그리 지어준 것이니께. 그러니 큰산과 같이 크게 될 너를 낳은 늬 아부지는 그 큰산신령님 한가지 아니냐. 하지만 이런 소리, 아부지 앞에서 다시 하지 말고 너는 그저 착실히 자라서 뒷날 그 큰산같이 크고 높게만 되거라."

실은 그 어미 약산댁 자신조차 깊은 믿음이 안 가는 소리라 태산은 이번에도 뜻을 다 알아들을 수 없었지만, 그의 머리와 가슴 속 한쪽에 숨어 자라던 어떤 덩어리의 그림자가 비로소 그 큰산과 아비의 모습으로 서로 스미고 얽혀 드러나기 시작한 계기였다.

하지만 그것은 그 큰산과 괴물 같은 아비가 서로 태산의 마음속 '아비의 자리'를 놓고 다투는 혼란과 헷갈림의 시기이기도 하였다. 어떤 때는 아직 본 일조차 없는 큰산의 불가사의한 자태 위에 아비 장굴 씨의 얼굴이 무겁게 얹혀 떠오르기도 하였고, 더러는 그 아비의 거친 모습과 행티 속에 큰산의 숨결과 괴력 같은 것이 느껴지기도 하였다. 큰산과 아비는 그렇듯 태산의 마음속에서 서로 스미고 덧칠되면서 '아비의 자리'를 다투는 싸움을 한동안 계속해간 것이었다. 그리고 태산은 그럴수록 제 눈앞의 아비 장굴 씨를 까닭 없이 더 두려워하고 뜨악하게 여겼다.

게다가 그 어미 약산댁의 말을 듣다 보면 아비는 과연 도깨비나 귀신들과도 말을 하고 바다일을 함께 어울려 다니는 다른 세상 사람의 풍신이 역력했다.

"늬 아부지는 말이다. 늬 아부지는 전부터 귀신들하고도 친해 지내왔으니 이번에도 그 귀신들하고 얼려 노느라고 이렇게 이틀 씩이나 뱃길이 늦어지는갑다."

태산이 다섯 살쯤 되었을 무렵 어느 늦가을 저녁, 약산댁은 전날 새벽 어둠을 타고 뱃길을 나간 후 이틀째 밤이 어두워들 때까지 감감 소식이 없는 장굴 씨를 기다리다 스스로 불안한 마음을 달래려 듯이 어린 태산에게 대충 이런 이야기를 들려주었다.

……한번은 초저녁 녘에 바다로 나간 장굴 씨가 다른 날과 달리 밤중 무렵 해서 후줄근히 빈손인 채로 일찍 집으로 돌아왔다. 하지만 그는 아무 말 없이 광에서 삽과 괭이를 찾아들고, 전에 안 하던 버릇으로 농문을 열고 손수 자신의 마른 옷가지까지 한 벌을 챙겨들고 다시 사립을 나갔다. 선잠에서 깨어나 멀뚱멀뚱 위인의 거동새만 지켜보던 약산댁이 뒤늦게 방문을 따라 나서며 곡절을 묻는 소리에도 한마디 대꾸가 없는 채였다. 그리고 새벽녘에 다시 집으로 돌아온 위인은 아침 끼니도 잊은 채 이튿날 밤중까지 내처 잠에 떨어져 지내는가 싶더니 어느 결엔가 다시 몸을 벌떡 일으켜 그물을 챙겨 메고 서둘러 바다로 내려갔다.

그런데 그 새벽녘 장굴 씨는 그물에 몰려든 고기짐을 마을까지 다 짊어져 올리지 못하고 아침 일찍 마을로 올라가는 뻘지기 방 영감 편에 약산댁과 이웃 몇 사람을 바닷가로 불러내렸다. 약산댁이 가까운 이웃 외동댁과 다른 아낙 몇 사람을 소리하여 갯가로 내려가보니, 장굴 씨는 그사이 작은 배가 가라앉을 정도로 고기를 가득 싣고 돌아와 짐꾼을 기다리고 있었다. 물때도 한번 바

꿰지 않은 잠깐 사이의 그물질로는 전에 없이 엄청난 횡재였다.

한데다 집으로 돌아온 장굴 씨의 사연을 들어보니 그 곡절이 더욱 기이했다. 전날 밤, 그러니까 위인이 바다엘 나갔다가 일찍 빈손인 채로 되돌아왔던 그 밤, 장굴 씨는 한동안 고기새끼라곤 씨알머리도 구경을 할 수가 없었다. 그러다 어느 참인지 손이 묵직해오는 느낌에 그물을 끌어올려보니 이번에는 고기 대신 웬 반쯤이나 썩은 사람 송장이 걸려 올라왔다.

장굴 씨는 처음 이런 재수 없는 일이 있나 싶어, 그걸 다시 풀어 바다로 떠내려 보내버리려 했다. 하지만 송장은 아직 무슨 혼령이 붙어 있는 것처럼 좀체 배에서 떠나가려 하질 않았다. 밀어내면 잠시 배에서 멀어지는 듯하다가도 이내 어둠 속으로 다시 배를 따라오곤 했다. 그러자 장굴 씨는 다시 생각을 고쳐먹었다. 필시 그 시신인즉 평생을 바다일로 늙어온 끝에 그 혼백마저 바닷물을 벗어나지 못하고 며칠씩 파도 속을 헤매다 그의 배를 만나 그렇듯 사정을 해오고 있는 듯한 생각이 든 것이었다.

장굴 씨는 그길로 그물을 거두고 배를 갯가로 끌어올린 뒤 집으로 올라가 삽과 곡괭이를 가지고 가서 그 송장을 어느 해변 숲 자락 끝에 좋이 묻어주고 돌아왔다. 물론 그가 마련해간 마른 옷으로 젖고 상한 몸을 다시 수습해서였다.

그런데 혼자 그 어려운 일을 치르고 돌아와 자신도 그동안 으슬으슬 질펀한 기분을 지우려 긴 시간 잠 속으로 빠져들고 말았는데, 어느 참쯤엔지 그의 꿈속에 어느 혼백이 그가 입혀준 하얀 옷을 입고 나타나 그의 잠을 깨우며 어서 뱃길을 나가보라는 시늉을 했다. 그 바람에 비로소 잠에서 깨어난 장굴 씨는 행여나 싶은 생각에 그길로 곧장 그물을 둘러메고 바다로 내려갔다.

과연 그 꿈속 일과 그의 예감은 헛된 것이 아니었다. 그물을 바다에 내리고 나니 어디선지 쇠쇠, 바닷속 고기 떼를 몰아대는 바람 소리 같은 것이 들려오고, 어둠 속에서도 고기 떼가 그물로 밀려들고 있는 듯한 검은 파도 빛이 눈앞에 역력했다. 그날의 횡재는 그렇게 이루어진 일이었다.

"마른 옷과 마른 저승집을 얻어 눕게 된 혼백이 늬 아부지한테 은혜를 갚은 것이제. 그라고 늬 아부지 말대로 하믄, 그런 일은 그 한번뿐이 아니라 그물일이 시원찮다 싶으믄 이따금 비슷한 일이 다시 생겨 걱정을 덜어준다는구나. 그래 어떤 땐 늬 아부지가 아예 그물을 놓아두고 그 혼백과 서로 산 사람들 사이처럼 두런두런 말을 주고받고 어울리다 돌아오기도 한단다…… 그런 늬 아배니 오늘도 아마 그 혼백을 만나 노니라 이리 늦고 있는지 모를 일 아니겄나이!"

이야기를 들려주며 약산댁은 정말로 그렇게 믿으려는 듯 태산 앞에 짐짓 얼굴빛을 편하게 지어 보이기까지 하였다. 하지만 태산은 마음이 편해지기는커녕 왠지 그 이야기를 곧이듣고 싶지 않았다. 그 마음속 큰산의 모습이 자꾸 더 두려운 형상으로 꿈틀댔기 때문이다.

하지만 태산이 곧이듣건 말건 아비 장굴 씨의 기행은 그가 제법 철이 들 때까지 계속됐고, 그 속을 깊이 알지 못한 어미 약산댁의 푸념 투도 때마다 새롭게 부풀려지곤 하였다. 다른 사람은 도대체 곧이들릴 수가 없겠지만, 그렇듯 약산댁이 어린 태산에게 들려준 장굴 씨의 밤 뱃길과 도깨비놀음 가운데엔 이런 일도 있었다.

……장굴 씨는 그러니까 그 그물에 걸려 올라온 송장을 건져다 묻어주고 고기잡이에 큰 횡재를 만나게 된 날 이전서부터도, 마을 앞 안산 기슭길을 한 마장쯤 내려가는 그 밤 갯길 나들이 때 이따금 사람 흉내를 내고 따라오는 도깨비와 길동무를 하고 다니 노라는 때가 있었다. 그런데 장굴 씨가 말해준 일이 없어 아직 그런 사실을 알지 못한 약산댁이 하룻저녁엔 칠흑 같은 어둠 속에 비바람까지 너무 심해 이날도 바닷길을 나서려는 장굴 씨를 말리고 들었다. 하지만 장굴 씨는 들은 척도 않은 채 그대로 사립을 나서려다 겨우 한마디 했을 뿐이었다.

"내 걱정 말어. 나한텐 늘 밤길동무를 해주고 다니는 녀석들이 있으니께."

약산댁은 물론 그것이 무슨 소린지 알 수 없었다. 그래 새벽녘에 바다에서 돌아온 장굴 씨를 채근하여 겨우 그 옛날이야기 같은 장굴 씨 밤길 동무의 정체를 알 수 있었다. 게다가 장굴 씨는 그 도깨비를 싫어하거나 무서워하기보다 언제부턴지 썩 미덥고 심심찮은 밤길 동무로 여겨 더러는 자기 밥광주리를 열어 음식을 덜어 던져주기도 하고 술병을 나눠 뿌려주기도 한다고. 심지어 녀석들의 호기심을 시험해보려 담배 연기를 뿜어대어 캐액, 캑, 보이지 않는 소리로 사래기까지 치게 해가면서 나름대로 우의를 쌓아온 격이었다고.

"그런디 오늘도 돌아오는 뱃머리께서부터 한 녀석이 뒤를 따라붙어 이 소리 저 소리 길동무를 삼아주더니, 저 안산께 뿌저리를 돌아서는 것을 보고서야 제법 잘 가라는 인사까지 건네고 사라져가더구만."

기왕 입을 연 김에 일을 분명히 해두려 해선지 이날따라 제법 자상한 속을 털어놓고 난 장굴 씨의 다짐 투 실토였다. 그리고 이후부터 장굴 씨는 약산댁 앞에 아예 터놓고 그 도깨비들을 자기 밤뱃길 이웃 친구 취급이었다. 밤뱃길 새참거리가 좋아 보이면 약산댁에게 따로 녀석들 몫의 밥그릇이나 술 보시기를 마련해 담으라 하기도 하고, 처음부터 녀석들 몫의 싱거운 음식을 마련케 해가는 일까지 있었다. 그런 때면 아무래도 그 속을 믿지 못해 어이없어하는 약산댁을 이렇게 나무라곤 하였다.

"여편네가 어째 제 남정의 말을 못 믿어? 내가 지금까지 누구 덕에 이 밤 갯길을 탈 없이 오르내린 줄 알고! 전에도 말했지만 녀석들은 사람 냄새가 묻은 음식은 노리다고 마다한단 말여. 그러니 녀석들이 꺼리고 서운해하지 않게 그릇이나 몫을 따로 마련해가야 한단 말여."

그 모든 일이 정말 사실인지 어떤지 다른 사람은 본 일이 없으니 알 수 없었지만, 장굴 씨는 어쨌든 그렇듯 그 밤바다 갯길에서 저승귀신과 허깨비들을 곁에 끼고 지내온 격이었다. 그것은 한동안 설마하니 싶은 심사에 반신반의해오던 약산댁마저도 그 물송장 치다꺼리와 풍어 횡재 일 이후부터는 사실로 곧이듣고 믿으려는 쪽이었으니까.

"그러니께 나도 첨엔 늬 아배 말을 곧이들은 척하믄서도 속으론 설마설마했지야. 하지만 늬 아배는 귀신이나 도깨비뿐 아니라 더러는 길목에 서 있는 큰 고목나무, 심지어 죽은 바윗덩이하고도 말을 주고받고 다닌다니께."

태산에게 그 아비가 지금 이 세상 여느 사람들과는 다른 세상 사람처럼 보일 수밖에 없었다. 더욱이 그는 어느 날 밤 장굴 씨가 바닷길에서 돌아오다 마을의 한 집에서 안산 위로 솟아오르는 누군가의 혼불을 보았다며 동네 사람 하나가 죽어나갈 거라 한 예언이 그대로 맞아떨어진 일은 태산 자신이 직접 보고 들은 일이었으니까. 그 괴물 같은 태산의 마음속 덩어리가 자신도 모르게 자꾸 더 두렵게 자라감은 물론, 그 수수께끼 같은 큰산과의 헷갈림도 도를 더해갈밖에 없었다.

하지만 어미 약산댁은 아직도 그런 태산의 마음속을 깊이 알지 못했다. 그런 만큼 태산이나 그 부자의 불편한 틈새에 대한 걱정도 아직은 그만큼 크지 않았다. 그 태산의 헷갈림이 차츰 사라지기 시작하고 그에 따라 두 부자 사이가 더욱 위태롭게 식어간 것은 태산이 비로소 그 천관산이라는 이름의 큰산을 제 눈으로 보고 나서부터였으니까.

14

태산이 천관산을 처음 본 것은 나이 아홉 살에 이르러 마을에서 몇 번째 안 될 만큼 일찍부터 다니기 시작한 10리 산길 밖 면소 마을께의 보통학교 입학 길에서였다.

하지만 태산이 그냥 집안에서 열 살이 되기를 기다렸다 갑자기 그 면소학교엘 다니기 시작한 것은 아니었다. 태산이 처음 집안 놀음을 접고 글공부를 다닌 것은 윗동네 예배당의 '언문' 공부였다. 그리고 그건 당연히 아비 장굴 씨의 당부나 주선에서가 아니라 어미 약산댁의 간절한 소망 때문이었다.

약산댁이 어느 날 윗동네에 새로 지은 예배당에서 밤 예배가 없는 날이면 장점수 집사 청년이 동네 아이들을 불러모아 공짜 언문 공부를 시켜주는 일을 두고 장굴 씨 모르게 태산을 불러 앉히고 간곡하게 타일렀다.

"태산아, 너는 무슨 일이 있어도 꼭 글자 공부를 배우거라이. 글 읽을 줄도 쓸 줄도 모르는 까막눈을 해갖곤, 늬 아배 같은 바닷물귀신 신세밖에 될 것이 없으니께. 바닷귀신으로 살든 농투사니로 살든 사람 한평생을 까막눈으로 답답하게 살지는 말아야 할 것 아니냐. 그러니 이제부턴 너도 저녁참으로 저 우대미(윗동네) 예배당엘 좀 다니거라. 우리 처지에 어렵고 비싼 아랫골 김 선생네 한문 서당공부는 못 배워줄망정 야소교 예배당에서 가르쳐주는 공짜 언문 공부라도 배워둬야 할 것 아니냐."

임자가 없는 안산 너머 앞 바다밖에 다른 사람처럼 뒷날을 기약해 매달릴 만한 논밭 땅뙈기가 보잘것없었던 탓엔지, 약산댁은 그러고 보면 그쪽 일엔 제 아비 장굴 씨나 동네의 다른 이웃들보다 생각이 제법 일찍 튄 편이랄 수 있으리라. 언문은 아직 별 쓸

모가 없는 글인 데다 그걸 구실로 장 집사가 아이들에게 '양귀'
공부를 가르치려는 꾐수로 여긴 동네 어른들 누구도 제집 아이들
을 선뜻 내보내 맡기려 하지 않는 판이었으니까. 하지만 허구한
날 여태껏 혼자 집안에만 틀어박혀 지내온 태산은 뜻밖에 반가운
소리였다.

그는 바로 그날 저녁부터 아비 장굴 씨 눈을 피해 예배당 야학
을 다니기 시작했고, 그것을 누구보다 좋아했다. 야학에서는 아
닌 게 아니라 언문 이외에도 1, 2, 3, 4 따위 숫자 쓰기와 덧셈 뺄
셈 곱셈 같은 셈 공부, 때로는 '주의 친절한 팔에 안기세. 우리 맘
이 평안하리니……' 따위 예배 때 부르는 신식 노래 찬송가와,
'여호와는 나의 목자시니 내가 부족함이 없으리로다. 나로 하여
금 푸른 풀밭에 눕게 하시며 잔잔한 물가로 인도하시도다……'
는 식으로 이어지는 성경 말씀 공부까지 시켜주었다.

태산은 언문이든 셈 공부든, 틈틈이 배워주는 찬송가나 성경
공부든, 무슨 공부가 됐든 새 세상을 만난 듯 흥미진진 재미있게
배웠고, 야학엘 나오는 아이들은 아직 몇 명 되지 않았지만 모처
럼 그 아이들과 함께 어울려 지내는 것이 즐거워 저녁만 먹으면
숟가락 놓기 무섭게 그 밤 야학길을 열심히 쫓아다녔다.

그 태산에게 아직 하나 마음에 걸리는 일은 아비 장굴 씨의 눈
치였다.

"언젠가 알게 될 일이다만 너 예배당 다니는 거 아부지한티는
모르게 해야 한다. 알았지야?"

약산댁이 태산에게 거푸 다짐을 주었듯 그 아비가 동네 어른들

누구보다 예배당 일을 싫어한 때문인데, 장굴 씨에게는 사실 그럴 만한 내력이 있었다. 윗동네 안좌수댁 큰아들은 일찍부터 대처 소학교와 면사무소 나들이로 신식 물을 먹어온 탓인지, 그 자신 남보다 앞서 예배당을 찾기 시작한 데다 나중엔 제 슬하의 두 아들 녀석까지 '새끼 야소꾼'으로 만들었다. 동네 안 구식 고집쟁이로 소문난 안좌수 집안일이라 누구나 적잖이 괴이하게 여겼음이 당연지사. 그런데 그 장굴 씨의 고종 야소꾼이 하루 저녁엔 작심을 하고 온 듯 태산네를 찾아와 장굴 씨까지 앞에 한 토방 끝에 걸터앉아 더없이 진지하고 간곡한 어조 속에 야소교 전도의 말을 꺼냈다.

"내 오늘 형님하고 형수께 꼭 당부드리고 싶은 좋은 말씀이 있어 이렇게 일부러 내려왔구만요. 이댁 사람들도 이제부턴 우리 주님의 보살핌을 받아야겠기에 말입니다……"

하지만 그는 그 좋은 '말씀'을 다 끝마치지 못했을 뿐 아니라, 아무 전도 성과도 거두지 못한 채 발길을 돌이켜야 했다.

"아니 지금 이 예편네가 무신 야소꾼 경 읽는 소리에 빠져 있어. 나 지금 뱃길 나가려는디 얼른 샛것 망태기 챙겨 내놓지 않고!"

처음 몇 마디에 벌써 눈치를 알아차린 장굴 씨가 그 고종제는 안중에도 없다는 듯 아직 물색을 모른 채 두 눈만 깜박이고 앉아 있는 약산댁에게 버럭 소리를 질러 정제간으로 쫓아 보내고 나서 자신은 샛것 망태기를 기다리지도 않은 채 훌쩍 사립을 나가버린 때문이었다. 그리고 이튿날 새벽바다에서 돌아온 장굴 씨가 한차례 술밥 푸닥거리를 치르고 난 벌건 얼굴로 약산댁을 새삼 이렇게 닦달하고 든 것이었다.

"그 예배당인가 뭔가, 양귀들 소굴에 발길을 할 생각했다간 이집 용머리부터 불에 타 날아갈 줄 알어. 이녁은 물론이고 저 태산이도 단속 잘허란 말여! 야소교 일로는 그 위인이고 누구고 다시우리 사립 안으로 발을 들여놓지 못하게 하고!"

그 성질에 애초 '양귀'의 일이 비위에 맞을 리도 없었지만, 하필이면 무슨 척이라도 지고 살 듯해온 고모네 식구가 앞장서 나선 탓이었을까. 장굴 씨가 동네 어른들 가운데에서도 유독 예배당을 등지고 지나게 된 곱잖은 내력이었다.

그러지 않아도 그지없이 사이가 소원해온 터에 이번엔 야소교일까지 끼어들고 보니 약산댁으로선 고모네와의 마지막 의절을 부르지 않기 위해서라도 예배당 쪽 일은 꿈에도 생각을 말아야 했고, 태산의 일에도 그만큼 눈치를 살펴야 할 형편이었던 것.

그런데 워낙 아이들 일이라 태산의 일은 끝내 그 아비의 눈길을 피하지 못한 모양이었다. 어느 날 저녁 태산이 예배당 갈 시간이 되었는데도 제 아비가 바닷길 나서기를 기다리며 머뭇머뭇 눈치를 보고 있으려니, 장굴 씨가 언제부터 낌새를 알고 있었던지 끙 소리와 함께 자리를 일어서며 녀석을 재촉했다.

"너 예배당 공부 갈 시간 다 됐을 텐디 뭘 꾸물대고 있는 게여?"

게다가 고슴도치도 제 새끼는 귀엽고 잘 자라기를 바란다는 듯이 자신이 먼저 방문을 나서며 더욱 뜻밖의 소리를 하였다.

"거 기왕 글공부를 하려거든 누구 눈치 보지 말고 알아서 열심히 하거라. 어정어정 꽁지로 남 뒤나 쫓아다니지 말고. 그 대신이 애빌 두고 진짜 새끼 야소꾼이 될 생각은 말고!"

위인다운 다짐이 따라붙기는 했지만, 태산의 예배당 글공부를 그쯤 슬그머니 넘어가준 것이었다. 뿐만이 아니었다. 장굴 씨는 이후로도 태산의 예배당 일은 거의 아랑곳을 않겠다는 눈치였다. 태산이 예배당에서 배워온 언문이나 셈 공부뿐만 아니라 저도 모르게 이따금씩 찬송가나 성경 구절까지 홍얼대는 때가 있었지만, 위인은 아무 짐작이 없는 사람처럼 모른 척하고 넘어가주곤 하였다. 무엇이 되었든 배우는 일엔 남 앞서 가기만을 속으로 소망한 때문일 터였다. 태산이 어느새 그 언문 글자나 셈 공부를 제법 익혀 바람벽 여기저기다 제 이름자를 써두기도 하고, 두 개씩 두 무더기면 넷이요 두 개씩 다섯 무더기면 합이 모두 열이요 따위 수월찮은 숫자 셈을 흙바닥에 적어 알아맞히는 따위를 보며 은근히 혼자 신통하고 대견해하는 기색을 감추지 못했으니까.

하고 보니 태산은 그 예배당 야학 글공부가 갈수록 더 즐겁고 신명이 나지 않을 수 없었다.

그는 그만큼 더 부지런히 예배당엘 쫓아다녔고, 공부도 열심히 하였다. 한여름으로 들어서서 장 집사 청년이 제 예배당에 낮시간으로 어린이 여름성경학교를 시작한 두어 주일 동안은 아예 밤낮을 가리지 않고 그 예배당 공부에만 빠져 지냈을 정도였다.

그런데 그 여름이 기울고 어느새 아침저녁 바람기가 서늘해진 그해 초가을녘 어느 날 저녁. 어린이 성경학교 때부터 유독 태산의 공부나 됨됨이에 심상찮은 눈길을 보내곤 하던 장점수 집사가 태산이네로 장굴 씨를 만나러 왔다. 얼마 전 야소교 전도 일로 빚어진 두 고종 간의 대립을 모르고, 이 동네 야소교 소굴의 두목이 물색없이 적지를 찾아든 격이었다. 하지만 이날 장 집사의 방문 용건이 야소교 전도가 아닌 데다 때마침 장굴 씨가 바다에서 아직 돌아오지 않고 있었던 게 다행이었달까.

"태산이 아버지가 계시면 권하고 싶은 일이 있어 왔더니 아직 돌아오질 않으셨으니 아짐씨가 들어뒀다가 나중에 두 분이 함께 의논해보세요."

아비 장굴 씨 대신 약산댁을 상대로 장 집사가 그렇게 서두를 꺼낸 일은 예배당이나 야소교 일이 아니라 뜻밖으로 당사자 격인 제 어미아비도 생각지 못해온 태산의 보통학교 입학 일이었다.

"다름 아니라 태산이 엄니도 몇 년 전부터 저 신정 장터 마을 근처에 신식 글 가르치는 보통학교가 생긴 거 알고 계시지요?"

신정 면소 마을 근처에 몇 해 전부터 일본식 신식학교가 생기고, 윗동네 고모댁 두 아이를 비롯해 신품종 농산물 재배에 열을 올리고 있는 사순 씨네 아이 등 이 선바위골 마을에서도 이미 몇 녀석이 그 신식학교엘 다니고 있는 사실은 약산댁도 장길을 드나들며 보고 들어온 일이었다. 결론부터 말해 장점수 집사는 그러니까 새 학년이 시작되는 다음 가을학기부터 태산을 다른 몇 동네 아이들처럼 그 보통학교에 입학시켜 신식 글공부를 하게 하자는 권유였는데, 그가 태산을 두고 그런 생각을 먹게 된 동기가 약산댁으로선 생각지도 못했을 만큼 우선 듣기에 좋고 특별했다.

"아이의 머리가 너무 명석하고 영리해서 이런 시골구석 일 머슴꾼으로 썩히기엔 아까워섭니다."

장 집사는 태산이 하나를 가르쳐주면 둘을 헤아릴 만큼 사리 이해가 빠르고, 머릿속 생각도 엉뚱하다 싶을 정도로 여느 아이들을 늘 앞서갈 뿐 아니라, 어린 나이에 옆의 처지를 위해주는 마음 씀새나 의협심까지 남다르다는 것이었다.

"게다가 제 다부진 풍신 한가지로 글공부를 매섭게 파고드는 성깔에다 무슨 일이나 놀이판에서 늘 남을 앞장서 이끌어가는 통 큰 배짱하며, 한마디로 공부만 좀 시켜주면 태산인 장차 이 선바위골이 찌렁찌렁 울릴 만한 큰 인물이 될 겁니다. 그간에 태산일 지켜봐온 제가 그걸 장담할 수 있습니다. 그러니 제 말 허투루 듣지 마시고 아이 아버지가 돌아오시면 꼭 두 분이 잘 의논하셔서……"

장 집사는 자기 집 일처럼 태산을 침이 마르게 칭찬한 끝에 한 번 더 다짐을 주고 돌아갔다.

약산댁으로선 그저 놀랍고 반가운 소리가 아닐 수 없었다. 그녀도 막연히 아이를 제 아비처럼 무식쟁이 뱃사람으로나 자라게 될 것이 걱정되어 자신이 앞장서 나서서 예배당 공부라도 다니라 하였고, 연필 한 자루 종이쪽 한 장 제대로 마련해준 바가 없는데도 아이가 제법 그 글공부에 취미를 붙여 다니고 집엘 돌아와서도 자주 읽기 쓰기 시늉을 일삼듯이 하는 것을 보고 신통한 생각이 없지 않았었지만, 장 집사의 그런 칭찬거리까지는 생각도 못한 일이었다. 게다가 신식학교라니! 도둑질과 술먹기와 거짓말을 가장 큰 죄로 여긴다는 야소교 예배당 사람에다 마을에선 몇 안 되는 신식 머리통으로 알려진 장 집사의 장담이 섞인 권유다

보니 절대로 헛소리일 리가 없었다. 그래 도대체 그런 헛소리로 위인이 장굴 씨나 약산댁에게서 무엇을 얻어먹겠다고? 약산댁은 장 집사의 한마디 한마디가 더할 나위 없이 기쁘고 고맙기만 하였다. 아이를 정말 장터거리 신식학교엘 보내고 못 보내고는 문제가 아니었다. 신식학교 공부커녕 태산을 위해선 아무 비축도 있을 수 없는 빠듯한 집안살림 처지를 아직은 헤아리고 말고 할 계제도 아니었다. 그녀는 우선 태산이 대견하고 자랑스러울 뿐이었다.

그래 이날따라 초저녁 일찍 빈 그물 짐만 지고 돌아온 장굴 씨가 사립을 들어서기 무섭게 앞뒤 가림 없이 불쑥 다그치고 들었다.

"술자리 벌이기 전에 오늘 저녁엔 저 예배당 장 집사라는 사람한테부터 좀 올라가보고 오시오이. 아까 그 사람이 우리 태산이 일로 당신하고 긴히 의논할 일이 있다고 일부러 여기까지 내려왔다 갔으니께요."

약산댁으로선 미처 그 장굴 씨 앞에 자신의 부푼 기분조차 제대로 추스를 수 없는 데다 장 집사의 치하와 의논거리를 그대로 옮겨줄 수가 없었기 때문이다.

"그 예배당 양귀 졸개가 태산이 일은 왜?"

전에 없이 대뜸 죽지를 내뻗고 드는 약산댁의 대거리 투에 장굴 씨는 물론 첫마디에 독아지 부서지는 소리를 내질렀다. 하지만 약산댁은 물러설 수 없는 일이었다. 그녀는 천천히 다시 생각을 추려먹고 이번에는 사정하듯 그 장굴 씨를 달래고 들었다. 어찌 보면 장굴 씨가 직접 이야기를 듣고 두 남정 간에 의논을 매듭짓게 하는 것이 그녀가 이 일에서 감당할 몫이기도 했기 때문이다.

"양귀 졸개든 누구든 우리 태산이 일을 걱정해주는 사람이람, 나는 열번 백번도 찾아가 만나겠소. 태산이한테 나쁜 일은 아니니 당신도 모처럼 아배 노릇 한번 해보시란게요. 우리 태산이 덕분에 남의 입에서 좋은 소리도 좀 들어보고. 당신이 가지 않으믄 그 사람이 다시 내려올 티지만, 우리 일로 그 쪽에다 두 번 걸음시키지 말고 이력이 올라가서 이야길 들어보시라고요."

약산댁은 요령껏 장굴 씨의 궁금증을 부추겼다. 그리고 그게 나름대로 아이 아비로서의 장굴 씨의 마음을 움직였는지 모른다.

끙, 아직도 자세한 사정을 알 리 없는 장굴 씨가 이윽고 내키잖은 오금박이 콧소리를 흘리며 마루에 걸터앉았던 엉덩이를 일으켰다. 그리고 가타부타 말없이 딴전이라도 피우듯 스적스적 사립을 나간 것이다.

그리고 이후 약산댁은 장굴 씨가 그길로 정말 장 집사를 찾아 올라가 태산의 일을 함께 의논했는지 어쨌는지, 그가 장 집사 앞에 무슨 다짐을 하고 온 것인지 아무것도 자세한 내용을 알 수 없었다. 그녀는 다만 밤이 이슥해서야 어디선지 질펀한 술기에 젖어 들어온 장굴 씨가 사립을 들어서는 길로 이미 제 아랫방 잠자리로 들어간 태산일 바깥 쪽마루까지 불러내어 앉히곤 그 잠결 속의 아이를 상대로 모처럼 아비다운 관심과 긴 주정기를 주절대는 걸 목도했을 뿐이었다.

"너 정녕 공부가 좋으냐……? 널 오는 가을부터 장터 신식핵

교에 보내주면 정말로 공부를 잘할 자신이 있어? 빗길 눈길, 장
장 6년 동안 그 10리 산길을 오가며 일등짜리 졸업장을 따올 자
신이 있느냐 말이다."

아이는 물론 잠결 속에 영문을 모른 채 아비의 갑작스런 다그
침 앞에 그저 꾸벅꾸벅 건성으로 고갯짓 대꾸만 보내고 있었고,
그러자 장굴 씨는 그런 아이와는 상관없이 이미 작심이 서 있었
던 듯 스스로 그 대답을 대신해 자신의 속내를 털어놓았다.

"그래, 그럼 이번 가을부터 넌 장터 핵교엘 다니는 거다. 그리
알고 지금서부터 마음 단단히 다져먹고 핵교에서 늘 1등짜리 공
부를 해야 헌다. 이를 악물고 공부를 잘해서 네 이름처럼 저 큰산
같은 사람이 한번 되어보란 말다…… 하지만 이건 행여라도 널
공부시켜서 장차 늬 에미나 내가 무신 호강을 받재서가 아니다.
이건 다 늬 앞길을 위한 노릇이라는 걸 알아야 헌다. 니놈의 그
좋은 이름값을 위해서라도 말이다."

하지만 이번에도 장굴 씨는 평소의 버릇대로 마지막 결정은 태
산이 모든 걸 알아서 하라는 식으로 방임적인 시비조 몇 마디를
덧붙이는 걸 잊지 않았다.

"허기사 고대광실 정승살이도 내 싫으면 그만이라고, 핵교를
다니든지 말든지, 신식공부를 하든지 말든지, 모든 건 니 맘 알아
서 네가 정해 할 일이다마는. 내 말 알아듣겠느냐?"

그것이 장굴 씨의 본심인지 어쩐지는 알 수 없는 일이었다. 그
리고 어린 태산 또한 그런 아비의 아리송한 태도를 서운해하거나
원망해야 할 이유가 없었다. 일견 무관심하고 무책임해 보이기까

지 한 그런 장굴 씨의 방관적인 처사는 태산의 일에 관한 한 일관된 태도였을 뿐 아니라, 태산에게는 그것이 외려 어린 그 앞에 넓게 열린 자유로운 선택의 문일 수도 있었으니까. 그리고 그 신식 학교의 입학은 언제부턴지 태산의 마음속에 쉽사리 접을 수 없는 은밀한 꿈으로 자라오고 있었으니까.

그런저런 곡절을 거쳐 태산은 그해 가을 드디어 다른 몇몇 마을 아이들과 함께 10리 밖 산길 너머 신정보통학교의 1학년 학생이 되었다. 그리고 그것이 그가 그 큰산, 천관산을 처음 제 눈으로 보게 된 때였다.

그 가을 9월 초순 어느 날. 바닷길 일을 제쳐두고 모처럼 자식 일을 위해 마른 옷을 챙겨 입고 나선 아비의 잰 발걸음을 뒤좇아 태산이 마을 뒤쪽 마장재 고갯길을 올라섰을 때, 북쪽 멀리 면소 마을 너머로 부연 이내에 싸인 거대한 산봉우리가 우람하게 솟아올라 있었다. 앞뒤 좌우로 여러 작은 산들을 품어 안은 너그러운 산역에 가파르지 않으면서도 아득한 정봉이 하늘을 괴어올린 듯 드높은 웅자였다. 태산은 그 한순간에 그것이 지금까지 그의 마음속에서 그 괴물 같은 아비의 모습과 함께 자라온 크고 무거운 덩어리……, 바로 큰산임을 알았다. 그리고 새삼 알 수 없는(알 수 없지만 그런대로 매우 익숙하기도 한 것 같은) 두려움과 함께 쿵덩쿵덩 가슴속 깊은 곳을 울려오는 우렁찬 소리가 들려오는 것 같았다.

태산의 그런 기미를 알아차렸음인지 저만치 길을 앞서 가던 장굴 씨마저 잠시 걸음을 멈추고 돌아서며 태산에게 그걸 확인시켜 주었다.

"그래, 저게 이 고을 큰산 천관산이다. 그러고 저 산꼭대기에 올라앉은 커단 바윗덩어리가 저 산을 지키던 아홉 마리 용이 하늘로 올라갔다는 구룡봉 바위다."

다시 발길을 돌이키려다 말고 장굴 씨는 뒤미처 생각난 듯 한마디 더 당부를 덧붙였다.

"그러니 잘 봐두거라. 너도 언젠가는 그러컴 귀한 용이 되어 하늘까지 오를 날이 있을지 알겠냐."

하지만 아들 태산의 학교나 공부에 대한 장굴 씨의 알은척은 그것으로 그만이었다. 그 몇 마디 당부를 마지막으로 장굴 씨는 이후 태산이 그 말을 어떻게 새겨들었는지, 학교 공부가 어떻게 돌아가고 있는지 아무것도 물은 일이 없었고, 알려고 한 일도 없었다. 학교 공부나 태산에 관한 일은 모든 것을 태산 자신과 제 어미 약산댁의 처분에 맡겨둔 채 자신은 여느 때 그대로 밤바다 뱃일과 무진장한 술버릇 잠버릇 행투로 돌아가 지냈다.

장굴 씨의 그런 무사태평식 무관심 정도로 말하면 우선 태산의 학교 월사금과 잡부금 마련에서부터 그랬다. 신정리 보통학교는 설립 시기가 오래지 않아서 입학금에다 다달이 내야 하는 월사금 외에도 새 교사 건축에 따른 기성회비야 교과서를 비롯한 학습 용품비야 벽촌살이 아이들에겐 부담이 적지 않았다. 하지만 장굴 씨는 그 태산의 학비에 대해서조차 시종 남의 일처럼 외면하고 나서기 일쑤였다. 약산댁이 태산의 첫 입학금과 기성회비 마련을 채근하고 들었을 때부터 장굴 씨는 더럭 볼멘소리를 내질렀다.

"그것 참 예편네하곤…… 그런 건 장거리 나댕기며 집안살림을 맡은 사람이 알아서 할 일이제 왜 갯나들 발걸음 바쁜 나헌티 물어!"

게다가 또 웬 억하지심에선지 지레 그 약산댁의 유일한 변통 길마저 가로막고 들었다.

"그런다고 섣불리 배알 빠진 짓거리하고 나설 생각은 말어? 우리 새끼 일로 공연시리 웃동네 안가네(고모네)다 손 벌릴 생각 말고!"

그래 그 실속도 없는 헛 오기 으름장에 못 이겨 첫번 한번은 약산댁 혼자서 이리저리 융통 끝에 일을 꾸려댔지만, 장굴 씨는 그 뒷감당에 대해서도 전혀 아는 척이 없었음은 물론, 이후로 꼬박꼬박 태산이 날라오는 정기 공납금통지서도 계속 본 척 만 척이었다. 그러면서도 때마다 고모네와의 의논을 되풀이 경계하고 드는 바람에 약산댁은 오히려 이력이 붙어 다음번부터는 그것을 거꾸로 그쪽에나 찾아가 의논해보라는 소리쯤으로 여기고 슬금슬금 발길을 서슴지 않았고, 좌수댁 또한 그것을 은근히 반기고 즐거워하게끔 된 것이었다.

장굴 씨로선 어쩌면 아이의 취학을 극구 반대하지 않은 것만으로 아비의 도리를 다한 것으로 여겼는지 모른다. 그리고 태산을 학교에만 넣어주면 자기 할 일은 다한 것으로 생각했는지 모른다.

그러니까 장굴 씨는 이제 그것으로 차츰 태산을 떠나가기 시작한 것이었다. 그리고 그 결별이 시작된 것은 아들 태산 쪽도 마찬가지였다. 그 입학식 날 큰산을 본 이후부터 태산에겐 장굴 씨 대신 천관산이 진짜 제 아비의 모습으로 자리잡아버리기 시작했으니까.

그러니 두 사람 간의 일로 인한 지금까지의 약산댁의 어려움은 문젯거리도 아니었을밖에. 게다가 제 속에 다른 아비의 모습을 지니기 시작하면서 약산댁이 알지 못한 학교 일은 물론 집안에서까지 매사 한사코 제 고집을 내세우기 시작한 태산의 행투는 갈수록 제 어미의 근심을 키워갔고, 그래 까닭을 알 수 없는 약산댁이 이웃 외동댁을 찾아 하소연을 털어놓는 일도 잦아지게 마련이었다.

15

태산이 제 학교에서 무슨 공부를 어떻게 배우고 어떤 인간이 되어가는지를 알 턱이 없는 것은 아비 장굴 씨뿐만 아니라 녀석 속에 제 진짜 아비로 자리 잡기 시작한 천관산 일을 짐작조차 할 수 없는 어미 약산댁도 물론 마찬가지였다. 하여 약산댁은 처음 한동안 철따라 돌아오는 납부금 마련에나 마음을 쓰며 어린 녀석이 빗길 눈길 가리지 않고 먼 10리 산길을 마다하는 일 없이 꼬박꼬박 잘 다녀주는 것만도 더없이 미덥고 대견스러웠을 뿐이었다.

하지만 그것은 태산이 학교엘 다니기 시작한 첫 한 학기 정도뿐이었다. 1학년 첫 한 학기가 지나고 이듬해 새 봄학기가 시작될 무렵부터 하나하나 태산의 학교에서의 일들이 알려지기 시작했다. 그리고 그것은 여전히 무심스럽기만 한 제 아비 장굴 씨까지는 몰라도 어미 된 약산댁을 심히 놀라고 걱정스럽게 하였다.

……동네 예배당 장 집사의 장담처럼 태산은 학교 입학 첫 학기부터 예배당 공부에서 익히고 간 언문 글은 물론 일본말 자모까지 줄줄 다 외워버린 데다, 산술 과목의 덧셈 뺄셈에 구구단까지 훤히 꿰어버려 제 담임선생과 한 학년 아이들을 함께 놀라게 하였다. 뿐만 아니라 태산은 그 밑공부 실력과 어린애답지 않게 의젓하고 굳은 심지를 바탕으로 오래잖아 같은 또래 동네 아이들을 아랫사람처럼 뒤꽁무니에 거느리고 다니기 시작했다. 학교에서는 점심을 못 싸오는 한동네 아이들을 동생 돌보듯 제 도시락을 함께 나눠 먹고, 공부를 끝내고 돌아오는 하학길 산길에선 편편한 너럭바위(아이들 간에 나중엔 아예 그 바위를 책상바위라 불렀다) 위에 모여 앉아 동네 아이들의 이튿날 숙제를 돌봐주거나 아예 자신이 대신 해주기까지 하였다. 밑공부가 있었을 리 없는데다 머리 깨우침이 늦은 아이들은 나이가 한두 살 위 또래까지도 태산의 그런 도움을 마다하지 못했고, 학교에서나 등하굣길에서나 그를 늘 앞세우고 따르지 않을 수가 없었다.

한마디로 녀석은 이제 동네 예배당 공부에 열을 내어 쫓아다닌 일을 제외하곤 별다른 말썽 없이 고분고분 집 안에만 들어박혀 지내며 제 아비 장굴 씨 앞에 정도 없이 겁을 먹곤 하던 아이가 아니었다. 그 몇 달 사이 녀석은 눈에 보이지 않는 곳에서 저 혼자 그렇게 부쩍 자라버린 것이었다.

하지만 태산을 중심으로 한 아이들의 그런 동태는 당사자들을 제외하곤 약산댁도 누구도 한동안 기미를 알 수 없었고, 그게 무슨 특별한 말썽거리가 될 일도 아니었다. 태산은 이제 제 어미 약산댁이나 동네 어른들 앞에서도 언동이나 태도가 몰라보게 의젓하고 당당해져 있었지만, 그걸 특별히 눈여겨본 사람도 없었고, 약산댁은 그런 녀석을 무심중에 더러 대견해하기만 해왔으니까.

그런데 첫 한 학기가 지나고 해가 바뀌면서부터 아이들 가운데에서 차츰 그 태산에 대한 질시와 불평이 생기기 시작하고, 이런저런 말썽과 다툼을 통해 태산의 예상찮은 행실이 동네에까지 알려지기 시작했다.

"태산이 니 핵교 메고 댕기는 필통 좀 보자!"

첫 학기가 지나고 이듬해 새 봄학기로 들어선 3월 중순께 어느 날 아침, 그 신품종 농산물 전문가 지사순 씨 안댁이 느닷없이 장굴 씨네 사립을 들어서며 방금 학굣길을 나서려는 태산을 붙들고 다짜고짜 빼앗듯이 한쪽 어깨에 둘러멘 책보자기 속의 필통을 꺼내 열어젖혔다. 그리곤 달랑 몽당연필 한 자루와 지우개 토막밖에 들어 있지 않은 것을 보고 다시 녀석을 다그치고 들었다.

"그래, 우리 봉식이한테 빼앗은 연필은 어디다 감춰뒀냐? 어저께 니가 빼앗아간 우리 봉식이 새 연필 말이다!"

부엌 설거지를 하다 말고 뒤늦게 쫓아 나온 약산댁이 아무 대꾸가 없이 미추름하니 서 있기만 한 태산을 대신해 차근차근 소이연을 알아보니, 그 봉식이네의 심한 닦달은 무리가 아니었다. 학교에서 자주 동네 아이들을 감싸주고 글공부를 돌봐주면서 태

산이 그 아이들의 물건을 제 것처럼 만만찮게 여겨온 것이었을
까. 아니면 녀석의 심성이 원래 그랬거나 나름대로 무슨 속셈이
있어서였는지 모른다. 태산은 언제부턴지 잡기장이며 연필 따위
다른 아이들의 학습용품에 네 것 내 것을 구별하는 일이 없다 했
다. 봉식이네는 태산이 그것을 빼앗아갔다고 했지만, 녀석은 다
른 아이의 좋은 물건을 보면 그것을 함께 꺼내 쓰다가 임자의 허
락도 없이 모른 척 다른 아이의 빈 필통 속에 집어넣어주곤 한다
는 거였다.

그리곤 그 학습장이나 연필의 임자가 싫은 얼굴을 하거나 따지
고 들 기미를 보이면, "넌 인마, 다시 사면 되잖어. 느인 연필 한
자루도 못 사가지고 다니는 쟤네보다 부자니께. 안 그래?" 일방적
인 결정으로 상대 아이의 불평을 억눌러버리곤 한다는 것이었다.

그러니까 태산이 사순 씨 안댁 말처럼 남의 물건을 빼앗아 제
것으로 삼는 것은 아니었지만, 남의 물건을 함부로 좌지우지하는
것은 사실이었고, 그게 일상 녀석의 행투였음도 분명했다.

"한동네 이웃 처지에 웬만했으면 나도 이렇게 야박하게 나서
진 않았을 것인만. 헌디 무얼 믿고 그러는지 저 아이 그런 행짜
등쌀에 이 동네 아들 필낭 속이 온전한 날이 없다더라니께. 태산
이네는 당한 쪽이 아니라 모르고 있는지 모르지만, 이번 참에 제
집 아이 학교 보낸 사람들이면 다들 같은 소릴 것인께. 우리 봉식
이만 해도 이번이 처음이라믄 이 소리 저 소리 말을 안 하겠어여.
이참엔 바로 그저께 지 아배가 일부러 읍내 일본 사람 상점까지
나가 사다준 새 연필인디, 전사가 생각나 아침에 들여다보니 흔

적이 없지 않겠어."

봉식이네의 노기 어린 푸념 앞에 약산댁은 도대체 할 말이 없었다.

"내가 가지고 싶은 욕심에서 그런 건 아니었어라요. 연필이나 학습장을 하나도 가지고 다니지 못한 아이들이 있어서 그런 아이들과 하나씩 나눠 쓰고 싶어서였어라."

어이없고 놀랍기는 둘째치고 이미 기가 죽을 대로 죽은 약산댁의 말 없는 눈길 앞에 선뜻 자리를 피하지 못한 태산이 앞장서 그 봉식이네의 힐책을 고스란히 다 받아들이고 있었다. 그나마도 다행인 것은 녀석이 제 부러움과 욕심에 못 이겨 남의 물건을 그리 함부로 빼앗으려 한 게 아니었달지. 서슬이 시퍼레서 쫓아온 봉식이네도 실은 처음부터 그것을 알고 있었으니까. 태산의 텅 빈 필통을 두고 그녀도 이젠 더 이상 할 말이 없는 듯 슬그머니 노기가 수그러든 기미였으니까.

"쓰고 지울 것이 없어 안 된 아이가 있으먼 니 것을 내주제, 왜 남의 것을 빼앗아 주냐? 이 담서부터는 애먼 남의 물건 제 것처럼 맘대로 하려 들지 말고, 니 것부터 앞장서 나눠줘보거라."

어른들이야 어찌 생각했건, 그리고 아이들 또한 그 노릇을 좋아했건 싫어했건, 태산이 그렇듯 또래들을 제멋대로 좌지우지해 온 허물이었고, 거기에서 빚어진 말썽이었다.

거기다 그 첫 번 알려진 말썽을 그럭저럭 무사히 넘길 수 있어 그랬던지, 태산은 제 어미 약산댁이 겨우 그런 걱정에서 벗어날 무렵인 이해 가을 녘, 또다시 엉뚱한 짓을 저지르고 나섰다.

그러니까 이번에는 녀석이 갓 2학년으로 진급한 뒤의 10월 하순께, 역시 그 하굣길에서의 일이었다. 학교가 있는 신정마을에서 선바위골로 넘어오는 산길 초입께엔 빽빽한 탱자나무 울타리로 둘러 쳐진 그 동네 사람 소유의 과수원이 하나 있었고, 그 입구 쪽 가까운 곳엔 현장 관리를 위한 원두막풍 초막이 들어앉아 있었다. 사람이 있거나 없거나 아이들로선 평소 들어가볼 엄두를 낼 수 없는 곳이었다. 그런데 그날은 하필 비가 몹시 내리는 데다 수확 철이 한참 지난 다음이라 과수원을 지키는 사람의 기미도 안 보였다. 그래 때마침 그곳을 지나던 아이들은 사시사철 칙칙한 가시목 너머의 과수원 내부에 대한 호기심에다 잠시 심한 빗줄기도 피했다 가기 겸해 조심조심 그 탱자목 울타리 안으로 스며들어갔다. 물론 그것을 처음 제의한 것도, 길을 앞장서 아이들을 안으로 이끌어간 것도 태산이었다.

태산은 그렇게 아이들을 과수원 안으로 끌고 들어간 것으로 일을 끝낸 게 아니었다. 과수원 경내로 들어가 초막 쪽을 향해 가다 보니 뒤쪽 배나무 가지들에 아직도 흰 종이봉지들이 적잖게 남아 달려 있는 게 눈에 띄었다. 남쪽 지역 과수원들에서 흔히 단맛을 높이기 위해 부러 찬서리가 내릴 때까지 따로 수확을 미뤄둔 것이었다. 그런 사실을 모른 척 태산은 다시 그쪽으로 아이들을 이끌었다.

"우리, 저 버린 이삭배 하나씩 따 먹자. 주인이 까치밥으로 남겨둔 거니께, 우리가 따 먹어도 아무도 상관 안 할 거다."

버린 과일이 아닌 걸 알고 있는 다른 아이들은 처음 겁을 먹고 망설이는 기색이 역력했다. 태산은 그 아이들을 내버려둔 채 말 없이 혼자 배나무 사이로 들어가 단내가 풀풀 나는 배 한 개를 따 들고 앞장서 초막 안으로 들어갔다. 그러자 이번에는 뒤에서 그 걸 지켜본 아이들도 용기를 내어 일제히 배를 하나씩 따 들고 쏟 아지는 빗줄기를 피해 초막 안으로 태산을 뒤따라 들어갔다.

하지만 태산이나 아이들은 아무도 그 배를 먹을 수 없었다.

"이놈들! 내 진작부터 다 네놈들 소행인 줄 알았다!"

태산이들이 따 들고 온 배를 채 한입도 베어물기 전에 어디서 나타났는지 초막 밖 빗줄기 속에서 갑작스런 호통 소리가 들려왔 다. 그리고 소리에 놀란 아이들은 문 앞을 막아선 과수원 주인 남 자를 밀치고 쏜살같이 줄행랑을 치기 시작했다. 그런 와중에 초 막의 맨 안쪽에 들어앉아 있던 아이 둘이 미처 문을 빠져나오지 못하고 과수원 주인 사내에게 덜미를 잡히고 말았다.

"태산이는 지금 그 과수원 주인한테 잡혀 있는디요. 지금 당장 어른들이 배 값을 물러오지 않으면, 개들을 집으로 돌려보내주지 않고 바로 신정리 지서 순사들헌티로 끌고 가 넘겨버린댔어요."

그것이 그러니까 이날 해거름 녘쯤, 주인의 손아귀를 빠져나 온 순칠이 막냇동생 순팔이 녀석과 뻘지기 방 영감 맏손주 이중 이 두 녀석이 헐레벌떡 약산댁을 찾아와 횡설수설 번갈아 털어놓 은 일의 전말이었다. 약산댁은 바로 그길로 안방 반닫이 속옷가 지 밑에 숨겨둔 푼돈을 털어 쥐고, 그 신정리 쪽 산고갯길을 허겁 지겁 쫓아 넘어갔음이 물론이다.

한데 막상 과수원까지 찾아가 주인 사내를 만나보니 일의 시말이 동네 녀석의 전갈과는 완연히 달랐다. 동네 아이들을 앞장서 과수원으로 이끈 것이나 배를 따들고 초막 안으로 들어간 것이 태산인 것은 아이의 말 그대로였다. 하지만 초막을 벗어나지 못하고 주인에게 덜미를 붙잡힌 것은 애초 태산이 아닌 다른 두 아이였고, 놈들이 바로 약산댁에게 전갈을 전하고 간 녀석들이었다.

"아시는 일이지만, 배를 다 따고 나서도 물색이 좋지 않은 몇 나무는 집안일에 쓰려고, 서리 무렵까지 기다렸다 딸 요량으로 남겨두고 있었지요."

안색이 새파래져 달려온 약산댁을 보고, 그만 일에 집안 어른이 먼 산길을 달려오게 한 처사가 좀 지나쳤다 싶었던지 과수원 사내가 지레 민망한 얼굴로 설명한 사연이 이랬다.

"그런디, 요즘 들어 남겨둔 나무들에 바깥 손길을 타는 흔적이 남아 있곤 하지 않었어요. 신정학교까지 이 근방 길을 지나 다니는 선바위골 아이들의 소행이란 걸 알았지요. 여길 지나 다니는 아이들은 그 동네 아이들뿐이니께요. 그래 언젠간 녀석들이 다시 여길 숨어들어오는 걸 기다리고 있었지요. 그야 해 늦은 길을 지나가며 허기진 아이들이 한두 개 과수를 손대는 것이 무슨 큰 허물이 될 바는 아니겠지만, 좋은 말로 알아듣게 단속이나 해놓아야 할 것 같아서요. 그런디 오늘은 비가 오는 디다 녀석들이 또 여길 지나가는 기미더만요. 그래 멀리서부터 슬슬 뒤를 밟아와 봤더니 과연 내 짐작대로였지요……"

한데 아이 둘을 붙잡고 나서 잠시 녀석들을 타일러 보내려 하고 있는데, 과수원을 무사히 빠져나갔던 한 녀석(그가 바로 태산이었다)이 웬일로 슬금슬금 다시 과수원 초막까지 되돌아와서는 모든 잘못이 자신에게 있으니, 저를 대신 붙잡고 다른 두 아이는 놓아 보내달라더라는 것.

"허, 이런 당돌한 녀석이 있었어요? 까치밥 같은 꼴이기는 해도 남의 빈 과수원에 숨어들어와 그런 짓을 저지른 녀석이 말이오. 하긴 배를 따 들고 떡하니 초막 안까지 찾아들어간 녀석들 배짱이니 더 할 말이 없지만 말이오. 그래 하 어이가 없어 어쩌나 보려고, 그럼 네 녀석이 배 값을 다 물겠느냐, 이전에 없어진 배 값까지 대신 모두 물어내겠느냐 다그쳐 물었지요. 그런디 이번엔 또 아니라는구먼요. 지들은 이번이 처음인 데다, 이전의 일은 알지도 못한다고요. 같은 선바위골 길이라도 다른 웃학년 형들이 있으니 먼저 일은 그 형들에게나 물어보라고요. 게다가 저 멀쩡한 배나무들이 마치 버려둔 끝물인 양 배고픈 아이들이 빈 원두막으로 비를 피해 들었다가 까치밥 이삭배 몇 개 따 먹은 게 무슨 큰 죄가 되느냐, 되레 부득부득 따지고 대드는 거 아니었어요. 그래 녀석을 좀 알아듣게 혼내 보내려고 저를 대신 붙잡아두고 다른 두 아이에게 그런 전갈을 주어 보낸 거였지요."

그리고 나서도 주인 사내는 태산이 기가 죽어 고분고분해지면 곧 길을 뒤따라 보내줄 참이었댔다. 하지만 그러고도 녀석은 그 주인 앞에 번번이 서슬을 세우고 대드는 식이거나 아예 처분대로 하라는 듯 입을 꾹 다물고 버텼댔다.

"잘못했으니 용서해달라면 놓아 보내주마 해도 대꾸가 없고, 네가 지금 빌지 않으면 어른들이 나중에 배 값을 가지고 쫓아와 빌어도 네놈을 지서로 넘기겠다 으름장을 놓아도 끄떡이 없어요. 그래 넌 선바위골 누구 자식이냐, 도대체 네 부친이 누구시냐, 내가 외려 답답해 중치가 막히는데도 저 녀석은 남의 일처럼 멀뚱멀뚱 눈만 껌벅이고 있다가 겨우 한마디한다는 소리가, 그런 건 왜 묻느냐더라니께요."

마음속 생각이 어떤 식이었는진 모르지만, 그 태산은 지금이라도 어서 용서를 빌라는 제 어미 약산댁의 다그침조차도 쉽게 따르려 하질 않았다. 네가 정 잘못을 빌지 않으면 내가 이렇게 대신 빌겠노라, 약산댁이 젖은 땅바닥으로 퍼질러 엎드리는 것을 보고서야 마지못해 겨우 '잘못했어요' 한마디를 하면서도 눈길은 여전히 그 어미까지 못마땅해하는 빛이 역력했으니까.

하고 보니 아무리 약산댁의 간곡한 사죄가 있었대도 과수원 주인의 아이들 일에 대한 남다른 이해와 관용이 아니었다면 태산은 거기서 훨씬 더 혼이 나야 마땅했다. 하지만 그만 일로 제집 어른에게 먼 발걸음을 시킨 처사를 처음부터 민망하게 여겨온 주인은 오직 그 소리가 듣고 싶었던 듯, 짐짓 허허 웃어넘기며 그쯤 일을 마무리 짓고 말았다.

"허, 녀석이 빌었으니 이젠 되었소. 철부지 아이들 일로 이쪽 처사가 너무 지나쳤나 싶어, 내가 외려 미안하구료."

상면 초반 약산댁으로부터 바깥남정의 이름을 듣고도 고개만 갸웃갸웃 끝내 기억을 떠올리지 못했던 그는 몸을 일으킨 그녀가 내미는 몇 푼 배 값 따위는 쳐다보려 하지도 않은 채였다. 하지만 주인 남자는 마지막으로 몇 마디 뜻을 잘 알아들을 수 없는 소리를 태산에게 일렀다.

"네가 오늘 진심으로 잘못을 빌지 않았다는 걸 내가 안다. 하지만 내가 너를 더 추궁하지 않고 놓아 보내는 것은 여기까지 쫓아오신 네 모친의 사죄 때문이 아니다. 네가 아이들의 허물을 대신 지려 제 발로 금방 되돌아와준 것을 생각해서다. 어려서부터 그렇게 남 위할 줄을 아는 게 기특해서란 말이다. 그리고 그렇듯 남 위하려는 노릇에서라면 그 당돌스럽고 다부진 고집통도 제법 쓸 만할 것이다. 아무쪼록 그 고집통 허투루 깨뜨리지 말고 좋이 잘 다듬어 지니거라."

그렇다고 물론 그런 태산이 몹쓸 말썽만 빚거나 그에 대한 평판이 나쁘게만 흐른 것은 아니었다.

해가 바뀌어 이듬해 봄, 새학기가 시작될 무렵, 태산은 마을에서 아직 학교엘 가지 않는 아이들이 있는 집을 일일이 찾아다니며 어린애답지 않은 어엿한 말씨로 '아는 것이 힘이다' '사람은 배워야 사람답게 살 수 있다' '지금은 우물 안 개구리식의 케케묵은 동네 한문글방 공부만으로는 온전히 살아갈 수 없는 세상이 되었다'는 식의 신식학교 취학 유세를 하고 다닌 일을 어른들이 크게 기특하게 여겨 고개를 끄덕이게 하기도 했고, 다시 그 얼마 뒤 봄철 원족(遠足) 날에는 고르지 못한 산길에 잘못 발을 삐어 절뚝거리는 아이를 작은 등과 어깨로 저 혼자 끝까지 부축해 데려온 일이 알려져, 그 아이 집 사람들과 이웃을 감복시키기도 하였다.

하지만 녀석이 제 학교나 동네 사람들 할 것 없이 함께 혀를 내두르게 한 것은 다시 이듬해 늦가을 학교에서 개교 기념 행사로 계획한 학예회 연습이 한창일 때의 일이었다.

그 학예회 계획 순서에서 태산은 공부나 품행이 늘 다른 아이들을 앞선 탓에 그의 2학년 몫으로 배정된 연극 '끝없는 이야기'의 주인공 역을 맡아 연습에 들어가 있었다. 당시 '천일야화'로 알려진 '아라비안 나이트'를 어린이용으로 고쳐 꾸민 그 연극의 내용인즉, 이야기를 몹시 즐기는 어느 나라 임금에게 누구든지 재미있는 이야기를 끝없이 계속하여 임금님이 '그만 되었다'고 만족해하는 소리를 하게 되면 그에게 상으로 아름다운 공주와 결혼을 시켜주는 대신, 그렇지 못했을 때는 제 목숨을 내놓아야 한다는 위험한 '이야기 내기'였다. 그러니 그 연극에는 임금 곁에 시합의 상품격인 공주님이 함께 지켜 앉아 있었고, 임금 역을 맡아 연습하는 태산은 늘 그 공주 역 여자아이와 함께 지내게 되었다.

학예회 준비가 막바지에 이르러 태산과 여자아이가 정식 임금과 공주의 차림을 꾸며 입고 마지막 총연습 과정을 익히던 날이었다. 오전연습을 끝내고 점심시간을 거쳐 오후연습을 시작할 시간이 됐는데도 공주역을 맡은 여자아이가 연습장에 나타나질 않았다. 담임선생은 극중 짝꿍인 태산에게 그 공주 아이를 찾아오라 일렀고, 그때 이미 오후연습 분장을 마치고 있던 태산은 임금님 차림 그대로 아이를 찾아 나섰다. 그리곤 다시 한동안을 기다려도 짝을 찾아나간 태산까지 소식이 감감이었다. 그래 이번엔 담임선생이 다시 교실을 나가보니 그새 참으로 어이없는 일이 벌어져 있었다.

 신정학교에선 이 무렵 첫 개교시의 교사 한쪽으로 몇 칸의 교실을 더 이어내려는 지반공사가 진행 중이어서 군데군데 큰 웅덩이가 패어 있었고, 그중 몇 곳에는 흙탕물까지 깊게 고여 올라 있었다. 그런데 점심을 끝내고 난 여자아이 몇몇이 그 물웅덩이 근처에서 고무줄놀이를 하다가 한 아이가 잘못하여 제 신발 한 짝을 웅덩이 속으로 빠뜨리고 말았는데, 그게 하필 공주 아이의 고무신짝이었다. 이 시절 고무신은 어른아이 할 것 없이 보통 소중한 신발이 아니었다. 학교엘 다니지 않는 여느 집 아이들로선 구경도 하기 어려운 귀중품이었다. 학교 안에서도 남녀를 불문 몇 아이밖에는 못 신는 물건이었다. 어른들의 꾸중이나 책벌이 아니더라도 아이는 그것을 단념하고 돌아설 수가 없었다. 하지만 깊은 흙탕물 속에서 제 귀한 신발짝을 찾아낼 길이 없었다. 아이는 차츰 주위로 몰려든 아이들에게 둘러싸여 발만 동동 구르며 울고 있었다.

 여자아이를 찾아나간 태산이 현장에 나타난 것은 그럴 무렵이었다. 그리고 속수무책 그곳에 함께 있던 같은 반 반장아이나 상급반 아이들까지 멀뚱멀뚱 구경만 하고 서 있던 녀석들에게 자초지종을 알게 된 태산은 뜻밖에 별 망설임이 없었다. 그나마 여자아이들까지 끼어선 구경꾼들의 눈길이 마음에 걸려서였던지, 누구 한 사람 그걸 원하거나 예상한 일이 없었는데도, 태산은 이내 임금님 차림 그대로 스적스적 흙탕물에 옷자락을 적시며 웅덩이 아래로 미끄려져 내려간 것이었다.

담임선생이 뒤따라 달려와본 것은 그러니까 구경꾼 아이들과 녀석의 예상치 못한 행동에 지레 놀란 공주 아이의 주시 속에 제 붉은 곤룡포 자락으로 가슴께까지 차오른 흙탕물을 이리저리 휘젓고 다니는 태산의 어이없는 몰골이었다. 담임선생은 기가 막혀 잠시 할 말을 잃었다가 겨우 한다는 소리가, "태산이, 너 인마 그게 뭐야. 어서 나오지 못해? 연극을 어떻게 하려고 곤룡포를 그 꼴로 만들어놔!"

태산이 버려놓은 연극 의상 걱정부터 했을 뿐이었다. 그런데 그 소리에 되돌아온 태산의 대꾸가 더욱 엉뚱하고 당찼다. "그거 우리 연극은 가짜 흉내 아니어요? 이 임금 옷도 가짜구요. 그렇지만 가짜 공주가 여기 빠뜨린 고무신은 진짜 저 애의 아까운 신발이잖어요."

뿐만이 아니었다. 태산은 연거푼 선생님의 독촉에도 고집을 꺾지 않고 계속 찬물 속에 입술과 턱을 덜덜 떨며 보이지 않는 발짓으로 신발짝을 더듬고 다녔다. 그리곤 기어코 한쪽 발끝에 그 고무신짝을 찾아 걸고서야 뭍으로 기어 올라왔다. 신짝을 찾았거나 말았거나, 이미 붉으락푸르락 화가 치밀어오른 담임선생으로부턴 칭찬은커녕 호된 벌책을 당해야 할 판이었다.

그런데 이번에도 태산은 거뜬히 그 어려운 상황을 빠져나갔다. 녀석이 담임선생에게 미처 그럴 계제를 주지 않았기 때문이다. 신발짝을 꿰어들고 땅바닥으로 기어오른 태산은 담임선생과 여자아이들까지 지켜보고 있는 가운데서 훌훌 젖은 곤룡포와 제 속옷을 함께 벗어젖히기 시작한 것이다. 그리고 담임선생은 호통을 치기보다 태산의 추운 몸뚱이부터 단속하며 기겁을 해서 달아나는 계집아이들을 향해 황급히 소리쳐대기에 바빴다.

"야, 너희들! 연극연습실에 가서 마른 옷가지 좀 찾아와. 누구 것이든 마른 것이면 아무거나!"

16

그렇듯 당차고 올된 태산의 처사에 학년을 더해갈수록 학교에서는 물론 그를 질시하며 은근히 불평을 숨기지 못하던 아이들까지도 끝내는 그를 따르고 순종하지 않을 수 없었다. 보잘것없는 구석 동네 가세 때문에 담임선생이 반장 노릇을 시켜주진 않았지만, 학교 공부 시간에나 등하굣길에서나 태산은 늘 같은 학년 아이들의 자랑스런 모범이요, 그의 말과 행동은 누구나 뒤따라야 하는 확고한 길잡이가 되어간 것이다.

이미 말했듯 선바위골 어른들도 물론 태산의 그런 됨됨이를 들어 알고 있었고, 그걸 좀 별스럽게 여긴 편이기는 하였다. 하지만 태산의 일엔 늘 방관적인 아비 장굴 씨는 물론 어미 약산댁이나 동네 이웃 어른들 누구도 그 어린것의 당돌한 성정이나 행티가 무엇을 뜻하는지 알지 못했다. 장차 그 성품이 어떻게 자라고 변해갈지도 가늠할 수 없었고 가늠해보려 하지도 않았다. 다시 말해 그 태산 속에 무엇이 자라고 있는지를 알거나 눈치채지 못했다. 여기서 잠시만 미리 말하자면 이때쯤엔 그것이 장차 태산의

길지 않은 생애에 얼마나 많은 파란과 비극을 불러오게 될지를
짐작조차도 못한 것이었다.

"곡절이 남다른 아이라 심성부터 별날 수밖에 없나 보제."

녀석이 제 태생의 내력을 좇느라 유별난 아이로 자라는 걸로
치부해 넘기거나, 어쩌다 녀석의 언짢은 행투라도 전해들을 때
면, "그것 참, 그런다고 녀석 앞에 대놓고 속사정을 털어놓고 닦
달을 할 수 없는 제 에미애비 심사깨나 썩힐레라." 무심결이듯
녀석과 피를 나누지 못한 제 아비어미 일만 걱정하고 넘어갔을
뿐이었다. 하고 보니 태산은 그 주위 사람들의 무심한 눈길 밖에
서 이후 보통학교를 졸업하고 다시 대처 상급학교 진학길을 떠날
때까지 성격이나 행티가 나날이 더 당차고 당돌스러워져가기만
했다.

그러나 태산 자신을 포함해 당시로선 누구도 알 수 없었지만,
돌이켜보면 그 보통학교 시절에도 이미 그런저런 곡절 속에 머지
않아 닥쳐들 그 삶의 격랑을 점쳐볼 수 있는 어떤 운명의 밑그림
이 마련되고 있었던 셈이다. 무엇보다도 그 보통학교의 종반기와
상급학교 진학을 위한 그의 출향 과정이 그랬다.

선바위골에는 오래전부터 여름철이 되면 동네 청년들 간에 공
동으로 돌아가며 두엄풀을 베어 나르는 풀품앗이 두레모임이 만
들어지곤 했다. 육칠 월쯤이면 농사일이 좀 한가해지는 데다 날
씨가 몹시 더워져 그 두레모임으로 이듬해 농사에 쓸 두엄거리를
서로 신명나게 마련해나가자는 데서였다. 그래 그 두레에는 공동
작업을 다스리는 엄격한 규약이 있었지만, 하절기 더위 속의 힘

든 풀 지겟일을 될수록 흥겹게 이끌려는 오락적 요소도 많이 가미되어 있었다. 인원은 대개 17, 18살에서부터 20살 안팎의 청소년 열댓 명쯤으로 특별한 사정이 없는 한 마을 농가의 해당 연령층이 거의 다 망라됐고, 풀을 베어 짊어져 들이는 일은 더운 한낮을 피해 새벽 일찍 일어나 함께 산으로 올라가 해가 돋을 무렵까지 한 지게를, 그리고 한낮 더위가 가시고 신선한 저녁 기운이 감도는 해넘이 무렵에 오후거리 한 지게 짐씩을 차례로 해 들여갔다. 그리고 그날 당번을 맞은 집에선 풀꾼[樵軍]들에게 아침밥 한 끼를 후히 마련해 먹이고(이 아침밥 때문에 여름철 밥 끼니가 어려운 집 청년들은 농사를 짓지 않아 두엄 준비가 필요 없는 처지에도 이 두레패에 함께 끼이는 경우가 있었다), 저녁 나절 풀짐이 들어오면 이번에는 밥 끼니 준비 대신 콩이나 밀, 보리 따위를 볶아뒀다 한 주머니씩 나눠줘 보냈다. 그 밖에 아침 몫 일 다음부터 저녁 나절 일을 나갈 때까지의 더운 한낮은 대개 자기 집 일을 돌보거나 모자란 새벽잠을 벌충하는 자유 시간으로 주어졌다. 그런데 그 풀품앗이 일이 썩 즐겁고 힘이 덜한 것은 시간대 따라 일을 들고나는 일사불란한 작업 방법과 그를 위한 각자의 직분 때문이랄 수 있었다.

품앗이꾼들 가운데엔 먼저 어디를 가고 오든 일행의 맨 앞에서 길을 인도하고 지휘해 다니는 으뜸(어시) 방고수[천과 쳇바퀴 따위로 만든 소고(小鼓)]가 있었고, 다음으론 그 으뜸 방고잽이의 북장단을 함께 따라 맞추며 그를 뒤따르는 버금 방고가 한 사람 더 있었다. 그러니까 으뜸 방고는 두레의 좌장 격으로, 모임이 시작되면 소리가 가장 크고 잘 울리는 방고를 만들어(그것을 마련하는 것도 물론 다른 방고나 두레용품들과 마찬가지로 공동으로 마련했다) 간직하고 다니며 두레패의 맨 앞에서(두번째 버금 방고와 둘이 함께 짝을 이루었지만 버금 방고는 물론 으뜸 방고의 보조였다) 일행이 움직이는 시간대와 작업 과정을 각기 다른 울림소리로 지휘해나갔다. 마을 길을 들고날 때는 물론 산수림으로 들어가 풀을 베면서도 반 짐을 베고 나면 반 짐시간 신호 소리를 울려주고, 온 짐을 다하면 온 짐 완료 시간을 알려서 다른 두레꾼들의 일손 속도를 조절하거나 재촉하는 식이었다. 그리고 두레가 움직일 때면 그를 뒤따르는 다음번 두 기수의 지게코나 풀짐 위에 두레를 상징하는 흰 바탕 청색 솔기의 검은 '영(令)' 자 글씨 깃대를 지워 이끌고 다니며 마을 밖 어느 고갯길쯤에 그것을 꽂아두게 하여 아침저녁 풀꾼들이 움직여간 산골짜기 방향을 표시해 보이거나 하루일의 시작과 종료를 알렸다.

이 두레의 직분 중 방고잽이 다음으로 중요한 것이 행렬의 기수를 따르는 '곤장쇠'의 역할이었다. 곤장쇠는 물론 갖가지 두레 규약을 위반하는 사람을 적발하여 으뜸 방고수의 명에 따라 벌칙을 시행하는 역할로, 두레 서열 세 번째 가는 직분이었다. 그는 길이가 한발쯤 되는 나무를 세모로 깎아 쩔그럭거리는 쇠장식에 '農道第一樵軍'이니 '仁義禮智信之杖' 따위의 문구를 쓴 곤장을 만들어 끌고 다니면서 두레 풀꾼들이 풀짐을 해서 지고 산을 내려오면 그 풀짐에다 그것을 사납게 쑤셔박아 적당히 꾀를 부려 꾸민 짐은 가차없이 허물어뜨려 책벌을 부과했고, 실제 작업 시간

중의 일이 아니더라도 각자의 직분에 따라(작업 동원 담당, 비품 관리 담당, 위생 풍기 담당 따위, 곤장쇠 다음으론 갖가지 두레꾼들의 잘못을 적발하는 전문 감시역이 있었다) 고변해오는 일상 행위의 비리나 실책들, 이를테면 다른 때 같으면 범연히 넘어갈 수 있는 장난거리로 참외나 수박 같은 남의 농작물에 부정한 손길을 했다든지 공연히 남을 해치는 비방이나 거짓말을 했다든지, 심지어 남의 집 아침 끼닛상 앞에서 밥숟갈질을 정갈치 못하게 흘려 먹었다든지 하는 잘못들을 하나하나 빠짐없이 취합하여 때가 되면 그 허물을 곤장질로 공개리에 단죄했다. 하다 보니 곤장쇠는 두레 참가자 중 뚝심이 다소 앞설 뿐 아니라 성품 또한 자기 소임에만 충실하도록 고지식한 위인을 뽑아 맡기게 마련이었다.

하지만 이는 물론 두레 자체의 바른 규율이나 일의 능률뿐 아니라 마을 중심체로서 공동살이의 도리와 활력을 함께 깨우치고 이끌어가는 간접적 파급 효과도 무시할 수 없었다. 점심때가 지나면 두레 회원뿐 아니라 그를 중심으로 오후 산행을 따라나선 마을의 다른 풀꾼들 누구나 지게 채비를 갖추고 마을 어귀의 팽나무 그늘 아래로 차례차례 모여들었다. 그리고 적당한 때가 되면 으뜸 방고수의 명령에 따라 두레 회원들은 한쪽에 지게 둘을 마주 얽어 뉘어 장형대를 만들고 모두가 보는 앞에 전날 저녁부터 그날 낮참까지의 갖가지 범칙자를 불러내어 차례로 장대 위에 엎드리게 하고 곤장쇠로 하여금 정해진 대수만큼의 엉덩판 곤장질을 치게 했다. 저녁나절 산행은 그 처벌 행사가 끝나고서야 방고수를 선두로 두레꾼과 일반 푸나무꾼의 차례로 길을 나섰다.

하지만 범칙자에 대한 처벌은 그 하루만으로 끝나는 것이 아니었다. 이들은 다시 닷새거리로 신정 장날이 되면 장꾼들이 돌아오는 저녁나절, 이번에는 팽나무 그늘이 아닌 마을 뒤 마장재 고개 길목에 더 한층 규모 있는 장대를 차리고 그 장꾼들 앞에 지나간 닷새분의 잘못을 모두어 새삼 질펀한 장형행사를 벌였다. 그리고 이때 장꾼들은 그 장형구경 값으로 얼마씩의 푼돈을 갹출(醵出)하여 두레의 유지와 행사 경비에 충당케 하였고, 그것을 따르지 않으려는 장꾼은 멀찌감치 거리를 두어 꽂아놓은 두레의 '영' 자 깃대를 돌아가게 하였다.

그러니 매일매일 팽나무 아래서나 마장재 장길목에서나 장형행사는 일종의 굿판을 방불케 하였고, 그만큼 책벌성보다 우스개와 유흥기가 넘쳐났다. 곤장쇠의 생김새와 거동새는 우락부락 험상궂더라도 매질은 견딜 만큼 눈속임 시늉으로 지나치기 일쑤였다. 간혹 힘이 태인 곤장이라도 장대 위에 엎드린 죄인의 엉덩이에 미리 젖은 수건이나 짚신짝을 올려놓아 지나친 아픔을 면하게 해주었다. 범칙자들에겐 매질의 아픔보다 굿판의 재미를 위해 다소 망신스런 배역을 분담시킨 정도였달까. 하지만 그런 정도 망신과 웃음거리 역할은 몇 푼돈을 아끼느라 먼 깃대까지 좁은 밭두렁 길을 돌아가는 아낙들도 서슴지를 않았으니까.

그러니까 그해 여름으로 들어서면서 선바위골에서는 예년대로 다시 그 풀품앗이 두레가 조직되고 아침저녁으로 풀꾼들의 행렬과 방고 소리가 마을길을 들고났다. 뿐만 아니라 점심때가 지난 팽나무 그늘 아래나 닷새거리 장날의 마장재 고갯길에선 예외 없이 그 초군들의 치도곤 굿판이 벌어졌다.

선바위골 아이들은 학굣길을 오가며 그 굿판을 자주 구경했다. 하굣길뿐 아니라 학교를 쉬는 공일이면 자신들도 더러 풀지게를 꾸려 지고 행렬을 따라다니며 집안 일손을 보태기도 하였다.

그런데 그 두레의 규칙과 굿판 구경을 누구보다 좋아한 것이 다름 아닌 태산이었다. 아니, 태산은 그 두레의 일이나 곤장판을 그저 구경만 하고 좋아한 것이 아니었다.

"우리도 저 어른들 두레를 본따 우리 등하굣길 규칙을 만들자!"

그가 5학년이 되던 해의 초여름 어느 날, 태산은 학교를 파하고 돌아오는 길에 6학년 형들을 제외한 자기 또래와 아래 학년의 선바위골 아이들에게 그런 제안을 하고 나섰다. 그의 제안은 다른 때 한가지로 별 이의가 있을 수 없었고, 그날로 당장 아이들 간에 필요한 규칙과 각각의 소임이 정해졌다.

하니까 그건 물론 어른들처럼 품앗이 풀베기를 하자는 게 아니라, 두레의 운영규칙과 각각의 소임 분담을 보기 삼아 아이들 간에 등하굣길의 질서를 바로 세우고 학교 공부의 효율을 높이자는 데에 취지와 목적이 있는 셈이었다. 그러니 으뜸 방고잽이 격 좌장 지위는 물론 태산 자신이 만장일치의 찬성을 얻어 정해졌고, 그에 이어 등하굣길에서 학과목의 예습 복습과 숙제물을 마을 공동의 책임으로 관리 점검하는 학습 담당, 지각생과 거짓말, 욕지거리 따위의 바르지 못한 언행과 부정한 행동을 적발해내는 풍기 담당, 그리고 그런저런 모임의 규칙을 위반하거나 자기 소임을 소홀히 하여 소관 책임자에게 적발된 회원들의 처벌을 담당하는 곤장쇠(두레의 정신을 그대로 본받기 위해 이것은 어른들 모임 명칭 그대로 살려 썼다) 하는 식으로 차례차례 회원들 각자의 소관 책임이 정해졌다. 모임의 목적이나 각각의 소임은 그랬지만 그 역시 마을 청년들 간의 두레 모임처럼 일종의 연극적인 유희기가 곁들여진 일임은 물론이었다. 모임에 찬성하고 기꺼이 자기 소임을 맡고 나선 아이들의 생각은 대개 그랬다.

하지만 태산의 생각은 어딘지 좀 달랐던 것인지 모른다.

형식적이나마 한동안 모임의 규칙을 실천해나가다 보니 좌장 격인 태산의 태도는 그게 아니었다. 태산은 회원들의 모든 일거일동을 규칙대로 따르기를 요구했고, 그를 어길 때는 곤장쇠 담당에게 가차 없는 매질을 명령했다. 하루하루 모임 활동을 반성하고 각자 허물의 벌책 양을 정하는 것은 마을이 가까워지는 그 마장재 고갯마루에서였는데, 형벌의 경중이나 매질의 대수를 정하는 데에 어떤 기준이 정해져 있는 것이 아니니, 태산이 일방적으로 정하고 다른 아이들은 거기 따라 찬성의 박수를 쳐 보이는 식이었다. 거기다 매 수가 몇 대로 정해지든 태산은 그 매질을 그저 시늉질로 끝내게 하지도 않았다.

곤장쇠 아이가 처음 그 매질을 장난조로 어물어물 넘어가려 했을 때였다. 태산이 그걸 보고 피고 대신 그 곤장쇠 아이를 땅바닥에 엎드리게 하였다. 그리고 태산 자신이 그 곤장쇠 아이의 볼기짝을 정해진 숫자까지 힘껏 내려치는 것을 보고 회원 아이들은 그때까지 히죽대던 장난기 어린 웃음을 거둘 수밖에 없었다. 뿐만 아니라 매질을 끝낸 태산이 이번에는 자신이 엉덩이를 쳐들고 엎드리며 곤장쇠 아이에게 연습으로 다시 자신을 쳐보라 하였고, 화가 치민 김에 녀석이 지지 않고 세차게 내리쳐오는 매운 매질을 똑같은 숫자까지 다 세고 난 태산이 몸을 일으키곤 다시 그런 식으로 남은 매질을 계속하라는 주문엔 주위의 누구도 얼굴색이 변하지 않을 수 없었다.

하지만 그런 태산을 두고 선바위골 아이들은 누구 하나 시비를 하거나 불평하고 나설 수가 없었다. 무엇보다 태산의 처사가 늘 올바르고 공정했기 때문이다. 마을의 명예와 회원들의 성적 향상을 위한 태산의 요구사항은 언제나 필요한 것뿐이었고, 소관 책임자들의 고변에 따른 회원 각자의 실천도 평가와 그에 대한 벌책의 결정 또한 누가 어떤 불만도 지닐 수 없을 만큼 떳떳하고 공평했기 때문이다. 가령 이 무렵엔 그 신품종 농작물 재배로 살림살이가 많이 윤택해진 지사순 씨의 외동아들 봉식이 어떤 경로로 해선지 일본제 학용품과 사탕 등속을 자주 가져다 나눠주어 태산과 아이들을 즐겁게 해주곤 했지만, 어떤 범칙 사항이 생길 경우 그 대가로 녀석의 벌칙을 감면해준 일이 한 번도 없었다. 언젠가는 갓 2학년에 불과한 윗동네 안좌수네의 넷째 손주 용백이, 그러니까 바로 제 고종아우가 꾀병을 핑계로 자주 학교를 빠진다는 소관 책임자의 고변에 태산은 추호의 망설임도 없이, 외려 다른 어느 때보다 더 냉랭한 태도로 어린것의 볼기짝을 허물만큼 내려치게 했을 정도였다. 그렇듯 태산은 제 고종아우나 같은 또래로 한 해 전 함께 먼 학굣길을 입학해 다니고 있는 한 골목 이웃 외동댁네 아이에게까지, 5학년 아래로는 철부지 어린 나이조차 사정을 봐주는 법 없이, 누구에게나 공평하고 엄격한 규칙을 지켜나갔다.

그렇듯 공정한 태산의 처사 앞에 마을의 같은 또래나 아래 학년 아이들은 물론 나이를 한두 살씩 더한 동급생 녀석들도 감히 어떤 딴마음을 먹어볼 엄두를 못 냈을 정도였다. 대개의 경우 부질없이 상처를 남기거나 비방이 뒤따르는 일이 없는 탓이기도 했지만, 그 규율과 결속력이 모임의 명예나 서로 간의 믿음을 내세워 마을 어른들에겐 아무것도 눈치를 못 채게 했으니까.

하지만 아이들의 일에 불변의 권위나 순종이란 있을 수 없었다. 아니, 누구도 넘볼 수 없는 태산의 모범적인 학교 성적과 추호도 나무랄 데 없는 공정성이 천방지축 멋대로 자라온 데다 학교 공부가 시들한 몇몇 아이들에게는 오히려 감당하기 어려운 굴레처럼 여겨졌는지 모른다. 마을 아이들에 대한 태산의 그 부동의 권위와 통솔력이 어느 날 뜻하지 않은 사단으로 산산조각이 나고 만 것이다.

태산이 6학년 새학기로 접어든 4월 중순께의 봄소풍 날이었다. 7백 미터가 넘는 학교 뒤쪽 큰산(바로 태산의 이름이 유래한!)을 오르는 이날 소풍길에 선바위골에선 어려운 춘궁기에다 끼니가 간 데 없을 만큼 집안이 가난하여 점심 도시락을 마련해오지 못한 어린 하급생 아이가 둘이 있었다. 그래 어렵사리 산 정상까지 도착하여 점심시간이 되었을 때 이제는 최상급 학년이 된 태산이 두 아이 중 동네 뻘지기 아들 이중이는 자기 도시락을 함께

먹기로 하고 행순이네 막내 병만이는 이장집 아들 준호에게 제 도시락을 함께 나눠 먹이라 일렀다. 준호네는 이장일에 집안살림도 넉넉한 데다, 녀석의 마음씨 또한 모난 데 없이 순하고 온정적이었기 때문이다. 그런데 태산이 막상 제 도시락을 펴려다 보니 준호는 어디론지 사라지고 없고 병만이만 빈손으로 주위를 어정거리고 있었다. 알조였다. 그 높은 산길을 오르느라 허기가 이만저만이 아니었으니 누구라도 제 도시락을 함께 나눠 먹기가 내키지 않을 노릇이긴 하였다. 하지만 태산은 녀석을 용납하거나 이해할 수가 없었다. 점심을 굶게 된 병만의 처지도 처지지만 같은 또래 학년 간에도 별 불평 없이 늘 순종적이던 녀석이 자신의 부탁을 무시하고 저 혼자 사라진 것이 마음에 몹시 꺼림칙하게 걸려왔다. 하여 태산은 녀석의 허물을 추궁할 한 방법으로 제 도시락을 두 아이끼리 나눠 먹게 하였다. 두 아이가 셋이 조금씩 함께 나눠 먹자는 것도 물리치고 끝내 자신은 점심을 굶고 말았다. 그리고 이윽고 점심 시간이 끝나고 보물찾기놀이를 거쳐 산을 다시 내려오기 시작했을 때 태산은 뒤늦게 모습을 드러낸 준호를 모른 척 다른 아이들에게 일렀다.

"산을 내려가거든 앞서간 사람도 모두 집으로 가지 말고 동네 뒷산 마장재 고개에서 모여 기다리는 거다. 오늘 보물찾기에서 아무것도 찾지 못한 사람이 있으니, 연필이나 공책을 몇 개씩 찾은 사람 것을 우리 마을 아이들끼린 서로 공평하게 나눠 가져야 하니까."

다른 때도 물론 그래 온 일이어서 당연한 처사였지만, 이날은 아무래도 준호 녀석의 허물을 그냥 넘어갈 수 없었기 때문이다. 그런데 준호 또한 당연히 그런 태산의 속내를 읽고 있었던 모양이었다. 아니, 녀석은 산 위에서 태산의 당부를 무시하고 혼자 모습을 숨겼을 때부터 태산의 그 같은 일방적인 처사에 돌연 견딜 수 없는 반발심이 일었는지 모른다. 그리고 이후 태산의 마장재 고개 집결 지시에도 내친김에 계속적인 저항과 반역을 결심했는지 모른다.

태산은 이날 점심을 굶은 탓에 허기와 피로에 지쳐 쉬엄쉬엄 다른 아이들보다 몇 분쯤 뒤처져 마장재 고개까지 당도했다. 그런데 그가 당도해보니 준호를 비롯해 대부분의 동네 아이들이 그의 말을 아랑곳하지 않은 채 이미 집으로 내려가고 없었다. 태산을 남아서 기다린 것은 이날 낮 산에서 그의 도시락을 나눠 먹인 이중이와 병만이 두 아이와 한 골목 외동댁네 종운이뿐이었다.

"여기서 태산 형을 기다려야 한댔어도 준호 형이 상관없다며 그냥 가버렸어요."

"뭔 일이든지 이래라 저래라, 우리가 무슨 태산이 형 꼬붕이냐며 다른 애들까지 함께 데리구요."

남아 있던 아이들 중 도시락 신세를 진 두 녀석이 입을 모아 고해바쳤다.

하지만 태산은 이미 녀석의 속내를 짐작한 듯 아무 대꾸가 없었다. 그리고 한동안 녀석들이 사라져간 마을 쪽 내리막길을 쏘아보고 있다가 이윽고 마음속에 어떤 결심이 선 듯,

"그럼 우리도 어서 집엘 가야지?"

아무렇지 않은 목소리로 아이들에게 이르고는 우정 더 활발한 걸음걸이로 자신이 앞장서 마을로 내려가기 시작했다.

하지만 그를 뒤따라 마을로 내려온 아이들은 그날이나 뒷날이나 태산이 그때 무슨 생각을 했으며, 마음속에 어떤 결의를 다지고 있었는지(필경 준호 형과 그를 따라간 녀석들을 몹시 혼내줄 걸로 여겼지만) 궁금하기 그지없었지만, 그가 대처 상급학교 진학을 위해 마을을 떠날 때까지도 끝내 알 수가 없었다. 준호는 이튿날부터 등교나 하굣길에서 계속 태산을 본 척 만 척 다른 아이들을 이끌고 짐짓 그를 한발 앞서거나 뒤처져 다니기 시작했고, 하굣길에선 더욱이 담임선생 심부름거리가 많은 태산을 일찌감치 뒤에 따돌리고 길을 서둘러버린 때문이었다.

그러니 이후부턴 그 한골목 외동댁네 종운이와 다른 두 아이가 계속 함께하고 다닌 등굣길은 그런대로 그렇다 치더라도, 그 아래 학년 두 아이들마저 수업을 일찍 끝내고 돌아가버린 태산의 오후 하굣길은 온전히 그 혼자 꼴이 되어버린 셈이었다.

17

하지만 그 소풍날 일로 하여 태산이 새삼 무언가를 깊이 깨닫고 굳은 결심을 품게 된 것은 어쨌든 사실인 것 같았다. 그는 준호나 다른 녀석들을 혼내주려 하기는커녕 이후부턴 전혀 아무 상관을 하려 들지 않았다. 굳이 녀석들과 길을 함께하려지도 않았고, 무슨 말을 건네려 하지도 않았다. 등하굣길에서나 학교에서나 전날과는 딴판으로 전혀 남의 동네 아이들 대하듯 데면데면 지냈다. 게다가 말이 없는 것은 그 아이들에게 뿐만이 아니라 등굣길을 자주 함께하는 종운에게도 마찬가지였다. 종운이나 병만이들이 뒤에서 부지런히 그를 따르고 있어도 태산은 그걸 알아차리지 못한 사람처럼 저 혼자 말없이 앞만 보고 길을 재촉해 가버리기 일쑤였다. 그런 뜻에선 종운들이 함께하곤 하는 그 아침녘 등굣길 역시 태산 혼자나 마찬가지였다.

한마디로 태산은 이때부터 다른 일 관심 두지 않고 오직 자신의 공부에만 몰입하기 시작한 것이었다. 학교에선 시종 선생님만을 상대로 학습에 열중했고, 집에서도 특별히 그를 아껴주는 담임선생에게 빌려온 학과 참고서들을 붙들고 밤을 밝히다시피 하였다. 등하굣길에서 그렇듯 말이 없는 것도 실은 머릿속 암기 공부 때문이었다.

그런 기간이 1년 가까이나 이어졌다. 그리고 태산의 그 같은 학습열과 집중력은 이듬해 봄 결과가 나타났다. 아비 김장굴 씨 살림형편에 꿈조차 꿀 수 없는 처지였지만, 태산의 머리와 노력이 아까우니 시험 삼아 한번 대처 상급학교 입학시험 원서라도 내보라는 담임선생의 권유에 따라 필요한 서류를 갖춰 저 혼자 단신 광주까지 올라간 지 보름쯤이 지나자 태산은 그곳 신설 사범학교 합격증과 입학 허가서를 품에 안고 돌아온 것이었다.

그 신설 사범학교의 성가를 모르더라도 시골학교내기로선 놀라운 일이었다. 물정을 잘 알지 못한 깐에도 그 아비 장굴 씨는 물론 동네 이웃들도 놀랐고, 누구보다 태산을 아끼고 믿어온 담임선생과 교장까지도 새삼 그 놀라움을 금할 수가 없었다.

하지만 보다 놀라운 일은 이후 태산의 행동이었다. 아비 장굴 씨로선 태산의 합격 소식에 기분이 좋기는 했지만, 녀석의 상급학교 공부까지는 크게 소망스런 일이 아니었을뿐더러, 무엇보다 가세가 그걸 뒷받침할 형편이 못 되어 심사가 차츰 심드렁해지고 있었다. 그런 눈치를 알아챈 약산댁이 갈수록 영특하고 의젓해진 태산의 앞날을 위해 우선 입학 공과금 마련부터 서둘러보려는데, 장굴 씨에겐 그럴수록 심사가 거꾸로 꼬이는 행투였다. 다름 아니라 약산댁의 처지에선 누가 뭐래도 윗동네 안좌수댁, 고모 할머니네밖에 그 일을 의논할 데가 없는 마당에, 근래 들어 야소교 일로 하여 그 집 사람들과 더욱 사이가 소원해져 사사건건 어깃장을 놓고 드는 장굴 씨가 그 약산댁을 모른 척 넘어가주려지 않았다.

"어느 쪽으로든 태산이 일이 결판날 때까지 그 집에 발걸음할 생각 말어! 내 녀석을 흉악헌 농투사니 신세를 만들더라도 그 집 돈 얻어다 지 웃핵교 공부시킬 생각은 없으니께."

하지만 매사 장굴 씨 앞에선 입을 봉하다시피 해온 약산댁 또한 태산의 일을 두고는 그런 으름장도 소용이 없었다.

"그러믄 당신이 좀 나서야 할 거 아니오. 이력은 그저 손발 개고 맨 하늘만 쳐다보고 앉아서 그도 말라 이도 말라! 저 아일 대체 어떻게 할 요량이우, 당신 요량이?"

"다른 돈 안 되면 핵교 안 가면 되는 거제! 핵교 안 가고 농투사니가 되든지, 나겉이 뱃놈이 되든지, 그게 정한 이치지. 이런 집 점지받아 난 지놈 팔자가 그밖에 더 되어?"

별다른 방도를 마련하지 못한 채 날마다 티격태격 부질없는 말다툼만 이어지고 있었다.

그런데 그 태산의 학자금 마련 일이 아무도 예상치 못한 기상천외한 방법으로 해결을 보게 됐다. 그것도 다른 사람 아닌 김태산 바로 그 자신에 의해서였다. 입학 등록 날을 한 주일쯤 앞둔 2월 하순께의 어느 날 밤 태산이 어둠을 타고 준호네 사랑채로 그 아비인 이장 어른을 찾아 나타났다.

"이 야밤에 무슨 일로 어린 녀석이 나를 찾느냐?"

늦은 밤 시간에 갑작스레 찾아온 어린 녀석을 괴이하게 여긴 이장이 방문 앞까지 그를 가까이 불러 곡절을 물으니 태산의 대답이 이렇듯 당돌했다.

"저는 웃학교 공부를 해야 합니다. 어르신은 이 동네 이장님이시니 저에게 공부를 하게 해주십시오. 그러면 제가 아드님 준호 몫까지 공부를 열심히 하여 제 이름이 부끄럽지 않은 사람이 되어 돌아오겠습니다."

이장 아들 준호가 어림없는 성적 탓에 상급학교 진학은 아예 엄두조차 내보지 않은 일을 두고 한 소리였다. 이장은 금세 녀석의 말뜻을 짐작했지만, 미상불 기분이 좋을 수는 없었다. 그렇다고 그 올되고 나무랄 데 없는 어린것의 소청을 허물할 수도 없었다.

"그래, 이제 보니 네 이름이 태산이었구나. 그 천관산…… 큰산 아들."

태산을 새삼 찬찬히 살피면서 혼잣소리처럼 계속 좀 어른스럽지 못한 소리를 흘렸다.

"그런데 어째 하필 나냐? 이 마을엔 나나 네집 어른이 아니더라도 일찍부터 그 큰산을 좋아해서 장히 큰산 아비 노릇을 해줄 사람이 많을 텐데."

어린 태산이 잘 알아들을 수 없으리라 여기고 짐짓 자신의 비틀린 심사를 씹어본 소리였으리라. 하지만 그것은 이장의 경솔한 언동이었다. 어떤 연유나 경로로 해선지 태산은 이미 그 말뜻을 짐작할 수 있었음이 분명했다. 그가 잠시 침묵 끝에 이장어른을 똑바로 쳐다보며 새 주문을 내놓았다.

"알았습니다. 그럼 제 아비 큰산 노릇을 해주실 어른들을 말씀해주십시오."

이장은 제 덫에 제가 걸려든 격이었다. 어둠 속에서 추궁하듯 세찬 눈빛을 쏘아오며 버티고 선 녀석 앞에 이장은 당황스럽고 후회가 되었지만 이제 와선 어떻게 발을 뺄 수가 없었다.

"그야, 네가 차후에 이런 말 누구한테 들었다고, 오늘 밤 일을 절대 말하지 않겠다는 약속을 해준다면……"

그 주책머리 없는 성품에도 수년간 내리 동네 일을 떠맡아왔을 만큼 지략이 보통 아닌 이장은 은근히 태산의 다짐을 주문했고, 태산 또한 지체 없이 그것을 약속했음이 물론이었다.

그러니 그것으로 태산은 이날 밤 그 이장 어른으로부터 옛 큰산 산행꾼들의 확실한 명단을 확보하게 되었고, 연이나 이날 밤 그의 행적은 다시 복배네로 순칠네로 삼식이네로, 한집 빼놓지 않고 늦게까지 밀행을 이어간 것이었다. 그리고 한 사람 한 사람 여섯 어른들을 불러내어 그는 이장 어른이 은밀히 일러준 대로 간단히 이렇게 말하곤 하였다.

"전, 윗학교 공부를 떠나야겠어요. 그래서 제 이름값을 할 수 있는 사람으로 돌아오겠어요. 하지만 아시는 대로 저의 집에선 당장 입학금 마련도 어려운 형편이에요. 그러니 이번 한번만 어른께서 저 큰산에 부끄럽지 않은 아비 노릇으로 제 상급학굣길을 떠나게 해주셔요."

하고 보니 바로 그 며칠 뒤 신정마을 면소거리에 오일장이 서던 날 선바위골의 옛 산행꾼 남자들이 집안의 돼지새끼나 닭마리, 하다 못해 어려운 보릿고개를 견디려 독바닥에 아껴둔 좁쌀 됫박이라도 긁어 지고 줄을 이어 10여 리 산길을 재촉해간 숨은 곡절이 실은 그래서였다. 그리고 그 장물거리를 팔아온 꼬깃돈 다발들이 이날 밤 영문을 알 수 없는 태산 어미 약산댁에게 차례차례 은밀히 전해진 뒷사연도.

광주 쪽 조선학교 중등과정 학생들이 일본인 중학생들에 대항해 나선 것을 시작으로 온 나라 학생들이 의기를 떨쳐 일어선 소위 '학생사건' 몇 해 뒤인 1932년 봄, 태산은 그렇듯 괴이한 경로를 거쳐 제 미지의 운명의 문을 열고 그 광주사범학교 대처 유학의 길을 떠나간 것이다.

2부

두 청년 이야기

1

세월이 흐름에 따라 외동댁네에게는 차츰 다가올 앞날에 대한 희망의 빛이 떠오르기 시작했다. 이 10여 년 동안 이주 초기에 비해 집안 살림살이가 조금씩 안정되어온 데다, 첫아이 종운 이후 두 해 터울로 거푸 이어 낳은 세 딸아이와 다시 3년을 건넌 아래 사내아이까지 다섯 남매가 큰 탈 없이 그럭저럭 건강하게 자라준 덕이었다. 그중 종운의 바로 아래 큰딸아이는 나이 여섯 때 소아마비를 앓아 다리 한쪽 걸음걸이가 온전치 못했지만, 외동 내외는 그쯤 어린 목숨을 건지게 된 것만을 다행으로 여겼을 뿐 그 불구를 크게 괘념치 않았으니까.

친정 동네를 등지고 떠나온 외동댁의 시가살이는 물론 선대의 고향마을을 찾아 들어온 시 모자 또한 낯선 객지살이나 다를 바

없는 처지에서, 외동댁이 살림이나 가솔을 거기까지 일구어온 데
는 그녀 자신의 피나는 노력과 인내 이외에 시어머니 웃녘댁이나
이웃 약산댁의 너그러운 이해의 덕이 컸지만, 무엇보다 그 힘의
밑받침이 되어준 것은 바깥 남정 남돌 씨의 오기스런 심지(心志)
와 부지런함이었다.

외동의 바깥 남돌〔南石〕 씨는 원래 말수가 적은 대신 성미가 단
단했고, 그런 위인 깐엔 속마음이 제법 따뜻했다. 그 남돌 씨가
나이를 더해가고 슬하를 두기 시작하면서부터는 차츰 말수가 늘
고 매사에 거침이 없는 솔직, 활달한 성품으로 변해갔다. 그만큼
이웃 간에도 우의와 신의가 쌓여 안팎으로 이주 초기의 고단한
처지를 함께 면하게 된 셈이었다.

하지만 남돌 씨는 선대 적 구원(舊怨)에다 이주 당시의 홀대 탓
에선지 이웃 회령리 일가붙이들과는 일절 서로 발길을 끊은 채
냉랭하게 지냈고 천성이 시끄러운 자리를 싫어한 탓이기도 했지
만, 핏줄보다도 예수교 교우를 가까운 형제로 여기는 한동네 고
모네와도 그닥 살가운 사이론 지내지 못했다. 이유인즉 일찍부터
탐탁잖은 일가붙이에 기대지 않고 자신의 노력과 의지로 집안을
다시 일으켜 세우려는 자수성가의 뜻(회령리 쪽 친척들은 무언중
에 그런 그를 짐짓 더 백안시하고 은근히 시샘도 했지만)을 굳게 다
져먹은 때문이었다.

그렇듯 오기스런 작심 속에 남돌 씨는 무엇보다 제 가정사를
소중히 돌보았고, 어미 웃녘댁에겐 더없이 효성스러웠으며, 곱
게 자란 몸에 어려운 살림을 맡아 꾸려야 하는 아내 외동댁에게

도 그만큼 마음을 깊이 써주었다. 그러면서 진일 마른일 가리지 않고 동네 이웃들 논밭으로 앞바다로 무슨 품거리든지 손에 얻어 잡히는 대로 쉬지 않고 부지런히 몸공을 들이고 다녔다. 품일이 없을 때면 버려둔 남의 산비탈 자락이나 묵정밭을 얻어 새 밭뙈 기로 까뒤집어 일구거나 이주 몇 년 뒤부터 시작한 집칸 늘리기 성주 일에 매달려 지냈는데, 그러니까 그 약산네 집 골목 끝에 터 를 잡기 시작하여 이후 10년 가까이 계속된 성주 일 한 가지만 해 도 떳떳한 한 가정을 이뤄 지니려는 남돌 씨의 소망과 근면함, 무 엇보다 그 끈질긴 집념을 밝히 읽을 수 있었다.

남돌 씨의 성주 일은 앞서 이야기했듯 어미 웃녘댁과 외동 내 외가 따로 거처할 방 두 칸에 부엌 한 칸, 그리고 마당 건너편의 임시 움막 칙간으로부터 시작됐다. 그러다 몇 년 뒤 송아지 한 마 리를 들여 기르기 시작하면서부터는 마룻방 하나와 뒤쪽의 외양 간 한 칸이 이어졌고, 다시 몇 년 뒤 슬하의 아이들이 넷까지 늘 어갈 무렵엔 그 아이들을 위해 부엌 오른쪽으로 건넌방 한 칸과 외동을 위한 디딜방앗간이 덧붙여졌다. 그리고 마지막으로 마당 건너편의 임시 움막 칙간이 정식 변소간으로 고쳐지는 것으로 남 돌의 마음속 일가 세우기 표징인 제 집 짓기 계획은 10년 너머의 세월이 흐른 끝에서야 그럭저럭 완성을 보게 된 셈이었다.

그 10여 년간의 끈질긴 집념과 노력으로 완성을 본 것은 그 집 모양새만이 아니었다. 앞서도 말했듯 그 무렵엔 이곳저곳에 산밭 뙈기를 열 마지기 너머까지 늘려놓은 데다 물 농사를 지을 논배 미도 석 섬지기에, 남의 땅에 뙈밭을 간 산자락을 아예 뒷날의 선산터로 사 장만하기에 이르렀다. 그 위에 이 무렵 들어선 큰아이 종운이 신정리 신식학교에 입학하여(이 역시 이웃 태산의 권유의 덕이 컸다) 저학년 층에서나마 이웃 태산에 버금갈 만큼 뛰어난 지력과 학습 성적으로 그 자신뿐 아니라 온 식구와 집안의 밝은 뒷날을 약속해주고 있었다.

다만 한 가지 남돌 내외에게 아쉬운 일이 있었다면, 남돌 씨가 무엇에 쐰 듯 그 선산 터 장만을 서둘러 매듭지은 해 늦가을 녘, 그때를 기다리다 비로소 마음을 놓은 탓인지, 웃녘댁이 별 병고도 없이 슬그머니 세상을 떠나고 만 일이었다. 하지만 그 일을 빼고 나면 이 무렵엔 대신 남부럽지 않을 정도로 가솔이 늘어나 있어 오래잖아 그 마음속 허전한 빈자리가 쉽게 메워진 편이었다.

선대 인영으로부터 비롯되어 웃녘댁을 거쳐 남돌 내외로 이어져 내려온 일가 독립과 중흥의 꿈이 바야흐로 눈앞에 실현돼가고 있는 형세였다.

그런데 세월이 좀 더 흐르다 보니 모든 일이 시종 순조로울 수만은 없었다. 바로 그 일가 중흥의 꿈을 이어 받아야 할 장남 종운의 엉뚱한 취미와 꿈이 말썽을 일으키기 시작했다. 그리고 그 말썽은 이 남돌 씨 일가의 앞날에 차츰 어떤 불가항력 격의 어두운 그림자를 드리우기 시작했다.

종운도 물론 나이는 어렸지만 한 집안의 주춧돌 격인 장남의 처지에서 그 어미 아비가 영락한 집안을 다시 일으켜 세우기 위해 그동안 얼마나 힘든 세월을 보냈으며, 자신에 대한 희망과 기대 또한 그만큼 크고 간절하리라는 사실을 익히 알고 있었다. 어른들은 별다른 말이나 채근이 없었지만, 그 고된 노역과 넉넉지 못한 살림 형편에도 큰자식에게만은 전혀 농사일에 손을 못 대게 한 것이나 나름대로 힘에 겨운 신식학교 학자금 마련에 인색함이 없는 것만 해도 그랬다. 더욱이 아비는 아래 세 딸아이(실은 그게 사내아이를 기다린 결과였음에도)마저 '내 아들놈들!' 식 호칭으로 사내아이 못잖이 기를 돋아주곤 했지만, 무엇이나 신식 문물에 호기심이 많은 종운을 위해선 학교 잡부금뿐 아니라 크레용이나 그림물감, 하모니카 따위 이 시절 벽지 시골아이들로선 제 것으로 가져볼 엄두를 낼 수 없는 신식 문화 용품까지 구입을 서슴지 않았을 정도로 도량이 넓었다. 선바위골 안에선 일찍부터 제 아비가 면소를 나다니는 윗동네 안 좌수댁 막내 손자 아이와 새 기술 농사꾼 지사순 씨네 셋째 준봉이들이 이미 일본제 그림물감을 자랑스럽게 지니고 다녔지만, 면소 동네 아이들을 제외하고 종운에 앞서 하모니카까지 제 것으로 사 받은 아이는 선바위골 안에선 아무도 없었으니까.

게다가 종운은 이웃 태산이 못지않게 머리가 영리했다. 종운 역시 태산의 일을 본받아 일찍부터 동네 예배당에서 웬만한 한 문자와 '언문(한글)'을 미리 깨우친 터였다. 그리고 나이 여덟 살 때부터는 이웃 동갑내기들보다 한 해 일찍 소학교에 입학하여 그 10여 리 신정 산길을 힘겹게 쫓아다니면서도 학교 공부만은 소홀히 함이 없었고, 성적 또한 초학년 때부터 앞서간 '태산 형'의 자리를 이어받고 있었다.

"종운의 공부가 태산을 앞서려나 보다."

동네 사람들의 칭찬처럼 그것은 타고난 영특함 때문이기도 했겠지만, 무엇보다 말 없는 집안 어른들의 기대와 자신의 소명을 스스로 알아차리고 나름대로 각오를 다져온 덕이기도 했다.

　이를테면 종운은 집안 어른들과 자신의 앞날을 위해 그만큼 노력을 기울인 셈이었고, 그 성과 또한 자랑할 만한 것이었다.

　그런데 그 크레용이나 하모니카 따위 그가 원하는 것이면 무엇이나 아낌없이 사 안겨줄 정도로 머리 좋은 아들아이에 대한 어른들의 미더움이 지나쳐 어린것의 마음가짐을 헐거워지게 한 탓일까. 아니면 어린 종운에겐 그 소명의 짐이 너무 일렀거나 감내해나가기 무거운 것이었는지 모른다. 그는 어린 나이에도 '마을의 새 천재' 소리를 듣던 저학년에서 4, 5학년 급으로 학업 햇수를 더해갈수록 학교 성적이 떨어져갔다. 그새 머리가 둔해진 것이 아니라 그만큼 공부를 소홀히 한 탓이었다. 물론 그것도 일부러 그러려서가 아니라 왠지 그렇듯 학교 공부가 시들해진 탓이었다.

　애초 근원은 그림물감이나 하모니카 따위 아비가 마련해준 신식 문물들에 대한 과도한 몰입에 있었을지 모른다. 아니면 그의 영특한 머리보다 앞선 타고난 천성이 그래서였는지도. 종운은 그 희귀한 하모니카 소리를 익히면서부터 차츰 학교 공부 대신 이 무렵 나돌기 시작한 「학도가」나 「희망가」 같은 신식 노래와 그와는 정반대 정조의 「황성 옛터」나 「낙화유수」 따위 새 유행가풍에까지 함께 마음이 끌려 지나온 데다, 어느 아이에게서 운 좋게 낡은 창가집이라도 얻어보게 되면(그것도 주로 안 좌수댁 막내 손주 웅배의 손을 통해 구경하게 되거나, 그 집 어른들 몰래 며칠쯤 빌릴 수 있었지만) 그 노래 가사는 물론 함께 실린 배경 삽화까지 제 잡기장 갈피에 크레용이나 새 도화 물감 그림으로 베껴 지니는 것을 남다른 취미로 삼아온 터였으니.

그런 아들에 대한 남돌 씨의 실망과 질책은 둘째치고 종운 자신도 뼈저린 반성과 각오를 거듭했음이 물론이다. 하지만 그럴수록 성적은 더 떨어져가고, 거기 따라 자신에 대한 어른들의 기대와 신뢰가 감당하기 힘겹게 느껴졌다. 종내는 그것이 벗어날 수 없는 어떤 괴로운 멍에나 굴레처럼 여겨지기까지 하였다. 더욱이 그런 자신의 처지가 공연히 답답하고 짜증스러워지곤 하였다. 그러지 않으려 노력하면 할수록 그 장남으로서의 책임에서 도망을 치고만 싶었다. 그런 그에게 그 그림 그리기와 하모니카 노래들이 좋은 피난처가 되어준 셈이었다.

그러던 중 종운이 5학년을 끝내고 6학년 진급을 앞두고 있던 여름 어느 날, 방학으로 시골집에 내려와 있던 이웃 태산 형이 종운을 집으로 불렀다.

—떨어져도 좋으니 우리 종운이도 태산이 너처럼 대처 상급학교 시험이라도 한번 쳐주면 좋겠다. 그때까지라도 마음 다잡고 오로지 공부에만 열중해주면 더 이상 소원이 없겠다.

전부터도 이따금 그 태산 앞에 종운의 일을 걱정하던 이웃 어른의 마음속 소망을 대신 일러주기 위해서였음이 분명했다.

태산은 종운이 나타나자 다짜고짜 그의 나태함과 그림 그리기며 유행가 취미를 나무랐다.

"그래, 넌 이 시골구석에서 그 환쟁이 흉내질이나 유행가 따위로 어칠버칠 세월을 허송하고 살 생각이냐?"

뿐만이 아니었다. 그 일방적인 추궁 투에 묵묵히 대답을 망설이고 있는 종운에게 태산은 다시 몇 마디 질책과 충고를 덧붙인 끝에 자신이 다니고 있는 사범학교 진학을 권했다.

"긴 공부 필요 없다. 이 꾹 악물고 사범학교 5년 과정만 마치고 나오면 우선 소학교 선생님이 될 수 있다. 그런 담엔 너의 집안을 네 힘으로 새롭게 일으켜 세울 수도 있고, 이 어려운 시골 동네 사람들을 위해 무언지 보람스런 일을 할 수도 있다. 네 앞날은 물론 밤낮 없이 힘든 일에 지쳐 돌아가는 부모님들을 위해서라도 그래야지 않느냐. 그러자면 지금부턴 마음을 새로 다져먹고 진학 준비 공부를 서둘러야 한다. 이럴 줄 알고 내 쓰던 학습서들도 집에 그대로 남겨두었으니 그것들도 가져다 보고."

일방적인 우격다짐이었지만 구구절절 옳은 말이었다. 종운도 물론 자신의 처지를 너무 잘 알고 있었다. 태산 형이 대신해온 그 부모님의 소망 또한 당신들 이상으로 절급했다. 게다가 그것을 자신의 일처럼 간곡하게 타일러준 사람이 누군가. 태산 형은 일찍부터 마을 사람들 누구나가 선망하는 젊은이의 귀감이었다. 종운도 누구 못지않게 그를 닮고 싶고 그를 바짝 뒤따르고 싶었다. 그것이 아버지 남돌 씨의 소망일 뿐 아니라 자식 된 도리로서 그의 현실적 보은의 길임을 모르지 않았다. 하지만 태산에 대한 그같은 선망은 마음속 생각일 뿐, 그는 언제부턴지 발길이 곁길로 빠져들고 있었다. 자신은 어쩐지 그를 뒤따를 주제가 못 되는 듯

싶은 열패감이 들기도 하였고, 어느 땐 자신의 길이 따로 있는 듯 엉뚱한 고집이 치솟기도 하였다. 모두가 그 하모니카와 신식 노래, 신식 그림들에 대한 어떤 몽환적 동경 탓이었다. 스스로 그 마력에 취해들고 싶은 나태스런 취미 탓이었다. 때로 그런 자신을 다잡아보려 하기도 했지만, 거기서 벗어져 나려 하면 할수록 심신만 더욱 답답하고 무거워지는 어떤 불가항력의 경계처럼.

그런데 그 그를 데 하나 없는 데다 그로선 감히 대항할 수가 없는 태산의 어른스런 나무람 투 충고 앞에 종운은 불시에 찬물을 뒤집어쓴 듯 정신이 번쩍 깬 느낌이었다. 그리고 전에 없이 심한 자책기와 함께 새삼 자신을 되돌아보지 않을 수 없었다.

태산은 이를테면 종운에게 자신의 처지를 똑똑히 다시 일깨워주고, 건강한 그의 꿈을 되찾아준 것이었다. 다름 아니라, 종운은 이날 그 거역할 수 없는 운명의 점지와도 같은 진학과 출세 간의 길, 한동안 잊고 싶어 했고 그렇게 지내온 태산 형을 다시 뒤따를 결심을 새로이 한 것이다.

그러니 모처럼 만에 다시 결연스런 결의와 무거운 마음을 안고 집으로 돌아온 종운은 그날부터 그림물감이나 하모니카 따위 진학공부에 방해가 되는 오락용품을 멀리한 채 오직 진학공부에만 전심전력 노력을 기울인 것은 당연지사. 뿐더러 그것을 지켜본 아비 남돌 씨는 말할 것도 없거니와 기왕부터 그를 잘 알고 있던 6학년 새 담임선생님까지도 그의 기특한 변화를 크게 대견해하고 기뻐하며 격려를 아끼지 않았음이 물론이다.

"그래 넌 원래 머리가 있는 녀석이니까 지금부터 한 1년 열심히 공부하면 대처 상급학교라도 웬만한 곳은 충분히 들어갈 수 있을 게다. 상급학교들 소식이든 입학시험 요강이든 필요한 건 내가 힘껏 구해 너를 도울 테니."

하지만 그 종운의 마음속엔 여전히 그 확연치 못한 태산에 대한 열패감과 두려움이 자라고 있었는지 모른다. 아니면 거꾸로 누구도 넘볼 수 없는 우상적 존재에 대한 모종 승부욕이 발동하기 시작했는지도.

한 해가 지난 그 이듬해 여름 진학 원서를 쓰려 할 때였다. 아비 남돌 씨는 물론 학교 담임선생님도 그가 의당히 태산이 다니는 광주사범 진학을 원할 줄 알고 있었다. 하지만 막상 그가 담임선생 앞에 소망한 학교는 광주사범이 아닌 전주 쪽 사범학교였다.

"가까운 광주사범을 놔두고 왜 전주까지 간다는 거냐? 올핸 졸업이겠지만 광주사범은 느이 동네 태산이 형도 다닌 학콘데. 듣기로는 새로 생긴 학교라 전주 쪽은 인기가 좋아서 광주보다 경쟁이 더 심하리라는 소문이고."

담임선생의 의아스런 물음에 그는 깊이 생각한 바가 없으면서도 별 망설임 없이 변명 투 대답이었다.

"태산이 형이 광주까지 갔으니 전 조금 더 멀리 전주까지 가보려고요. 되든 안 되든 전주사범이 광주사범보다 들어가기 힘든 것도 마음에 끌리고요."

열패감이나 두려움에서든 숨은 승부욕에서든 그 말은 태산이 진학해 있는 광주에서 가까이 지내고 싶지 않은 마음의 표현인 것이 분명했다. 그리고 그것이 어느 쪽이었든 결과는 아무 의미도 없는 끝장을 맞고 말았다.

그날 한번 속마음을 내뱉고 난 종운에게 그것은 되돌이키거나 바꿀 수 없는 신념으로 변해갔다. 그리고 그의 그런 고집은 끝내 담임선생이나 아비 남돌 씨의 여망과 고언을 뿌리치고 전주 쪽 원서를 내기에 이르렀고, 때가 되자 그 먼 곳 진학시험 길을 전날의 태산처럼 단신으로 찾아 올라간 것이었다.

하지만 거기서부터는 태산과 길이 달랐다. 종운은 그 시험 길 자체로 제 할 일을 다한 듯 전날의 태산과는 반대로 낙방의 쓴잔 소식을 안고서도 뜻밖에 홀가분하고 여유로워 보이는 얼굴로 마을로 돌아온 것이었다. 마치도 그 모든 일이 제 부모나 담임선생에 대한 도리로서의 흉내일 뿐, 내심으론 실패를 자초하기 위해 짐짓 그 버거운 전주 사범 쪽을 택해 나섰던 듯이.

하고 보면 종운은 아닌 게 아니라 애초 제 어미 아비의 희망과 기대를 따를 생각이 없었는지 모른다. 아니 한동안 그런 결심을 지녔다 하더라도 입학시험에 실패하고 난 지금에 와선 그것이 어떤 뜻도 지닐 수가 없었다. 무엇보다 그는 이제 그 어미 아비가 바란 대로 장자로서의 집안의 막중한 책임을 짊어져나갈 수가 없었고, 그럴 전망도 없었다. 그것이 그가 입학시험을 실패하고 5백 리 먼 귀로에 자신을 되돌아보며 새삼스럽게 깨닫고 체념해온 사실이었다.

하지만 그렇다고 종운이 그것으로 삶의 의지나 희망을 버린 것은 아니었다. 입학시험에 실패하고 돌아오면서도 그의 얼굴이 오히려 여유롭고 홀가분해 보인 게 아마 그 때문이었겠지만, 종운은 그로부터 오히려 새로운 삶의 길, 아직 확실한 방향이 보인 것은 아니었지만, 나름대로 자기 앞날에 대한 어떤 확신 어린 예감을 지니기 시작했다. 그것은 그가 집으로 돌아온 지 얼마 되지 않아서부터 그 아비 남돌 씨와의 조용한 언쟁 가운데에 차츰 그 향방이 드러나기 시작했다.

시험에 떨어지고 돌아온 종운을 두고 학교 선생님이나 집안 어른들의 실망은 물론 말이 아니었다. 더욱이 이때쯤엔 태산이 사범학교 졸업과 동시에 교사직 취임을 눈앞에 두고 있는 터여서 종운의 처지가 그와 비교되어 더욱 낙담스러울 수밖에 없었다. 그런 종운을 두고 학교 선생님들은 어린 마음이 꺾이지 않도록 위로와 격려를 아끼지 않았음이 물론이다.

"괜찮다. 살아가다 보면 누구에게나 한번 실패쯤 있는 법이다. 이번 시련을 교훈 삼아 마음을 다시 굳게 다져먹고 내년에 다시 한 번 도전하는 거다."

종운으로선 이미 마음이 떠난 일이었지만, 진지한 반성과 수긍의 빛으로 답하지 않을 수 없는 고마운 조언이었다.

하지만 그의 집안 어른들은 거기서도 한 걸음 더 나아가 질책도 위로도 한동안은 도대체 아무 말이 없었다. 어른들 쪽이 지레 조심조심 어린것의 눈치를 봐 도는 식이었다. 하지만 그 떳떳지 못한 처지에서도 종운이 별달리 기가 죽어 지내는 기미를 안 보이자 남돌 씨 역시 하루는 결국 학교 선생들과 같은 주문을 내놓기에 이르렀다.

"종운아, 넌 이 애비나 어미 지내는 것이 딱해 보이지 않으냐?"

하루는 저녁 밥상을 물리고 난 자리에서 남돌 씨가 모처럼 작심을 한 듯 종운에게 에돌려 물었다. 종운은 물론 아버지의 다음 물음을 짐작할 수 있었으므로 미리 생각해온 대로 조리 있고 침착하게 대답을 앞질러나갔다.

"죄송하지만 저도 아버지 말씀대로 아버지나 어머니 지내시는 것이 늘 안타깝습니다. 그래서 전 좀 더 나은 삶의 길을 열어보려고 지난 한 해 동안 상급학교 입학시험 공부를 열심히 준비했습니다. 하지만 전 시험에 떨어졌습니다. 죄송합니다."

"네 인생사에 대한 일로 이제 와서 새삼 이 애비나 어미에게 죄송해할 것 없다. 내 더 긴 말 하지 않으마. 이 애비 생각에 올해는 아마 네 전력을 다하지 않은 것 같으니 다음 1년 동안 이를 악물고 진력하여 시험을 한 번 더 치르도록 하거라. 그리만 해준다면 내 이번 일은 전화위복의 계기로 여기고 기꺼이 참아 넘어가마."

종운의 생각은 아랑곳없이 일방적인 결정으로 이야기를 끝내려 하였다. 종운은 그 아버지 앞에 차마 자기 생각을 내세우고 나설 수가 없었다. 지난 한 해도 전 전력을 다했습니다. 하지만 실패하고 말았습니다. 사범학교 진학 일은 제게 역불급입니다. 전 이번 시험 한번으로 충분합니다. 전 다른 길을 찾아보겠습니다…… 가슴속에 꿈틀대는 말을 당분간은 묵묵히 꾹 눌러 참는 수밖에 없었다. 그러니 아비도 나름대로 그 종운의 침묵을 헤아려 삭였으면 이날 일은 그쯤 넘어갔을 터였다. 그런데 아비가 다짐 삼아 한 마디 더 덧붙였다.

"전주는 길이 멀 뿐만 아니라 시험까지 어렵다니 다음엔 공연한 고집 부리지 말고 웬만하면 태산 형을 따라 광주 쪽 학교를 목표 삼거라."

하고 보니 종운도 이제 그 어른들이 더 이상 부질없는 헛꿈을 꾸게 하지 않으려면 자기 생각을 좀 더 확실히 해둬야 할 계제였다. 그는 조심스럽게 자기 생각의 일부를 털어놓았다.

"아버지, 제가 왜 일일이 태산 형을 뒤따라가야 합니까? 제게는 제 나름대로의 삶의 길이 있지 않겠습니까? 전 제 길을 가고 싶습니다."

"태산 형과 다른 네 나름의 길이라면? 그게 뭐냐?"

종운의 뜻하지 않은 소리에 남돌 씨는 잠시 어리둥절한 얼굴을 짓다가 그렇게 물었다. 그 아비 앞에 태산은 다시 대답을 에둘러대지 않을 수 없었다.

"아직은 저도 잘 알 수 없습니다. 아버지가 허락해주시면 앞으로 그걸 찾아내겠습니다. 하지만 그것이 태산 형의 길이나 사범학교 진학 쪽은 아닐 것 같습니다."

"왜, 태산이 가는 길이 어째서? 태산인 지금까지 흐트러짐 없는 반듯한 길을 걸어왔고, 그 덕에 앞날도 탄탄대로가 아니냐?"

"그러기는 합니다만…… 그리고 저도 태산 형의 일이 존경스럽고 부럽기는 합니다만……"

종운은 거기서 잠시 대답을 망설였다. 무슨 일이나 한번 목표를 정하면 전혀 흔들림 없는 정신력으로 전력질주 제 뜻을 어김없이 관철하고 마는 무서운 의지와 추진력의 소유자. 한마디로 종운은 언제부턴지 그 태산의 악착같은 성취욕과 불굴의 의지가 부럽고 존경스러웠지만 왠지 자신은 그걸 뒤따를 자신이 없었다. 자질과 노력이 모자란 듯싶기도 했고 어쩌면 그와는 근본 정서부터가 다른 듯싶기도 하였다. 왠지 그 길이 두렵기조차 하였다. 그런 뜻에선 그 태산을 닮기 바라는 아버지의 모습 또한 마찬가지였다. 가난을 벗고 집안을 다시 일으켜 세우려는 아버지의 집념과 피나는 노력, 그 한 방편으로 종운이 태산을 닮아가기를 바라는 아버지의 소망 또한 존경스럽고 이해는 가지만 자신에겐 그럴 능력도 의지도 모자랐다. 어쩌면 그 악착스러움이 싫어지기까지 하였다. 그래 종운은 애초 태산뿐 아니라 그 아비의 주문이나 소망을 감당해갈 자신이 없었다.

하지만 종운은 아비 남돌 씨 앞에 차마 속마음을 다 털어놓을 수는 없었다. 그래 잠시 말을 망설이고 있는 그의 속을 헤아리지 못한 아비가 거보라는 듯 일방적으로 결론을 서두르고 들었다.

"그래, 태산인 네가 마땅히 부러워하고 따라야 할 아이라는 건 알고 있구나. 그러니 그걸 아는 네가 그를 앞서진 못할망정 못해도 뒤를 좇아 그만큼은 본받아가야지 않으냐. 맘을 굳게 다져먹고 1년만 더 노력해보거라! 그게 이 애비뿐만 아니라 네 어미나 어린 누이들까지 우리 가족 모두의 소망이다."

어차피 더 이상의 설명이나 설득이 소용없는 절벽 같은 집념이었다. 그러니 이날 일은 아직 생각이 반대쪽으로 기운 두 사람 간 싸움의 새 출발점이었을 뿐이었다.

하지만 아들의 앞길을 둘러싼 부자간의 다툼은 갈수록 감탄스럽기만 한 태산의 현실적 성취와 높은 견식, 그 위에 종운의 변함

없는 나태성과 몽환적 낙천성까지 더하여 그 승패가 갈수록 아들 쪽으로 기울어갔다.

한번은 이런 일도 있었다.

그해 가을 태산은 졸업식을 마치고 교사직 발령을 기다리는 동안 잠시 선바위골 집으로 돌아와 지낸 일이 있었다. 그러던 어느 날 종운은 이웃 태산 형을 따라 안산 너머께로 소를 먹이러 나갔다. 둘이는 각기 제 집 소를 풀어놓고 편편한 바위를 찾아 올라가 태산은 무슨 책인가를 읽었고, 종운은 곁에서 눈가림 시늉으로 들고 나온 진학공부 학습참고서를 제쳐둔 채 시원한 산바람을 쐬고 있었다. 그런데 책장을 넘기고 있던 태산이 어느 순간 산 아래 쪽을 내려다보며 느닷없는 감탄 소리를 토했다.

"아, 저 씩씩하고 아름다운 사람들!"

무얼 보고 그러는가 싶어 종운이 아래쪽을 내려다보니 마을에서 바다로 내려가는 들길에 동네 개꾼 아낙들이 오후 물때를 맞춰 줄줄이 발길을 서둘러 내려가고 있었다. 아낙들은 깊은 갯구멍을 헤집고 낙지나 조개를 잡기 위해 한 팔 옷소매를 미리 벗어 어깨너머로 둘러 묶은 모습들이었다. 한결같이 옷소매를 벗어부친 한쪽 맨살 팔과 다른 한 팔이 교대로 들락거리는 아낙들의 바쁜 바닷길 행진 모습은 종운에겐 어딘지 좀 씩씩해 보이기는 할망정 그저 우스운 광경일 뿐이었다. 아름다움과는 한참 거리가 먼 풍경이었다. 행렬 중에 이따금 어머니 외동댁의 모습까지 섞이곤 하던 것을 생각하면 그 우습고 씩씩한 느낌조차 이내 서글픔과 부끄러움으로 변색되곤 하던 종운이었다. 그런데 그걸 두고 무슨 아름다운 사람들이라? 종운은 처음 태산의 말을 잘못 듣지 않았는지 의아스러울 정도였다. 그래 태산 형에게 다시 물었다.

"태산 형, 지금 저 개꾼들보고 아름답다고 했어요?"

하지만 태산은 전혀 주저하는 빛이 없었다.

"그래, 저 활력에 넘친 개꾼 행렬! 저 거침없이 씩씩한 모습들을 좀 보아. 너는 삶의 일터를 찾아가는 저 당당한 모습들이 신성하고 아름다워 보이지 않으냐?"

태산 형의 그 감동적인 어조 앞에 종운은 더 이상 입을 열 수가 없었다. 신성함이나 아름다움커녕 자신은 겨우 그 마을 아낙들의 힘겹고 서글픈 삶이 떠올랐을 뿐이었다. 사시장철 산밭일 들논일에 매여 지내는 동네 어른들은 누구나 손등이나 목덜미 팔뚝 같은 곳에 낫질에 베이고 호미질 괭이질 쟁기질 일들 중에 찍힌 수많은 흉터들을 지니고 있었다. 그중에도 특히 개펄바탕 일이 많은 아낙들의 발등이나 팔뚝에는 뻘판을 걷거나 낙지 구멍 따윌파 들어가다 숨은 조개껍질에 베인 상처 자국들이 헤아릴 수 없이 많았다. 동네 아낙들의 손등이나 발목들은 너나없이 수많은 상처의 흉터들이 이리저리 지렁이처럼 얽혀 있었다…… 자신의 눈앞엔 그런 것들만 떠올랐다. 그런데 태산 형은 그걸 두고 신성하고 아름답다니? ─태산 형은 본 일이 있을까. 그 팔뚝 위의 흉터나 그것을 쪼아 만들어낸 가난까지도? 종운은 가는 한숨기를 삼키며 감탄하면서도 태산 형에게 다시 묻지 않을 수 없었다.

"태산 형은 저 개꾼들의 벗은 팔뚝이 어떤 모습인지 가까이서 본 일이 있어요?"

하지만 태산은 그 역시 이미 다 알고 한 소리였던 듯 거침없이 받아왔다.

"네 말 무슨 뜻인지 알고 있어. 그래 나도 물론 누구보다 그걸 가까이서 보고 놀란 일이 있지. 너도 알겠지만, 우리 어머닌 이 동네 누구보다 그 팔뚝의 흉터 자국이 많은 분이니까. 하지만 나는 그 상처 자국도 어머니의 모습도 자랑스럽고 아름답고 사랑스럽기만 하다."

지렁이처럼 흉한 자기 어머니 약산댁 팔뚝 위의 상처 자국까지도 자랑스럽고 사랑스럽다는 태산 형 앞에 종운은 이제 차라리 태산의 식견에 대한 감탄을 넘어서 자신 속의 무엇이 통째 무너져 내린 듯한 막막한 절망감마저 느껴져왔다. 바로 그 태산에 대한 부러움과 믿음의 바탕까지 함께 무너져 내린 느낌. 그렇듯 입이 굳어 있는 종운에게 태산 형은 마지막 일격을 가해오듯 천천히 다시 훈계 투를 이어갔다.

"종운이 네가 저 사람들 일을 가엾고 안쓰러워하는 마음, 나도 잘 안다. 하지만 가여운 것은 저 아주머니들이나 우리 삶 자체가 아니라는 걸 알아야 한다. 우리 삶은 원래 순정하고 아름다운 것이다. 우리 삶은 애초 그렇게 될 권리가 있는 것이다. 뿐더러 그 순정하고 아름다운 삶을 위한 노동이나 거기서 얻은 흉터도 신성하고 고귀하고 아름다운 것일 수밖에 없는 거다. 진짜 가여운 일은 그 순정한 삶의 아름다움에 대한 자각을 얻지 못한 것이다. 그것을 깨닫지 못한 것이 가엾을 뿐이다. 그 삶이나 신성한 노동에 대한 자각이 없는 것이 우리 삶을 표적이 빗나간 원망 속에 비루하고 가엾고 힘들게 할 뿐인 것이다. 저 개꾼들은 물론 우리 아버지나 어머니, 너의 부모들도 실은 모두 그래서 그 삶이 더 고달프고 가엾고 원망스런 모습들인 거다."

종운은 여전히 잘 알아들을 수 없는 연설 조였지만, 종내는 자기 부모들 삶까지 싸잡아 고달프고 가여운 것으로 단정 짓고 든 소리엔 종운으로서도 다시 한마디 끼어들지 않을 수 없었다.

"우리 아버지 같은 사람들의 삶이 원래 아름다운 것인지 어떤 것인지는 몰라도, 사람들은 형이 죄가 아니라는 그 가난이 싫고 원망스러워 그걸 벗어나려 아등바등 부지런히 일을 하는 것 아녀요?"

종운은 잠시 평소 생각을 뒤집어 그 집념투성이의 아버지의 일을 떠올리며 물었다.

그러자 태산이 이번에는 말을 다시 뒤집듯이, 그러나 그 아버지 일에 대한 종운의 생각과는 상관없이 자신있게 대꾸해왔다.

"그래, 그건 네 말이 맞다. 내 말도 실은 그 삶을 위해 힘들게 일하고도 가난한 것은 죄가 아니라는 것뿐이지, 그게 좋은 삶이라거나 옳은 삶의 길이라는 말은 아니다. 내 생각은 오히려 그와 거꾸로니까. 다시 말해 부지런히 힘들게 일하는 사람들이 가난하지 않게 사는 것, 그게 옳은 세상인 거다. 그리고 언젠가는 그런 세상이 와야 하고."

종운이 속으로 새삼 공감과 찬탄을 아끼지 못하는 동안 잠시 말을 끊고 기다리던 태산 형이 마침내 이날의 결론을 말해왔다.

"우리는 저렇듯 일을 부지런히 하고도 가난하고 가엾기만 한 우리 부모나 이 동네 사람들을 그렇게 이끌도록 해야 한다. 그래서 나는 저들을 각성시키기고 행복한 자기 삶의 보람을 누리게 하기 위해, 내 먼저 그럴 힘을 길러 지니기 위해 부지런히 공부해 왔고, 앞으로도 계속 그럴 생각이다. 그러니 종운이 너도 그러기 위해선 내년 입학시험에 반드시 합격해야 한다. 무엇보다 네 자신과 부모님을 위해서.”

종운으로선 도대체 거역할 수 없는 조언이요 명령이었다. 가난하고 무지한 벽지 시골의 누추한 삶을 벗어나려는 태산의 굳은 의지와 바르고 유력한 삶의 길을 향한 그 힘차고 눈부신 각성이라니! 더욱이 종운 자신은 막중한 집안 중흥의 책임은 물론 자기 한 사람 인생의 짐도 짊어져나가기 힘들어 내일을 알 수 없는 불안한 꿈속을 헤매온 마당에 태산 형은 그조차 자신을 위해서가 아니라 이웃과 온 세상을 위해서라니! 종운은 새삼 그 태산 형이 믿음직스러웠고 부러웠다. 그리고 그 동안 자신의 나약함과 무책임한 나태성이 후회스럽고 부끄러워지기도 하였다.

하지만 그럴수록 그는 거꾸로 자신이 없었다. 태산의 그 힘차고 화창한 삶의 길을 좇아 나설 엄두가 안 났다. 사람은 자기 삶에 대한 각성이 어째야 한다고 했던가. 종운에겐 우선 그 태산의 삶과 자기 삶의 길이 원체 시작부터 크게 다르다는 새삼스런 각성과 그에 따른 무력한 느낌이 뒤따를 뿐이었다. 그러면서도 그 태산의 주문을 외면하거나 명령을 쉽게 거역할 수 없는 자신이 한심스럽기만 하였다. 그의 생각이 이미 태산의 주문이나 아버지 남돌 씨의 소망과는 그만큼 멀어진 소이였다.

2

그렇더라도 종운은 아직 남 앞에 내놓을 것 없는 무력한 집안의 자식 된 도리를 외면할 수 없었다. 그는 다시 한 번 마음을 다잡아먹고 진학 준비에 몰입해보려 하였다. 그리고 그 가을과 겨울을 거쳐 이듬해 여름까지 1년 가까이 나름대로 뒷골방을 지키고 지냈다. 그러나 그것은 그저 집안 식구들에 대한 눈속임 노릇이었을 뿐이다. 그동안 그는 그 어둑한 뒷골방 칩거 속에 줄곧 어떤 환상을 키우고 있었다. 그 환상의 아득한 여로를 쫓고 있었다. 일찍이 고향집과 육친들을 버리고 단신 유랑길을 떠났다던 옛 조부, 종운으로선 얼굴조차 알 수 없는 그 조부의 남다른 생애에 대한 궁금증과 끌림으로 그는 1년 내내 몸살을 앓다시피 해온 것이었다. ──이 누추한 삶을 벗어져나고 싶다. 이 노릇은 더 견딜 수 없다. 이건 내 길이 아니다. 이 모두 눈에 보이지 않는 곳으로 떠나고 싶다. 다시 진학 공부를 시작하고부터 한동안 제 어수선한 심사를 다스리지 못해 차라리 그 거북살스런 장남의 굴레를 벗고 어디론지 훌쩍 집을 떠나고 싶은 망념 끝에 어느 날 그 조부의 일이 무슨 계시처럼 문득 종운의 머리에 떠오른 것이다.

그러니까 그 별난 조부의 생애에 대한 이야기는 종운이 한참 더 어렸을 때부터 어른들로부터 자주 들어온 것이었다.

……치사한 양반 노릇하기 싫어 집을 뛰쳐나가 양태 좁은 상인 갓을 구해 쓰고 의원 행세를 하며 천지 사방을 떠돌아 다니셨

단다.

　……그러던 어느 해에 구례 고을을 지나가다 그곳 사또님의 귀한 딸이 몹쓸 병이 들어 백약이 무효로 죽을 날만 기다린다는 소문을 듣고 인정이 동해 찾아가 쾌차시켜준 보답으로 그 처자를 배필로 얻어 살게 되셨는데, 그분이 몇 해 전 돌아가신 네 할머니시다……

　무슨 전설 속 이야기처럼 황당하기 그지없으면서도, 그걸 뒷받침해주는 사실적 증거 또한 분명한 일이었다. 조모 웃녘댁 모자가 고향으로 떠나올 때 그곳 관장이 뒷일을 이어 보살피겠노라던 약조를 잊지 않고 해마다 세밑이면 먼 길 짐꾼 편에 새해 인사(나무 서찰)와 함께 이런저런 귀한 세찬거리를 보내오는 것을 당신이 돌아가시기 전 종운 자신도 한두 번 보아온 터였으니까.

　그러면서도 종운은 대체로 그 조부의 일을 실감하지 못했다. 더욱이 당신을 부르러 온 저승 여귀(女鬼)를 심하게 꾸짖다가 끝내는 역불급으로 숨을 거두고 말았다는 당신의 임종담에 이르러서는 전혀 사실로 믿을 수가 없었다. 그 조부의 일은 이를테면 종운 자신의 실제 육친이나 주변 사람의 일이 아닌 옛날이야기쯤으로나 여겨온 것이었다.

　그런데 이해 들어 그가 어디론지 집을 떠나고 싶은 은밀한 탈출 욕망이 가슴 밑바닥에 자리하면서부터 그 조부와 당신의 일이 문득문득 되살아나 실감으로 다가오기 시작한 것이다. 조부는 다만 탐욕스럽고 속 좁은 형제들의 핍박이나 위선적인 양반살이가 싫어서 집을 뛰쳐나가셨을까. 당신이 그 중인 신분의 의원 노

274

릇으로 세상을 떠도신 것은 그보다 당신의 핏속에 답답한 붙박이 삶을 참을 수 없는 어떤 떠돌이 성벽을 타고나서여서가 아닐까. 그리고 어쩌면 지금 내 속에도 그 조부의 불안한 피가 흐르고 있는 것이 아닐까…… 그렇다면 당신은 그 바깥세상에서 무엇을 찾으려? 그 고달픈 떠돌이의 삶 속에 무엇을 얻으려고? 그리고 당신은 진정 그것을 얻을 수가 있었을까? 그것이 무엇일까……?

종운은 그간 그렇듯 불안하고 불온스런 상념의 나날을 보내고 있었던 셈이다. 그리고 그 여름이 끝나갈 무렵 그는 마침내 그 눈속임 진학공부를 잠시 접어두고 그 조부의 옛 여정을 더듬어 나서볼 결심을 굳히기에 이르렀다.

그 늦여름의 태풍이 계기였다. 그리고 그 태풍에 무너진 집을 되일으켜 세우고 난 아버지 남돌 씨의 처절스런 절망감이 빌미였다.

그해 늦여름엔 예년에 보기 드문 큰 태풍이 남녘 일대를 휩쓸고 지나갔다. 그 큰바람이 마을을 덮쳐들기 시작한 이른 새벽녘부터 남돌 씨는 사나운 바람기에 집 등성이가 벗겨져 날아가는 것을 막기 위해 지붕으로 올라가 어둠과 비바람 속에 사투를 벌였고, 종운도 물론 그 아비의 손맞잡이로 지붕 위에서 함께 아침녘 한나절을 보냈다. 하지만 이날 오정 녘 태풍이 겨우 기세가 꺾여 물러가고 부자가 지붕을 내려올 때쯤엔 기진맥진 넋을 잃다시피 한 부자의 일은 고사하고, 그렇듯 기를 쓰고 지켜내려 했던 10년 적공의 다섯 칸짜리 새 집 지붕이 마람 짝을 거의 다 잃은 채 상량토를 벌겋게 드러내고 말았다.

하지만 아버지 남돌 씨의 그 집에 대한 가장으로서의 집념과 의지는 그쯤으로 쉽게 꺾일 수 없었다. 그는 극도로 지친 심신을 추스를 틈도 없이 거짓말처럼 날씨가 갠 이튿날부터 바로 그 상한 지붕을 다시 덮고 젖은 벽들을 갈아 보수하는 일에 매달렸다. 마을의 다른 사람들도 각기 자기 집 일로 비슷한 처지에 있었으므로 그 일엔 이웃의 손을 빌릴 수 없음은 물론 종운도 별달리 거들 만한 사정이 못 되었다.

남돌 씨는 오직 혼자 힘으로 그 일을 감당해야 했고, 그만큼 심신이 고되고 지치기도 했을 터였다. 일은 좀처럼 끝이 날 줄 몰랐고, 게다가 한 열흘 힘든 노역 끝에 겨우 마무리가 가까워져오던 어느 날엔 또 한 번 철늦은 폭우가 쏟아졌다. 그리고 그 새 말끔하게 말라가던 새 지붕과 벽들에서 다시 흙물이 줄줄 새어 흘렀다. 그것을 넋이 나간 듯 망연히 바라보고 있던 남돌 씨는 느닷없이 헛간으로 달려가 날이 시퍼런 도끼를 찾아들고 나와 안방 문 앞 마루 기둥 하나를 사정없이 내려찍어버렸다. 그리곤 제풀에 스르르 무릎이 풀려 주저앉으며 발을 뻗고 오열하기 시작했다.

"어허허어! 어허! 내 이 무슨…… 내 이토록 이 집에 신명을 다 바쳐 천년만년 무슨 호사를 누리겠다고…… 어허허허…… 이 무슨 허어!"

누가 말리고 들 틈도 없었고, 그럴 만한 위로 말도 찾을 수 없는 뜻밖의 무너짐이었다. 하지만 그간의 고달픈 사정을 알고 있는 식구들은 그의 안타까운 무너짐 앞에 놀라움보다 말없는 동조를 보냈을 뿐이었다. 그런 가운데에 묵묵히 당신 자신 언젠가는 미더운 옛 가장의 모습으로 다시 일어서주기를 기다렸을 뿐이다. 그리고 그로부터 다시 며칠 뒤 예상한 대로 그가 다시 마음을 고쳐먹은 듯 몸을 털고 일어나 다시 한 번 집수리 일에 매달리고 드는 것을 보고 외동댁을 비롯한 그의 가솔들은 비로소 안도의 한숨들을 삼키게 된 것이었다.

하지만 종운은 이제 그 아비와 아비의 일을 곁에서 더 참고 지켜볼 수가 없었다. 아비고 집이고 뭐고 도대체 모든 것이 참혹스럽고 막막한 느낌뿐이었다.

하여 그는 어느 날 그 아버지와 식구들 앞에 느닷없는 여행길 허락을 청하고 나섰다.

"저 한 열흘 구례 쪽엘 좀 다녀왔으면 합니다. 옛날 조부님께서 집을 떠나 지나신 길을 따라 아버지 때까지 살다 오신 곳을 좀 찾아보고 싶어서요. 그 새 어쩌면 집을 나가신 삼촌 소식이 왔을지도 모르니 그것도 알아볼 겸해서요."

"그 무슨 미친 생각이냐. 내 굳이 네 손을 빌릴 생각까진 안 했다만 지금 우리 집 일이 이 꼴인 판에……"

영문을 알지 못한 남돌 씨는 물론 그런 종운이 몹시 못마땅한 반응이었다. 하지만 어린 아들의 행선지조차 모른 채 정처를 옮겨와 버린 옛 시어미 웃녘댁의 생전의 여한을 아는 외동댁의 생각은 달랐다. 그녀에겐 우선에 귀가 솔깃해지지 않을 수 없는 소리였다.

"그래 너라도 한번 찾아가 소식을 알아보고 오면 좋겠구나. 너야 어차피 집에 있어도 아부지 거달을 일손 주변도 못 되고……"

그동안 무슨 소식이 있었다면 조모 웃녘댁 생전 해마다 다녀가다시피 한 세밑 심부름꾼 편에 전해지고 남을 일이었다. 하지만 그 답답한 종운의 처지를 누구보다 가까이 지켜보아온 외동댁은 그런 사리분별을 따질 계제가 못 되었다.

"그래 이참에 너도 이것저것 그동안 갑갑했던 니 속내를 한번 훨훨 털어버리고 온다면 이 에미 속도 좀 시원할 것 같다마는……!"

어미가 모처럼 그를 거드는 소리에 용기를 얻어 종운이 다시 제 생각을 솔직하게 말했다.

"한 달쯤 이번 길을 허락해주신다면, 옛 조부님의 행적을 따라가며 그간의 우리 집안일은 물론 지금 제가 가려는 길이 옳은 길인지 어떤지, 다시 한 번 깊이 묻고 반성도 하겠습니다."

그러니 아비 남돌 씨인들 그 종운을 그저 윽박지르고만 들 수 없는 처지였다. 이번 일을 허락하고 보면 다시 언제가 될지 모르는 일이었지만, 그는 우선 다음번 상급학교 진학 시험을 위해서도 어린것의 심사를 달래놔야 하였고, 그에 앞서 근본이 아들의 그런 마음을 아껴줄 줄 아는 너그러운 아비였다.

"그래, 네 생각이 정 그렇다면 이번에 돌아가신 할머니나 이 애비를 대신해 네가 거길 한번 댕겨오도록 하거라. 네 삼촌 소식은 물론이려니와 그곳은 이 애비의 태를 묻은 땅이기도 하니께."

종운이 처음 생각한 것보다 뜻밖에 간단히 허락이 떨어진 것이었다.

하여 종운은 바로 며칠 뒤 아비 남돌 씨가 마련해준 여비 주머

니에 괴나리봇짐 행장으로 서둘러 구례골 3백 리 도보 길을 나섰
다. 아비 남돌 씨로부터 옛날 살던 집의 위치와 가까이 지내던 이
웃이며 고을 관속들에 대한 이야기를 머릿속에 꼼꼼히 챙겨 지니
고서였다. 그해 봄, 이미 구례에 비할 바 없는 먼 전주 길까지 혼
자 다녀온 일이 있는 터여서 그런 종운의 여정을 두고 남돌 씨나
외동댁은 그닥 큰 염려를 하지 않았다. 대신 이미 저승길을 떠나
고 만 시어미를 위해 외동댁이 가출로 외떨어진 삼촌의 뒷 소식
외에 서울 내직으로 올라가 부녀의 혈륜이 끊기고 말았다는 조모
친가 어른에 대한 당부를 덧붙였을 뿐이었다.

"할머니는 생존 시에도 옛날에 벌써 망단한 일이신 듯 좀체 말
씀이 없으시더라다만, 그 애틋한 속마음에 어찌 행여나 하는 기
다림이 없으셨겠냐. 알아볼 만한 길이 있으면 그 어른 댁 주변 서
울 일이라도 하회를 좀 알아왔으면 좋겠구나."

하지만 그건 물론 종운이 크게 마음을 쓸 일은 아니었다. 그의
이번 여정의 목적은 어디까지나 갑갑한 주변 분위기를 벗어나 그
동안 줄곧 마음속에 두어온 옛날 조부의 길을 좇아가보는 것이
었다. 그리고 그 지향 없는 여정 속에 무엇을 찾아 그 길을 갔는
지 당신의 심회를 더듬어보고 젖어보려는 것이었다. 그리하여 당
신은 그 종착지 구례에서 무엇을 얻었으며 얻으려 했었던가……
당신의 유체는 이미 옛 고향 고을로 돌아와 묻혔지만 혼백은 아
직도 구례 고을에 남아 그 해답과 함께 자신을 기다리고 있을 것
만 같았기 때문이다. 그리고 거기서 무슨 일을 만나게 될지 자신
의 앞날이나 귀로조차 장담할 수 없는 마당에(구례에서 발길이 머

문 조부의 행로도 실은 그런 턱이지 않았던가), 당장엔 다른 일을 염두에 둘 여지가 없는 여정이었다.

종운은 이를테면 그렇듯 다른 생각 다 털어내고 어느 면 매우 홀가분하고 한가한 마음새로 길을 나선 셈이었다. 더욱이 결코 임의로웠다고만 할 수 없는 옛날 조부의 긴 우회 과정에 비하면 그것은 한가롭기 그지없는 유람 길 한가지였다. 다만 그의 발길을 무겁고 힘들게 한 것이 있었다면 조부의 행로를 그대로 따라 좇으려는 자의적인 고집에다 그 조부의 구례 시절에 대한 과중한 환상과 동경심 때문이었을 뿐.

종운이 길을 나선 1935년경에는 조부 때와 달리 장흥 읍내와 이웃 고을 간엔 물론 장흥 성내와 대흥 면소지 간에도 '신작로'라는 넓은 찻길이 놓이고, 그 길을 이용하여 하루 한두 차례씩 일반 손님을 태워 나르는 자동차가 다니고 있었다. 뿐더러 이웃 보성 읍내에는 몇 해 전부터 광주에서 화순을 거쳐 순천으로 이어지는 기차선로가 지나가고 있었다.

하지만 종운은 그 날래고 편리하다는 자동차도 기차도 타지 않았다. 그는 길을 나선 지 하루 만에 10리 밖 면소 동네를 거쳐 백리 상거의 장흥 성내까지 걸었다. 이튿날엔 다시 보성 읍내까지 60리 길을 걸어 광주선 기찻길을 만났지만, 그는 내처 이웃 벌교를 향해 피곤한 도보길을 계속해 갔다. 이번 여정이 어디까지 계속될지 모르는 마당에 많지 않은 노자를 아껴 써야 할 처지는 문제가 아니었다. 보다는 옛 조부의 행적을 따라 당신을 좀 더 가까이 느껴보고 싶었고, 그런 여정을 통해서만 당신이 찾으려 했고,

비로소 찾아 만난 무엇인가를 자신도 하루바삐 찾아 만나고 싶었다. 무엇보다 벼슬길마저 하찮게 여겨 사양한 채 별 얽음도 없이 자신을 고집스럽게 바쳐간 그 임의로운 자유인의 길을. 본모습이 보이지 않는 그 그림자와도 같은 거인의 길과 삶의 비밀을.

그는 그렇듯 초가을 산야와 마을 길을 걷고 걸어 낙안을 지나고 승주를 거쳐 집을 나선 지 열흘쯤 만에 마침내 옛 조부의 종착지이자 종생의 땅이었던 구례 고을에 당도했다. 그 3백 리 도보 길이 가까운 것은 아니었지만, 그의 발길이 갈수록 늦어지고 예상보다 시일이 걸린 것은 아무것도 서두를 것 없는 여정에, 구례 고을에 가까이 다가들수록 옛 조부의 족적이 새로워지는 듯싶은 심사 따라 당신의 모습이 자꾸 더 크게 다가드는 바람에 마을마을 밤을 쉬어 떠나는 날이 많아진 때문이었다.

하지만 그 모든 것이 한갓 허망한 꿈일 뿐이었던가. 기댈 곳이나 기약이 없는 그의 젊음이 그냥 한번 취해 앓아본 백일몽에 불과했는지도 모른다.

종운은 근 한 달쯤 만에 왕복 6백여 리 길을 다시 걸어걸어 선바위골로 돌아왔다.

그런데 몰라볼 만큼 야위고 지친 모습으로 다시 집을 찾아 돌아온 그는 마음을 졸이며 기다리던 식구들이나 어른들 앞에 그간에 있었던 일을 좀처럼 말하려 하지 않았다. 식구들은 물론 그동안 그가 어떤 고생 속에 그 구례 고을까지 찾아갔으며, 구례 성내 당도 후에는 어떤 일들이 있었는지, 옛 동네 지인들은 누구누

구를 만났으며 그간에 지나온 형편들은 어쨌는지, 이것저것 두루
세세한 사정을 듣고 싶어 하였다.

하지만 종운은 어른들의 채근과 성화에 떠밀리듯 마지못해 한
마디씩 간간이 내뱉었을 뿐이었다.

—노자를 마련해 지고 떠난 길인데 오가는 데에 별 고생될 일
이 있었겠어요. 그럭저럭 잘 다녀왔으니 이젠 걱정 마세요.

—지금 구례 고을엔 옛날 조부님이나 우리 집 일을 잘 알고 있
는 사람이 없었어요. 옛날 사셨던 동네 이웃이나 관속들 중에서도
요. 할머니 돌아가시고도 한두 해 더 이어지던 그쪽 세밑 심부름
꾼이 끊어진 것도 연전 일인들에게 자리를 쫓겨나간 군수를 마지
막으로 더 이상 소임을 전해 받은 사람이 없는 탓이었다니까요.

—그런 형편에 더 누구를 찾아 만나볼 수가 있었겠어요.

그때그때 몇 마디로 간단히 대꾸하고 넘어갔을 뿐 그동안 겪은
일에 대해선 도대체 말을 꺼내기도 싫은 낌새였다. 그의 마음속
기대가 크게 무너졌음이었다. 더욱이 조부에 대한 그의 동경이
크고, 그걸 증거해줄 흔적을 찾으려 애를 썼다면, 그 소망과 노력
만큼 실망도 컸음이 분명할 터. 그 일에 대한 종운의 소회는 이러
했다.

—서울 가신 할머니 친정 어른 분은 물론 소식을 물을 길이 없
었지만, 그 어른 대신에 저는 헛걸음 삼아 조부님이 마을 사람들
에게 역병이 옮아 앓다 돌아가셨다는 곡성 쪽 동네를 찾아가 봤
지요. 하지만 거기서도 조부님의 일이나 행적을 제대로 기억하는
사람을 찾을 수가 없었어요.

그러니 거기까지 옛 조부의 행적을 찾아간 종운의 소망과 정성, 그에 따른 낙망이 어떠했는지는 능히 짐작하고 남을 일이었다.

　한데 종운은 그런 가운데에도 집안 어른들, 누구보다 남돌 씨와 외동댁이 일견 자지러지게 반겨할 소식 한 가지를 지녀오기는 하였다. 다름 아닌 유년 가출해 나간 삼촌의 소식이었다. 하지만 종운은 그마저도 사정이 썩 탐탁지가 못했던 듯 그날 저녁 온 식구가 함께 한 밥상을 물리고서야 남의 이야기를 전하듯 시들한 어조로 덧붙였다.

　"참, 저 순천 골 인근에 옛날 집을 나가신 삼촌이 돌아와 살고 계시데요. 그새 이미 성가를 하셨다고 숙모랑 조카들이랑 여섯 식구를 거느리시고요. 10여 년 전에 단신으로 구례 고을로 핏줄 의지를 찾아갔다가 우리가 이미 선산 고을로 떠난 것을 알고 뒤늦게 장흥 길을 좇아 나서기까지 했다고요. 그런데 도중에 인심이 괜찮은 동네를 만나 주저앉고 말았는데, 거기서 숙모까지 만나게 되셨다구요. 구례에서 용케 그런 사연을 아는 사람을 만난 덕이었지요. 그래서 제가 돌아오는 길도 한 이틀 더 늦어졌고요."

　하지만 그게 전부였다. 지내는 형편은 어떻더냐, 제 어미나 형제간이 고향으로 돌아간 것을 아는 터에 거기까지 와 살면서 왜 여태까지 찾아볼 생각을 한 번도 안 했다더냐, 언제쯤 찾아오겠다던 말은 없더냐, 종운 자신이 당사자이듯 당연히 원망스럽고 궁금하기 짝이 없어진 어른들의 추궁 투에도 그는 모든 일을 뭉뚱그려 간단히 대꾸하고 말았다.

　"찾아올 생각은 많았지만, 곁에 딸린 식구들이나 살림 형편 때문에 쉽게 길을 떠날 수가 없었다고요. 이것저것 집안 형편이 좀 펴면 언젠가는 꼭 한번 찾아뵈러 오신다고 했지만, 제 보기엔 그게 좀체 쉬워 보이지가 않던걸요……"

그리고는 그만이었다. 이쪽에서 당장 길을 나서 찾아가보자는 제 아비나 어미의 성화 어린 다그침에도 종운은 그저 심드렁하게 막아설 뿐이었다.

"제 생각엔 삼촌 쪽에서 그걸 반기지 않을 일 같던걸요."

한마디로 그 한 달간의 여행길에서 그는 옛날 조부의 거인 같은 환상을 잃은 대신 한 가난하고 남루한 숙부의 환멸스런 초상을 지고 돌아온 셈이었다. 그리고 이젠 그 양쪽을 다 멀찍이 잊고 지내고 싶은 형색이었다.

3

종운이 구례 쪽엘 다녀온 그 한 달 사이에 동네에선 한 가지 맹랑한 소동이 벌어지고 있었다.

일찍이 부모를 잃은 동네 안 좌수댁 단골 일꾼 만득에게는 어릴 적부터 속 중정이 좀 실실치 못한 천득이라는 아우가 있었다. 날씨가 선선해지기 시작한 그 초가을께 어느 날, 미장년 처지의 형을 의지로 근근이 오두막 한 칸을 지키고 사는 그 만득 아우 천득이 동네 아낙들이 모여 앉은 길갓집 순칠네 방앗간 앞을 지나가고 있었다. 그러다 위인이 그 방앗간 안에서 들려 나오는 아낙들의 웃음소리에 웬일로 바짓가랑이 속에서 찔끔찔끔 오줌을 지려 흘려댔다. 그리고 때마침 길을 마주 지나다 그 꼴을 목격한 동네 싱겁쟁이 '호박 꼭지' 삼식이 아배가 할 일 없이 어정어정 발길을 돌이켜 녀석을 뒤쫓아갔다.

그런데 그 싱겁쟁이 위인이 파적거리 삼아 이리저리 녀석을 얼러댄 끝에 캐어낸 숨은 곡절이라니. 그가 뒷날 주위에 흘리고 다닌 바를 종합하면 전후사가 이러했다.

총각이 하루는 동네 뒷산 마장재 고개 너머 솔밭으로 마른 가지 땔나무를 하러 들어갔다 아무도 보는 사람이 없을 줄 잘못 알고 욕심 결에 장작감 생나무 한 그루를 베어 지고 나오던 참이었다. 아무도 보는 눈이 없을 줄 안 것은 위인 혼잣생각일 뿐이었다. 때마침 그쪽으로 뙈밭 들깨를 털러 가던 동네 품앗이꾼 아낙 두셋이 같은 산길을 마주 올라오다 그 후미진 산길에서 위인과 마주치게 된 것이 불운이요 화근이었다.

아낙들은 평소에도 동네 방앗간이나 참기름 집, 빨래터 등지에서 험한 상소리와 음담패설을 서슴지 않는 이름난 장난꾼들인 데다. 그중엔 저 추석 산행 시 자두리 사건의 단초를 제공한 복배 어미에, 제 남정과의 밤잠자리 감창 소리가 벽을 뚫고 울을 넘어 골목 밖 행인의 발길을 잠깐씩 머물다 가게 한다는 동네 색녀 순칠네까지 함께하고 있었다.

─나는 내 물건 휘두르는 재미가 그만이지만 이녁은 밑에서 아픈 절구질을 당하면서도 그렇게 좋은겨?

어느 한번은 방사 중에 죽어 까무러치는 여편네의 기성을 듣다 못한 남정이 가쁜 숨결을 잠시 멈추고 어벙하게 묻는 소리에 여편네의 대꾸가 이런 식이었다던가.

　—귀이개로 귓구멍을 후비면 귀이개가 기분 좋겠어요, 귓속이 더 좋겠어요!

　그런 여편네들이 호젓한 산길에서 그 어리숙한 반푼이 총각을 만나고 보니 그냥 무심히 지나칠 리가 없었다. 무엇보다 이날의 천득은, 무슨 일을 건성건성 서둘러 끝내는 행동거지를 보고 '뭐 큰놈 목욕하듯 한다'는 말이 있어 오듯, 턱없이 장대한 제 양물 탓에 들 방죽 목욕도 제대로 못하고 다닌다는 뒷소문이 따라다니는 위인이었다. 게다가 이즈막 들어 동네 사람들은 누구보다도 며칠 걸어 들이닥치곤 하는 면소 산감(산림도벌 감시원)들에게 잔뜩 겁을 먹고 지내는 참인데, 그것도 제 집 산을 지니지 못한 위인이 남의 산 소나무를 몰래 베어 지고 내려오는 낌새고 보니 여편네들은 미상불 짓궂은 장난기가 동하지 않을 수 없었다.

　"워메메, 이것이 누구단가! 누가 지금 이러큼 남의 산 생솔을 몰래 베 지고 온다냐!"

　아낙들 중 성깔이 의뭉스런 복배네가 맨 먼저 위인의 길을 가로막으며 짐짓 놀라는 시늉을 하고 나섰고, 또 다른 한 아낙 행순네는 아예 자기 산 소나무를 도둑맞은 양 그를 몰아붙이고 들었다.

　"너 지금 그것이 누구네 산인 중 알고 솔나무 도둑질을 했냐. 이 마장재 안쪽 산들이 모다 우리 산인디, 너 오늘 잘 걸렸다. 내 당장 니놈을 끌고 가서 면소 산감한테 이를 텐께 어서 그 솔짐 지고 앞장을 서거라."

"잘 못했어유. 내 다시는 안 그럴게유. 이 나뭇짐도 그냥 아짐씨네 집으로 져다드릴 텐게 한번만 용서해주서유. 이 산이 아짐씨네 산일 중 모르고 그랬은게 이번 한번만 용서해주시면 다시는 안 그럴 게니 제발 한 번만유. 내 이렇게 빌게유."

아낙들의 말을 곧이들을 수밖에 없는 순진한 반푼이가 금세 새파랗게 겁을 먹었을 것은 당연지사. 위인은 목소리를 벌벌 떨며 나뭇짐을 벗어놓고 넙죽 아낙들 앞에 엎드려 두 손을 싹싹 빌기 시작했다.

그러자 여태까지 무슨 꿍꿍이 속에선지 뒤에서 혼자 말을 참고 있던 순칠네가 뜻밖에 다른 아낙들을 제지하고 나섰다.

"자 자, 이 사람들아, 위인이 지 잘못을 알아서 다시 안 그러겠다고 저렇게 빌어싸니 오늘은 우리도 그만 못 본 척 넘어가주는 것이 어쩔까 싶구만그래."

하지만 그건 일을 그쯤 넘어가주려는 아량에서가 아니었다,

"자네 산 나무는 기왕지사 상해버린 마당에 지 말대로 그걸 자네 집으로 들여가는 것도 그렇고…… 나무는 그냥 제 집으로 져가게 하는 대신, 지금 우리한티 정말로 잘못을 후회하는 징표라도 보여준다믄 말일세."

그녀는 산 주인을 자처하고 나선 행순네에게 찔끔 눈짓을 보내며 짐짓 나무의 일을 양보하게 하는 대신 위인에게 한 가지 사죄의 징표를 보일 것을 제안했다.

"그렇담 나도 바쁜 일 놔두고 먼 길에 면소 산감까지 찾아갈 일은 없었제만…… 이 위인이 정말 잘못을 뉘우치는 징표를 보여

줄란지 몰라?"

기미를 알아차린 행순네 역시 능청스럽게 말을 받고 나서 위인의 낌새를 살폈다.

감불청이언정 고소원이라, 위인이 시간을 지체할 리 없었다.

"용서만 해주시면 내 무신 일이든지 할 거구만요. 어서 말씀만 하세유."

얼음물 속엘 뛰어들래도 마다할 수 없는 위인의 황급한 애원투에 순칠네가 다시 다짐을 받았다.

"우리가 보여주라면 정말로 그 징표를 보여줄 게여?"

"어서 말씀을 하시랑게요."

그렇게 해서 아낙들은 정신이 온전치 못한 그 소나무 도둑 천득을 더욱 은밀스런 숲 속으로 끌고 들어갔다. 그리고 여전히 겁을 먹은 채 뒤따르는 위인을 한 나무 둥치에 기대 앉히고 얼러댔다.

"듣자니 너 그것이 병신이라며! 정말로 그거 병신인지 아닌지, 니가 약속한 대로 지금 여기서 우리헌티 내놔봐라."

"⋯⋯?"

천득은 처음 무얼 어떻게 하라는 것인지 몰라 어리둥절한 눈길을 두릿두릿하고 있었다. 그러자 복배네가 미리 손에 빼 들고 온 솔가지 끝으로 위인의 바지 고줌말 아래를 툭툭 치며 다시 재촉했다.

"아니, 지 바짓가랭이 새에 숨겨 달고 다님서 지 물건이 어딨는 중도 모른단 말여! 엉큼 떨지 말고 어서 니 수상한 하촐 좀 내놔보이란 말이다. 좋게 말할 때 그 나뭇짐 지고 면소 산감한테까지 끌려가기 싫으면!"

비로소 눈치를 알아차린 위인의 놀라움이나 애소 어린 눈길도 소용이 없었다. 그리고 결국 그 아낙들 앞에 눈물을 찔끔거리며 위인이 구부정하게 늘어져 꺾인 제 거대한 바지 속 양물을 꺼내 보인 데까지는 그래도 정도가 덜한 편이었다. 이후의 일은 더 이상 입에 담기도 외설스럽거니와, 위인이 뒷날 그 싱겁쟁이 복배 어른 앞에 마지못해 떠듬떠듬 실토한 소리가 이런 식이었다니까.

"그 아짐씨들, 지 껄 보고는 병신이라곤 안 했지라…… 그냥들 말이 안 된다고 놀라 입을 벌리고 서로 얼굴만 쳐다보고 있었어라…… 그러다 고 여시 지 애먼 물건더러 아짐씨 어른들 앞에 버릇이 없다고 솔가지로 톡톡 매까지 때리지 않어요. 안 그럴라 해도 그것이 지 혼자 *끄덕끄덕* 대가릴 쳐들고 일어난 탓에요……"

다름 아닌 위인의 요실금증 사연이었다. 호박 꼭지 삼식 아배의 짓궂은 호기심이 이번에는 천득이보다 그 몹쓸 여편네들로 향했고, 천득은 위인의 당찮은 종주먹질에 갈수록 점입가경이었다.

"아니, 그래 넌 그래서 그 아짐씨들이 시키는 대로 계속 그러고 맞고만 있었다는 게야? 그 여편네들이 대체 누구야! 누가 착하고 순진한 너헌테 그런 짓을 했어!"

"……복배네 아짐씨랑…… 행순네, 순칠이네 엄니랑…… 내가 그만 바지를 올리려고 하믄 면소 산감헌티 끌려가 혼구녁이 나고 싶냐고…… 버리장머리 없는 건 기가 죽을 때까지 매를 맞아 싸다고 찰싹찰싹 그걸 더 아프게 때림서요…… 지가 보여 주려 보인 것도 아니지만 맘대로 다시 숨겨 넣을 수도 없었단께요.

그런 중에도 자기들끼린 서로 쿡쿡 웃음을 참는 꼴인디도 진 이러지도 저러지도 못하고 그것이 저절로 풀이 죽기를 기다리느라 눈물만 찔끔찔끔 아파 죽을 뻔했다고요……"

사뭇 호소 조 고변이 한참이나 이어졌다.

그런데 그것을 제 자리에서 혼자 웃어넘기지 않고 그 실없쟁이 삼식이 아배가 동네 우스갯거리 삼아 슬금슬금 흘리고 다닌 게 새 사단을 낳게 됐다. 하기야 그런 류 뒷골목 패륜담은 잊힐 만하면 마을에 되살아나곤 해온 것이긴 하였다. 그리고 어찌 보면 끔찍한 싸움판이나 비정한 살인사건, 남의 집 화재 소동 따위처럼 하루하루가 늘 그 나물에 그 밥 같은 마을 사람들의 일상에 은근한 생기와 긴장감을 주는 대목이 없지도 않았다. 마을 공동체 단위의 삶에선 가진 사람이나 못 가진 사람이나 배운 사람이나 못 배운 사람이나, 심지어 남같이 육신이나 정신이 온전치 못한 사람까지도 이웃 간에 제각기 나름대로의 구실을 해온 격이었달까. 사람들 스스로 몹쓸 소동을 부르거나 기다리지는 않았더라도 그런 일은 그쯤 치부하고 웃어 넘어가거나, 적어도 용서 못할 패륜지사로 굳이 동네 공론 앞에까지 드러내는 일은 드물었다. 생각하기 나름으론 그도 그런 류 동네 우스갯거리로 치부해 넘어갔으면 그만일 터였다. 나이 먹어가면서 고부간에 차츰 허물이 덜해진 외동댁이 어느 길쌈방에서 키득키득 주고받는 이웃 아낙들의 소리를 귓결에 주워듣고 이웃 약산댁 앞에 우스개 삼아 흘렸을 때, 그 입이 무거운 여자조차 겉으로는 혀를 차면서도,

"쯧쯧, 몹쓸 여편네들 같으니라고. 아무리 남녀 간 내외를 넘어

설 나이들이라고 그래 아직 구실도 못 해본 늙은 총각 살까지 지년들 놀이개로 삼아? 달군 부지깽이로 제 살을 지질 여편네들!"

웃음기를 참지 못한 채 전에 없이 점잖지 못한 소리를 서슴지 않았으니까.

하지만 이번 일은 다행인지 불행인지 경우가 썩 달랐다. 만득이 제 아우의 일을 알고 제 분에 못 이겨 당사자 격인 호박 꼭지 삼식 아배나 여편네들을 추궁하고 징벌하러 대드는 대신 어수룩하고 병신스런 제 아우 천득일 실컷 두들겨 패어 집에서 내쫓기까지 한 것이 허물이라면 허물이었다. 게다가 연전에 며느리 일로 큰 곤욕을 치른 끝에 부자가 여태 구차하기 그지없는 홀아비 살이를 면치 못해온 아랫마을 정씨 영감이 그 일을 전해 듣고는 다른 동네 노장들에 앞서 자신의 일처럼 공분을 발동하고 나선 것이 결정적 사단이었다.

—인륜을 저버린 못 된 여편네들 같으니라고! 우리 동네가 반듯하고 편안하려면 이번에야말로 그 고약한 여편네들 고쟁이 바람기를 쫓아내줘야 혀!

—누가 나서지 않으면 이번엔 내가 앞장을 서야겠구만!

전날의 우세스런 일이 있는 터에 그럴 처지가 못 되지 않느냐는 아들의 만류도 소용이 없었다. 정 영감은 오히려 소동 이후로 집을 나가 소식이 끊어져버린 며느리나 그간 홀아비 생활 속에 여기저기 원망과 노여움이 쌓여온 이웃들에 대한 분풀이(혹은 명예회복?) 기회를 잡은 듯 만득을 찾아가 울화를 돋우었고, 동네 이장이나 안좌수 영감 같은 마을 유지들을 찾아다니며 몹쓸 여편네들의 '패륜적 음행'을 성토했다. 더불어 오랫동안 지켜져온 '마을의 관행'에다 동네 노장들의 어른다운 도리와 책임을 깐깐하게 다 상기시켰다. 그리고 그 결과는 뜻밖에 복잡하고 시끄러운 소동으로 이어졌다.

한마디로 마을에선 그 해묵은 멍석말이 징벌이 다시 거론되기 시작했는바, 그 과정에 마을 사람들 의견이 두 쪽으로 쫙 갈리이 예기찮은 갈등과 모략극이 빚어진 것이었다.

—그 여편네들, 이참엔 제 얼굴을 들고 사립을 못 나서게 멍석굿을 한바탕 치러줘야 마땅허지!

—그게 우세스럽고 싫으면 제 발로 먼저 동넬 떠나게 하든지.

처음엔 당사자 격인 만득 형제를 뒤에 제쳐둔 채 마을 이장과 안 좌수의 지원을 등에 업은 정 영감 쪽 노장층이 아무 앞에나 담뱃대를 휘저어대며 으름장을 놓고 다니고, 허물의 장본인 격인 아낙들 쪽 사람들은 끼리끼리 목소리를 낮춰 킬킬대며 자신들의 처사를 변명하거나 원망 어린 이죽거림을 참지 못해 했을 정도였다.

—그 영감쟁이들 우리들한티 무슨 웬수 척을 졌길래, 아무 짝에도 쓸모없는 노총각 썩은 물건 숫내 좀 다독여준 걸 가지고 그 야단들이제? 누가 자기들 말라비틀어진 고춧대라도 건드렸담 진짜 멍석말이 살인판 나겠네.

—뉘 집 며느리처럼 이런 일에까지 동네를 떠나가라니 마라니, 다들 그 정 영감 부자 모양 험한 생홀애비살이가 부러워선가 보제! 그러고 보니 남의 일에 쌍지팽일 짚고 나서 설치는 정 영감 옛날 일도 며느리 쪽에서 제 발로 집을 나가준 덕에 흐지부지 잊

혀졌제 제대로 된 내막은 알 수가 없는 터에, 자기 구린 곳은 가려두고 남의 대신 분풀이는 무신 분풀이 꼴이여!

하지만 그런저런 시비 투가 오가다 보니 종당엔 그 두 줄기 주장을 중심으로 온 동네 사람들이 집안 간에 남녀 간에 서로 뭉치고 패가 갈려 기어코 멍석말이를 해야 한다 말아야 한다, 심한 비방과 대립을 일삼게 되고, 더러는 그게 감정적 올무가 되어 일상의 들밭 일이나 바다 일 같은 다른 범상사에까지 경우 없는 다툼과 싸움질을 일삼기에 이르렀다.

하지만 어찌 보면 그 멍석말이를 둘러싼 동네 소동 역시도 아낙들의 음행기나 행투가 그렇듯 마을의 활력을 위해 없지 못할 일종의 세속 행사판 같은 것이었는지 모른다. 다른 한편으로 선바위골은 그로 하여 모처럼 팽팽한 긴장기와 활력이 넘쳐흐른 듯싶기도 했으니까.

구례 고을 나들이에서마저 심사가 심드렁해져 돌아온 종운에게도 그것은 한 동네 사람으로 퍽 흥미가 일 만한 일이었다. 하지만 종운은 그것도 남의 동네 일이듯 별 관심을 두려 하지 않았다.

"너는 쓸데없이 동네 일 기웃거리지 말고 네 앞일이나 잘 요량해나갈 생각해라. 우린 아직도 굴러들어온 돌모냥 객지살이 한 가지 처지니께 어느 한쪽을 편들고 나서지 말고!"

그 남돌 씨의 눈치가 보여서이기도 했지만, 그보다 종운 자신 도대체 주변 일엔 알은체하고 나서고 싶은 심사가 아니었다. 그는 헛간귀신처럼 계속 뒷 골방구석에만 틀어박혀 지냈다. 그렇다고 진학 공부를 다시 시작한 것도 아니었다. 그런 그의 골방 구석에선 이따금 흥얼흥얼, 사공의 뱃노래가 어쩌느니, 숫처녀 가슴에 봄이 와서 어쩌고 따위 귀에 선 새 유행가 소리가 흘러나왔을 뿐이다.

신식 노래에 대한 전날의 취미가 되살아난 것이었다. 하고 보면 여전히 마음 붙일 곳을 찾지 못한 종운에게 그 신식 유행가 취미나 몰입은 그나마 하루하루 자신을 지탱해나갈 고마운 도락거리인 셈이었다. 뿐더러 그저 무심한 소일거리 도락이라고만 할 수 없는 그 유행가 취미가 다시 도지게 된 데는 나름대로 범상찮은 연유가 있었다.

종운이 구례에서 돌아오는 길이 늦어진 연고가 순천 근방의 숙부를 찾아보고 온 때문이라 말한 데는 숨겨진 대목이 있었다. 그가 숙부를 찾아 곁에서 지낸 것은 단 하룻밤뿐이었다. 게다가 그가 돌아온 길은 순천에서 보성까지 기차를 탔고, 보성에서 다시 장흥읍까지는 모처럼 자동차 신세를 졌던 데다, 차멀미 때문에 자동차를 내려 다시 도보 길을 걸은 것은 장흥 읍내에서 선바위 골까지 뿐이었다.

그는 실상 빈궁하기 그지없는 숙부 곁에서 하룻밤을 지내고 이튿날 아침 장흥 쪽으로 길을 나서던 참에 그 성내 남쪽 변두리 시장거리에서 유랑 신파극단의 천막을 만난 것이었다. 그 신식 유행가패들의 노랫가락에 발길이 이끌려 들어간 그는 이후 한 열흘 빠듯한 노자를 아껴가며 아예 그 천막 근처 시장 주막에 잠자리를 정해두고 밤낮 없이 신파극과 노래판 구경을 일삼고 지냈다.

그러다 노자 주머니가 거의 바닥이 날 때쯤엔 그가 노래판 가수들에게 처음으로 들어 익힌 새 유행가 곡목이 「목포의 눈물」이며 「처녀총각」 등속 열 곡 가까이에 이르렀고, 선바위골에서 이따금 토막 소리로 듣곤 했던 판소리를 신파극 사람들이 생목소리 대신 축음기(종운은 물론 처음 본 기계였다)라는 소리통 기계로 들려준 것을 익힌 것도 「춘향가」의 「쑥대머리」를 비롯하여 「수궁가」의 「강상풍월」(고고천변)에, 「심청가」의 「범피중유」 따위 대여섯 대목이나 되었다. 뿐만 아니라 이후 그가 처음 먼 길을 떠날 때의 돈 전대보다 더 소중하게 짊어지고 돌아온 괴나리봇짐 속에는 그가 다시 순천 성내로 찾아들어가 마지막 노자 주머니를 털어 산 몇 권의 문예잡지, 소설책들과 함께 새로 나온 유행가집이 세 권이나 들어 있었다.

종운은 그렇듯 귀가 후에도 눈만 뜨면 진종일 제 뒷골방에 들어박혀 그 '신식 이야기 책'들 속에 펼쳐진 바깥 세상일에 빠져 지내다시피 하였다. 그러면서 틈틈이 새 유행가집을 들춰가며 흥얼흥얼 구례 길에 배워온 신식 노래들을 다시 익혔다. 잡지나 소설책은 읽은 것을 몇 번씩 되풀이해 읽듯이 그의 유행가 연습 또한 그만큼 복습에 복습을 거듭해나간 셈이었다. 생각 같아선 토막 소리나마 이것저것 기왕부터 귀에 가까이 익어온 판소리, 저 흥보가나 심청가 가락도 맘에 드는 몇 대목을 다시 익혀보고 싶었지만, 이런 벽지 구석에선 그 기막힌 명창들 생목소리는 물론이려니와 축음기 소리도 다시 들을 길이 없는 터라 생각을 좋이 접어둔 채 그렇듯 새 유행가 연습에만 몰입하고 든 것이었다. 하긴 이미 변성기를 거치면서도 목소리가 좀 굵어졌을 뿐 원래의 미성기를 잃지 않은 그의 맑은 목청은 종운 자신의 생각에도 세차기 그지없는 판소리 창보다 나긋나긋 달콤한 비애와 몽환기가 묻어나는 유행가 가락 쪽에 더 격이 맞아 보인 탓이기도 했지만.

종운은 이를테면 한동안 그렇듯 잡지나 소설 속의 먼 바깥세상 이야기와 달콤한 유행가 가락 속에 마약에라도 취한 듯 심신이 적당히 노곤하고 몽환적인 하루하루를 보내고 있었다. 하지만 그 달콤한 비애와 몽환기의 정체가 무엇이며 거기에 취해든 자신의 처지가 어떤 것인지를 그는 분명히 알지 못했다. 그것을 뒤늦게 진단해 일깨워준 것은 이웃 태산이었다. 아들의 마음이 진학 공부 쪽으로 기울기를 말없이 참고 기다리던 남돌 씨의 인내가 한 계점에 다다라가던 이해 늦가을 녘이었다.

이 무렵 이웃 태산은 이미 자신의 모교인 신정보통학교 교사 (훈도) 근무를 발령받고 출퇴근이 쉬운 면소 마을에 하숙을 정해 지내며 일요일 같은 때면 이따금 선바위골 집을 다녀가곤 하였다.

그 태산이 한번은 이웃 어른들에 대한 문안인사차 종운네를 찾아왔다. 하지만 문안인사는 구실이었을 뿐, 그는 미리 제 어미 약산댁으로부터 이웃 종운에 대한 외동댁의 잦은 걱정을 전해 듣고 작심 끝에 일부러 종운을 보러 왔음이 분명했다.

"종운이 넌 요즘 이 동네 사람들 멍석말이 소동을 두고 어떻게 생각하냐?"

어른들에 대한 인사를 간단히 치르고 난 태산은 이내 종운의 뒷골방을 찾아들어 자리에 앉자마자 그런 엉뚱한 소리부터 물었다. 그리고 무언지 좀 흥미롭게 여기면서도 큰 관심 두지 않고 지내온 일이라 우물쭈물 말을 망설이는 종운 앞에 태산은 미리 대답을 마련해온 듯 질책기 섞어 스스로 단정하고 들었다.

"이런 게 바로 망국 후유증이다."

그리고 다시 이어진 그의 추궁 투 물음과 대답인즉 대충 이런 식이었다.

……옛날엔 이 고을 사람들이 저 큰산에 돌탑을 쌓았던 일을 아느냐―, 이십수 년 전 나라가 망할 무렵 이 고을 사람들은 큰산에 은밀히 서로 마음속 기원의 탑을 쌓는 일로 힘을 한데 모으고 살았다. 그러나 요즘엔 그 탑을 쌓는 일이 사라진 대신 마을이 온통 편을 갈라 패륜과 모함과 다툼을 일삼고 지내니, 이는 다 자신도 의식하지 못한 망국민의 황폐하고 파괴적인 퇴영성 탓인 게다. 그러니 이제부터라도 나쁜 원인이 나쁜 결과를 낳고 나쁜 결과가 다시 더 나쁜 원인을 재생산해나가는 파괴적 악순환 속에 이 땅과 백성들이 더욱 병들지 않게 하려면 당연히 그 무서운 악순환의 고리를 끊고 우선 그 망국적인 해악 현상에서부터 벗어나야지 않겠느냐―

태산은 그렇듯 긴 연설조 끝에 자신의 결론과 함께 종운에게 물었다.

―동네 여자들의 못된 행짜도 행짜지만, 그런 일로 제 살 깎기 집안 싸움 같은 험한 다툼질은 더욱 안 될 일이다. 그것은 이 나라를 통째로 빼앗은 왜인들이 바라는 일일뿐더러, 저들은 계속해

서 이 땅 사람들이 제풀에 취해 병이 들고 힘없이 스러져가게 할 갖가지 달콤한 책략을 꾸며 퍼뜨리고 있으니까. 우리는 부지불식 간 그 보이지 않는 책략의 독기에 취해 빠져서는 안 되니까. 그런 데 지금 네 처지나 지내고 있는 형편은 어떠냐? 우선 요즈음 네 가 빠져 지내고 있는 유행가에 대한 네 생각을 좀 말해봐라.

졸지에 또 종운과 그의 유행가 쪽으로 말머리를 돌리고 들었 다. 그리고 그 갑작스런 주문에 이번에도 말을 망설이고 있는 종 운을 향해 미리 생각해둔 듯한 자문자답식 훈계조를 이어갔다. 이미 짐작한 일이었지만 태산은 그 마을의 멍석말이 소동을 빌미 삼아 비로소 이웃 후배 아우를 찾아온 목적의 본론을 꺼내고 나 선 것이었다.

한마디로 태산은 그 유행가야말로 이 시대 사람들의 정신을 흘 려 병들게 하는 마약의 일종이라 단정한 다음, 제 눈앞의 진학 공 부를 외면한 채 허무맹랑한 유행가 가락에 빠져 지내는 종운의 정신머리야말로 그 마약의 독성에 물들어가는 퇴영적 삶의 파탄 상에 다름 아니라는 식으로 그의 빗나간 취미와 나태성을 모질게 나무랐다. 그리고 그 마약의 독성과 파탄의 그림자에서 벗어날 당장의 처방으로 태산은 다시 종운의 상급학교 진학을 강요했다.

─이제 누가 원하든 원하지 않든 세상은 모든 면에서 크게 바 뀌어가고 있다, 우리는 아무도 그 변화를 외면할 수 없다, 변화를 외면했다간 우리 선인들이 나라를 잃을 때 그랬듯이 다가올 우리 의 미래를 다시 찾아 일으킬 힘을 얻을 길을 잃어버리고 영영 어 두운 절망의 구렁텅이로 떨어지게 된다······

—일본이 영구히 이 땅을 차지하고 지낼 책략으로 들여온 새 문물 가운데엔 물론 우리에게도 눈을 부릅뜨고 받아들여야 할 것이 없지 않은 게 사실이다. 새 농사법이나 공장 지어 돌리기, 신작로 철도 놓기 같은 과학적 산업기술, 나아가 유사 이래 한 번도 제대로 성공한 적이 없는 세습적 신분의 이동과 상승 기회가 열리게 된 새 관공서나 금융기관 직원 임용을 위한 시험제도 같은 것들이 그것이다. 그리고 무엇보다 저들 자신들 외에 우리에게도 그 모든 것을 함께 취해나갈 수 있게 해주는 새 교육제도가 그 좋은 예들이라 할 수 있다……

　—우리는 저들이 그랬던 것처럼 새 기술과 문물제도를 배워 익혀 그 힘으로 저들을 이겨 넘어야 한다, 다행히 저들의 식민 교육과 공직 임용 제도는 우리 모두에게 그 문을 열어준 셈이다, 그러니 우리는 그를 위해 우선 공부를 해야 하고 그러자면 갈 수 있는 한까지 상급학교 진학을 해야 한다, 나 역시 그 힘을 기르기 위해 어려운 형편에서도 사범학교 진학을 결심했고, 지금은 어느 정도 그 힘을 얻고 있다, 마음이나 정신뿐만 아니라 일본 체련법인 유도까지 익혀서 육신의 힘까지도 말이다.

　—너도 우선 그 힘을 기르기 위해 신식 상급학교 교육을 받아야 한다, 그러자면 남은 기간 먼저 각오를 새로이 하고 진학공부에 일로 매진해야 한다……

　종운의 진학을 위한 태산의 충고와 설득의 요지였다.

　이제 겨우 보통학교를 졸업하고 세상사에 어두운 종운으로선 어느 한 대목 섣부른 의구심을 품어볼 수 없는 앞서가는 생각이요 선각자다운 선배의 뼈아픈 조언이었다. 그래 태산이 마을의 멍석말이 소동을 두고 망국의 후유증이라 단정했을 때에도 종운은 그런가 싶었고, 마을 사람들 간의 모함 섞인 편 가르기와 다툼이 끝나야 한다고 했을 때도 필경 그래야 하나 보다 여겼다. 빼앗긴 나라의 일을 바로 세우고 자신의 앞날을 힘 있게 열어나갈 길을 위해, 새 문물제도를 통해 그 힘을 얻기 위해 당장 상급학교 진학 공부에 일로매진해야 한다는 세찬 다그침 역시도 종운은 어느 한 대목 이의를 달고 나설 수 없을 만큼 이로정연 고마운 충고였다. 주위에서 더러 일인들의 패악질을 들어오기는 했어도 워낙에 어릴 적부터의 일이라 나라를 빼앗긴 일에 대해 별생각이 없이 외려 당연시해오기까지 한 종운으로선 나라와 자신의 앞일과 바른 길을 훤히 내다보고 있는 듯한 그 태산의 높은 식견과 열정에 다시 한 번 깊이 머리를 숙이지 않을 수 없었다. 자신이 그토록 초라하고 남루하게 느껴지지 않을 수 없었다. 상급학교 공부를 하다 보면 누구나 사람이 저렇게 되는가. 나라를 빼앗긴 백성 처지에 젊은이의 의기가 마땅히 저래야지 않은가…… 그런데 나는 도대체 이 꼴이 무엇인가?

하지만 태산에 대한 존경심은 존경심, 그 앞에서의 부끄러움은 그저 부끄러움일 뿐이었다. 그것은 아무래도 종운 자신과는 상관이 없는 일들 같았다. 상관이 있대도 자신으로선 어쩔 수가 없는 일들 같았다. 아니, 태산에 대한 감탄과 경의가 깊을수록 종운은 열패감이 앞을 섰고, 그 앞에서의 부끄러움이 클수록 낭떠러지처럼 까마득한 마음속의 절망감을 이길 수가 없었다. 오직 한시

바삐 그를 멀리 떨어져서, 그를 다시 보지 않고, 그와는 상관없는 자기 식의 삶을 살고 싶을 뿐이었다.

태산의 본래 의도와는 반대로 전주사범 진학 실패 이후 그 바다 일 개꾼 행렬을 두고 오갔던 태산의 훈계와 종운의 도피적 절망감이 다시 한 번 되풀이된 셈이었다. 아니 이번에는 태산의 식견과 인격이 성숙한 만큼 종운의 절망감은 훨씬 더 깊었고, 그것은 돌이킬 수 없는 자기 도피와 폐쇄증으로까지 이어진 꼴이었다.

4

하지만 아직도 자신의 미래에 대한 뚜렷한 지표를 마련하지 못한 종운으로서는 그것이 마음 편할 리가 없었다. 그는 여전히 막막한 심사 속에 한동안 시험공부를 다시 시작할 수도 없고 그렇다고 계속 하모니카나 유행가의 몽환적 세계에 머물 수도 없는 어정쩡한 나날을 보내고 있었다. 하지만 그 종운의 팔자엔 애초부터 태산 같은 긴 공부길이 점지되지 않았던 것인지 모른다. 행인지 불행인지 그 종운의 방황은 종운 자신조차 예상치 못한 뜻밖의 일로 하여 생각보다 길게 간 편이 아니었으니까.

이해 겨울 이웃 태산이 신정 학교 방학을 맞아 한 며칠 선바위 골 집에서 지내고 있을 때였다. 하루는 서울에서 상업학교를 졸업하고 내려왔다는 20여 리 밖 이웃 면 삼산리 청년 한 사람이 그를 만나러 찾아왔다. 종운이 나중에 알게 된 일이지만 이 청년은

상업학교를 졸업했으면서도 금융조합이나 큰 상회 같은 곳에서
일을 하는 대신 웬 새판잽이 그림공부를 시작하여 이 1년 동안
고향집에 들어앉아 산이며 앞바다며 들밭 같은 고향 마을 주변의
풍광을 그리는 데에 열중해온 위인이었다. 그가 선바위골을 찾아
온 것도 방학을 맞아 쉬고 있는 보통학교 동창 친구 태산을 만나
보기 겸해 삼산리와 정취가 다른 이곳 바닷가 풍광을 그리기 위
해서라고. 그러니 그는 태산의 집을 물어 찾아들 때도 태산과 같
은 책가방이나 다른 눈에 띌 만한 치렛선물 꾸러미 대신 엉성한
지게다리 같은 화가(畫架)와 큼지막한 물감통을 둘러메고 있었
다. 하고 보니 그는 친구 태산과 그의 집에서 함께 지난 며칠 동
안 밤이면 지칠 줄 모르는 이야기로 날을 밝히듯 하면서도 낮이
면 어김없이 화가를 메고 나가 선바위골의 겨울 산과 들녘, 음산
한 갯가 풍경을 그려오곤 하였다.

　종운은 이웃에서 당연히 호기심이 일지 않을 수 없었다. 그는
이따금 태산 형네를 찾아가 두 사람 간의 일을 흥미 깊게 넘보고
다니곤 하였다. 그렇다고 두 사람이 밤을 새우는 시국담이나 인
생살이 길에 대해선 섣불리 끼어들 수가 없었다. 참견커녕은 둘
의 말뜻을 제대로 이해할 수조차 없었다. 하지만 태산보다 키가
훨씬 큰 이웃 삼산골 청년의 그림이나 스케치들에 대해서는 나름
대로의 이해와 놀라움을 금할 수 없었다.

　그는 왠지 산이나 들판 바닷가 풍경들을 그릴 때면 눈에 보이
는 그대로가 아니라, 형상이나 색깔을 제멋대로 바꾸어 그렸다.
그것도 종운 자신이 해왔듯 사람 눈에 아름답고 보기 좋은 모양

새가 아니라 오히려 어둡고 거칠고 더러는 괴기스러울 정도로 황
량한 모습으로 바꿔 그려놓기 예사였다. 이를테면 평화롭고 푸른
논밭을 시뻘건 황무지 들판으로, 평평하게 드러누운 바위산을 하
늘을 향해 벌떡 이어서 포효하는 거대한 괴물의 형상으로, 심지
어는 노란 색깔의 둥근 보름달을 갈가리 풀어진 갈색 똬리 모양
으로 그려놓는 식이었다. 위인은 바다를 그릴 때도 그 드넓은 수
평선이나 한가로운 구름장 대신 뇌성벽력 폭풍우가 몰아치는 사
나운 모습이 아니면 갯가 뻘판에 버려져 하릴없이 삭아가는 낡은
폐선 따위를 그리기 좋아했고, 사람의 얼굴이나 모습을 그릴 때
도 당자를 닮기보다 차라리 굵고 거친 선으로 괴이한 낮도깨비
화상 꼴(그가 친구 태산 형의 얼굴을 스케치해주었을 때 그걸 받아
본 태산 형이 실제로 그렇게 말했다. —하하 이게 뭐야, 이 낮도깨
비 꼴이 진짜 내 화상이란 말야?)을 빚어놓기 일쑤였다.

한데도 종운은 그런 그의 그림이 그저 엉뚱하고 괴상해 보이기
보다 어딘지 친숙하고 그럴듯해 보이기도 하였다. 종운 자신도
그 산하며 하늘, 바다 들에서 언젠가 그런 모습을 본 듯한 기이한
느낌이 들기도 하였고, 어쩌면 그게 세상만물이 제 속에 깊이 간
직해온 숨겨진 혼령이 아닐까 하는 생각에 까닭 없이 가슴이 설
레어오기도 하였다. 그리고 무엇보다 그 그림들 앞에 그런 느낌
들이 이는 자신이 심상찮고 신기하기 그지없었다.

하다 보니 종운의 호기심과 설렘은 그에서 머물 수가 없었다.

그는 청년이 마을을 떠나기 전날 마지막으로 해변 스케치를 나
서는 걸 뒤좇아 나섰다. 그리고 그가 이번에도 멀쩡한 채취선들

을 외면한 채 한쪽 뻘판에 파묻혀 삭아가는 폐선을 그리는 것을
보고 따지듯이 물었다.

"아저씨는 어째서 성한 배들 놔두고 하필이면 썩어 버려진 헌
배들만 그리세요?"

그러자 모닥불에 시커멓게 그은 북어대가리를 질겅질겅 씹어
대던 청년이 잠시 화필을 멈춘 채 종운을 돌아보며 예상외로 친
절하게 그러나 종운에겐 좀 알아듣기 어려운 소리를 해왔다.

"그건 헌 배가 배의 모습이 더 잘 보이기 때문이다."

"헌 배가 새 배보다 모양이 더 잘 보인다구요?"

의아해하는 종운의 거푼 물음에 청년은 다시 붓을 움직이기 시
작하며 대답을 계속했다.

"헐어빠진 낡은 배에는 지금까지 겪어온 제 내력과 참모습이
담겨 있거든. 사람들 일로 치면 그걸 역사라고 하는 거지. 배의
역사!"

"그렇담 아저씨는 눈에 보이는 배의 모습이 아니라 그 배의 역
사라는 걸 그리려는 거예요?"

"이를테면 그런 셈이지. 눈에 보이는 모양이야 그리지 않아도
우리가 늘 볼 수 있는 거니까. 보이지 않는 모습 뒤에 우리 인간
들과 함께해온 그 배의 내력과 참모습이 담겨 있을 수 있거든."

그림 그리는 일이 보이는 것 뒤에 숨은 제 내력을 찾아내는 노
릇이라니. 그리고 그 내력이나 역사라는 것 속에 참모습이 담겨
있는 거라니. 종운으로선 처음 듣는 사실로, 지금까지 그가 지녀
온 그림에 대한 상식이나 생각과는 전혀 동떨어진 소리였다. 이

를테면 태산과 종운 자신의 눈길이 늘 달랐듯이 옳고 그름을 떠나 세상을 보는 눈이 사람 따라 달라질 수 있다는 것, 그 눈길 따라 세상이 각기 달라질 수도 있다는 소리였다. 하긴 그래서 산이나 들판도 그렇게 달라질 수 있고, 바다도 하늘도, 사람의 모습까지도 형상이나 색깔이 그렇게 제멋대로일 수 있었더란 말인가. 그런데도 나 역시 그런 것들이 어딘지 낯설지 않았던 것은 그것이 내게 진정 그 본모습을 드러내 보일 때가 있었기 때문인가……

"그렇담 푸른 들판이나 하늘이 이따금은 붉은색으로 칠해지고, 사람의 얼굴이 괴물처럼 그려지는 것도 일테면 거기 담긴 내력이나 역사가 그런 모습이라는 거 아녜요? 아저씨한테는 그 하늘이나 사람들의 참모습이 그렇게 보인다는 거구요."

종운은 반신반의 속에 다시 묻지 않을 수 없었다. 그리고 종운의 물음이 길어질수록 청년의 대꾸는 종운의 이해 정도에 상관없이 더욱 단정적인 어조가 되어갔다.

"그것들이 그렇게 보인 게 아니라, 내가 실은 그렇게 보고 싶었는지도 모르지. 그림을 그리는 일이란 세상만물에 제 생각이나 소망을 담는 일이기도 하니까. 그런 뜻에선 세상을 자기 식으로 지배하고픈 욕망의 표현이기도 한 거구."

"사실은 그렇게 보이지 않는데도 아저씨 맘대로 그렇게 그릴 수도 있었다는 건가요?"

"이를테면 그런 셈이지. 나는 그런 세상을 살고 싶었고, 그래 세상을 그렇게 바꾸고 싶었을 테니까. 애초에 내가 그림을 그리고 싶어 한 것도 그거였을 테구."

"아저씬 그래서 그림 때문에…… 그런 그림을 그리고 싶어서 상업학교를 졸업하시고도 취직 대신 그림만 그리러 다니시는 거예요?"

이번에는 다소간의 힐난기와 함께 부러움이 뒤섞인 물음이었다. 그런데 그 종운의 말뜻을 나름대로 충분히 새겨 읽은 청년의 대답은 누구보다 자신의 각오를 새롭게 다지는 듯해 보였기에 종운을 더 한층 놀라게 하였다.

"그래, 이 세상은 돈이나 재물이 전부가 아니다. 사람이 먹고 입고 자는 일만으론 제 삶을 값지게 성취해나갈 수가 없는 게다. 나는 오히려 그 모든 걸 버리고 오로지 내 뜻과 희망을 좇아 나선 셈이니까. 옆엣사람들이 보기엔 세상을 그저 제 멋대로 살려 한다고 야단이지만, 이 한세상 어차피 그 사람들이 대신 살아줄 수 없는 내 몫의 삶 아니겠냐 말이다. 사람에 따라선 물론 그 반대쪽으로 세상을 살 수도 있는 거구."

……그런데 이 일이 그다지 길지 못한 종운의 생애에 결정적인 밑그림을 제공해준 셈이었다. 사람은 먹고 입고 자는 일보다 자신이 진심으로 소망하는 길에서 제 삶의 참값을 이룰 수 있다는 사실, 그걸 위해선 다른 누구의 눈길도 아랑곳을 않은 채 세상의 모습까지 자신이 원하는 식으로 바꿔보고 그릴 수 있다는 식의 청년의 생각과 삶의 방식은 마지못해 여태껏 상급학교 진학의 굴레에 시달려온 종운에겐 더 없는 충격이자 구원의 복음이 아닐 수 없었다.

―태산의 길은 태산에게 좋은 거다. 그 길은 태산이 가라 하고!

종운의 결론은 한마디로 그거였다. 그 일 이후 종운은 당장 벽장 속에 처박아두었던 하모니카와 소설책과 유행가집들을 다시 꺼내든 것이었다. 그리고 집안 어른들의 걱정스런 눈길 따위는 더 이상 아랑곳을 않은 채 한 며칠 고심 끝에 종당엔 다른 것 다 제쳐두고 우선 하모니카와 유행가집을 교재도구 삼아 이런저런 유행가 연습에 몰입하기 시작했다. 처음에는 그 자신 얼마간 손을 익혀온 터여서 청년의 그림 그리기를 본받고 싶기도 하였고, 꿈결처럼 달콤하고 멋스러운 유행가 가사나 소설책 짓는 일을 시작해볼까 싶기도 하였다. 하지만 이미 스승 격인 청년의 그림 이야기와 솜씨를 겪고 난 종운은 언감생심 그쪽 일은 엄두를 내고 나설 수가 없었고, 유행가 가사나 소설 글을 짓는 일도 이 궁벽한 시골 구석 살이 처지에선 아는 것이나 나이가 너무 모자랐다. 그나마 오직 제 목소리 하나 지녔으면 시도해볼 수 있는 것이 이즈음 널리 인기를 누리기 시작한 '가수'의 길이었다. 하여 종운은 종당 가서 아쉬운 대로 우선 그 가수의 길을 새 삶의 지표 삼아 일로매진하기로 결심을 굳히기에 이른 것이다.

그리고 이후 몇 달간 집에서나 들에서나 종운이 있는 곳에선 밤낮 가리지 않고 거의 언제나 그 자지러드는 듯한 하모니카 선율과 함께 입속 흥얼거림이 끊이지 않았고, 더욱이 마을에서 떨어진 근처 산골로 소먹이라도 나섰을 때는 한나절 내내 그의 발성 연습 소리가 골짜기를 온통 메아리쳐 흐르곤 하였다.

—야호, 야호…… 야아아, 야아아, 아악, 아악, 아아……!

—황성 옛터에 밤이 되니 월색만 고요해. 폐허에 서린 회포를……

—꽃처럼 피던 사랑 낙엽이 되고, 그 사랑 꿈길마다……

그런 종운을 두고 그의 식구들은 어른들이고 누이들이고 이제 더 아무 말이 없었지만, 이로움이나 해로울 것이 없는 무관한 동네 이웃들은 터놓고 비웃음기를 참지 못하곤 하였다.

"종운이 저 아이, 웃학교 못 가서 속을 너무 심하게 끓이다 어디가 잘못된 거 아녀?"

"가만두어. 오래잖아 우리 동네 큰 가수 나게 생겼은께!"

그런데 지성이면 감천, 뜻이 있는 곳에 길이 있다 했던가. 그런 종운의 맹목적이고도 무모한 도전과 집념 앞에 연거푸 뜻밖의 행운이 찾아들었다.

첫번째 행운은 그로부터 다시 반년쯤이 지난 초여름녘 읍내를 찾아온 유랑 신파극단 무대로부터였다.

종운은 그 초여름 성내 장날을 맞아 새 유행가집이나 신식 악기류를 구경할 요량으로 모처럼 혼자 읍내 나들이를 나섰다. 그런데 때마침 성중 장거리 한편에 대처 신파 극단이 흰 포장막을 쳐놓고 요란한 신식 악기 반주의 노래판을 벌이고 있었다. 알고 보니 연극 공연이 없는 오전 무대를 이용하여 이곳 군수의 우승 상품이 걸린 군민 노래 콩쿠르 대회가 진행 중이었다. 하지만 유행가 보급이 아직 일반화되지 못한 시절이어서 그런지 분위기를 돋우기 위한 몇몇 읍사무소나 금융조합 직원 이외에 정작에 무대로 올라서주기를 바라는 즉석의 일반 신청자는 거의 찾아볼 수가 없었다. 무대는 한동안씩 출연자를 재촉하는 사회의 만담 조가 무색할 만큼 한동안씩 썰렁하게 비어 있곤 하였다. 하여 종운은 보다 못해(아니, 사실은 신식 악기 연주 소리를 들으며 포장막을 들추고 들어선 순간부터 이미 숨결이 가빠진 제 가슴속의 종주먹질에 쫓겨서) 차제에 자신의 노래 실력도 시험해볼 겸해 어정어정 출연을 신청하고 무대로 올라갔다. 그리고 사회자의 반가운 안내와 멋들어진 아코디언의 반주에 맞춰, 에 금강산 일만이천 봉마다 기암이요…… 일찍부터 골백번씩 익혀온 '대한팔경' 한 곡조를 신명나게 불러젖히고 내려왔다.

그런데 과연 신식 유행가 보급이 아직 그만큼 늦었거나 종운의 노래 소질이 남달랐는지 모른다. 그가 노래를 끝내고 무대를 내려올 때 무대 아래에선 소나기 몰려드는 듯한 박수 소리가 요란한 데다, 사회자의 농기 섞인 칭찬 소리까지 뒤따랐다. ─어허, 이거 정말 이 장흥 고을에 명가수가 숨어 있었네요, 그려. 노래 정말 잘했습니다.

하지만 종운은 아직 성내 거리에 둘러볼 일이 남은 데다 돌아갈 길도 바쁜 터여서 출연 결과를 늦게까지 기다릴 수가 없었다. 하여 그 같은 등 뒤의 치하가 다른 사람들 때 한가지로 으레 뒤따르게 마련인 것으로 치부하고 곧장 극장을 빠져나왔다. 그리고 우선 성내 상가 거리를 한 바퀴 휘돌고 나서 그래도 행여나 하는 마음에 극장을 다시 찾았을 때는 이미 노래 시합이 다 끝나고 안에선 낮 신파극 순서로 들어가 있었다. 하고 보니 더 이상 숫기를 부릴 수 없는 성미에 그는 마땅히 알아볼 데도 없어 그길로 곧 미련을 버리고 집으로 돌아오고 말았다.

한데 그러고 며칠 뒤 면소엘 나다니는 윗동네 안 좌수댁 아들이 일부러 그를 집으로 찾아 내려와선 웬 양은 냄비 하나를 건네주며 칭찬과 함께 희한한 소식을 전했다.

─너 며칠 전 읍내 신파극장에서 유행가 콩쿠르에 나갔다며? 옛다. 2등 상품이다. 노랠 그렇게 잘 불렀으면 기다렸다 상을 받아 갖고 돌아와야지, 그냥 혼자 내빼왔어? 군수님 일등상은 아니지만 오늘 군청에서 너한테 전해주라고 일부러 인편에 우리 면사무소로 그 냄빌 보내왔더라. 2등상이라 별것 아니라 생각할지 모르겠다만, 지금 네 처지에 그런 게 문제냐. 축하한다.

2등이라고 별것 아니라 여기다니. 그나마도 전혀 생각지 않았던 결과였지만 행운은 아직 그에서 그치지 않았다. 바로 그 첫 번 일이 계기를 만든 경사로 그 안 서기는 상품을 전하고 나서 역시 예상치 못한 다른 한 가지 당부를 남기고 돌아갔다.

─그리고 참, 우리 면장님이 널 한번 보고 싶다니, 내일이라도 바로 면사무솔 나와서 박 면장님을 찾아 뵈거라. 박 면장님은 벌써부터 네 일을 알고 계셨던 터라 아마 찾아뵈면 네게 더 좋은 일이 생길지 모르겠으니.

그 박 면장은 다름 아닌 회령리 경주 이문의 사위가 되는 사람으로 종운과 먼 고숙뻘 인척 간이었다. 그런데 종운이 이튿날 지체 없이 그를 찾아가 보니 그런저런 연유로 하여 박 면장은 이미 전날의 사범학교 입학시험 일을 비롯해 그의 신상사들을 제법 소

310

상히 알고 있었고, 그 노래 콩쿠르 입상 일에 대해서도 누구보다
기쁨과 격려를 아끼지 않았다.

"장하구나. 참 장하다. 너 혼자 거기까지 신식 노래 솜씨를 익
혔다니. 네 목소린 이제 우리 대흥 고을의 귀한 자랑거리다."

알고 보니 인척간의 인연 이외에 그럴 만한 그간의 사연이 있
었다.

종운이 상급학교 진학 시험을 실패한 데 이어 주변의 끈질긴
충고에도 끝내 재도전의 의지를 꺾고 만 것을 본 몇몇 신정학교
선생과 교장은 한동안 실망이 대단했다. 하지만 종운의 영특한
머리를 아낀 선생들은 못내 그의 앞날을 모른 척 버려둘 수가 없
었다. 그래 옛 담임선생과 교장은 어느 하루 의논 끝에 명색이나
마 인척지간에 괜찮은 일자리 마련도 가능할 법한 박 면장을 찾
아가 그의 명석한 머리와 온순한 성격을 들어 앞일을 함께 의논
했다. 그리고 이후 박 면장에겐 그 선생들을 대하게 될 때마다 무
언중에 당자보다 위인들을 위한 자신의 숙제거리를 되새기게 되
곤 하였다. 그러다 이번 콩쿠르의 입상 사실을 알게 되고, 마침낸
그 종운을 부르기에 이른 것이었다. 때마침 새로 보급되기 시작
한 김 양식법이 해변 마을들에서 성공을 거두어 바야흐로 회령리
쪽에 그 소출을 관리 감독하는 해태조합이 들어선 게 호기였기
때문이다.

"임시직이라도 네가 원하면 내 그곳에 자리를 한번 마련해보
마. 네 공부가 보통학교뿐인 데다 조합에서도 이미 정식 직원은
자리를 다 채운 터라 임시직이라도 네가 원한다면 한 지역 관서

간에 내가 아직 그쯤은 알아봐줄 수 있으니."

치하 끝에 내놓은 그 고숙뻘 면장의 뜻밖의 제의를 종운은 물론 사양하거나 마다할 처지가 아니었다. 그저 고맙고 황감하여 오히려 선뜻 대답다운 대답을 못한 채 고개만 깊이 숙여 보였을 뿐이었다. 굳이 아쉬운 대목이 있다면 박 면장의 호의 어린 조력이 그의 노래를 위해서가 아니라 어느 면 그걸 말리는 쪽에 가까운 점이었을 뿐.

"그럼 이쯤 네 생각을 알았으니 내 오늘이라도 그쪽 조합장에게 이야기를 건네놓을 테니 일간 한번 회령리 조합으로 조합장님을 찾아가보거라."

박 면장은 그쯤 일을 처결 짓고 나서 새삼 몇 마디 당부를 덧붙이기까지 하였다.

"그렇다고 이게 꼭 너더러 가수의 길을 열어주고 싶어선 아니란 걸 알아라. 앞으로 네가 무엇이 되려 하든 그런 일자리를 통해 우선 제 밥벌이 앞가림 방책부터 마련하고 나아가 세상 돌아가는 물정을 익히게 해주려는 거니 그런 줄 알고. 이번 입상은 가상한 일이다만, 그만 정도로 이런 시골 구석에서 가수의 꿈이라니 당키나 한 일이냐. 임시직이나마 허락이 내리면 당분간 조합일 잘 배우고 상급자의 마음을 얻어 정식 직원이 되도록 성심성의 전념을 쏟도록 하여라."

하지만 미리 말하자면 그런 당부의 소리가 종운에겐 그리 오래 머물러 남을 수 없었음이 물론이다.

5

바다 건너 완도와 함께 일찍부터 새 김 양식법이 보급된 덕에 군 해태조합이 면소지도 못되는 회진포에 소재하게 된 것이 이곳 대흥 소학교를 나온 종운에겐 큰 행운이었던 셈이다. 장흥해태조합은 인근의 면사무소나 금융조합은 물론 군청이나 재판소 따위 읍내의 어느 기관에 못잖은 좋은 일자리였던 데다, 모교의 선생님들이나 친척 간 면장의 주선이 아니었다면 초등학교 졸업에 그친 종운의 학력으론 감히 엄두조차 낼 수 없는 어려운 취업문이었으니까.

하고 보니 비록 '임시 서기'라는 조합 내의 최하위직이기는 했으나 종운은 마음속으로 뒷날을 기약하며 자신에게 주어진 직무를 감지덕지 충실하게 잘 감당해나갔다. 그의 일상은 전날과 달리 정연하게 질서가 잡혀갔고, 그만큼 활력과 자신감도 넘쳐났다. 한마디로 그의 사무실 태도와 업무 능력은 조합장뿐 아니라 그를 천거한 면장의 기대를 저버리지 않았고, 그것은 종운 자신보다 그의 양친 남돌 씨와 외동댁을 더욱 크게 고무시킬 만하였다.

―많이 배우면 뭣하는가. 작게 배워도 써먹길 잘해야제. 저 아이 앞일은 이제 마음 놓아도 되겄어.

―그리만 되어주면 우리 집에 더 무신 걱정거리가 있을랍뎌.

남돌 씨와 외동댁 내외는 그 아들이 대견하고 자랑스럽기만 하였다.

하지만 그 같은 내외의 부푼 기대는 아들의 첫 월급날을 맞고
부터 서서히 금이 가기 시작했다.

부드러운 남풍에 춘색이 무르익기 시작한 그 3월의 첫 월급날,
조합에서 퇴근해 돌아온 종운이 남돌 씨 앞에 내놓은 급료봉투
엔 애초 월정액의 반의반도 못 되는 푼돈밖에 들어 있지 않았다.
대신 그는 이 날짜로 미리 읍내 상회에다 주문해 배송 받아온 요
상한 모양새의 물건 하나를 남돌 씨 앞에 내놓았다. 위아래 입성
을 벗은 여인네의 알몸 형상을 한 노랑색 나무통에다, 한복판 배
꼽자리를 크게 뚫어 몇 가닥 철사 줄을 길게 걸어맨 그 물건인즉,
종운이 그 아비 앞에 한 손가락 끝을 퉁겨 보임에 따라 띠리링,
하모니카 비슷하면서도 뒷맛이 더 간지럽게 이어지는 새 소리통,
이른바 '기타'라는 신식 악기였다.

그 부모 남돌 씨나 외동댁은 물론 그 기타라는 신식 악기가 어
떤 용도로 쓰일 것이며 그것이 장차 아들의 전정에 어떤 구실을
하게 될지를 소상히 알지 못했다. 두 사람은 다만 그 종운이 여전
히 집안 식구들 일엔 마음을 쓰지 않았다는 생각, 그의 월급이 앞
으로도 집안 살림엔 별 보탬을 주지 않으리라는 사실을 직감으로
깨달았을 뿐이었다. 하여 그 아들의 태평스런 고집통을 익히 아
는 남돌 씨는 불안스런 실망감 속에 체념 투로 한마디 물었을 뿐
이었다.

—그래, 이 한 달치 첫 월급을 다 써가며 이 소리통부터 장만했
단 말이냐? 이 소리통이 우리 식굴 배부르게 해준다더냐?

하지만 남돌 씨의 예상대로 그에 대한 종운의 대답은 더욱 엉

뚱하고 천연덕스럽기만 하였다.

　—소리가 사람을 배부르게 해줄 수는 없습니다만, 사람이 밥만 먹고 살 수는 없는 일 아닙니까. 집안일은 아버님이 잘 단속해나가시니, 제 월급은 염두에 두지 말아주십시오. 일은 일이고, 이런 기회에제 취미와 소질을 살릴 길을 한번 찾아보고 싶습니다. 용서해주십시오.

　자식 이기는 부모 없다듯이, 누구보다 그 아들에게만은 제 뜻에 맞는 삶을 살게 해주고 싶어 자신의 삶을 다 바치다시피 해온 남돌 씨로선 더 이상 할 말이 있을 수 없었다.

　—내가 언제 아들자식 놈 월급봉투 쳐다보고 살 팔자였더라냐. 네 알아서 할 네 인생길, 내사 모르겠다. 하더라도 조합 일이든 무어든, 이 에미애비 얼굴에 똥물 처바르는 노릇은 없게 해라.

　오히려 은근한 격려를 보냈을 뿐이었다.

　그야 제 부모의 고단한 삶을 안타깝게 여길망정 업수이여길 순 없는 자식의 처지에서 남돌 씨의 걱정처럼 종운이 그 아비어미 얼굴에 무엇을 뿌려대는 일 따위가 생겨서는 안 되었다. 하지만 그 아들의 심기를 건드리지 않기 위해, 다시 말해 종운이 다른 말썽 없이 해태조합 출근을 계속하게 하기 위해 두 내외는 오물을 견디는 이상의 인내심과 도량을 지녀야 하였다.

　종운의 조합 출퇴근 사정은 물론 전날과 크게 달라진 점이 없었다. 변화가 없다기보다 집을 들고 나는 시각이 훨씬 정확했고 활기도 더해갔다. 새로 장만한 기타 때문이었다. 그는 기타 탄주를 익히기 위해 조합일이 끝나면 득달같이 집으로 달려왔고, 그

여추 없는 퇴근시각 권리를 위해 근무시간 중에는 늘 공손한 태
도와 최선의 업무능력을 발휘했다. 그 덕에 조합 상사들로부터도
질책기보다는 이해와 신망을 얻고 있는 편인 종운은 집으로만 달
려오면 제 뒷골방에 들어박혀 기타 공부에 몰입했다.

남돌 씨 내외는 끼니때를 잠시 빼고 나면 밤이 깊은 줄 모르고
끊임없이 이어지는 뒷골방의 띵똥거리는 소리, 그 요령을 알 수
없는 쇳줄 가누는 소리를 두어 달 가까이나 말없이 견뎌내야 하
였고, 그 쇳줄 소리가 어느 정도 높낮이와 길이를 가다듬기 시작
하면서부터는 그의 흥얼거림으로 전날부터 이미 귀에 못이 박이
다시피 해온 신식 유행가들을 골백번씩 되풀이 들어야만 하였다.

어른들에겐 그토록 지겹고 가까이 할 수 없는 소리를 어린 제
누이들은 그다지 귀에 설어하지 않은 것이 그나마 다행이었달까.
종운의 손아래로 이미 열 살 안팎의 고만고만한 계집아이 꼴로
자란 제 세 누이들은 어릴 적부터 그 머리 좋다는 오라비를 원체
좋아하고 따르는 편이었지만, 그 오라비가 어엿한 조합 직원 옷
을 차려입고 출근을 시작하면서부터는 그를 더욱 자랑스러워하
며 받들고 도는 식이었다. 녀석들에겐 오라비가 하는 일은 무엇
이나 옳았고 그가 지닌 것은 무엇이나 좋은 것이었다. 그 오라비
가 사들인 신식 악기요, 그 오라비가 뜯는 신식 유행가 소리였다.
신기하고 멋있고 자랑스런 노릇이 아닐 수 없었다.

누이들은 밤이 되면 오라비의 뒷골방 밖 어둠 속에서 몰래 그
기타 소리에 귀를 기울일 때가 많았고, 오라비가 출근 중인 낮 동
안엔 몰래 그 방으로 숨어 들어가 방주인이 보물처럼 아끼는 소

리통을 조심스럽게 만지거나 쓸어 소리를 내어보기도 하였다. 하지만 그 오라비나 여전히 집안의 큰 기둥으로 그를 위할 수밖에 없는 어른들이 그 방을 성역처럼 함부로 드나드는 것을 금했으므로 종운은 그 방에서나 기타에서나 그런 제 누이들의 흔적을 알아차린 일이 없었다.

이를테면 종운은 자신의 기타 공부에 그렇듯 어느 누구의 간섭이나 방해 없이 몰입 전념하고 지날 수 있게 된 것이다.

남돌 씨와 외동댁에게는 그게 그만큼 더 견디기 어려운 일이기도 했을 터이다. 그런데 종운의 다음 행작은 두 사람에게 거기서도 아직 훨씬 더 큰 도량과 참을성을 주문하고 든 격이었다.

종운은 기타를 장만해 들인 다음 달에도 절반이나 축낸 그 달치 급료 봉투를 남돌 씨 앞에 내놓았다.

그리고 남돌 씨도 아무 말 없이 그것을 받아 외동댁에게 넘겨주며 한마디 쓴 소리를 남겼을 뿐이다.

—저 아이가 이번엔 우리 모르게 어디다 따로 논마지기나 장만했는가 보네.

그리고 다음 달에도 똑같이 축이 난 봉투를 내놓는 아들 앞에 그는 이번에는 그나마도 아무 말이 없었다. 나름대로 무슨 짐작이 있어서든 아니든 네 일 네 알아서 하라는 응대였다. 그런데 그 무언의 기다림이 반년쯤 이어져나간 이해 늦여름녘 드디어 그간의 사연이 밝혀졌다.

그 8월 월급날, 저녁 종운은 전에 없이 제법 규모가 있어 보이는 짐 보퉁이를 늙은 지게꾼에게 지어 데리고 사립을 들어섰다.

그리고 그는 그 지게꾼을 안방 마루 앞까지 바투 데려다가 지게를 받쳐 세우게 한 다음, 둘이 함께 보물단지 다루듯 조심조심 마루 위로 내려놓고 아비 남돌 씨와 집안 식구들 앞에 보자기를 풀어 내보인 물건은 근동에선 아직 한두 사람밖에 사 지니지 못했다는 '유성기'라는 요술 소리통이었다. 상자 속에 누가 숨어들어 있는 것처럼 영락없는 사람 노랫소리를 낸다는 이 신기한 물건에 대해 지금까지 지나가는 소문으로밖에 직접 제 눈으로 본 일이 없는 남돌 씨 내외나 어린것들은 처음 그것이 무슨 물건인질 알 수 없어 한동안 서로 눈만 껌벅거리고 있었다. 그걸 미리 짐작한 종운은 백 마디 설명보다 그 물건의 놀라운 쓰임새와 성능을 직접 시현해 보이는 것이 집안 식구들의 이해를 위해, 무엇보다 몇 달씩 축이 난 아들의 월급봉투를 묵묵히 참아온 아버지 남돌 씨의 심기를 위무하고 사후 양해를 구하기에 좋을 것 같아, 그당장 번쩍번쩍 윤이 나는 그 갈색 사각 소리통의 뚜껑을 열어젖혔다. 이어 소리통과 함께 구입해온 몇 장의 검정빛 소리판 중에서 미리 남돌 씨를 위해 마련한 남도 소리가락을 돌림판 위에 올려놓은 다음 한쪽 구멍에 씨앗이 손잡이처럼 생긴 손막대를 꽂아 돌려 태엽을 감아 넣고, 그 태엽을 풀어줌에 따라 서서히 원을 그리며 돌아가는 소리판 위, 그 원판 한쪽에 걸려 있던 팔걸이 모양의 소리 망치 끝에다 마지막으로 바늘 모양의 쇠붙이를 끼워 넣어 그 뾰족한 끝을 조심조심 소리판 가장자리 쪽에 올려놓았다.

꿈이로다 꿈이로다

318

마침내 그 뾰족한 바늘 끝이 저 혼자 맴을 도는 검정 소리판의 가는 금을 끄덕끄덕 타고 앉아 거짓말 같은 사람의 노랫가락 소리를 물어내기 시작했다. 지금까지 말없이 종운의 거동을 지켜보기만 하고 있던 식구들의 눈길이 서로 놀라움과 찬탄 속에 한데 얽혀들고 있었다.

꿈이로다 꿈이로다 모두가 다 꿈이로다
너도나도 꿈속이요 이것저것이 꿈이로다

지금까지 더러 귀에 스쳐 들은 일이 있는 그 '흥타령' 가락에 남돌 씨는 짐짓 가장다운 헛기침 소리로 자신의 놀라움을 가리려 하였지만, 노랫가락의 뜻보다 그저 그 소리통의 사람소리 요술에 넋이 나간 외동댁이나 어린것들은 그럴 필요가 전혀 없었다. 심지어는 그 유성기를 지고 온 사내마저 돌아갈 생각을 못하고 이집 식구들과 함께 그 신통방통한 소리통의 조화에 정신을 잃고 계속 취해 서 있었으니까.

하여 그 '흥타령' 한바탕이 끝나고도 식구들이 자리를 옮길 줄 모르고 그대로 서 있는 바람에 종운은 한 몫에 구입해온 소리판 중 신식 유행가로 꾸며진 나머지 넉 장을 단자리에서 차례차례 다 들려줘야 하였고, 그 첫 곡 「목포의 눈물」 중간에 마지못해 자리를 물러간 짐꾼 사내와 늦은 저녁상 준비를 위해 서둘러 부엌으로 들어가는 외동댁을 뒤따라 함께 자리를 비켜선 남돌 씨 내

외를 제외한 나머지 어린것들은 그 옥구슬 같은 여가수의 목소리
에 취해 밤이 어두운 것도 모르고 있었다.

하지만 그 때문에 이날 저녁 남돌 씨를 비롯한 온 식구의 끼니
때가 많이 늦어진 것은 아직 약과였다. 이튿날부터는 식구들끼리
오붓해야 할 저녁 끼니때가 차분할 때가 거의 없었다. 소문을 듣
고 찾아드는 동네 이웃 사람들 때문이었다.

신식 창가고 판소리고 못하는 노래가 없는 이 신통방통한 소리
기계에 대한 소문은 종운의 어린 누이들의 입을 통해 이튿날 아
침부터 바로 골목 밖으로 흘러 번져나갔고, 소리를 들은 사람들
은 이날 대낮부터 하나 둘 호기심과 궁금증에 이끌려 이 집 사립
을 찾아들었다. 하지만 종운이 그 소리기계를 제 뒷골방에 꽁꽁
단속해 두고 출근길을 나간 낮 동안엔 어린 누이들뿐 아니라 그
누구도 그것을 손댈 수 없었다.

─니 오라비 없는 동안엔 그 물건 누구 손도 타서는 안 되여!

어미 말 어겼다간 죽을 줄 알라는 식으로 주먹을 쥐어박는 시
늉까지 해 보인 외동댁의 아이들에 대한 단속은 다름 아닌 이 집
가장 남돌 씨의 생각이기도 했기 때문이다. 하여 일차 헛걸음질
을 치고 돌아간 사람들은 종운이 퇴근해 돌아오는 해 질 녘에 맞
춰 다시 사립을 찾아들었고, 시간이 지날수록 점점 늘어가는 구
경꾼들 때문에 종운은 끼니때조차 미룬 채 제 뒷골방에서 안방
마루로 유성기를 꺼내 옮겨놓고 공동 소리판을 벌여야만 하게 된
것이다.

졸지에 예상찮은 소동을 치른 꼴이었다. 그것도 물론 그 하루

로 끝날 일이 아니었다. 사람들은 이제 해가 지고 나면 이른 저녁을 끝내고 밤마실 길 삼아 으레껏 사립을 찾아들기 예사인 데다, 나이나 남녀 간 내외조차 가림이 없었다. 시일이 지나면서부턴 위로 동네 어른 격인 좌수댁 마님이나 이장님으로부터 위아랫골목 처녀총각, 코흘리개 조무래기들까지, 한번이라도 이 집 사립을 들어서 보지 않은 사람이 거의 없었다. 그새 한 번도 모습을 드러내지 않은 면면을 굳이 들추자면 윗동네 안 좌수 어른과 한 골목 이웃 외톨백이 장굴 씨 같은 몇몇 괴물급 정도였달까. 그러니 집 안은 이제 넘쳐나는 사람들로 안방 마루뿐 아니라 마당과 담벼락 밑 한쪽까지 채우고 앉아 밤이 늦도록 돌아갈 줄들을 몰랐다.

식구끼리 차분한 저녁 끼니를 치를 처지가 못 되었다. 그래 이젠 사람들이 오거나 말거나 종운이 돌아오거나 말거나 안방에서든 부엌 한켠에서든 얼굴 보이는 사람부터 대충 요기나 때우고 넘어갈 수밖에 없었다.

제 퇴근을 기다리는 사람들 앞에 주인공이자 기계 기술자격인 종운의 저녁 끼니 사정은 더 말할 것이 없었다. 끼니는 젖혀두고 제 유성기 소리 저 혼자 차분히 듣고 배울 수조차 없었다. 밤이 늦어서나마 제 방에서 차분히 혼자 유성기를 돌릴 틈을 얻을 수 없는 그는 이제 그 공동 감상판(마당 소리판)에 차츰 이골이 나기 시작했고, 차라리 그것이 뿌듯하기조차 하였다. 그런데다 사람들은 연일 같은 판을 틀어대도 싫증을 낼 줄 몰랐지만 유행가 판소리 합해 소리판을 다섯 개밖에 지니지 못한 종운으로선 차츰 민망하고 아쉬운 생각이 들기 시작했다. 누구보다도 동네 처녀 아이들은 이제 소리판의 유행가를 거의 다 외워버린 데다 더러는 수줍음도 잊은 채 노래를 함께 따라 합창하기까지 하였다. 다음 달에도 한두 장쯤 판을 더 구해 들여야 하였다.

그래저래 종운은 그 8월달 봉급 봉투도 부모님 앞에 온전히 다 내어놓을 수가 없었다. 대신 그 아버지 앞에 그 몸소 조합 심부름 길을 이용해 읍내 성중에서 새로 구입해온 임방울의 「쑥대머리」가 담긴 소리판 한 장과 남인수 고복수들의 신식 노래가 찍힌 유행가 판 두 장을 내놓았다. 그래 놓으니 그 종운을 두고 남돌 씨야 새삼 무슨 말이 있을 리 없었지만, 이날 밤 다시 소리판을 찾은 동네 처녀 아이들은 다시 한 번 그를 반기며 환성을 질렀을밖에.

그런데 이 일은 그쯤 새 유행가를 듣고 즐기는 것으로 끝날 수가 없었다. 바로 다음 달 중순께로 추석이 다가오고 있었다. 그리고 그 추석을 앞두고 동네 처녀들 간에 한 가지 전날과 다른 명절밤 행사가 준비되고 있었다. 그동안 밤마다 종운의 유성기에서 배운 신식 창가와 유행가 실력을 겨루는 노래자랑 마당을 자신들끼리 한판 벌여보자는 속셈이었다. 그즈음 이따금 백리 밖 읍내 성중을 떠들썩하게 하고 지나가는 신파극단들이 흘려 퍼뜨린 말로 이른바 동네 '콩쿠르 대회'를 벌이자는 것이었다.

1년간 땀을 쏟아온 가을걷이가 시작되는 추석을 맞으면 동네에선 가진 것이 많으나 적으나 다 같이 훈훈한 마음으로 즐거운 세시 음식과 명절놀이를 즐겼다. 특히나 진사댁을 비롯한 있는 집 어른들은 없는 집 차례상 차림 형편을 미리 짐작해 살펴주고, 때로는 떠돌이 소리꾼을 사랑채에 들여앉히거나 제 집 마당에 푸진 음식과 함께 왁자한 윷판 풍물판 따위를 벌이게 하여 온마을 남정들이 함께 풍성한 명절을 보내게 하였다. 요즘 들어선 시국이 자꾸 가팔라져가서 그런 인심풀이가 많이 뜸해진 꼴이었다. 하여 동네 남정들 중엔 차츰 근동의 난장 씨름판 구경이나 천관산 등지로 옛 돌탑 쌓기 산행(이즈막엔 밤이나 모과 똘감 따위 산과일 찾기가 목적이었지만) 쪽을 택해 나서는 사람이 늘어갔다. 그래도 남정들에겐 그렇듯 나름대로 아직 바깥나들이 걸음품 거리가 있었음에 반해 아무 데나 발길을 할 수 없는 젊은 새댁이나 처녀 아이들은 그도저도 사정이 더욱 어려웠다. 이들도 전날엔 명절을 맞을 때면 당일 아침 차례상 시중까지 끝내고 나면 모처럼 자유로운 몸이 되었다. 그래서 끼리끼리 이 집 저 집 몰려다니며 널뛰기도 하고 안산 그네 터로 나가 그네를 뛰기도 하였다. 그리고 가위 달이 떠오르면 저녁상 설거지를 끝내는 길로 윗동네 진사댁 마당 아니면 다른 어느 집 마당 넓은 집을 정해 모여 밤늦도록 합창 속에 강강술래며 놋다리밟기 놀이들로 신명을 돋우곤 하였다. 그런데 그게 이즘 들어선 젊은 남정들이나 총각 녀석들처럼 해마다 신명이 줄고 시들해져갔다. 1년 내내 집안일에 들밭일에 매여 지내다 하루 이틀 모처럼 심신을 풀어헤치고 지날 때를 그냥 흐지부지 넘겨온 것이 몇 해째였다.

　그래 집안 어른들이나 이웃 눈길이 더욱 어렵게 마련인 젊은 새댁들을 젖혀두고 우선 그간에 좋은네 유성기판 노래를 열심히 익혀온 데다 서로 간 말맞춤이나 발길이 비교적 가벼운 처녀 아이들끼리 그 노래 콩쿠르 모임을 계획하고 나름대로 실력을 준비해온 것이었다. 때는 물론 추석 당일 밤 저녁 설거지가 끝나고 달이 동네 앞 안산 밤나무 숲 위까지 밝아오를 때부터였지만, 장소 또한 그동안 발길이나 얼굴이 편해지고, 게다가 반주로 유성기 소리를 함께할 수 있는 종운네 집 마당으로 정해진 터였다.

추석 날이 가까워올수록 종운네 밤 마당과 마루께는 동네 처녀 아이들로 붐벼댔고 노랫소리도 그만큼 자신을 얻어갔다. 그중 몇몇은 어렸을 적부터 동네 예배당을 드나들며 찬송가 곡조에 귀가 익어온 터여서 새 유행가 곡조에도 정조가 열린 덕이었다.

—황성 옛터에 봄이 오니 월색만 고요해……

—사공에 뱃노래 가물거리며어……

종운네 저녁참은 늘 처녀 아이들의 고운 노랫소리로 가득했고, 종운의 퇴근길도 그만큼 바빠지게 마련이었다. 처음 한동안은 혀를 차대며 마땅찮은 기색이 역력하던 남돌 씨도 이제는 저녁만 끝나면 집안을 내맡기고 늦게까지 동네 사랑방을 전전하다 돌아왔고, 그 어미 외동댁은 수제비 끓여내기야 메밀묵 얼려대기야 그 밤 노래꾼들 밤참거리 마련에 초저녁잠을 미루곤 하였다. 종운으로서도 뒤늦게 새 소리판을 사 들일 일까진 없었지만, 그 아이들의 소리판이 끝나기까지는 늘 제 유성기 돌아가는 것을 곁에서 함께 지켜주어야 하였다. 더러는 여자아이들이 유성기 소리에 만족하지 못하고 그의 기타 반주를 청하는 일까지(더러는 노래까지) 빈번하여 그 또한 날이 갈수록 손길이 바빠졌다.

그런데 그 추석을 사나흘 앞둔 날 밤늦은 시각. 안방 앞 마루께의 처녀 아이들이 모두 노래를 끝내고 돌아간 뒤 종운도 마침내 유성기 판 일습을 거둬 들고 뒤쪽 골방 거처로 돌아가 호롱불을 밝히고 보니 문짝 바로 뒤켠에 알 수 없는 물건이 놓여 있었다. 유성기를 치워두고 무심결에 그 흰 천 접힌 물건을 집어 펴 보다 말고 종운은 잠시 고개를 갸우뚱 영문을 알 수 없는 표정이었다. 가늘고 흰 옥양목 천 한쪽에 빨간 동백꽃 한 송이를 수놓고 사방 둘레를 파란 수실로 스쳐 감은 그 천조각은 꽤 정성을 들여 만든 손수건임이 분명했다.

—누가 이걸 방 안에 들여놓고 잊고 갔나?

종운은 짐짓 알 수 없어 하는 얼굴로 그것을 원래대로 접어 방 한구석으로 밀어놓았다. 하지만 그는 이내 다시 그것을 집어다 밝은 불빛 아래서 찬찬히 살폈다. 그리고 방금 전과는 달리 이번 에는 그 빨간 동백꽃잎이 왠지 자신을 향해 수줍은 미소를 보내 고 있음을, 그 붉은 꽃잎 복판의 노란 꽃술 속에 무엇인지 은밀한 속삭임을 숨기고 있음을 알았다.

—누굴까?

그 순간 종운의 눈앞엔 방금 전까지 제법 목소리를 뽐내고 간 동네 처녀 아이들의 얼굴이 줄줄이 지나갔다. 하지만 이번에도 그는 다시 고개를 저어버리며 손수건을 접어서 제자리로 밀어두 었다. 그리곤 몹쓸 잡념을 쫓듯이 일찍 호롱을 끈 채 자리로 들고 말았다.

하지만 이튿날 아침 자리에서 일어난 그의 눈길에 제일 먼저 들어온 것이 그 손수건이었다. 그리고 이번엔 제풀에 그것을 책

상 서랍 속에 숨겨넣고 출근 채비를 서두르며 은근히 누이들의
눈치를 살폈다.

"너 혹시 내 방에 무어 갖다 둔 거 없어?"

마루 끝으로 세숫대야를 채워 들고 온 부엌살이 큰누이에게 맨
먼저 지나가는 소리처럼 가볍게 물었으나 녀석은 도대체 말뜻을
알아듣지 못하는 눈치였다. 다음엔 아침을 끝내고 출근차 사립을
나서면서 언제나처럼 배웅인사를 따라나선 어린 둘째 누이에게
좀 더 알아듣기 쉽게 물었다.

"너 어제께 저녁에 어떤 언니 심부름 해준 거 있지?"

하지만 둘째 역시 두 눈이 동그래지며 고개를 저을 뿐이었다.
이젠 더 알아볼 필요가 없었다. 누군지 직접 종운을 겨냥해 몰래
들여놓고 간 물건이었다. 종운은 생각이 더욱 헷갈리고 기분이
아리송할 수밖에 없었다. 출근길 발걸음이나 조합에서의 일과도
왼종일 차분할 수가 없었다.

그것은 좋이 마음을 다잡고 버틴 퇴근시각 이후의 일도 물론
마찬가지였다.

그날 퇴근 후 종운은 우정 더 늦지도 이르지도 않은 평소 시각
그대로 기타와 유성기를 차려 들고 나섰지만, 이날은 당연히 그
추석날 밤 경연보다 눈앞에 한 처녀 아이들의 눈길이나 행동거지
하나하나에 더 신경이 쓰였을 수밖에.

하지만 누구나 그 종운의 속내와 낌새를 능히 짐작할 수 있는
일이고 보면 이날 밤 일에 대해선 여기서 군이 그 정황을 길게 늘
어놓을 필요가 없으리라. 한마디로 종운은 거기서도 그 손수건

한 장 이외에 아무 다른 흔적을 남기지 않은 그 수수께끼의 얼굴이나 단서를 찾아낼 수 없었다. 하긴 물건을 남긴 쪽도 그것이 그의 관심을 시험하기 위한 일종의 숨바꼭질, 술래잡기 식이였음에랴. 뿐만 아니라 종운은 지금까지 그 마을 처녀 아이들을 두고 누구 하나 마음속에 아련한 춘정을 지녀본 일이 없었으니까. 그래저래 심사가 그리 가볍지 못하다 보니 그는 예의 추석절 노래 경연에 대해 마음을 쓸 여유가 없었다.

마을 처녀들의 애초 기대와는 달리 종운 편으로 보면 그 추석 노래 경연은 그렇듯 경황이 없이 치러진 격이었다. 그리고 그날 밤 경연의 우승자에 대해서도 특별한 관심이나 호감을 지닐 건덕지가 없었다.

그러니까 추석 치다꺼리가 다 끝나고 난 다음의 이날 밤 경연엔 종운의 조언에 따라 형식적이나마 새 분첩이며 수실 따위 상품 마련과 함께 심사단이라는 것이 구성됐고, 그 구성원으로 종운을 포함하여 면사무소 일로 외지 출입이 잦은 진사댁 아들과 예배당 찬송가에 묻혀 지내는 장 집사 세 사람이 자리를 함께했다. 종운은 물론 자신의 기타로 출연자의 노래를 이끌어 부추기는 반주자를 겸해서였다. 그리고 세 사람이 별 이의 없이 선정한 이날 밤 우승자는 목소리가 썩 낭랑한 편인 데다 그동안 누구보다 종운 가까이에서 '낙화유수' 3절을 열심히 익혀오던 동네 신농법 개척자 지사순 씨네 막내딸 윤옥이었다. 한데 그 윤옥은 노래는 잘할망정 근간에 썩 심상찮은 뒷소문이 따르던 아이였다. 일찍부터 종운의 한 동네 친구로 역시 웃학교 진학을 마다하고 졸업 후에 한동안 모습이 보이지 않다가 언제부턴지 다시 대처 바람이 잔뜩 들어 돌아와 어칠버칠 면소 장거리까지 부질없는 불량기를 뽐내고 다니는 아랫동네 서당 훈장 김 선생네 둘째 손자 재준과 그렇고 그런 사이라는 것. 종운으로선 물론 그걸 별달리 허물할 입장도 관심 둘 바도 없었다. 그렇다고 그녀의 노래 솜씨를 특별히 추어올릴 이유는 더욱 없었다. 그녀의 일등상에 대해서도 마찬가지였다. 심사가 좀 어지러운 대로 모든 일이 경우대로 치러진 셈이었다.

그런데 그 추석놀이를 겸한 처녀 아이들의 노래 경연판을 치르고 나서 며칠 뒤였다.

하루 저녁엔 윗동네 늙은 고모할머니가 웬일로 안방 어른들 모르게 은밀히 종운을 뒷방으로 찾아왔다. 그리고 목소리를 잔뜩 낮추어 종운에게 따지듯이 물었다.

"너 지난 추석 때 늬집 마당에 동네 처녀 아이들 불러다 노래 시합판 벌여놓고 그 훈장집 날나리 기집 년을 일등 시켜줬담서? 그게 정말 사실여?"

종운은 처음 그것이 무슨 소린지 알아들을 수가 없었음이 물론이다. 경연 전 노래 연습 때면 이따금 심상찮은 눈길을 보내오곤 하던 그 윤옥의 까만 눈길이 잠시 머릿속을 스쳤을 뿐이었다. 그런데 알고 보니 노인이 공연한 헛소리를 듣고 온 것이었다. 아니 그건 그저 무심히 웃어넘길 헛소리만은 아니었다.

"너 그 훈장네 셋째 손주딸아이, 윤옥이라든가 뭐래든가 하는 아인 알고 있쟈?"

노인은 한 번 더 다짐하듯 하고 나서 마음이 급한 듯 당신 스스로 자초지종을 털어놓기 시작했다.

그 윤옥이 그날 낮에 혼자 집을 보고 있는 노인을 찾아왔더랬다. 그리고 이번 동네 노래 경연에서 자기가 일등을 했다는 자랑을 늘어놓더랬다. 윤옥이 일등을 한 건 사실이니 거기까지야 종운에겐 별 상관이 없는 일이었다. 하지만 년은 그런 자랑 끝에, 자기가 정작 일등상보다 더 기쁜 것은 저를 일등으로 뽑아준 것이 종운 오빠가 마음을 써준 덕일 것이라고, 자기도 진작부터 그런 낌새를 눈치채온 일이지만 그건 어쩌면 종운이 저를 은근히 마음에 두어온 때문 아니겠느냐, 저도 그게 싫지 않다는 듯 내숭을 떨다 가더랬다.

"너 아직 그 아이 소문 못 들었냐? 고것이 겉으론 얌전한 척 내숭을 떨고 다니지만, 그 얼굴 반반한 값 하느라 눈에 안 띄는 뒤꽁무니 밑으론 호박씨 껍데기가 한 말씩이라더라."

나이 먹어서도 입심이 여전한 늙은 고모할머니가 잠시 뜸을 들이고 나서 막바로 종운을 단속하고 들었다.

"나 이래 지내도 들을 소문 다 듣고 산다. 그 글방 선생네 둘째 손자 말이다. 너도 다 알고 있을 일이니 말이다만, 그놈이 동네 선생 노릇 하고 사는 지 할애비헌티 뭘 배우고 자랐는지, 성깔이 보통 아니라든디 조심하거라야. 그 여우 같은 아이 땜시 괜한 입살에 올랐다가 놈헌티 엉뚱한 봉변당하지 말고."

종운으로선 참으로 엉뚱한 덤터기가 아닐 수 없었다. 종운은 노인이 돌아가고 나서도 한동안 어이가 없어 그저 쓴웃음만 흘리

고 있었다. 하지만 사실을 말하면 그렇게 마냥 웃고만 있을 일도
아니었고, 그럴 수도 없었다. 웬일인지 그 작달막한 키에 두 어깨
만 딱 바라진 재준의 삼각 턱 얼굴이 그의 눈앞을 지나갔다. 이어
그 재준의 모습 위로 윤옥의 까만 쌍꺼풀 눈 얼굴이 겹쳐 지나갔
다. 그리고 노래 연습 때마다 그의 바로 앞자리를 차지하고 앉은
그녀에게서 늘상 은은하게 풍겨오던 세 구리무(크림) 향이 코를
스치는 것 같았다. 그러자 그는 불현듯 자리를 박차고 일어나 머
리맡 책상서랍에서 그동안 안쪽 깊이 밀어 넣어두었던 옥양목 손
수건을 꺼내어 코끝을 슬쩍 훔쳐냈다. 그때는 무관심 속에 미처
알아차리질 못했던지, 손수건에선 아닌 게 아니라 그 붉은 동백
꽃 향처럼 은은한 향기가 번지고 있었다. 그리고 종운은 그 향기
에 비로소 화들짝 정신이 되돌아온 듯 그 손수건을 짐짓 아무렇
게나 구겨 다시 서랍 속으로 던져넣고 말았다.

딱히 무슨 증거는 없었지만 그것이 윤옥에게서 건너온 물건임
은 이제 의심의 여지가 없었다. 그리고 부러 종운의 고모할머니
를 찾아가 누가 저를 좋아해서니 어쩼느니 맹랑한 말수작을 건넨
것도 무언가를 떠보거나 핑계대고 들려는 그녀 나름의 모종 계교
임이 분명했다. 하지만 종운은 수작의 목적이 무언지 얼핏 짐작
이 안 갔다. 이미 마음을 허락했음 직한 사람이 있는 터에 노래경
연 우승 따위가 욕심 나서 누구 수작인지도 모를 그런 물건을 만
들어 들여놨을 리도 없었고, 그렇다고 그새 그에게로 마음을 바
꿔 먹으려 그리 나섰을 리도 없는 일이었다.

그러니 거기서 더 다른 일만 없었다면 종운은 마음이 좀 야릇

해진 대로 한 춘정기 많은 계집아이의 장난쯤으로 치부하고 자신을 의연히 추슬러 넘어갔을 것이다. 이튿날 아침 그는 실제로 뒷골방 문 앞으로 점심 도시락을 가져온 누이에게서 모든 걸 확인할 수 있었을 뿐 아니라 그 어린것 앞에 새삼 그런 자신을 다짐해 보이기까지 했으니까.

"너, 널 믿고 하는 소리다만, 혹시 요즘 밖에서 내게 대한 소문 같은 거 들은 거 없냐?"

이미 말귀를 알아들을 만한 나이인 데다 집안에선 나이답잖게 늘 손위 오라비 처지를 감싸려 해온 누이는 종운의 그 물음에 이미 다 알고 짐작해온 일이듯 대수롭잖아 하는 대꾸였다.

"오, 그 윤옥이 언니 일등 먹은 거, 오빠가 시켜줬다고 지가 지 입으로 지어 퍼뜨리고 다니는 헛소문? 나 그런 소리 안 믿어. 오빠가 어디 그런 사람이야? 오빠 같은 사람 눈에 그 언니 어디가 좋다고. 안 그래 오빠?"

오히려 어림없어하는 비아냥기 웃음 속에 은근한 다짐까지 얹어오는 바람에 그 역시 그 누이 앞에 짐짓 더 범상스런 어조로 그간의 사달을 말끔 마무리 지어 보인 것이다.

"그래, 넌 나를 잘 알고 있을 줄 알았다. 그러니 그런 소린 이제 안 들은 걸로 해둬라. 지금 우리가 한 소리도 이걸로 잊어버리고."

그런데 일은 실상 그게 끝이 아니었다.

그럭저럭 별다른 말썽 없이 며칠이 지나고 종운도 이제는 전날의 평상심으로 조합 일에만 매달려 지내던 주말께 저녁이었다.

이날은 공일을 맞이하여 이웃 태산 형이 새 학기 들어 모처럼 집엘 다니러 왔다더라는 외동댁의 말을 듣고 저녁 뒤에 잠시 인사를 다녀오던 길이었다. 여느 때처럼 무심히 그 뒷골방 문을 열고 들어가 먼저 호롱불부터 밝히려는 참인데, 느닷없이 뒤쪽에서 그의 허리를 끌어당기는 손이 있었다. 그리고 그 손은 종운이 미처 어찌할 틈이 없이 아랫목에 깔아놓은 이불 속으로 그를 세차게 끌어들이고 말았다. 뒤에서 달라붙듯 그를 달싹 못하게 껴안고 있는 거친 숨소리하며 콧속으로 훅 끼쳐드는 신식 화장품 냄새들…… 종운은 묻지 않아도 그게 누군지를 직감으로 알 수 있었다. 그리고 행여 누구에게 그런 꼴을 들킬까 와락 겁부터 솟았다.

"이게 무슨 짓이야!"

그는 당장 이불깃을 들추고 몸을 빼어 추스르며 노기 어린 어조로, 그러나 지레 목소리를 잔뜩 낮추어 나무랐다. 하지만 다행히 아직 치마저고리 그대로인 데다 흰 버선발차림 그대로인 윤옥은 그 이불 자락과 함께 널브러진 채 아무 대꾸가 없었다.

"어서 나가! 이러다 누가 보면 어쩌려고 이래? 어서 당장 나가지 못해?"

종운은 더욱 조바심이 나서 재촉하지 않을 수 없었다. 하니까 죽은 듯 잠잠해 있던 윤옥이 그제서야 천연덕스럽게 되물어왔다.

"내가 안 나가면 어쩔 건데?"

"뭐가 어째?"

어이가 없었지만, 하긴 그런 계집아일 두고 화를 내고 족치려만 든다고 될 일이 아니었다. 그는 다시 사정하듯 년에게 따지고 들었다.

"도대체 너 지금 나한테 왜 이러는 거야! 내가 너한테 뭘 어쨌
길래?"

그러자 년이 기다렸다는 듯 다시 대꾸해왔다.

"지금까지는 아무 일 없었지. 하지만 오늘 여길 나가면 난 어쨌
든 지금 너랑 함께 한 이불 속에 있다 간 게 되잖아. 그건 틀림없
는 일이잖아."

하다 보니 종운은 이제 더 참을 수가 없었다.

"그래 네가 안 나가면 내가 나간다."

그는 더욱 깊이 억눌린 목소리로 소리치며 자리에서 벌떡 일어
났다. 그리고 아직 꿈쩍도 하지 않고 있는 년을 향해 한마디 더
덧붙이고 나서 혼자서 문을 열고 나와버렸다.

"내 돌아올 때까지 나가지 않고 있으면 그땐 누가 듣든 말든 온
동네다 대고 외장을 칠 테니 그리 알라고!"

하고 보면 그 윤옥의 배짱에도 거기 더 이상 혼자 버티고 있을
이유가 없었을 터였다.

종운이 집 앞 골목을 멀찍이 벗어져나가 한 식경이나 시간을
죽이고서도 다시 혹시나 하는 마음에 다른 길을 한참이나 에둘러
돌아와 낌새를 살펴보니 년은 그새 다행히 방을 나가고 없었다.
마룻방 건너 세 어린 누이들은 물론 남돌 씨나 외동댁도 별 눈치
를 못 챘던지 안방 쪽 역시 괴괴한 정적에 싸여 있었다.

하지만 거기서도 아직 문제는 남아 있었다. 경황이 없어 이날
저녁엔 미처 알아차리지 못했지만, 이튿날 아침 자리에서 일어나

보니 그의 옥양목 베갯잇 하나가 사라지고 없었다. 무슨 속셈에
선지 년이 일부러 뜯어갔음이 분명했다. 책상 서랍 속의 손수건
이 아직 그대로 남아 있는 걸로 보아 그것과의 교환물로 바꿔간
다는 것인지 요량을 모를 일이었다.

6

어쩌면 이미 예고된 일이었는지 모르지만, 그 윤옥은 이후로
도 계속 종운의 발목을 걸어 잡고 들었다. 무엇보다 며칠 뒤엔 제
가 벗겨간 베갯잇이 노랗게 흐드러진 가을 국화 두 송이가 수놓
여 되돌아와 있었다. 손수 뜬 듯한 실장갑에 손거울에, 나중엔 어
디서 구했는지 제법 값이 나가 보이는 가죽 돈지갑이 한지에 싸
인 채 책상 위에 놓여 있는가 하면, 급기야는 겨울철 출근길에 바
람막이로 두를 만한 명주 천 목도리까지 그의 옷장 속으로 숨어
들어와 있었다. 언제 어떻게 들여놓고 간 것인지, 그리고 그런 식
으로 무얼 어쩌겠다는 것인지, 종운은 도대체 그 은밀스런 행투
의 속내를 알 수가 없었다. 행여 안방 어른들에게 낌새를 들키지
않았는지, 어린 누이들에게라도 무슨 눈치를 엿보이지 않았는지,
새 물건이 눈에 띌 때마다 그는 좌불안석 여기저기 그걸 숨겨 넣
기에 바빴고, 그래저래 그의 책상과 옷장 서랍은 이것저것 그 수
상한 장물들의 은닉처로 변해갔다.
하지만 거기까진 아직 약과였다. 종운은 이때가지도 그저 위태

롭고 조마조마한 심사뿐, 년의 수작에 어떻게 대처해야 할지 손발이 꽁꽁 묶여 지나온 꼴이었다. 무슨 단속을 하고 들재도 그럴 방법도 기회도 마련할 수 없었다. 그런데 종운이 그렇듯 반응이 없다 보니 윤옥은 이제 그를 더욱 난처하게 몰아붙이고 들었다. 밑밥을 잔뜩 뿌려둔 낚시꾼이 그간 기다림을 끝내고 나서듯 그녀는 어느 날 밤 내놓고 그를 찾아왔다.

"순녜야, 내 오빠 유성기 소리로 새 노래 좀 배우려고. 오빠헌티 내 판도 새 걸로 한 장 사다 달래고."

그녀는 마침 부엌 설거지를 끝내고 나오는 순녜를 붙잡고 안방 어른들 다 듣도록 그렇게 말하고는 이내 그 누이를 앞세우고 그의 방으로 들어섰다. 추석 경연이 끝나고부터는 유성기도 그만 안쪽 나들이를 그쳤건만, 그녀는 그 유성기 소리 배우기와 새판 구입 부탁을 구실로 태연히 그를 찾아든 것이었다. 하지만 그건 말 그대로 식구들 눈길을 피하기 위한 구실일 뿐이었다.

"이제 넌 그만 나가보지 그러니?"

어딘지 어색한 분위기 속에 어정쩡하게 서 있는 순녜를 제 쪽에서 먼저 재촉해 내보내고 난 윤옥이 이번에는 역시 웃어야 할지 화를 내야 할지 요령부득으로 앉아만 있는 종운에게 다시 재촉했다.

"뭐 하고 있어요. 유성기 소리 좀 배우러 왔다니께요."

하지만 그도 물론 바깥사람들 귀를 속이기 위한 계교였다. 무얼 좀 따지거나 단속을 하자도 딴은 그럴 수밖에 없는 정황이라 종운이 마지못해 유성기를 끌어내려 태엽을 먹이고 아무거나 유행가 판 한 장을 올려놓았지만, 그녀는 그 소리엔 귀도 기울이려 하지 않았다.

─아, 금강산 일만이천 봉마다 기암이요……

소리가 미처 두 소절도 지나지 않아서 그녀가 진한 향수 냄새 밴 얼굴을 종운 앞으로 바싹 들이밀며 말했다.

"이젠 이런 노래 싫어. 다음번엔 우리 새판 사다 들어. 알았지? 새판 사오면 나 날마다 그 노래 배우러 올 거야."

일방적인 결정에다 사뭇 명령 조 다짐이었다. 게다가 또 '우리' 라니?

하지만 그길로 당장 년을 나무라거나 타일러서 내쫓아버렸으면 더 이상 뒤탈이 덜했을지도 모른다. 그런데 종운은 왠지 그러지를 못했다. 그럴 생각도 없었고 그럴 수도 없었다. 그는 년이 어물쩍 내뱉은 '우리'라는 말속의 올가미를 모른 척 년의 기분을 좇아 새 유성기 판을 바꿔 얹으며 뚱딴지같은 한마딜 내뱉었을 뿐이었다.

"너 이 유성기판 한 장에 얼마씩 하는 줄 알아? 그리고 신참 처지에 조합 일은 어쩌고 아무 때나 이런 거 사오자고 읍내 소리 점 방까지 나갈 수 있어."

"누가 거기 돈으로 새 판 사 오랬나? 그러고 조합일 바쁘면 다음 공일이든 언제든 틈 생길 때 나가 사 오면 될 거 아냐. 자 유성기 판 살 돈 여기 있어. 이거면 우선 한두 장 살 건 되었어?"

그를 당장 되받아치며 미리 판 값으로 마련해온 지전 몇 장을 꺼내 내미는 것을 보고도 그걸 거절할 생각보다 제가 지레 제 맘에 쫓기듯 겨우 한마디 싱거운 당부를 덧붙인 게 고작이었다.

"내 언제고 판을 사 오면 알릴 테니, 아무 때나 이렇게 찾아오지 말고 기다리고 있어!"

하고 보니 종운 자신도 도대체 그러는 자신을 알 수 없었다. 아니, 알 수 없다기보다 한심하고 답답했다. 그는 윤옥의 됨됨이를 알고 있었고, 그녀의 수작 또한 속내가 뻔했다. 어물쩍 마음이 끌려들어서는 안 될 일이었다. 그걸 알면서도 그는 왠지 그녀 앞에 더 이상 매정하게 굴 수가 없었다. 더 이상이 아니라 그 동백꽃 손수건 일이 누구 짓이라는 것을 알았을 때부터, 아니 그보다 그 유성기판 노래 배우기 마당에서 그녀가 유난히 자기 앞자리를 지키며 그 흰 목덜미 너머로 짙은 크림향을 내뿜어왔을 때부터 이미 마음 어느 한구석에 그녀가 자리 잡기 시작했는지 모른다. 그러고 보면 그녀가 습격하듯 그의 밤잠자리로 스며들어온 것은 오히려 순서가 훨씬 뒤진 일이었달까. 한마디로 종운은 그런 그녀를 간단히 내칠 만큼 싫지가 않았던 셈인데, 그 서랍 속의 동백꽃 수 손수건을 아직 돌려주지 않은 채 그 자신 은근히 거기 대한 말을 피해온 것 또한 그 한 증거랄 수 있었다.

종운은 그 모든 일이 불가사의하기만 해 보였을 만큼 자신의 마음을 알 수 없었고, 그런 만큼 자신도 자신을 어찌 할 수가 없었다. 때로는 그런 자신이 속수무책의 부랑아처럼 느껴지기도 하였다.

다행스러운 것은 때마침 자기 앞날이 걸린 자의 반 타의 반의 큰 도전거리가 생긴 일이었다.

이 시절엔 경향 간에 새 서양 악기 아코디언이나 바이올린, 트

럼펫 등으로 구성된 소규모 순회악단의 연주를 위주로 한 도나
군 단위의 새 유행가 콩쿠르 대회가 자주 열리곤 하였다. 그런데
알고 보니 이해의 가을걷이가 다 끝나고 농한기로 접어드는 10월
상달 초순께엔 이곳 장흥읍에서도 군단위의 콩쿠르 대회가 계획
되어 있었다. 그와 관련하여 어느 날 조합장이 종운을 불러들여
그런 사실을 알리고 나선 일방적으로 하명했다.

"그래서 이번에 우리 조합과 면을 대표하여 자넬 내보내기로
했네. 알겠지만 우리 지역엔 자네 말곤 다른 사람이 없기도 하려
니와, 이건 나 혼자 정한 일이 아니라 자네 고숙 어른 되시는 면
장님의 뜻이기도 한 일이니까. 게다가 이번 대회는 군수님의 관
심이 각별하시다니 우리 조합과 면의 명예를 위해서 지난번 경험
을 살려 남은 기일 동안 출전 대비에 최선을 다하게."

종운으로선 물론 마다할 수 없는 일이었다. 게다가 조합장은
이번 대회에서 좋은 성적만 거둬오면 '임시직' 딱지를 떼어주기
로 면장인 고숙 어른과 개인적인 약속이 있었을 뿐 아니라, 군수
에게선 우승자 상품으로 황소 한 마리를 내걸고, 이듬해 봄 경상
도 진주에서 열리기로 예정된 '전조선성악가대회'에 군 대표로
참석할 수 있는 특전까지 베푼다는 귀띔이었다. 개인적인 명예와
특전뿐 아니라, 어쩌면 언감생심 생각조차 할 수 없었던 가수에
의 길이 열릴지도 모르는, 가위 젊음과 앞날 전체를 걸고 대들어
야 할 도전과 꿈의 기회였다.

신화로 쓰는 두 청년의 성장 이야기

박 진

(문학평론가)

신화라는 이름의 용광로

『신화의 시대』는 대작으로 기획되어 끝내 미완성으로 남은 이청준의 마지막 장편소설이다. 서장 격인 1부는 계간 『본질과 현상』에 2006년 겨울부터 2007년 가을까지 연재됐다가 단행본으로 출간(물레, 2008)된 바 있다. 2부 1장인 「두 청년 이야기」는 이청준의 미발표 원고로서, 이번에 출간된 『신화의 시대』(문학과 지성사, 2016) 안에 처음 수록됐다. 이 책의 출간으로 비로소 독자는 본격적으로 시작되는 두 주인공의 성장 이야기를 읽을 수 있게 되었다. 그럼에도 영영 완결되지 않을 『신화의 시대』의 이야기 전개와 그 풍부한 함의를 헤아리기 위해서는 이청준 소설에서 신화가 어떤 의미를 지니는지를 먼저 생각해볼 필요가 있다.

이청준의 작가적 관심은 후기로 갈수록 신화에 집중된다. 신화를 제목에 내세운 장편 『신화를 삼킨 섬』(2003)과 『신화의 시대』
는 물론이고, 생전에 출간된 마지막 소설집 『그곳을 다시 잊어야
했다』(2007) 역시 신화 또는 설화에 대한 관심을 전면에 드러낸
다.「이어도」(1974)와「서편제」(1976) 등에서부터 이청준은 설화
적이고 전통적인 소재를 종종 활용했지만, '영혼의 뿌리'(작가 노
트,「고향의 자정력」, 『병신과 머저리』, 열림원, 2001)로서의 엣이
야기와 "유전적 침전물로서의 태생적 정서"(작가의 말,「나는 왜,
어떻게 소설을 써왔나」, 『신화의 시대』, 물레, 2008, p. 314)에 대한
그의 자의식은 1980, 90년대 이후로 계속 깊어져간다. 이런 경향
은 『흰옷』(1994)과 『축제』(1996) 등을 거치며 "씻김과 치유"(같
은 글)라는 신화의 제의적 측면과 결합한다. 그리고 2000년대에
와서 이청준은 이 작업들의 의미를 보다 의식적으로 탐구하고 자
신의 소설에 신화성을 불어넣는 데 열정적으로 몰입한다. 이 점
은 이 무렵 그가 여러 에세이들에서 신화를 잃어버린 오늘날의 삶
을 안타까워하는 한편(「신화를 잃어버린 시대」, 『샘터』2002년 7월
호), 자기 소설이 그간 "현실세계와〔……〕역사적 정신태의 한
계 안에 머물러""넜(종교성과 맞먹을 우리 신화와 신화적 서사)
의 차원"을 "결여"(「나는 왜, 어떻게 소설을 써왔나」, p. 314)했었
다고 회고한 데서도 잘 드러난다.

  하지만 이를 근거로 이청준의 후기소설이 역사의 구체성보다
신화적 보편성을 추구한다거나 현실의 갈등을 신화와 제의의 차
원에서 해소한다는 식으로 말하는 것은 지나치게 단순한 해석이
다. 이청준 소설의 신화는 일차적으로 근원, 통합, 용서, 화해, 구

원, 종교, 예술 등의 개념과 공명하며 그 반대편에 이데올로기, 분열, 대립, 갈등, 정치현실, 역사적 상처와 원한 등이 놓여 있는 것처럼 보이지만, 사실상 그의 소설에서 신화란 이 모든 개념들이 한데 엉켜 들끓는 용광로라 하는 편이 더 타당할지 모른다. 이청준이 국권상실기 이후의 역사적 상황을 '신화의 시대'로 명명하고(『신화의 시대』), '신화를 삼킨 섬'이라는 표제 아래 여전히 4·3사건의 비극 속을 살아가는 제주의 현실을 다룬 것(『신화를 삼킨 섬』)은 의미심장하다. 그에게 신화는 역사의 신비화나 현실의 초월이기는커녕, 치열하고 고통스러운 역사적 현실 안에서, 그것과의 복잡하고 역설적인 관계를 통해서만 가까스로 꿈꾸고 이야기할 수 있는 무엇이기 때문이다.

신화와 정치의 관계,
또는 신화의 위험성과 역설적 가능성

이청준 소설의 신화는 일견 신화와 대립하는 것처럼 보이는 개념을 자기 안에 품고 있으며, 이청준은 신화를 지향하는 바로 그 자리에서 신화에 대한 비판을 함께 수행한다. 이를테면 「태평양 항로의 문주란 설화」(『이상한 선물』, 문학과지성사, 2016)에서 그는 죽을 때까지 고국 땅을 그리워했던 어느 한인의 사연을 "태평양 물결을 헤쳐가는 한 송이 하얀 문주란 꽃"(「태평양 항로의 문주란 설화」, p. 185)의 설화로 피어나게 하는 동시에, 태양신과

뱀신의 이름으로 정적을 제거하고 인구를 억제했던 "국가권력"의 "인신공희 제의"(같은 글, p. 175)가 지닌 잔혹성을 지적한다. 또 『신화를 삼킨 섬』에서는 4·3사건 희생자의 넋을 씻기는 진혼굿판의 광경을 생생히 소설화하는 한편, 바로 그 '역사 씻기기' 사업이 국가에 의해 주도되고 정치적으로 이용되는 상황을 냉정하게 묘파한다. 어떤 가치를 지향하든 그것에 대한 의심의 시선을 거두지 않았던 이청준은 신화가 지닐 수 있는 위험성과 기만성에도 경계를 늦추지 않았음을 알 수 있다.

이때 이청준은, 신화를 자생적으로 형성된 민중의 집단무의식과 절대화된 정치권력의 대중조작 수단이라는 두 층위로 구분하고 전자를 옹호하거나 후자를 비판하는 데에서 멈추지 않는다. 몽고의 침략에 대항한 삼별초의 김통정과 그를 진압한 김방경의 이야기가 제주에서 모두 신화가 되었듯(『신화를 삼킨 섬』) 민중의 집단무의식은 양면적이고 자기배반적인 측면을 지니고 있으며, 애초에 정치권력과 이데올로기의 영향력에서 자유로울 수 없다. 『신화를 삼킨 섬』의 처음과 끝을 감싸는 아기장수 설화가 말해주듯, 지배 권력에 순응하거나 좌절을 거듭하면서 언제든 정치의 영역으로 솟구쳐 오르기를 기다리는 민중적 염원이라는 차원에서도, 신화는 정치권력의 문제와 분리될 수 없다. 신화와 정치의 관계는 신화 자체만큼이나 근원적이며, 그 근원적 관계 속에는 신화의 위험성과 역설적 가능성이 촘촘히 얽혀들어 있는 것이다.

그렇기에 이청준 소설에서 신화는 정치적 대립과 이데올로기적 분열을 치유하는 화합의 가능성이기 전에, 자기 안에 새겨진 상반된 욕망들이 각축을 벌이는 장으로 나타난다. 이 점은 그믐밤 고향의 제왕산에서 행해지는 밀교적 제의의 과정을 그린 「비화밀교」(1985)에서도 확인할 수 있다. 이 소설에서 거대한 횃불의 행렬과 신비한 합창 소리로 이루어진 제의의 광경이 표면적으로 의미하는 것은 "누구와도 함께 하나가 되"는 "용서"(『비화밀교』, 문학과지성사, 2013, p. 366)와 화해이다. 하지만 그 이면에는 자연발생적인 집단적 힘의 위력을 "현실 가운데서 〔……〕증거"(『비화밀교』, p. 381)하고자 하는 폭발 직전의 욕구(젊은이들의 횃불 춤)와, 이를 제어하고 '음지의 힘'이 지닌 비가시적 '신성성'을 지키려는 조 선생의 신념 사이의 팽팽한 긴장이 흐르고 있다. 「비화밀교」의 제의를 비의적인 떨림과 열기로 휩싸고 있는 것은 화합의 이상이라기보다는 오히려, 이들 사이의 점증하는 갈등과 긴장감이다.

「비화밀교」의 조 선생의 신념은 밀교의 제의적 힘이 가시적 현상세계로 떠오르면 "지배 질서 혹은 지배의 논리로 합세해버"(p. 379)릴 우려가 있으며, "또 하나의 현실적 지배력으로 편입"되는 순간 신화적 힘은 "신성성을 잃게"(p. 380) 된다는 생각에서 비롯된다. 이는 신화를 곧바로 현실정치의 영역으로 옮겨놓거나 지배 권력에 맞서는 대항 권력으로 치환함으로써 정치와 동일화하는 데 대한 경계의 태도라 할 수 있다. 반면에 산 아래 세상을 향해 교리를 노출시켜 현실에 직접적으로 작용하고 싶어 하는 젊은이들의 욕망은 "언제까지나 폭발의 정점에 다다를 수 없는 힘,

언제까지나 비밀의 장막 속에 숨겨져 전해져가기만 하는 힘"(p. 367)에 무슨 의미가 있느냐는 질문을 던지게 한다. 서로에게 반발하고 서로를 견제하는 이 갈등과 길항을 통해서만, 밀교의 제의는 "드러나 싸우려는 자기 실현욕"(p. 379)으로 분출하거나 "무력한 자기 위안"(p. 371)으로 사그라지는 대신에, "만인의 삶"(p. 400)으로 번져가는 "소망의 힘"(p. 383)이 될 수 있다.

이청준 소설에서 신화의 가능성은 결국 충돌하는 욕망들의 부글거림 속에서, 그것들 중 어느 하나와도 쉽게 동일화하기를 거절하며 버티는 끈질긴 기다림의 시간 속에서 생성되고 자라난다고 말해야 한다. 그럴 때 신화를 통한 화해와 구원은 영원히 완수되지 않는 과업일 수밖에 없으며, 그런 한에서 신화는 불확실한 미래의 가능성을 현재의 삶 속에 기다림의 소망으로 불어넣는다. 이렇게 보면 『신화를 삼킨 섬』이 암시하는 씻김의 가능성 또한 진혼굿의 온전한 실현을 통해 완성되는 것이 아니라, 굿을 하고자 하는 욕망과 그것에 저항하는 온갖 욕망들의 충돌로 인해 굿판이 한없이 연기되는 답답한 지연의 과정 속에 역설적으로 깃들어 있을 것이다. 『신화를 삼킨 섬』의 암담하고 비관적인 이야기를 작가가 아기장수 설화로 감싸놓은 이유, 아기장수의 비극적 패배를 "그 아기장수와 용마가 다시 태어나기를 기다리기 시작"(『신화를 삼킨 섬』, 문학과지성사, 2011, p. 389)하는 신화의 끈질긴 생명력으로 다시 써낸 이유도 여기에 있을 테고 말이다.

과연 이청준은 『신화의 시대』에서도 국권상실 이후의 비극적 역사에다 신화의 색채를 부여하고, 정치와의 근원적인 얽힘이

자 내적인 싸움터인 신화의 세계를 창조한다. 이 미완의 작업에서 이청준이 꿈꾼 것은, 아기장수 설화가 그렇듯, 역사적 과거가 "일단 비극으로 완성"된 뒤 "그것을 다시 만인의 삶으로 함께 완성시켜나가는 이야기의 과정"(『비화밀교』, p. 400)으로서의 신화의 가능성이다. 그것은 개인적이고도 집단적인 씻김과 치유의 소망인 동시에, 정치와 동일화되지 않으면서 문학이 어떻게 현실과 관련을 맺을 수 있는지에 대한 탐색의 과정이기도 하다.

공동체의 신화와 개인의 신화

『신화의 시대』는 신화로 써내려간, 태산과 종운의 성장 이야기이다. 1부 1장 「선바위골 사람들」은 태산의 남다른 출생에 얽힌 비밀스러운 사연을, 1부 2장 「역마살 가계」는 종운의 조부 이인영 일가의 굴곡진 내력을 다루고 있다. 1부 3장 「외동댁과 약산댁」은 태산의 가족(양부 장굴 씨와 양모 약산댁네)과 종운의 가족(이인영의 장남인 남돌 씨와 외동댁네)이 선바위골 이웃 동네에 함께 살게 된 다음의 이야기로, 어린 시절 태산의 비범한 면모를 부각시킨다. 그리고 2부 1장 「두 청년 이야기」에서는 태산과의 관계 속에서 고민하고 방황하며 자기 정체성을 찾아나가는 종운의 이야기가 펼쳐진다.

태산의 이야기는 기이한 출생담에서부터 신화적인 영웅 이야기의 성격을 띤다. 정체 모를 여인 '자두리'(태산의 생모)가 선바위골에 흘러 들어와서 아비를 알 수 없는 아이를 배고 무성한 소문만 남긴 채 사라진 사연은 태산의 '출생의 비밀'을 영원한 "수수께끼"(p. 65)로 남겨놓는다. 더구나 자두리가 '큰산'이라 불리는 천관산 산행을 따라갔다 온 뒤에 태기를 보였다는 사실 때문에, 마을 사람들은 태산을 공공연히 "큰산의 자식" "큰산 산신령이 점지해준 천관산 자식"(p. 191)이라고 부른다. "일종의 세시행사"인 천관산 산행은 "나라의 명운이 쇠락하면서부터" 시작됐으며, 그 산행에서 "인근 고을사람들의 말없는 공감과 모종의 간절한 기원이 깃"(pp. 30~31)든 '돌탑 쌓기'가 이어져왔다는 점은 주목할 만하다. 큰산의 아들 태산은 "헐벗은 산을 돌탑으로 다시 꾸미고 긴 세월 짓밟히고 스러져간 이 땅의 소명을 되일으켜 세우"(p. 30)고자 하는 공동체의 소망을 담은 신화적 영웅일 것이다.

한편 종운의 이야기는 작가 개인의 '신화 만들기myth making' 작업이라는 차원에서 각별한 의미를 지닌다. 조부 이인영을 중심에 둔 종운 집안의 내력에는 이청준의 가계가 허구적 변형을 거쳐 투영된 것으로 짐작되며, 종운은 작가의 큰형을 모델로 한 인물로 보인다. 내성적인 사색가이자 예술가의 인상을 남기고 일찍 세상을 뜬 큰형은 이청준에게 깊은 영향을 미쳤는데(이청준, 「나는 왜 문학가(文學家)가 되었는가」, 『학생중앙』 1977년 3월호), 이청준이 남긴 메모에 따르면 총 3부로 기획된 『신화의 시대』의 3부에는 "종운의 아우인 작가 자신을 주인공으로" 하여 "태산과 종운의 삶을 발전적으로 지양"(이윤옥, 「텍스트의 변모와 상호 관계」,『신화의 시대』 자료, p. 357)하는 이청준 자신의 이야기가 전개될 예정이었다고 한다. 이렇게 보면 이 소설 전체가 내적인 정체성을 찾아가는 작가의 실존적 탐색이라 할 수 있는데, 특히 이인영에서 종운으로 이어지는 스토리라인은 롤로 메이Rollo May가『신화를 찾는 인간』(신장근 옮김, 문예출판사, 2015)에서 말한 개념의 '자기 신화 만들기'로 이해될 수 있다. 롤로 메이의 언급에 의하면 "신화는 우리 실존에 의미를 부여하는 이야기 방식"(p. 15)으로, "내가 누구이며, 어디에서 왔는지 알아내"(p. 58)기 위해 우리는 "신화적 자궁"(p. 54)을 필요로 한다. 이청준의 고향인 장흥의 진산, 천관산의 아들인 태산이 그에게 공동체의 소망을 대변하는 신화적 주인공이라면, 큰형의 모습이 투영된 예술가적 기질의 종운은 그에게 작가로서의 삶의 기원을 암시하는 개인적 신화의 주인공이라 할 만하다.

『신화의 시대』에서 이청준은 우선, 종운의 가계를 특징짓는 '방랑자 신화'를 통해 작가적 정체성을 서사화한다. 이는 젊은 날의 방황 속에서 자기 삶의 길을 찾아나가는 종운의 성장담(또는 종운의 '자기 신화 만들기')으로 형상화된다. 세속적 안위(安慰)와 정주(定住) 대신에 고단한 방랑의 길을 선택한 조부 이인영의 생애와, 남사당패를 따라 떠났다는 숙부 규성의 행로는 '역마살 가계'라는 이름으로 종운의 마음에 새겨진다. 종운은 "제 집 짓기 계획"(p. 255)에 온 힘을 바치고 아들에게도 "진학과 출세"(p. 261)의 길을 강권하는 아버지 남돌의 가치관에 반발하며, "일찍이 고향집과 육친들을 버리고 단신 유랑길을 떠났다던 옛 조부"

의 "남다른 생애"에 강렬한 "궁금증과 끌림"(p. 273)을 느낀다. "답답한 붙박이 삶을 참을 수 없는 어떤 떠돌이 성벽", 조부의 그 "불안한 피가" 자기 속에도 "흐르고 있"(p. 275)다는 직감 때문이다. 하지만 옛 조부의 행적을 찾아 근 한 달쯤의 여행을 떠났던 종운은 조부와 관련된 아무 흔적도 찾지 못하고 실망을 안은 채로 돌아온다. 그 여행길에서 "옛날 조부의 거인 같은 환상을 잃은 대신" 그사이 정착해 빈한한 가장으로 살아가는 "남루한 숙부의 환멸스런 초상을 지고 돌아온"(p. 284) 종운은 더 이상 역마살 가계의 떠돌이 신화로 자기 정체성을 써나갈 수 없게 된다. 어느덧 종운은 그만큼 성장했고, 그에게는 이제 또 다른 신화가 필요해진 것이겠다.

실제로 「인문주의자 무소작 씨의 종생기」(2000)와 여러 에세이들이 말해주듯 '떠남'에 대한 이청준의 동경은 '떠남과 돌아옴'의 관계에 대한 성찰로 이행해갔고, 이 변화는 그의 작가적 "정체성에 대한 회의와 회귀 혹은 확인의 과정"(「나는 왜, 어떻게 소설을 써왔나」, p. 307)과 다르지 않았다. 떠돌이 신화의 한계를 깨달은 종운 또한 예술에 대한 관심이 부쩍 자라나면서 새로운 정체성을 모색하기 시작하는데, 여기에 큰 영향을 미치는 것이 복잡하고 갈등적인 태산과의 관계이다. 이청준 자신의 작가적 자의식이 투영돼 있을 종운의 성장과 '예술가 되기'의 과정을 따라가기 위해서는 공동체적 영웅의 형상을 띤 태산의 행로와 성장과정을 먼저 추적해야만 한다.

'이념적 아버지'의 압도적인 현존과
이데올로기의 예견된 실패

흥미롭게도 태산은 어릴 때부터 공동체적 영웅의 신화를 자기 이야기로 내면화한다. '큰산 자식'이라는 마을사람들의 수군거림을 듣고 자란 태산은 스스로도 "'큰산'의 존재를 의식"(p. 196)하게 되고, 양부 장굴 씨(그 자신도 기인의 풍모를 지녔으나 가부장의 권위를 내세울 뿐 아비의 책임을 다하지 않는)를 "괴물 같은 아비"(p. 198), 가짜 아비로 느낀다. "큰산신령이 누구"냐는 질문에 무섭게 일그러진 얼굴로 "이 애비가 바로 큰산신령이다"(p. 197), "이런 소리, 아부지 앞에서 다시 하지 말고 너는 그저 착실히 자라서 뒷날 그 큰산같이 크고 높게만 되거라"(p. 198)라고 대꾸하는 장굴 씨를 태산은 '아비의 자리'에 받아들이지 못하고 혼란스러워한다. 그러다가 천관산의 웅장한 자태를 자기 눈으로 직접 보게 되면서 "태산에겐 장굴 씨 대신 천관산이 진짜 제 아비의 모습으로 자라잡아버"(p. 218)린다. 비어 있는 '아비의 자리'를 점유하고 들어선 천관산은 태산에게 거대한 '이념적 아버지'의 압도적인 표상일 것이다. 어린 태산의 모습은 상징적 동일화의 모델이 될 '좋은 아버지'가 부재하는 상황에서 성장이 가로막힌 채 방황해야 했던 민족공동체의 곤궁을 대변하는 한편, 이념적 아버지의 절대화된 시선 속에서 자아 이상ego-ideal을 찾고자 했던 우리 현대사의 비극적 행로를 암시하는 것처럼 보인다.

태산의 영웅적 면모는 보통학교 시절의 "당차고 올된"(p. 232)

모습에서부터 도드라지는데, 이때의 그는 아직 치기 어린 영웅주의의 단계에 머물러 있다. 뛰어난 공부 실력과 "의젓하고 굳은 심지"로 "같은 또래 동네 아이들을 아랫사람처럼 뒤꽁무니에 거느리고 다"(p. 219)니는 태산은 곤란한 상황에 처한 아이를 솔선하여 돕거나 다른 "아이들의 허물을 대신 지려"(p. 228)고 선뜻 나서곤 한다. 형편이 어려운 아이들의 빈 필통에 질사는 아이의 새 연필을 슬쩍 집어넣어주기도 한다. 하지만 의도가 어떻든 태산이 "또래들을 제멋대로 좌지우지"(p. 222)하는 것은 사실이었고, 그런 만큼 "태산에 대한 질시와 불평"(p. 220)도 늘어나기 시작한다. 특히 어른들의 두레모임과 '치도곤 굿판'을 본떠서 엄격한 "등하굣길 규칙"(p. 238)을 만들고 "그를 어길 때는 곤장쇠 담당에게 가차 없는 매질을 명령"(p. 239)하는 태산의 모습은 권력을 지닌 그의 영웅주의가 억압적인 독재로 흐를 위험성을 단적으로 보여준다. "형벌의 경중이나 매질의 대수를 [……] 태산이 일방적으로 정하고 다른 아이들은 거기 따라 찬성의 박수를 쳐 보이는 식"(p. 239)의 진행은 변질된 인민재판의 광경마저 연상케 한다. 그러다 소풍날 이장집 아들 준호가 태산의 지시를 어기고 "저항과 반역"(p. 243)을 감행한 사건을 계기로 태산은 한 단계 성숙해진다. "새삼 무언가를 깊이 깨닫고 굳은 결심을 품"(p. 244)은 태산은 사범학교에 진학해서 자신의 뜻을 이루기 위한 "힘을 길러"(p. 272)나가는 일에 매진하게 된다.

보통학교 시절부터 "네 것 내 것을 구별하는 일이 없"(p. 220)이 함께 쓰고 나눠 먹기를 주장해온 태산의 방침은 "코뮌commune

주의적 이념이나 환상"(이재복,「역사적 정신태를 넘어 넋으로」,
『신화의 시대』 해설, 열림원, 2008, p. 336)을 씨앗처럼 품고 있는
데, 이 씨앗은 상급학교 진학 이후 식민치하의 민족주의와 사회
주의적 경향을 띤 태산의 사상으로 발전해간다. "새 기술과 문
물제도를 익혀 그 힘으로 저들〔일본: 인용자〕을 이겨 넘어야 한
다"(p. 299)거나 "부지런히 힘들게 일하는 사람들이 가난하지 않
게 사는 〔……〕 옳은 세상"으로 사람들을 "각성시"켜 "이끌"(p.
271)어야 한다는 그의 말은 이를 잘 대변해준다. 태산의 이런 사
상이 해방 후 분단기의 사회주의 이념으로 이어질 가능성을 독자
는 충분히 예측할 수 있으며, 그로 인해 태산의 삶이 영웅의 비극
적 실패로 마감되리라는 예감 또한 지우기 어렵다. 작가 역시 보
통학교 시절의 태산을 두고 "장굴 씨는 물론 어미 약산댁이나 동
네 이웃 어른들 누구도 그 어린것의 당돌한 성정이나 행티가 무
엇을 뜻하는지 알지 못했다. 〔……〕 다시 말해 그 태산 속에 무엇
이 자라고 있는지를 알거나 눈치채지 못했다. 여기서 잠시만 미
리 말하자면 이때쯤엔 그것이 장차 태산의 길지 않은 생애에 얼
마나 많은 파란과 비극을 불러오게 될지를 짐작조차도 못한 것이
었다"(pp. 232~33)는 말로 태산의 앞날을 일찌감치 예고해놓은
바 있다.

　태산의 성장담의 끝은 이렇게 독자의 상상 속에 남겨지지만,
정치와 이데올로기의 길로 나아간 태산의 예견된 실패는 미완인
채로 우리 역사의 비극적 격랑을 아프게 환기시킨다. 그 역사적
과거는 사실의 층위에서 비극으로 귀결됐지만, 이야기의 층위에

서는 소망과 씻김의 가능성으로 거듭 되돌아온다. 한편 공동체적 영웅인 태산의 성장담은 아직 끝나지 않은 종운의 이야기, 곧 예술가 되기의 힘겨운 과정에 메아리처럼 울리게 된다.

정치와 길항하는 문학의 정체성

종운의 정체성 찾기는 태산에게 반발하고 그를 넘어서기 위해 내적 투쟁을 벌이는 과정과 맞물려 있다. 보통학교 시절 종운은 몇 학년 위인 태산을 불평불만 없이 잘 따르고, '소풍날' 이후로 대부분의 아이들이 태산을 외면할 때도 끝까지 그의 곁에 남아 있는 아이였다. 그러다가 태산이 "대처 유학의 길을 떠나"(p. 249)던 무렵부터 종운은 학교 공부를 멀리하고 그림과 노래에 빠져든다. 방학에 시골집에 내려온 태산은 그에게 "이 시골구석에서 그 환쟁이 흉내질이나 유행가 따위로 어칠버칠 세월을 허송하고 살 생각이냐?"며 사범학교 진학을 권하지만, 종운은 "자신의 길이 따로 있는 듯 엉뚱한 고집이 치솟"(p. 260)는 것을 느낀다. 이는 "태산에 대한 열패감과 두려움이 자라"났기 때문이기도 하지만, "누구도 넘볼 수 없는 우상적 존재에 대한 모종 승부욕이 발동"(p. 262)한 탓이기도 하다. 종운에게 태산은 "닮고 싶고 [……] 뒤따르고 싶"은 "선망"(p. 260)의 대상인 동시에, 맞서서 대결해야 할 숙명의 경쟁자이다. 세속적 가치에만 매어 있는 아비 남돌과 허상처럼 사라져버린 방랑자 조부에게서 '아버지의 법'을 찾을 수 없던 종운에게 태산은 부재하는 아버지를 대리하는 형(兄)으로서, 존경(동일시)과 적대감(대립)이라는 양가감정의 대상인 셈이다.

태산의 굳은 신념과 확신에 찬 생각들은 그런 방식으로 종운의 예술가 되기 과정에 지속적인 영향을 미친다. "동네 개꾼 아낙들"의 "바쁜 바닷길 행진"을 바라보며 태산이 "아, 저 씩씩하고 아름다운 사람들!"(p. 268)이라고 감탄할 때, 종운은 도리어 "그 마을 아낙들의 힘겹고 서글픈 삶"과 수많은 "상처 자국들"(p. 269)을 떠올린다. "노동이나 거기서 얻은 흉터도 신성하고 고귀하고 아름다운 것"(p. 270)이라는 태산의 생각이 종운에게 큰 실망을 주는가 하면, 저들이 "행복한 자기 삶의 보람을 누리게 하기 위해"(p. 272) 우리가 먼저 힘을 길러야 한다는 태산의 말은 그에게 자괴감을 느끼게 한다. "소설 속의 먼 바깥세상 이야기와 달콤한 유행가 가락"에 취해 그 "비애와 몽환기의 정체가 무엇"(p. 296)인지 알지 못하던 종운에게 그것은 "이 땅 사람들이 〔……〕병이 들고 힘없이 스러져가게" 하려는 일제의 "달콤한 책략"(p. 298)이라며 호되게 질책한 것도 태산이었다. 종운은 자폐적 절망감에 빠진 채 태산에게서 벗어나 "그와는 상관없는 자기 식의 삶을 살고 싶"(p. 301)어 하지만, 그가 결국 예술의 길에 들어서고 자신의 예술관을 형성해가는 과정은 실상 자기 안에서 울리는 태산의 목소리와의 치열한 대결을 통해서라고 말할 수 있다.

종운이 한 걸음 더 성장하게 되는 계기는 태산의 동창이자 "태산보다 키가 훨씬 큰"(p. 302) 삼산골 청년의 그림에서 비롯된다. 풍경이든 사람이든 "눈에 보이는 그대로가 아니라, 형상이나 색깔을 제멋대로 바꾸어 그"(p. 302)린 그의 그림에서, 종운은 "세상만물이 제 속에 깊이 간직해온 숨은 혼령" 같은 것을 발견하고 "가슴이 설레어"(p. 303)온다. 청년은 그것이 "보이는 것 뒤에 숨은 제 내력"이자 "참모습"(p. 304)이라고 말한다. 이 말에 종운은 태산을 떠올리면서 "세상을 보는 눈이 사람 따라 달라질 수 있"으며 "그 눈길 따라 세상이 각기 달라질 수도 있"(p. 305)음을 깨닫는다. 나아가 "그림을 그리는 일이란 세상만물에 제 생각이나 소망을 담는 일이기도 하"므로 "자신이 원하는 식으로" 세상의 모습을 "바꿔보고 그릴 수 있다는" 데 생각이 미치자, 종운은 이를 "구원의 복음"(p. 306)으로 받아들인다. 이날 이후 종운은 예술의 길로 들어설 결심을 굳히게 되는데, 아직은 어렴풋한 이날의 깨달음에는 사실적인 재현을 넘어 비가시적 진실과 소망을 표현할 수 있는 예술의 가능성에 대한 기대가 담겨 있다. 이는 이청준이 생각하는 예술의 지향점과 그 단초를 보여주는 것으로도 이해될 수 있다. 이날의 일이 "그다지 길지 못한 종운의 생애에 결정적인 밑그림을 제공해"(p. 306)주었다는 작가의 언급 또한 이를 암시하는 말처럼 들린다.

그러나 이청준이 구상한 이 소설의 진짜 주인공, 작가 자신이 투영된 인물은 아직 제 모습을 드러내지 않은 채이며, 우리는 끝내 그의 이야기를 들을 수 없게 되었다. 독자의 아쉬움을 뒤로한 채, 저 스스로 이야기가 되어 사라져버린 '무소작 씨'처럼(「인문주의자 무소작 씨의 종생기」), 이청준은 자신의 신화 속으로 사라져갔다. 정치와의 대결과 길항 속에서 부단히 자기 문학의 정체성을 탐색해온 작가 이청준이 맺지 못한 이야기를 우리는 여전히 이어서 쓰고 있다. 이를테면, 종운의 기질과 감수성을 물려받은 그는 태산이 나아간 정치와 이데올로기의 길이나, 예술과 정치를 곧바로 동일화하는 방식 같은 것을 받아들였을 리 없다고. 그럼에도 그는 아마도, 낭만적인 예술가로서의 자기 세계를 지키려는 종운의 관점 또한 넘어서서, 정치사회적 현실과 격렬하게 접촉하는 문학의 길을 모색했으리라고. 구체적으로, 어떻게 그러했을까, 우리는 거듭 되묻고, 다른 대답들을 이어나간다. 재현적 현실에 종속되거나 정치 그 자체로 치환되지 않으면서 더 깊은 차원에서 현실과 관련을 맺고 우리 삶을 변화시키는 문학의 가능성은, 지금 우리에게도 언제나 진행 중인 모색으로 남아 있기 때문이다.

〔2016〕

텍스트의 변모와 상호 관계

이윤옥
(문학평론가)

『신화의 시대』

| **발표** | 『본질과 현상』 2006년 겨울호~2007년 가을호.

| **최초의 단행본 수록** | 『신화의 시대』, 물레, 2008.

---

1. 실증적 정보

1) 초고: 컴퓨터로 작성된 초고가 둘 남아 있다. 첫째 초고의 1부 3장은 발표작과 끝부분이 조금 다르다. 외동댁은 잠실댁, 연동댁, 부용댁 등 여러 이름으로 불렸고, 김장굴도 김장선이었다. 초고에는 외동댁의 아들 이름으로 종운과 종백을 두고 고민했던 메모가 있다. '종백'은 작가의 큰형이 쓰던 두 실명(實名) 중 하나다.

2) 전기와의 연관성: 『신화의 시대』는 이청준이 10년에 걸쳐 완성하려고 한 필생의 대작이자, 자신의 뿌리를 파헤쳐간 자전적 소설로, 전체 3부작으로 구상됐다. 계간지에 1년 동안 연재된 부분은 그중 1부에 해당

---

* 텍스트의 변모 과정을 밝히면서는 원전의 띄어쓰기 및 맞춤법을 그대로 살렸다.

된다. 1부는 작가의 고향 고을 선바위골에 흘러들어온 떠돌이 광녀 자두리를 비롯한 선바위골 사람들의 이야기, 작가의 조부가 모델인 이인영을 중심으로 한 집안 내력과 정착 과정, 작가의 어머니에 해당되는 외동댁의 이웃 약산댁 아들 태산의 신비한 출생과 성장, 출향담으로 구성된다. 태산은 2부의 두 주인공 중 한 명으로, 짧지만 파란만장한 삶을 살다 갈 신화적 인물이다. 이청준은 생전에 2부 얼개를 다 짜놓았지만, 그중 1장만 끝낼 수 있었다. 이번 단행본에 그 유고(遺稿) 2부 1장이 수록되었다. 메모에 따르면 이청준은 2부에서 태산과 외동댁의 아들 종운을 두 축으로, 정치와 예술이 중심이 되는 '사회학적 상상력'과 '인문학적 상상력'이 현실에서 발현되는 양상을 그려나갈 계획이었다. 이어지는 3부는 종운의 아우인 작가 자신을 주인공으로 그릴 예정이었는데, 주인공은 작가 자신으로, 인문학적 상상력을 바탕으로 하는 그의 소설가의 삶은 2부의 태산과 종운의 삶을 발전적으로 지양하고, 지향하는 새로운 '베끼기'라 할 수 있다. 『신화의 시대』는 자전적 소설인 만큼 배경이 되는 공간, 인물들의 이름, 가족 관계 등이 사실과 일치하는 경우가 매우 많다. 예를 들어 이남석의 가계와 집짓기 과정은 물론 회령리 등 지명, 이남석, 자두리 같은 인명이 그렇다.

3) 수필 「다시 돌아보는 헤매임의 내력」: 이 글에는 종운의 모델이 된 작가의 큰형에 대한 회고가 들어 있다. '앞서간 맏형의 삶과 죽음은' 이청준에게 세 가지 경험과 버릇들을 남겼다. 첫째는 '인간의 삶에 대한 깊은 비밀에 관심을 갖게 한 것'이고, '둘째는 현실이 아닌 독서 쪽에서 이 세계와 인간의 삶을 배우게 하였'고 그 결과 '자신의 삶도 또한 활동적 현장성보다는 사유적 내면화의 과정을 지향하게 만들어낸 것이었다'. '마지막 세번째의 경험은 그러한 내면적 삶의 당연한 요구에 의한 간절한 자기표현의 욕망이었다.' 이청준은 맏형의 삶을 대신 살겠다는 의지를 수필 등 여러 글에서 표명했다. 작가 자신을 주인공으로 삼아 씌어질

예정이었던 3부에서, 그가 태산과 종운 중 누구의 삶에 더 동화되었을지 짐작할 수 있다.

–「다시 돌아보는 혜매임의 내력」: 좀더 뒤에 내가 국민학교에 들어가 글자를 해독하게 되면서부터는 그 가버린 맏형의 삶이 점점 더 뚜렷한 모습으로 내게서 되살아나기 시작했다. / 집안 곳곳에 남은 형의 유물은 그가 쓰던 만년필이나 펜대, 펜촉, 잉크 따위의 필기용구들과 갖가지 노우트장, 기타나 바이얼린 같은 익기들과 악보들, 사진첩늘, 심지어 다락방에 가득 인 신문과 잡지 뭉텅이에 이르기까지 헤아릴 수 없을 정도였다. 필기구와 노우트장은 나의 시골 국민학교 6년을 꼬박 다 쓰고도 남을 만했고, 다락방에 보관된 신문더미는 그 후 이웃 마을 과수원에서 방충봉지 종이로 몇 해를 두고 져 날랐을 정도였다. 남도(南道) 소리가 담긴 축음기의 음반들 역시 형의 죽음과는 아무 상관이 없이 여전히 그 유장하고 도도한 소리를 자아냈다.

4)「이상한 선물」, 수필「자애의 역사」:「이상한 선물」과「자애의 역사」를 보면, 이청준은 자두리를 비롯해 기인 열전에 오를 만한 선바위골 사람들에 대한 애정이 깊었던 것 같다. 「이상한 선물」의 자두리, 장굴, 장순, 창선은『신화의 시대』에서 자두리, 도깨비 할배, 천득, 대성이다. 「자애의 역사」의 자두리, A씨, B씨는『신화의 시대』의 자두리, 백순보, 대성이다.

–「이상한 선물」: 그 시절 선바우골엔 희비 간에 그런저런 우스개 기담거리의 주인공이 많았다. 어찌 보면 마을 사람들 거의가 각기 남다른 풍모와 행투, 기상천외한 일화의 주인공으로 살아가고 있는 형국이었으니.

–「자애의 역사」: 거기다 언제 어디서 떠돌아 들어왔는지 근원을 알 수 없는 한 광녀는 자신의 내력을 깡그리 잊은 채 오직 지난날 살던 마을이 '자두리였다'는 한 가지 대답뿐이어서 이후 그 '자두리'가 제 이름으로 불리게 되었는데, 그녀 또한 B 씨처럼 같은 부잣집 아래채에서 사시사철 맷돌

질로 세월을 보낸 바람에 철모른 아이들은 그 두 사람이 필시 '서방 각시' 쯤으로 맺어지리라 여겼다.

5) 수필 「다랑논과 뙈기밭」: 이 수필에는 『신화의 시대』 1부의 중심이 되는 조상 이야기가 들어 있다.

–「다랑논과 뙈기밭」: 우리 집안은 원래 선대에서 고향 고을을 등지고 나가 살다 일찍이 혼자 되신 할머니 때에 이르러 어린 아버지를 앞세우고 돌아와 새 살림을 일구기 시작한 처지였다. 그러니 지닌 것이 많지 못한 데다 일찍부터 가계를 도맡아야 했던 아버지는 동네 주변에 논밭 매물이 나올 때마다 힘에 닿는 대로 여기저기 새 전답을 사 모았다.

6) 『신화를 삼킨 섬』 『6월의 신화』: 신화가 표제에 들어간 작품을 발표 순서대로 보면 『6월의 신화』 『신화를 삼킨 섬』 『신화의 시대』, 모두 셋이다. 세 작품 다 장편으로 구상되었는데, 『6월의 신화』는 연재하던 잡지의 폐간으로, 『신화의 시대』는 작가의 타계로 중단되었다.

7) 「키 작은 자유인」: 이 작품을 보면 김장굴과 김태산, 지사순의 모델들이 누구인지, 그들이 어째서 자유인인지 알 수 있다. 「키 작은 자유인」 중 '이중 노출의 초상'은 김장굴과 김태산에 대한 글이다. 김장굴에 해당되는 김씨 영감님은 도깨비들과 두려움 없이 친하고, 밤그물에 고기 대신 걸려 올라온 시신의 치상을 감당해준 뒤 그물이 메어지도록 고기를 잡고, 석유병을 술병으로 오인해서 서 홉들이 석유를 몽땅 마신다. 그에게는 마을뿐 아니라 근동 일대에 크게 이름이 알려진 아들이 있는데, 그는 김태산처럼 일제 때 대처로 나가 사범학교를 졸업한 뒤 조국 광복과 사회 운동에 투신한 젊은 사상가였다. '이중 노출의 초상' 덕에 우리는 미완으로 끝난 김태산의 장차 행로를 짐작할 수 있다. 그는 '6·25전란 중 사망 소식이 전해질 때까지 도피와 옥고와 영광이 교차한 우여곡절의 삶을 살고 간 젊은 풍운아였다'.

–「키 작은 자유인」: i) 그 거침없는 호방성 외에도 남의 삶 위에서 자신

의 삶을 이루고 누리려 하지 않음, 그 아들의 삶과 죽음마저 자기 삶의 이룸이나 누림거리로 삼지 않음 ― 그것이 내게 그 김 영감의 모습을 거인의 그것으로 지니게 한 것인지 모른다. 그것이 지금까지도 무턱대고 나를 종종 감동케 하고 있는지 모른다. ii) 온갖 농작물의 새 품종을 구해다가 시험 재배를 하면서, 동네 아이들이 길섶으로 기어 나온 참외꼭지 하나라도 잘못 건드렸다간 어디선가 반드시 불호령을 쏘아대곤 하던 호랑이 농사꾼 정빈 씨 ― 하면서도 또 엉뚱스레 마을에서 누군가 어려운 일을 당했거나 빈가집 아이가 대처 지역 윗학교엘 들어가는 일이라도 생기면 때마다 은밀히 사람을 불러다가 힘을 보태곤 했다는 명색 없는 독지가, 그런 사람들의 모습도 내게는 누구보다 기품 높은 예술가, 유족한 재산가, 아니 오히려 그 자리를 넘어선 자유인의 모습으로 소중하게 살아 숨 쉬고 있는 것이다.

8) 「이어도」: 「이어도」의 두 인물 천남석과 양주호는 『신화의 시대』의 이남석(남돌)과 김장굴을 떠올리게 한다. 천남석과 이남석은 이름이 같고, 양주호와 김장굴은 둘 다 '술항아리(주호)'라 할 수 있다(175쪽 16행).
　–「이어도」: 그야 물론 술을 담는 항아리라는 뜻이었습니다. 술을 다섯 말쯤 부어 넣어도 속이 차오를 줄 모르는 초대형 항아리라구요.

2. 텍스트의 변모
–『신화의 시대』(물레, 2007)에서 『신화의 시대』(문학과지성사, 2016)로
　* 유고(遺稿)인 2부 1장 수록.

3. 인물형
1) 이인영: 『흰옷』의 황 노인도 이인영처럼 떠돌이 생활을 거쳐 낯선 곳에 정착한 뒤, 여러 약재류를 실험한다. 이인영은 실제 이청준의 조부 이름이기도 하다.
2) 이남돌[南石]: 이청준 아버지의 이름과 같다.

3) **이종운:** 이청준 큰형의 실명은 종훈과 종백, 둘이었다. 일상적인 이름은 '종훈'이었지만, 족보에 일명(一名)으로 오른 '종백' 또한 종종 쓰였다고 한다. 종운은 종훈의 변형이다.

4) **김장굴:** 『흰옷』의 황 노인은 황량한 시대의 유산으로 '바람의 신화'를 남긴다. 석유병을 소주병으로 알고 마실 정도의 황음과 밤바다 그물질에서 건진 시신의 보은, 도깨비와 동무되기까지, 김장굴과 황 노인은 같은 전설을 낳은 인물들이다.

5) **약산댁:** 수필 「살아 있는 동화책」의 주인공으로 이청준의 이웃집에 살았던 섭섭이 할머니가 약산댁의 원형이다.

6) **김태산:** 섭섭이 할머니의 아들 김○호가 모델이다. 그는 천재 소리를 듣던 어린 시절과 상급학교 유학, 사회주의 활동 등을 태산과 공유한다. 하지만 신화적 출생 과정을 거쳐 '큰산'의 아들이라는 이름을 갖게 되는 태산은 『신화의 시대』에서 가장 소설적인 인물이라 할 수 있다. 그래서 두 사람은 공통되는 이름자를 갖지 않는다. 태산은 『당신들의 천국』의 이상욱처럼 어떤 한 부부의 아이가 아니라 온 마을이 함께 품고 낳은 아이다.

7) **지윤옥:** 이청준의 소설에서 중심이 되는 여인의 지표는 노래와 향기다. 「여선생」부터 시작된 이 특성을 지윤옥도 갖고 있다(330쪽 11행, 337쪽 11행).

　-「여선생」: i) 그리고는 몇몇 아이들의 손을 잡고 걸으며 무척도 기분이 좋은 듯 노래를 부르자고 했다. 〔……〕 이 새 여자선생님에게서 마음을 놓기 시작한 것은 이때부터였다. 바다를 내려다보며 노래를 부르는 선생님의 즐거운 얼굴을 보면서 진이는 인삿말을 할 때 이 학교에 온 게 기쁘다고 하던 선생님의 말이 정말일 거라고 생각했다. ii) 그러나 진이는 그보다 더 선생님을 가까이 하고 싶고 자주 눈에 띄어 들고 싶은 다른 이유를 한 가지 가지고 있었다. 그것은 선생님의 어디에선가 늘 은은하게 풍겨 나

오고 있는 화장 냄새였다. 〔……〕 무엇보다도 그는 선생님의 그 은은한 화
장 냄새를 맡지 않고는 배길 수가 없었다. 그리고 그것은 자기 혼자만 알
고 있는 비밀이었다. 다른 녀석들은 화장 냄새 따위에 애를 먹는 것 같지
는 않았다.

  8) 삼식 아배:「호박 꼭지가 달린 수박」은 삼식 아배의 일화를 바탕으
로 쓴 동화다.

4. 소재 및 주제

  1) 역사와 신화: 이청준은 만년에 한 인터뷰에서 역사와 신화에 대
한 소회를 밝혔다. 그의 생각에, 역사가 지양해야 할 것이 무엇인지 알
게 해준다면 신화는 그 반대라 할 수 있다. 역사가 이념과 현실적 권력에
의해 움직이는 정신이라면 신화는 피의 흐름으로 유전되는 넋이다. 역
사의 세계는 당신들의 천국을 보여주고 신화의 세계는 우리들의 천국을
보여준다. 역사가 무엇인지, 지양해야 할 것이 무엇인지 깊이 천착한 소
설이 바로『당신들의 천국』이다. 그는『신화를 삼킨 섬』이후 크고 작은
우리 신화에 대한 글을 썼다. 그가 말하는 신화는 전설과 민담 등을 포괄
하는, 꿈과 소망을 담은 옛날이야기에 가깝다. 역사의 관점에서 볼 때,
기록된 역사가 양지라면 구전되는 민담이나 설화, 신화, 옛날이야기는
음지의 역사라고 할 수 있다.

    ―『춤추는 사제』: 기록과 유적들로 보존된 역사가 양지의 역사라면 전설
    과 민담의 그것은 음지의 역사일 수 있었다. 양지의 역사가 스스로의 진실
    을 위한 왜곡을 감행할 때 음지의 역사 또한 스스로의 진실을 위한 비상한
    왜곡을 감행했을 수 있었다.

    ―「흐르지 않는 강」: 턱거리의 사람들은 이제 누구나 그 두목의 거인다운
    최후를 말하면서 강물의 흐름을 끊어 세운 그의 그 불가사의한 힘을 아무
    도 의심하는 일이 없었던 것이다. / 그리고 두목은 어느새 그 불사신 같은

힘으로 턱거리의 강을 지키고 마을을 지키는 오랜 이야기 속의 거인이 되어 가고 있었던 것이다.

– 수필 「깨어진 상처로 완형을 이룬 그릇」: 그 상처와 상처의 내력으로 이루어져 가는 것…… 그것은 아마도 우리의 역사도 그런 식이 아닐까 싶어진다. 우리의 역사 또한 수많은 얼굴 가운데서 주로 그 상처와 흉터의 사연을 중심으로 하여 씌어지는 경향이 있어 왔고, 그래 우리 역사는 그 상처와 흉터들의 증거목록, 혹은 그 의미들의 연결체처럼 보이는 바가 없지 않기 때문이다. / 세상이 더 나아지자면 오늘과 내일 간엔 갈등이 있게 마련이고 그 갈등을 극복하고 해소해나가는 과정에선 이런저런 상처들이 빚어지게 마련일 터이다. 그러니 범박한 표현으로 우리는 그 상처와 흉터들을 평가하고 그 사연들을 중심으로 역사를 써나가는 것이 바람직스러운 일인지 모른다.

– 수필 「자신을 씻겨온 소설질」: 막바로 말해 이 몇 년간의 일이지만, 내 삶과 세상일에 알게 모르게 우리 신화와 신화적 상상력에 맞닿아 있는 부분이 없지 않고, 거기에 빚을 져온 대목이 적지 않다는 사실(제주도 심방굿과 마을 사람들의 세시(歲時) 정서, 혹은 우리 유년 의식의 한 모태를 이루어온 여러 영웅 장수 일생기 같은 것들의 상상적 근원을 헤아려봄 직하다)을 새삼스럽게 발견하게 된 덕분이다. 지금까지는 거의 의식하지 못했거나 소홀히 여겨온 우리 삶의 비의가 거기 나이에 따른(그 나이의 삶을 씻겨갈) 새 소설의 숙제로 기다리고 있었기 때문이다. 다시 말해 이제부터 내 남은 삶과 소설은 그 신화의 상상계 속에 씻김질을 계속해야 할 어려운 마디와 대응력을 얻어 지닐 수 있게 된 것이랄까.

–「줄광대」: 요즘 건 전 믿지 않아요. 광대 이야기는 옛날이야기니까 믿는 거지만.

2) 큰산과 구룡봉: 「잃어버린 절」에 보면 이청준의 고향에는 매우 높고 우람한 천관산이 있는데, 그곳 사람들은 그 산을 그저 '큰산'이라고 부

른다. 그 큰산의 정봉이 바로 아홉 마리 용이 등천했다는 전설을 지닌 구룡봉이다. 마을 남정네들은 봄, 가을에 정기적으로 큰산에 가고는 했다.

　－「잃어버린 절」: 남녘 해변가의 고향 고을 북역(北域)에 천관산이라는 이름의 큰 뫼가 하나 있었다(라고 사실을 과거형으로 말하는 것은, 여기서의 그것은 내 유년의 기억의 산을 이름인 때문이다). 천관산이라는 본래의 이름보다 일대에선 그저 '큰산'이라 부르고, 오랜 세월 그렇게 알려져온 산이었다.

　－수필 「유년의 산을 다시 탄다」: 나이가 든 동네 청년들은 그 시절 가을철 추석 무렵이 되면 대개 "큰산에 간다"고 저희끼리 마을을 비우고 떠나간 일이 있었다. 그리고 두어 밤쯤이 지나고 나면 동네에서는 얻기 어려운 감이나 밤, 모과 같은 산과일들을 한 자루 가득씩 담아 메고 돌아왔다. 바다를 처음 나갔을 때 마을 뒷산 너머로 겹겹이 이어져나간 그 많은 산들 가운데는 인근에서 흔히들 '큰산'이라고 부르는 천관산(天冠山: 전남 장흥군 남해안 소재. 723미터)이 가까이 있었는데, 마을 청년들은 산놀이 삼아 찾아오르는 그 천관산 산행에서 가을산 야생과일들을 실컷 따오곤 한 것이었다.

　3) 기인들: 이청준의 표현에 따르면 「기로수 씨의 마지막 심술」의 주인공인 심술쟁이 기로수 같은 사람은 우리 심성에 겹을 대는 일을 한다. 기인들은 모두 그런 사람들이다.

　－「기로수 씨의 마지막 심술」: 사람의 심성은 홑짜임이 아니었다. 착한 데가 있으면 악한 데가 있고, 밝은 곳이 있으면 어두운 곳이 있었다. 흥부의 어짊이 떳떳하게 부양(浮揚)할 인간 심성의 양지 쪽이라면 놀부의 심술은 마음 속에 숨기고 은밀히 즐기는 그것의 3상한이라 할 수 있었다. 흥부고 놀부고 어느 쪽 하나로 사람의 심성을 설명할 수는 없었다. / 기로수는 마침내 그 인간 심성의 비밀을 깨달았다.

　4) 석화밭: 「석화촌」은 작가의 고향 앞바다에 있는 석화밭이 배경이

된 소설이다(175쪽 5행).

　5) **용마:** 이제마의 태몽은 아기장수 설화를 떠올리게 한다. 제주도에는 장차 올 구원자인 아기장수가 탈 용마 신화가 있다.『신화를 삼킨 섬』의 프롤로그와 에필로그는 아기장수와 용마 이야기다(83쪽).

　6) **한(恨):** 삶의 내력과 관련된 한은 살아가면서 먼지처럼 쌓이는 것이고, 흉터처럼 마디마디 맺히는 것이다. 맺힌 한은 끊어낼 것이 아니라 삭여서 풀어내야 한다. 〈남도 사람〉 연작은 한의 쌓임과 삭임, 그 풀이에 대한 글이다(110쪽 16행, 22행).

　　－수필「자신을 썼겨온 소설질」: 새삼스러운 이야기지만 남도 소리는 마
　　음속에 한을 쌓고 맺는 노릇이 아니라 쌓이고 맺힌 한을 풀어 넘어서려는
　　쪽이라는 것이 저간의 내 계속된 생각이다.

　7) **신념가와 자유인:** 태산이 신념가라면 종운은 자유인에 가깝다. 태산의 아버지 김장굴이 자유인이라면 종운의 아버지 이남돌은 신념가에 가깝다.「키 작은 자유인」을 보면 두 인물 유형에 대한 이청준의 생각을 알 수 있다.

　8) **규칙과 벌:** 태산이 규칙을 어긴 아이들에게 내린 벌은「줄빰」의 김만석이 대홍중대원들에게 가하는 책벌을 연상시킨다(239쪽~240쪽).

　　－「줄빰」: 하나하나 팔을 들어 상대방의 빰을 스치는 시늉들이 시작되고
　　있었다. 아니 시늉뿐만이 아니었다. 시늉을 하다보니 어쩌다간 정말 찰싹
　　소리가 나도록 손이 제대로 올라붙는 수도 있었고, 그렇게 되면 상대방은
　　또 상대방대로 보다 거센 가격을 되갚게 되는 경우도 생겼다.〔……〕녀석
　　들은 이제 기름을 먹기 시작한 기계처럼 저희들 스스로 그 가형자와 수형
　　자의 역할을 교대교대 감당해나가기 시작하고 있었다.

　9) **흉터:**「흉터」「현장사정」에는 흉터를 지닌 남자들의 손에 대한 묘사가 있다. 앞서 살펴본 대로 남녀를 가리지 않고 고향고을 사람들이 지닌 흉터는 삶의 내력과 같은 의미망을 지닌다(269쪽).

−「흉터」: 언제부턴가 그 노인의 옛날 흉터들은 아이에게 그 할아버지의
생애가 거두어온 가장 분명하고 자랑스런 훈장처럼 보이기 시작한 때문
이었다. 노인의 몸은 이를테면 그 수많은 죽음들을 이겨낸 불사신이나 거
인의 살아 있는 동상과도 같은 것이었다. 노인의 몸에서 그 흉터 자국들이
지워져가는 것은 바로 그 노인의 자랑스런 삶의 역사가 지워지고 그의 거
인 같은 모습이 사라져가는 것 한가지였다.

−「현장사정」: 이건 한 개의 흉터가 아니로군요. 흉터 여러 개가 이리 이
어지고 저리 이어져서 마치 지렁이처럼 엉켜 붙어 있지 않아요. 〔……〕 하
나하나의 흉터는 매우 예리한 상처의 흔적 같은걸요.

　10) **지배:** 태산이 장차 혁명가이자 사회개혁운동가가 된다면 종운은
예술가가 될 것이다. 「지배와 해방」을 보면 3부의 주인공이었을 작가
이청준이 말하는 예술로 하는 지배가 무엇인지 더 잘 알 수 있다(306쪽
17행).

−「지배와 해방」: 작가는 근본적으로 어떤 새로운 이념을 창조해 내고 그
것을 자신의 몫으로는 실현하려 하지 않는다는 점, 그의 질서로써 현실적
으로 세계를 지배하려 하지 않는다는 점, 그가 창조해 낸 세계 안에선 언
제나 자신의 자리를 마련할 수 없으며, 다만 그러한 세계의 가치를 승인받
기를 기대할 수 있을 뿐, 그는 언제나 자신이 도달한 세계에서 또 다른 다
음 번 이념의 문을 향해 끝없이 고된 진실에의 순례를 떠나야 하는 숙명적
인 이상주의자일 수밖에 없다는 점에서, 작가는 혁명가와 다르고, 사회 개
혁 운동가와도 다르고, 목사와도 다르고, 정가의 야당 당수와도 다를 것입
니다.

　11) **유행가:** 종운이 몰두하는 유행가는 「귀향연습」「현장사정」『조율
사』의 중요한 소재이기도 하다. 「선창」「목포의 눈물」「꿈에 본 내 고향」
「유정천리」「앵두나무 처녀」「물레방아 도는 내력」 등 온갖 유행가가 나
오는 「현장사정」에서, 유성기를 사들이고 유독 '울려고 내가 왔던가'를

즐겨 부르던 멋쟁이 청년이 바로 좋은이라 할 수 있다.

　－「귀향연습」: 나는 그 노랫가락 외에도 유행가를 무척 좋아했다. 시끄럽고 빙충맞은 요즘 식의 유행가는 물론 아니었다. 옛날 유행가 말이다. 「이 강산 낙화유수」라든가, 「울려고 내가 왔던가」라든가, 「고향이 그리워도 못 가는 신세」라든가 또는 「신라의 달밤」이나 「목포의 눈물」 같은……, 옛날옛날의 노래들을 무척도 좋아했다.

　－「현장사정」: i) 이번에는 「낙화유수」였다. 나는 계속해서 뒤통수를 얻어맞고 있는 꼴이었다. 그런 걸 기억해내지 못하다니. 진작 생각이 났더라면 「낙화유수」 역시 웬만큼은 자신이 있는 노래였다. 그 시절 누님 방으로 모인 동네 처녀들이 어딘선가 스스로 배워온 노래가 바로 그 「낙화유수」 한 곡뿐인 듯했다. 그래 그런지 그녀들은 유독히 「낙화유수」를 즐겨 불렀다. ii) 시골 유행가라고 하면 어딘지 어폐가 있는 말일지 모른다. 도회지에선 유행가가 전축과 방송국과 술집들에서만 억척스럽게 불리어진다. 하지만 시골에선 푸나무꾼 숨어들어간 녹음 짙은 산골에서, 아낙네들이 김을 매는 콩밭 이랑 사이나 눈 내리는 겨울밤 동네 총각들의 사랑방 구석 들에서 그것이 간절하게 불리어졌다. 시골의 유행가는 보다 천천히 그리고 오래오래 불리어지면서 가난과 한탄과 설움이, 때로는 작은 즐거움이나 꿈이 깃들기 시작했다. 생활의 내력과 추억이 어려 들었다. 세월의 때가 묻어 들었다. 그리하여 하나의 유행가는 거기에서 서서히 다시 태어났다.

　－『조율사』: 그는 유행가를 청승맞게 잘 불렀다. 그가 즐겨 부르는 노래는 모두가 20년도 더 묵은 유행가들이었다. 「선창」이라든지, 「목포의 눈물」이든지, 「황성 옛터」든지…… 오래된 것이면 뭐든지 알고 있었다. 그리고 누구보다도 그 유행가 가락에 절실해했다. 녀석은 늘 눈을 지그시 감거나 술상으로 엎으러지듯 하며 노래를 불렀다. 그것이 그에게는 여간 자연스러워 보이지가 않았다. 그리고 그의 노래에는 이상하게 섬찟섬찟 듣는 사람의 가슴속을 깊이 파고드는 애조가 어려 있었다. 그의 소설 문장이 유행

가처럼 소박하면서도 형언할 수 없는 힘으로 독자를 휘어잡아온 것도 그의 그런 유행가벽과 무관하지 않으리라는 생각이 들 때가 있었다.